Mark Mulholland

Eine wahnsinnige und
wundervolle Welt

Mark Mulholland

Eine wahnsinnige und wundervolle Welt

Roman

Aus dem Englischen von
Ilka Schlüchtermann

Osburg Verlag

Titel der englischen Originalausgabe:
A mad and wonderful thing
Scribe Publications London

Erste Auflage 2017

www.osburgverlag.de

Lektorat: Bernd Henninger, Heidelberg
Umschlaggestaltung: Judith Hilgenstöhler, Hamburg
Satz: Hans-Jürgen Paasch, Oeste
Druck und Bindung: CPI books GmbH, Leck
Printed in Germany
ISBN 978-3-95510-127-5

Man hat sich gefragt, wo der Krieg sei,
was er Niederträchtiges an sich habe.
Und man entdeckt, dass man weiß, wo er ist,
dass man ihn in sich trägt …

Albert Camus, *Tagebuch 1935–1942*

Denke niemals, dass der Krieg,
gleich wie erforderlich oder wie begründet er ist,
kein Verbrechen ist.

Ernest Hemingway, *Treasury for the Free World*

Prinzipien

Ich war sechs, als ich sah, wie das Gewehr in Dads Mund verschwand.

Der eine denkt, das war der Anfang von allem – es muss ja einen haben. Der andere denkt, deswegen bin ich so, wie ich bin. Ich bin mir da nicht so sicher. Es gab auch noch andere Momente; jemand anderes würde Schlüsselmomente dazu sagen. Jemand anderes; ich nicht. Ich glaube einfach, einige von uns sind eben so. Für mich war alles klar. Okay, vielleicht nicht alles, aber ich wusste, welche Rolle ich zu spielen hatte, welche Opfer ich bringen musste, was getan werden musste, was ich tun musste. Jemand anderes würde sich über meine Rolle wundern, und über das Wie und das Warum. Meinetwegen – der Mensch ist ein neugieriges Tier. Ich weiß nicht, ob ich eine Antwort geben könnte, so eine Da-haben-wir's-doch-Kurzfassung. So ist der Krieg nicht – nicht, wenn du selbst mittendrin bist –, aber es gibt *sie* und es gibt *uns* und es gibt das *homeland*, und das ist der Grund für den Konflikt. Für mich war eigentlich alles klar. Und dann kam sie, und nichts ist mehr, wie es war.

Acht Tage. So lange kenne ich sie. Wahnsinn, aber so ist das mit den Mädchen, sie machen einen wahnsinnig. Sie kam einfach so aus dem Nichts – also, nicht wirklich aus dem Nichts, aber sie gehörte nicht dazu, und jetzt gehört sie dazu, es ist, als ob sie schon immer da gewesen wäre. Egal, an was ich denke, sie ist da, und das ist nicht gut für einen, der das tut, was ich tue, der nur das Gewehr im Kopf haben sollte und die Kugel und das Töten. Aber sie ist in meinem Kopf, so wie jetzt, und auch als ich mein Zimmer eben verließ und den ganzen Morgen und auch davor, als ich früh aufwachte und mir nichts anderes übrig blieb, als einfach neben ihr zu liegen – also, nicht real, nicht physisch –, die ersten Gespräche mit ihr noch einmal nachzuspielen, die Wirklichkeit einfach etwas auszuspinnen, zu verändern, neu zu erfinden. Ich kann an nichts anderes denken. Das Mädchen genügt. Und weißt du was? Ich bin glücklich damit.

Ich höre ihre Stimme – als ob ihr Gesicht und ihr Körper nicht schon Folter genug wären – und ich denke an sie, als ich aus dem Haus in den hellen Morgen trete. Ich ziehe meinen Mantel und meinen blauen Schal zurecht. Der Hund schiebt sich an mir vorbei ins Haus, und ich streiche ihm über den Kopf, gehe die Zufahrt hinunter zum Tor, das mit einem alten Schnürsenkel zugebunden ist. Das Tor ist niedrig, ich stütze mich oben ab und steige hinüber, als ich plötzlich die Verandatür hinter mir höre.

»Deine Mutter fragt, ob du ihr auf dem Rückweg die *Sunday World* kaufen kannst.«

Ich drehe mich um. Es ist mein Vater. Er steht in der halb geöffneten Schiebetür.

Über das Gartentor hinweg protestiere ich: »Solche Schundzeitungen kaufe ich nicht.« Ich schüttle den Kopf und schaue den Hund an, der bellend zustimmt.

Mein Blick wandert zu Dad, der sich aus der frischen Morgenluft zurückzieht und meinen Protest durch den Flur an meine Mutter weiterleitet und dann nickend mit seinem typisch breiten Grinsen die elendig lange Antwort aus der Küche über sich ergehen lässt. Ehrlich, diese ganze Show ist theaterreif.

Vater streckt seinen Kopf wieder in die Sonne. »Sie sagt, dann möchtest du auch kein Mittagessen«, fasst er Mutters

Predigt zusammen. So ist er, mein Dad – Vermittler zwischen den Fronten, kümmert sich um jede Kleinigkeit.

Ich schaue in sein erwartungsvolles Gesicht. Er weiß, dass er mich hat. »Also gut«, höre ich mich sagen. »Natürlich die *Sunday World*.« So ist es eben, manchmal zieht man den Kürzeren, ehe man sich's versieht.

»Na siehst du«, antwortet er. »Ich mag Menschen mit Prinzipien.«

Er lacht dabei.

»Soll ich dir auch was mitbringen?«

»Was kaufst du dir denn selber?«

»Die *Times* und den *Tribune*.«

»Bring uns noch den *Indo* mit, ja? Und die *People*, falls noch eine da ist?«

»Klar Dad. Kein Problem.«

»Gut so, mein Sohn. Gut so«, höre ich von der Verandatür, als ich mich auf den kurzen Weg zur Morgenmesse mache. Es ist Sonntag. Es ist April. Es ist 1990.

Die Messe

Mit dem ersten Angelusläuten von Saint Joseph betrete ich den Kirchhof.

»Hey, Johnny.«

Ich schaue auf. Ein paar Mädchen aus dem Dorf sitzen in einer Reihe auf den Kirchenstufen. Schwatzend und kichernd, so wie die jungen Stare auf der Hochspannungsleitung. Mädchen – sie machen dich wahnsinnig …

»Hey, liebe Schwestern. Seid ihr alle wegen Jesus hier?«

»Wegen Jesus, Johnny?«, antwortet ein Mädchen, das ich kenne. »Sicher nicht. Ich bin nur wegen meiner besonderen Begabung hier. Und du?«

»Schamloses Flittchen, Siobhán McCourt«, antworte ich. »Doch fürchte dich nicht, der Heilige Geist kommt vielleicht auch über dich.«

»Der Heilige Geist, Johnny«, lacht sie, »von dem merken wir hier in Dundalk nicht viel.« Sie schaut mich an, ein Grinsen umspielt ihr hübsches Gesicht. »Und es soll auch niemand über mich kommen – außer du hast vielleicht eine halbe Stunde Zeit für mich?«

»Du bist so verrückt, kein schlechtes Angebot. Aber ich habe da drinnen ein Date mit *ihm* persönlich.«

Die Mädchen lachen, während ich die Granitstufen hoch zur Kirchentür springe. Das machen die Mädchen mit mir: sie geben mir das Gefühl, dass ich von hier bis nach China rennen kann.

»Ein andermal, McCourt«, rufe ich noch. Besser auf Nummer sicher gehen und die hier warmhalten. Man kann nie wissen.

»Ein andermal, Donnelly«, höre ich, als ich die Kirchentür aufstoße.

Ich gehe das linke Seitenschiff entlang und finde einen Platz hinten in der Ecke, und da stehe ich nun, ganz still, teilnahmslos erwarte ich das Gemurmel, Geraschel, die Prozession und die Predigt. Ich schaue über die Köpfe der andächtig kauernden Gläubigen hinweg und beobachte die Spätankömmlinge, die sich leise entschuldigend an die Randplätze der Kirchenbänke drücken. Ist schon ein merkwürdiges Ereignis – diese Irische Katholische Messe. Huldigung im Verborgenen: ein wenig begeisterndes Ritual, in dem Freude ein Fremdwort ist und Emotionen so willkommen sind wie ein Protestant. Ich sehe Tante Hannah inmitten der Gemeinde und sie sieht mich. Sie hebt ihre Hand und bewegt die Lippen, und ich lese daraus, dass sie mein ›alter Mantel‹ stört: *Warum hat er in der Messe diesen alten Mantel an*? Darauf hatte sie gewartet, mir das mitzugeben – jedes Mal gibt sie mir einen mit wegen meines alten Dunn & Co-Mantels. So sind sie, die alten Tantchen. Schlimmer als die Mütter. Jetzt ist sie glücklich, hat ihrem Unmut Luft gemacht. Sie dreht sich wieder zum Altar um, während die Messe so langsam ins Rollen kommt – und ich bin wieder bei dem Mädchen. Meine Gedanken gleiten weg von der Kirche, ein Stück nur, nach Westen, hin zum Städtchen – dahin, wo alles begann, dahin, wo ich Cora Flannery zum ersten Mal traf.

Wir waren in einer Bar – wir, die Jungs. Wir hatten uns an der Theke niedergelassen, und eine Gruppe Mädchen kam herein. Sie stellten sich ganz in unsere Nähe und redeten, so wie ein Haufen Mädchen eben redet, ziemlich schnell und laut und alle durcheinander, immer mal kurze

Zwischenrufe und Gelächter – typische Mädchengespräche eben. Cora war mittendrin, aber sie schaute direkt zu mir. Zugegeben, ihr Blick überraschte mich. Ich schaute herum, aber niemand anderes war in ihrer Blickrichtung. Ich sah kurz zu Boden, um meine Gedanken zu sortieren, die mir kreuz und quer durch den Kopf schossen, wie sie es bei Kindern tun, die sich etwas bei McDonald's aussuchen sollen. Ich blinzelte hoch und konnte sehen, dass sie immer noch in meine Richtung schaute. Mädchen rufen merkwürdige Dinge in mir hervor, und ganz plötzlich war der Dichter in mir geweckt, und ich sah ihre Augen leuchten, so grün wie eine Sommerwiese im August. Oh, *sweet hallelujah*. Ehrlich, ich konnte nicht geradeaus denken – nur wahnsinniges, poetisches Zeug. Langsam hob ich meinen unbrauchbaren Kopf. Sie trug Doc Martens-Stiefel, rot und in extravaganten Schleifen gebunden, mit grünen Schnürbändern. *(Grün für Irland*, sagt sie. *Grün für Irland* – wie wundervoll!) Ein langer, beigefarbener Rock an ihrem schlanken Körper und eine weiße Strickjacke, aufgeknöpft, über einem schmalen weißen Top. Sie hatte Haar wie Gold, und einige lange, goldene Strähnen fielen in sanften Wellen über eine Seite ihres Gesichts, zart ihre blasse Haut umschmeichelnd. Ich wusste sehr wohl, wer sie war. Unser Städtchen ist zu klein dafür, als dass ein wunderschönes Mädchen wie Cora Flannery unbemerkt bliebe.

Ich schaute sie an. Warum auch nicht? Ich hatte schließlich nichts zu verlieren. Oder doch? Sie ging nah an uns vorbei, als die Mädchengruppe ihren Platz wechselte.

»Schöne Stiefel«, sagte ich zu meiner eigenen Überraschung und erstickte fast beim Sprechen. Wo kamen diese

Worte her? Ich hatte gar nicht vor, irgendetwas zu sagen. Sie antwortete nicht, also nicht wirklich, aber ich sah sie lächeln.

Die Messe erreicht einen ihrer Höhepunkte: die Lesung des Evangeliums. Alle erheben sich. Ich fühle eine Hand an meinem Rücken.

»Wie geht's, Junge?«, flüstert mein guter alter Freund Éamon hinter mir.

»Könnte nicht besser sein.«

Éamon nickt kurz, und wir sind beide wieder ruhig.

Donnerstags sah ich Cora wieder. Ich war auf dem Nachhauseweg von der Arbeit und wollte noch kurz in die Bank. Cora kam aus der Post heraus. Heute weiß ich, dass sie dort auf mich gewartet hatte – ein Wahnsinn!

»Hey, Johnny.«

Sie überraschte mich. Sie kannte meinen Namen. »Oh, Cora. Wie geht's?«

»Sorry wegen neulich abends. Ich war einfach, … einfach etwas unsicher, weißt du, vor all den Typen. Na egal …«, und sie redete und redete.

Ich stand schweigend daneben. Ich hatte keine Ahnung, was dieses Mädchen zu mir sagte. Zwei Mal in einer Woche hatte ich einen echten Schock erlitten, und zwar beim Blick in Cora Flannerys grüne Augen. Mein Herz raste, ich spürte es und – was richtig unheimlich war – ich hörte es. Ich merkte, wie mir das Blut ins Gesicht schoss. Ich rang nach Luft. Wieder einmal war der Kopf nicht zu gebrauchen und jetzt streikten auch noch die Ohren und die Lunge. Dieses Mädchen war mein Tod.

»Gehst du noch mal hin diese Woche?«, fragte sie.

»Ja. Ja, könnte sein.« Ich versuchte, ruhig zu bleiben.

»Okay«, sagte sie. »Dann sind wir jetzt verabredet.« Und weg war sie.

Ich konnte es nicht glauben. Ich konnte es einfach nicht glauben, und als ich auf halbem Weg nach Hause war, fiel mir auf, dass ich die Bank vergessen hatte.

Der Samstagabend kam, und wir Jungs trafen uns in der Stadt, um unserem Drang nach Alkohol, Zigaretten, Geschichten und Lügen nachzugeben. Wir treffen uns regelmäßig in der Dubchoire Bar. Dieser Ort ist von einer geheimen Magie umgeben, in einen mysteriösen Schleier gehüllt – ich kann nicht genau sagen, was es ist, denn auf Fremde wirkt die Bar einfach nur schäbig. Leute aus der Stadt sagen, dass zwischen den dicken Wänden und von der Musik überdeckt Intrige und Verschwörung in schwarzen Taschen schmoren. Darüber weiß ich nichts – noch nie was davon gehört –, ich weiß aber, dass die Einheimischen der Bar den Spitznamen ›The Cooking Pot‹ gegeben haben. Wie auch immer, zurück zu Samstag. Als Erster kam, wie gewöhnlich, Big Robbie. Robbie ist mein guter Arbeitskollege und, um es klar und deutlich zu sagen, er ist so ein Alphatier. Dann Johnny – also ich – und Éamon Gaughran. Es folgten Rafferty und Frank Boyle. Das ist unsere Stamm-Clique, allerdings stößt immer mal der eine oder andere noch dazu. Neben den üblichen Gesprächen über Fußball, Job und College, unterhalten wir uns fast immer über Mädchen und spielen dabei ›Wie viel von 10‹. Wir haben uns darauf geeinigt, dass Achteinhalb die höchste in unserer Stadt mögliche Bewertung ist; wir sind der Meinung, dass die Damen in anderen Gefilden sicher noch hübscher sind. Ich hatte niemandem etwas von Cora erzählt, schließlich wusste ich ja gar nicht, wie es weitergehen würde. War das ein Date? Oder nicht? Aber sie hat doch gesagt … Okay, dachte ich, falls nichts passiert und ich auf den Arsch falle, wissen wenigstens die Jungs nichts davon.

»Na, tolles Date heute Abend, Johnny, was?«

Ich schaute hoch und sah Frank Boyle über ein Glas Bier zu mir herüberlächeln.

Echt, solche Sachen kotzen mich an – gerade, als ich mir meinen Plan zurechtgelegt hatte. »Wo … woher willst'n das wissen?«, fragte ich.

»Also Johnny-boy, Cora Flannery scheint davon auszugehen, dass sie heute ein Date mit dir hat.«

»Cora Flannery!«, ein Aufschrei ging um den Tisch.

»Cora Flannery«, wiederholte Conor Rafferty butterweich, und sah mich, während er sich kopfschüttelnd setzte, mit seinen großen braunen Augen an.

Oh, sweet halleluja, also doch ein Date.

»Und wie kommst du darauf?«, ich versuchte Zeit zu schinden, um ein paar vernünftige Gedanken zusammenzubringen.

»Neuigkeiten von Clodagh Breen.«

»Ah ja, Clodagh Breen, wie sie leibt und lebt«, konterte ich, sah Frank an und wusste, dass ich jetzt den Notfallkoffer auspacken musste. »Die erzählt doch nur Geschichten, die Clodagh Breen. War es nicht auch Clodagh, die erzählt hat, dass du diese schnelle Nummer mit Tootsie Roddy in der Friary Lane hattest? So ein Wahnsinn. Kein einziges Wort kann man der glauben.« Das war fies. Eine Liaison mit Tootsie, da war wohl eher der Wunsch Vater des Gedankens – konnte jedem männlichen Wesen passieren. Ich bin ganz und gar nicht stolz darauf, diese Geschichte noch einmal zu erwähnen. Aber ich war total durch den Wind.

Die Panik stand Frank Boyle ins Gesicht geschrieben, ich konnte förmlich seine Gedanken lesen. *Weiß Johnny wirklich was? Woher weiß Johnny das? Scheißkerl!* Einen Moment Totenstille.

»Der Herr, wie mich dünkt, gelobt zu viel«, meinte Big Robbie lachend. »Ihr wisst ja, was ich immer sage und ich sage es noch einmal: Johnny D könnte sogar auf einer Beerdigung eine abschleppen.«

Ich setzte mein allerbestes, unschuldiges Grinsen auf. Was sollte ich sonst tun?

Big Robbie nahm sein Glas ›Porter‹ hoch und trank das halbe Glas in einem einzigen, langsamen Zug leer. »Wie Muttermilch«, war sein Kommentar, als er sich den Mund mit seinem Handrücken abwischte. »Du bist vielleicht ein Schnösel, Donnelly. Mehr kann ich dazu nicht sagen. Du kleiner Schnösel. Aber du hast viel von mir gelernt.«

Big Robbie wird Elektriker und ist ein Lehrjahr weiter als ich, und das lässt er eben manchmal raushängen. Ich hob ebenfalls mein Glas, prostete ihm zu und ließ ihm das schöne Gefühl der Überlegenheit.

»Mensch Junge, Cora Flannery?« Conor rutschte näher zu mir heran, noch immer den Kopf schüttelnd. »Unglaublich. Mein Gott, Johnny, du hast so einen verdammten Dusel. Wie machst du das?«

»Schleimer«, hörte ich Éamon gegenüber vom Tisch sagen. Typisch Éamon – kein Takt, kein Stil. Bemüht sich einfach zu sehr.

»Nur kein Neid«, verteidigte ich mich.

»Um Gottes willen, Johnny. Ich und neidisch? Darauf kannst du lange warten, Freundchen.« Armer Éamon. Niemand glaubte ihm, nicht mal er sich selbst.

Das Geplänkel und Trinken ging so seinen Weg, bis ein ›noch unbewertetes‹ Mädchen hereinkam und Big Robbies Ausruf: »Klasse Frau – auf jeden Fall eine Siebeneinhalb«, eine hitzige Diskussion hervorrief.

›Was soll man dazu noch sagen …‹ Die Messe reißt mich wieder aus meinen Gedanken: Der Pfarrer predigt über Helden und besiegte Königreiche und aufgezwungene Gerechtigkeit und Versprechungen und wie man Kraft aus Niederlagen zieht und wie man im Krieg Macht erlangt und wie man feindliche Truppen in die Flucht schlägt. Die können reden, diese Pfaffen. Aber jetzt hat er sich verheddert, ist in eine Zwickmühle geraten: fremde Armeen in die Flucht schlagen? Klar, diese Kampfsprache ist hier in St. Joseph's schon angebracht, aber was ist mit den kalten, nassen Gräben an der Grenze? Darüber reden nur wenige so laut und mutig. Großes Getöse für Jesus. Aber für Irland? Fremde Armeen in die Flucht schlagen? Glaube ich nicht. Nur wenige kümmern sich um diese fremden Truppen. Unsere fremden Truppen. Als ich so darüber nachdenke, sehe ich ihre Gesichter, sehe ihre Gesichter durch mein Zielfernrohr, diese fremden Gesichter, diese fremden Soldaten in Irland. Ist nicht gut, dass sie hier sind, diese fremden Soldaten. Die Rechnung wird nicht aufgehen. Ich weiß, dass nicht alle so denken. Manche finden es nicht schlimm, dass sie hier sind. Manche finden es gut, dass sie hier sind. Manchen ist es egal. Aber das funktioniert nicht, dass es einem einfach egal ist. Wenn es einem egal ist, wer man ist, dann wird jeden Tag ein Stückchen von einem sterben – ein ganz kleines Stückchen nur, merkt man kaum, aber es geht weiter, Stückchen für Stückchen jeden Tag, und bevor man sich's versieht, ist man auf einmal ganz tot. Also, eigentlich lebt man noch, aber man verbringt den Rest seines Lebens leblos. Das ist der Preis, den man zahlt, wenn es einem egal ist, wer man ist, und wenn man nicht kämpft. Mir ist es nicht egal: Ich kenne die Gefahr. Ich weiß, wer ich bin: Johnny Donnelly, Ire. Mir ist es nicht egal und ich kämpfe.

Der Pfarrer verteilt weiter gute Ratschläge an die versammelten Häupter, doch meine Gedanken wandern wieder zu Cora.

Wir waren noch nie zu so früher Stunde in der Bar. Normalerweise verlassen wir den Pub sehr spät durch eine Seitentür, raus in eine dunkle Gasse, rennen dann die kurze Strecke quer über einen Parkplatz in der Seitenstraße und rein ins Hotel durch den Seiteneingang. So leer, ohne den üblichen Trubel, kam einem die Hotelbar seltsam vor. Zum ersten Mal hatten wir Ruhe und Zeit, die Deko und die Beleuchtung an der Bar zu bestaunen.

»Hab' gehört, es hat ein Vermögen gekostet, das hier aufzubauen.« Big Robbie führte uns zu den Barhockern, von wo aus man die gesamte Tanzfläche überblicken konnte.

»Der Kerl kann sich's halt leisten«, antwortete Éamon und holte eine 20er-Packung Carroll's No. 1 aus seiner Hemdtasche. Er schnipste die Packung mit einer Hand auf, nahm zwei Zigaretten heraus und warf eine davon auf meinen Schoß.

»Hoffentlich stört es Cora nicht, dass du rauchst, Johnnyboy.« Éamon hob kurz den Kopf.

Wir machten es uns auf den Hockern bequem und sahen einen kleinen Mann hereinschlüpfen. Er trug einen engen, cremefarbenen Anzug, der im Barlicht hell schimmerte.

Sein Gang rund um die Bar hatte etwas Feminines. Alle schwarz-gekleideten Türsteher und Bedienstete, an denen er vorbeikam, sprach er kurz an.

Das war der Kerl, von dem Éamon gesprochen hatte – der Hotelbesitzer –, der vor unseren Augen seine Truppe inspizierte. Als er an uns vorbeikam, blieb er stehen, und ich konnte fast sein stillvergnügtes Lachen hören.

»Guten Abend, Mr. Fitzgerald«, sprach ich ihn an, »ein schöner Anzug.«

Langsam trudelten weitere Gäste ein. Die Zeit verging, die Bar füllte sich mit Menschen, und ich verspürte die ersten Stiche der Enttäuschung, als …

Plötzlich, eine Menge Unruhe und alle gehen zu Boden. Jetzt ist der Moment gekommen, in dem wir uns alle hinknien, um die Schuhe unseres Vordermannes zu begutachten. Ich bin kein Spielverderber und gehe wenigstens runter auf ein Knie. Vor mir ein Paar schwarze ausgeschnittene Slipper, darin stecken strahlend weiße Socken, die in einer blauen Jeans verschwinden. Ein bisschen traurig eigentlich. Nachdem genügend Zeit zur Besinnung vergangen ist, zeigt der Pfarrer an, dass wir wieder unsere Plätze einnehmen oder uns hinstellen dürfen. In der allgemeinen Unruhe werfe ich schnell einen Blick auf die Leute um mich herum. Es ist die typische Sonntagsgesellschaft, die meisten sind verkaterte Hallodris. Erinnert an das Überleben in einem besetzten Land: Anwesenheit gewährt, Mitarbeit vorenthalten. Links, an der Seitenwand der Kirche, befindet sich der reich verzierte Schrein ›Herz Jesu‹. Die Figur darin hat mich schon immer fasziniert; keine Ahnung, warum. Über den elektrischen Zehn-Pence-Kerzen schaut ein hellleuchtend gekleideter Mann mit freundlichem Gesicht hinunter auf die Gemeinde. Ein auffälliges, pink leuchtendes Herz schimmert mitten auf seiner Brust, es sieht aus, als trüge er ein Medaillon ohne Kette. Ein kleines Mädchen steht vor dem Schrein. Unter dem wachsamen Auge und in Reichweite ihres Vaters streicht sie über die Schalter, mit denen man, wie sie weiß, die Kerzen zum Leuchten bringen kann. Sie dreht sich zu mir um, als sie mich bemerkt. Dann wieder zu ihrem Vater, schaut ihn an und wartet. Die Messe kommt in Fahrt, und die Gläubigen im dunklen Kirchengestühl rutschen in Erwartung des nächsten Gebets wieder auf die Knie. In dieser Unruhe drückt das kleine Mädchen auf zwei Schalter und im Schrein beginnen zwei rote Lampen des Kandelabers zu leuchten. Das Mädchen sieht mich erwartungsvoll an, ist auf meine Reaktion gespannt. Mein kurzes Kopfnicken signalisiert Zustimmung. Das kleine Mädchen ist verzückt.

Sie stand mit ihren Freunden auf der anderen Seite der Bar. Unsicher, was ich tun sollte, hielt ich erst einmal die Stellung. Ehrlich, ich wäre in Regen und Kälte nackt über die Cooley Mountains gewandert, um zu Cora Flannery zu gelangen. Aber über die Tanzfläche hinüber zu diesem Kreis neugieriger Mädchen? Vollkommen unmöglich! Meine Hände schwitzten, und ich starrte vor mich auf den Boden. Sollte ich rübergehen? Konnte ich rübergehen? Doch als ich aufblickte, stand sie da. Sie stand vor mir, sah mich an und nahm langsam meine Hand. Mit dieser ersten Berührung spürte ich die Kraft der Götter, meine Angst schwand und machte einem Hochgefühl von Glückseligkeit Platz.

»Los«, lachte sie und hüpfte auf die Tanzfläche.

Spät in der Nacht wollten die Freundinnen Cora mitnehmen, aber sie lehnte ab.

»Johnny bringt mich nach Hause«, erklärte sie. »Stimmt's?« Sie drückte meine Hand. Natürlich würde ich sie nach Hause bringen. Man hätte die alten Ulster-Truppen benötigt, um mich von Cora wegzuziehen an jenem Abend, und sie hätten hart kämpfen müssen.

»Okay, bleib brav«, antworteten die Freundinnen und drehten sich um. Unvermittelt kam eine von ihnen – ein großes, gutaussehendes Mädchen – noch zu uns herüber.

»Jetzt hat sie dich also endlich, Johnny Donnelly«, sagte sie, »die hier wird dich nie mehr gehen lassen.« Sie gab Cora einen Kuss auf die Stirn, bevor sie sich zu mir wandte.

»Bis bald, Süßer«, und weg war sie.

»Wer ist denn das?«, fragte ich verwirrt.

»Das ist unsere Aisling, meine große Schwester, und mein bester Freund. Meine beste Freundin natürlich. Ist sie nicht wunderschön?«

»Oh ja, Cora, das ist sie allerdings.«

»Sie studiert Medizin an der Uni, in Dublin«, erklärte Cora so hastig, dass ihr der Atem stockte.

»Schön und klug«, sagte ich, bevor ich nach einer kurzen Pause fortfuhr, »und wer ist jetzt dein bester Freund?«

Cora schaute mich an, als ob ich sie gerade nach der Hauptstadt Irlands gefragt hätte. »Na, du.« Und diese Antwort war von solcher Ernsthaftigkeit, dass es keinen Zweifel gab.

Ich fühlte mich, als ob ich in ein anderes Leben versetzt oder mit jemand anderem verwechselt worden wäre. Als wir in der Schlange an der Garderobe auf unsere Mäntel warteten, fielen mir die Jungs wieder ein.

Ich suchte sie und sah, dass sie immer noch an derselben Stelle saßen, wo ich sie Stunden zuvor verlassen hatte. Sie bemerkten, dass ich nach ihnen schaute und winkten übertrieben, Éamon rief etwas, konnte aber nur selbst darüber lachen.

Als wir am Ausgang waren, warf ich einen Blick zurück in den Club und konnte gerade noch sehen, dass Conor den Kopf schüttelte.

Auf dem Nachhauseweg ließen wir uns Zeit und hielten auf dem Marktplatz an einem noch geöffneten Imbissstand, um uns einen Snack zu kaufen.

»Nach der Disco verhungere ich immer fast«, meinte Cora. »Wie wär's mit Pommes, Johnny?«

»Tatsache Cora, ich habe solch einen Hunger, dass ich einen kleinen Protestanten essen könnte«, witzelte ich, als wir uns lachend zum Stand durchkämpften.

»Eine Tüte Pommes, *Mademoiselle*, und eine große Currywurst mit Pommes, wenn's geht.«

Zum Essen setzten wir uns auf eine Bank vor dem Amtsgericht – Essen im Gehen wäre meiner Meinung nach diesem Nachtmahl nicht gerecht geworden.

Als wir fertig waren, knüllte ich die Verpackung als Ball zusammen, warf ihn in die Luft und kickte ihn in den Mülleimer. Ich rückte nah an Coras Seite.

»Und was hat es eigentlich mit deinem Mantel und Schal auf sich, Johnny? Ziehst du den überhaupt mal aus?«

Dieser Mantel ist eine ewige Kümmernis – die Leute müssen ihn einfach immer kommentieren. Aber so sieht's aus: was gestern noch *in* war, ist heute *out*. Mein Mantel ist ein dunkler, wollener Tweed-Mantel – ein Londoner Dunn & Co von 1960, second-hand –, der je nach Licht grün oder grau oder braun schimmert, also so wie Ravensdale Forest an einem Regentag. Der Schal ist blau. Ich liebe den Mantel und ich liebe den Schal. Das ist alles. Die Welt kann denken, was sie will.

»Nichts hat's damit auf sich.«

Ich nahm den Schal ab, legte ihn Cora um den Hals und zog sie näher zu mir heran.

»Weißt du was, Cora Flannery?«

»Was denn, Johnny Donnelly?«

»Zeit, nach Hause zu gehen.«

An Coras Haus angekommen, setzten wir uns auf eine kleine Mauer, die den Vorgarten vom Rasen hinter dem Haus trennt. Wir beobachteten ein paar Nachtschwärmer auf dem Nachhauseweg, einige etwas unsicher auf den Beinen. Wir beobachteten die vorbeifahrenden Autos – einige mit viel zu hoher Geschwindigkeit für die schmalen Straßen –, junge Leute, die von Dundalk hinaus aufs Land nach North Louth und South Armagh fuhren. Ich zog den Dunn & Co aus und hängte ihn Cora über die Schultern, ich knöpfte ihn fest zu und schlug den Kragen hoch. Sie lehnte sich an mich und ich hielt sie einfach im Arm. Es war pures Glück, sie festzuhalten. Sie rückte noch näher an mich heran. Ich konnte ihren Atem an meinem Hals spüren. Ich hob meine Hand und berührte ihre Wange, und ich konnte mein eigenes Herz schlagen hören, als ich sie küsste. Unter dem blauen Schal fühlte ich ihre Finger auf meiner Brust.

»Du bist unglaublich wundervoll, Cora«, flüsterte ich ihr zu. »Du bist wahnsinnig und wundervoll, beides gleichzeitig.«

»Wahnsinnig und wundervoll«, flüsterte sie zurück. »Vielen Dank. Aber Sie sind auch nicht gerade schlecht, Mister Donnelly.«

Wir kommen zur Eucharistiefeier, dem Höhepunkt der katholischen Messe. Die Leute, die hinten in der Kirche um mich herumstehen, setzen sich in Bewegung – ein oder zwei Richtung Altar, um den Leib Christi zu empfangen, alle anderen raus und weg. Ich halte die Stellung. Um mir die Wartezeit zu vertreiben, nehme ich mir eine *Parish Monthly* aus dem Zeitschriftenständer an der hinteren Kirchenwand. Ich erfahre etwas über die täglichen Messen, wöchentlichen Beichtzeiten, Novenen, Andachten und die Osterfeierlichkeiten; dazu Informationen über Taufen, Eheschließungen, neue Chormitglieder, den Kuchenverkauf im Gemeindehaus und eine geplante Bustour in den Süden des Landes zur Besichtigung der ›moving statue‹. »Ich habe gesehen, wie sie sich etwas bewegte«, hatte Dad nach seinem letzten Trip gesagt. »Sie hat sich ganz sicher bewegt, stimmt's Kathleen?«

»Gehet hin in Frieden, zu lieben und zu dienen dem Herrn.« Der Pfarrer beendet die Messe, und ich springe die Stufen vor der Kirche hinunter, wo Éamon auf mich wartet. Am Kirchentor kaufen wir die Sonntagszeitungen und laufen zusammen die kurze Strecke bis zur Ramparts Road. Beide überfliegen wir die Schlagzeilen.

»Oh Gott«, Éamon ist entsetzt. »Hör mal Johnny. IRA HECKENSCHÜTZE MIT NEUER TODESWAFFE IN SÜD-ARMAGH UNTERWEGS.« Éamon hat dieselbe Angewohnheit wie mein Vater, laut aus der Zeitung vorzulesen. »Bist du nicht auch froh, dass wir nicht im Norden leben, Johnny? Nur fünf Meilen entfernt – könnten genauso gut fünfhundert sein, eine vollkommen andere Welt. Gott sei Dank leben wir in der Republik.«

»Es lebe die Republik«, sage ich und wir lachen.

»Und, wie steht's mit Cora?«

»Fantastisch. Sie ist ein wundervolles Mädchen.« Da ist es heraus, noch bevor ich über meine Worte nachdenken kann.

Éamon hebt den Kopf und schaut mich an, sein Blick ist gleichermaßen überrascht wie fragend. Er sagt aber nichts. Stattdessen holt er ein paar Zigaretten hervor, und wir stehen einfach da und rauchen und reden. Dann trennen wir uns wieder und verabreden uns für später, und als ich meinen Freund verlasse, denke ich wieder über das Mädchen nach. Das machen sie mit dir, die Mädchen – sie sind eine unergründliche Spezies, schwer in den Griff zu kriegen. Und wenn sie einmal in deinen Gedanken sind, kannst du an nichts anderes mehr denken.

»John«, höre ich und drehe mich um. Hinter mir steht ein großer älterer Mann in einem hochgeschlossenen, doppelreihigen, dunkelgrauen langen Mantel. Der Mann heißt Ignatius Delaney, und Delaney ist – in der Öffentlichkeit – ganz John le Carré. Denkt er jedenfalls. Mich erinnert die Situation hier eher an Starsky & Hutch. Obwohl es warm ist, trägt er Handschuhe und rückt beim Näherkommen seinen feinen Filzhut zurecht. Zwei dunkle Augen spähen unter dem Hut hervor, sein verschmitztes Grinsen ist hinter einem leicht grauen, gepflegten Schnäuzer versteckt. Der vorbildlich geknotete Burberry-Schal lugt aus dem Mantelrevers hervor. Delaney könnte direkt aus Hollywood kommen.

»John! Habe ich mir doch gedacht, dass Sie es sind.«

»Guten Tag, Mister Delaney«, spiele ich mit.

Er streckt mir seine lederne Hand entgegen. Mit der anderen macht er mir hinter seinem Rücken Zeichen. »John, habe ich Sie schon mit meiner Tochter Loreto bekannt gemacht? Sie kommt gerade aus Kalifornien zurück.«

Ich bin überrascht – und das sieht mir gar nicht ähnlich. Eine große Frau steht mir gegenüber. Sie hat ein weiß gepudertes Gesicht und dunkle Augen. Ihre rot geschminkten Lippen bilden einen scharfen Kontrast zu dem hellen Hintergrund. Sie trägt einen langen, schwarzen Mantel und hat einen dunkelroten Schal wie ein Tuch um ihre Schultern geschlagen, dazu einen ebenfalls dunkelroten Glockenhut aus Samt. Eine Puppe, im wahrsten Sinne des Wortes.

»Vierzig Jahre lang bin ich Lehrer, Loreto«, sagt Ignatius Delaney zu ihr. »Vierzig Jahre. So viele Schüler, so wenig Talente. Aber einen gab's, der höher flog. Ein Licht in der Dunkelheit.«

Ich tue so, als ob ich nicht zuhörte. Ich kenne die Geschichte schon.

»Und weißt du was, Loreto? Weißt du, was dieser Junge mit seinem Talent gemacht hat? Welchen Bildungsweg hat er wohl eingeschlagen? Welche Uni hat er besucht, was denkst du?«

Ich schaue wieder in die dunklen Augen der Frau. Sie mustert mich.

»Schreiner ist er geworden, Loreto, Schreiner. Stimmt's John?«

»Ich habe es schon häufig erklärt, Mister Delaney, am besten lernt man so ein Handwerk mit jungen Händen.«

»Ja, ist schon okay, John. Sie haben sich nie belehren lassen. Schön, Sie zu sehen. Gott segne Sie.«

Wir trennen uns am Feuerwehrhaus, da, wo die Straße sich gabelt. Was war das denn? Warum war sie dort? Warum diese Förmlichkeit? Aber ich habe die Nachricht verstanden – ich werde ihm einen Besuch abstatten. Ich schaue den beiden nach. Ich denke über die Frau unter dem Samthut nach. Ich weiß, dass da irgendetwas ist, aber auf dem Heimweg verdränge ich die Gedanken. Um mich herum ist es hell und warm, die Sonnenstrahlen reflektieren vom Boden, und ich denke wieder an meine Treffen mit Cora, in der Post, in der Bar, auf dem Nachhauseweg und auf der kleinen Mauer in ihrem Garten. Ich hüpfe den Weg entlang; unbemerkt tanze ich vor Glückseligkeit. Ich brodle wie Milch auf dem Ofen kurz vor dem Kochen. Ich bin kurz davor, eine Michael-Jackson-Nummer hinzulegen.

Mein alter Freund Bob erscheint neben mir, er hält mit mir Schritt. *Wir sind beide großartig in Form*, sagt er. *Niemand und nichts kann uns jetzt stoppen.*

Ich komme an einer älteren Nachbarin vorbei, die ich kaum kenne. Sie betrachtet mich neugierig, als ich sie grüße.

Hallo, meine liebe Miss Byrne«, ich bin nicht zu bremsen, »na, wie steht's mit dem Sexleben zur Zeit?«

»Nicht so aktiv wie deines, wie mir scheint«, pariert sie.

Verdammt, war die schnell. Ich habe keine Antwort parat, sodass ich mich lachend und winkend davonmache. Es geht bergauf mit mir. Tatsächlich, das tut es. Es sieht gut aus für Johnny Donnelly.

Das Mittagessen

»Soll ich dir Tee einschenken?«

»Gehst du zum Spiel, mein Sohn?«

»Hast du gestern Abend geknutscht, Johnny?«

Es ist Sonntag, und ich sitze mit Mom, Dad und Anna am Küchentisch beim Mittagessen.

»Ja, gerne.«

»Ich geh vielleicht zur zweiten Halbzeit hin.«

»Natürlich nicht«, antworte ich und schiebe meine Tasse über den Tisch in Moms Reichweite.

»Danke. Wo ist denn mein Bruderherz?«

»Declan ist schon seit heute Morgen weg«, erklärt Mom und gießt mir Tee ein. »Peter hat ihn abgeholt. Sind bei den Mourne Mountains, wenn du nichts dagegen hast. Er war schon in aller Herrgottsfrühe auf und hat Sandwiches gemacht. Ich musste glatt den guten Schinken verstecken.«

Ich sage nichts. Meine beiden Brüder verschwinden oft am Wochenende in die Berge. Nichts Besonderes eigentlich. Aber sie tun sich manchmal so wichtig damit, und man muss ihnen endlos zuhören, wenn sie davon erzählen. Sie geben einem das Gefühl, man käme in die Hölle, wenn man es nicht tut. Manche brauchen das wohl, um sich selbst besser zu fühlen. Verstehe ich.

»Sie kommen später mit ihr hierher«, fährt Mom fort – ›ihr‹ ist Tanta Hannah. »Ich mache einen großen Topf Suppe.« Ein alter Suppentopf scheppert auf dem Ofen hinter ihr.

»Los Johnny, spuck's aus«, drängt Anna. »Hast du?«

»Und gutes Brot ist im Ofen«, erklärt Mom ihre weiteren Vorbereitungen für den *High Tea*.

»Wird sicher spannend«, insistiert Dad. »Derry bringt eine große Fangemeinde mit.«

»Ich denke, du hast. Wer war sie, Johnny-boy? Kenne ich sie?« Anna versucht es erneut.

»Hey, sei nicht so neugierig und iss lieber«, mahnt Mom. »Und vergiss den Rosenkohl nicht, ist gut für dich. Ich mag ihn auch nicht und esse ihn.«

Ich schaue rüber zu meiner Schwester. »Los, Anna, rein damit. Braves Mädchen.«

Anna Donnelly ist 20 Jahre alt. Sie ist eine hübsche junge Frau; klar, ist ja auch meine Schwester. Sie hat langes, dunkles Haar, eine Farbe wie altes Eichenholz und grüne Augen – Waldgrün, das in Himmelblau übergeht. Sie hat die gleichen Augen wie ihr Bruder gegenüber am Tisch. Nur ein paar Monate trennen uns, sodass wir unsere gesamte Kindheit zusammen verbrachten, und als wir kleiner waren, hielten uns viele für Zwillinge. Durch ihre langen Haarsträhnen hindurch wirft sie mir einen warnenden Blick zu.

»Ich geh vielleicht auch zur zweiten Hälfte hin«, meint Dad jetzt entschlossen und steht auf. Mit seinem Messer schiebt er die Krümel von seinem Teller in eine Schüssel, die für den Hund bereitsteht und trägt den Teller zur Spüle.

»Ich wasch nachher für dich ab, Kathleen«, verkündet er. »Nach der Zeitung.«

Ich stehe auch auf.

»Ich koch ein paar Eier«, sagt Mom eher zu sich selbst, »könnte noch einen Salat machen.« Auch sie steht auf und beginnt, den Tisch abzuräumen.

Ich folge Dad ins Wohnzimmer und setze mich mit meiner Zeitung aufs Sofa. Ich höre die ersten Zeilen einer bekannten Melodie, die Mom während der Hausarbeit singt. Sie singt ›Lizzie Lindsay‹.

»Wenn die einmal Danny Doyle zu fassen gekriegt hätte, wäre ich sofort rausgeflogen«, hört man Dad hinter seiner Zeitung.

»Ich glaube, wir wären alle rausgeflogen«, sage ich lachend. »Ich kann mich an keinen Tag erinnern, an dem Mom nicht irgendetwas von Danny Doyle gesungen hat.«

Kathleen Reynolds hatte schon vier Jahre lang in einer Schuhfabrik gearbeitet, als sie im September 1959 Oliver Donnelly in der Stadtkirche ›St. Nicholas‹ heiratete. Sie war damals gerade siebzehn Jahre alt. Neun Mal war dann ihr Bauch fest und rund geworden und eine anfängliche Übelkeit hatte ihr jedes Mal zu schaffen gemacht. Diese neun Schwangerschaften führten aber lediglich zu vier Geburten. Ich bin der Vierte. Mom war eine sehr gute Schülerin: clever, tüchtig, Klassenbeste in Lesen und Mathematik und fit im Katechismus. Sie hatte eine freundliche, wohlklingende Stimme, sodass die Nonnen sie immer in die erste Reihe setzten, wenn Prüfer, Pfarrer oder Bischöfe zu Besuch kamen. In einer anderen Zeit und an einem anderen Ort wäre sicher etwas aus ihr geworden. Damals jedoch war das Ende ihrer Grundschulzeit auch das Ende ihrer Ausbildung und das Ende ihrer Kindheit.

Mom wuchs in einem Haushalt mit zwölf Kindern auf, als jüngstes von acht Mädchen. Großvater war Geschäftsmann im Brauereigewerbe – zu allen Zeiten ein guter Job – doch er litt an der typisch irischen Schizophrenie: großzügig und großherzig im Pub, knauserig und boshaft zu Hause. Mom erzählt immer, wie ihre Mutter einen endlosen Kampf ausfechten musste, um für alle Kinder genügend Kleidung und Essen zu bekommen. Und so wie alle ihre Schwestern auch, musste Mom trotz ihres noch kleinen und zarten Körpers vom Schulhof direkt in die Werkhalle einer Schuhfabrik. Nur fünf der zwölf Kinder sollten in Irland bleiben, zwei von ihnen sind schon tot und begraben. Die anderen sieben gingen zum Arbeiten nach England. Mom hat ihre beiden ältesten Brüder nie gesehen – die waren schon weg, noch bevor sie geboren wurde. Und sie kamen auch nie mehr zurück.

Als ich es mir auf dem Sofa bequem mache, kommt ein kleines Mädchen zur Hintertür, öffnet sie selbständig, spaziert geradewegs ins Wohnzimmer und springt neben mir aufs Sofa.

»Caitríona Begley ruft mir wieder Schimpfwörter hinterher«, seufzt sie.

»Hallo Clara«, begrüßt Dad sie, ohne seine Zeitung herunterzunehmen.

»Hallo Oliver.« Sie zupft mich am Ärmel.

Ich höre auf zu lesen und schaue sie an. Clara Mulligan ist sieben Jahre alt und das jüngste Kind unserer Nachbarsfamilie. Die Mulligans haben eine Bar im Stadtzentrum, und da die Eltern so viel in der Bar arbeiten, bleibt keine Zeit mehr für das Kind zu Hause. Mom hat deswegen bei Mulligans die Kinderbetreuung nach der Schule, in den Schulferien und an den Wochenenden übernommen. Clara wurde eigentlich mehr von ihr betreut als von ihren eigenen Eltern, sodass unser Haus auch ihr Haus ist und ich ihr großer Bruder bin. Ist okay für mich.

»Keine Angst, Kleine. Die ist doch nur total eifersüchtig.« Ich nehme sie in den Arm.

»Weil sie so fett ist?«

»Nein«, lache ich. »Eher weil du solch einen großen, tollen Bruder hast, und sie hat nur diesen Paddy Begley, den sie immer ansehen muss. Der hat doch ein Gesicht, das jeden verschreckt, der ihm begegnet. Wenn der an einer Molkerei vorbeigeht, dieser Typ, dann wird doch die Milch sauer.«

»Ja, genau. Und deswegen ärgert sie mich, stimmt's?«

»Richtig. Wenn ich jeden Tag in dieses hässliche, deformierte Gesicht schauen müsste, hätte ich auch schlechte Laune.«

»Okay.« Clara springt von der Couch. »Das sage ich ihr.«

»Und weg ist sie«, murmelt Dad.

Ich sehe ihr hinterher, als sie aus der Tür hinausspringt und schaue hinüber zu meinem Vater. Dad kann jeden Tag viele Stunden hinter seiner Zeitung verbringen, wobei ich mir nie ganz sicher bin, ob er die Seiten wirklich liest oder sich nur dahinter versteckt, um in eine andere – seine eigene – Welt abzutauchen. Ich denke ein Weilchen über ihn nach, beobachte ihn, wie er dasitzt und liest. Und manchmal ist es unmöglich für mich, an Dad zu denken, ohne das Gewehr vor Augen zu haben.

Ich habe ein schlechtes Gedächtnis und kann mir die meisten Sachen, vor allem die, die man in der Schule lernt, nicht merken. Ich lerne etwas, das spukt eine Zeit lang in meinem Kopf herum, aber bleibt nicht lange dort. Es scheint so, als ob ich mich nur an die ungewöhnlichen Dinge erinnern könnte. Ich hätte nie ein guter Student sein können, nicht so, wie Delaney sich das erhofft hatte. Und ich erinnere mich auch nicht an sehr viel aus meiner frühen Kindheit, aus den ersten fünf oder sechs Jahren. Doch an das Gewehr, an das erinnere ich mich sehr gut.

Es muss Winter gewesen sein, denn es war dunkel und nass und kalt. Wir fuhren spätnachmittags von einer

Einkaufstour in Newry nach Hause. Mom kauft leidenschaftlich gern in Newry, direkt hinter der Grenze ein – die Ware ist ihr Geld wert, dort im Norden, sagt sie. Die Straße aus Newry heraus nach Dundalk schlängelt sich einen steilen Berg hinauf. Am Anfang dieses Berges gibt es eine Abzweigung, von wo die Hauptstraße gerade weiter nach Süden führt und eine Nebenstraße nach Osten an der Küste von Carlingford Lough entlang und dann südlich rund um die Halbinsel in die Dundalk Bay hinein. Diese Küstenstraße ist an einem schönen Tag herrlich zu fahren. Dad hatte die Angewohnheit – wenn wir uns dieser Abzweigung näherten –, nach hinten ins Auto zu rufen: »Links oder geradeaus?« Wir antworteten dann immer »links«, versprach doch die längere Küstenstraße ein größeres Abenteuer. Meistens fuhr Dad geradeaus weiter, egal was wir gesagt hatten, doch ab und zu bog er auch ab – um den Reiz des Spiels zu bewahren.

An jenem Tag waren nur Anna und ich mit unseren Eltern im Auto – wahrscheinlich waren meine beiden älteren Brüder mit Tante Hannah zu Hause geblieben – und wir riefen: »Links, links, links.« Ich weiß nicht, warum Dad dieses Mal abbog. Es war eigentlich schon zu dunkel, um irgendetwas draußen zu sehen, aber vielleicht hatte er Lust auf die schnellen Kurven oder er war gerade in einem seiner schönen Tagträume gefangen, den er noch ein paar Meilen weiterträumen wollte. Was immer auch der Grund dafür war – es war eine schlechte Wahl.

Diese Straße verläuft direkt neben dem Newry Canal, auf einem schmalen Stück Land zwischen dem Meer und der dunklen Anhöhe der Cooley Mountains. Vier Meilen von Newry entfernt überquert man die Grenze zur Republik Irland. Es gibt dort eine Zollstelle auf der südlichen

Seite und manchmal eine Polizei- oder Sicherheitskontrolle auf der nördlichen. Irgendwo zwischen Newry und der Grenze drosselte Dad unvermittelt das Tempo. Ich versuchte, durch die beiden Vordersitze draußen etwas zu erkennen, aber das war wegen der Dunkelheit und des Regens fast unmöglich. Dann plötzlich sah ich den Schein einer Lampe, die langsam hin und her geschwenkt wurde. Meine Eltern unterbrachen sofort ihre Unterhaltung, und in der plötzlichen Stille konnte ich Dads Atem hören, als er das Auto stoppte und sein Seitenfenster herunterkurbelte – dabei rutschte ihm die Hand vom Griff.

Es war nicht das erste Mal, dass wir auf einer Fahrt zwischen Dundalk und Newry angehalten wurden, und Anna und ich saßen deshalb ganz ruhig auf dem Rücksitz, während Dad dem Soldaten seinen Führerschein zeigte und Fragen beantwortete, wer wir waren und was wir im Norden gemacht hätten. Der Soldat forderte Dad auf, auszusteigen und den Kofferraum zu öffnen. Ich hörte, wie der Kofferraum geöffnet wurde und dumpfes Stimmengemurmel. Dann nichts als Stille und Warten. Ein anderer Soldat bückte sich durch die Fahrertür zu uns und richtete sein Gewehr auf Mom und brüllte, wir sollten aussteigen, und dann befahl er uns, am Straßenrand stehen zu bleiben – die Waffe noch immer auf Mom gerichtet –, und im kalten Regen beobachteten wir, wie zwei andere Soldaten unser Auto durchsuchten. Der erste Soldat befragte noch immer Dad hinter dem Auto, und als die Durchsuchung irgendwann zu Ende war, kauerten wir weiter in der kaltnassen Dunkelheit und Dad sammelte Moms verstreute Einkäufe von der Straße auf, um sie in den Wagen zurückzuräumen. Dad klappte den Kofferraumdeckel zu und versuchte, ihn abzuschließen, aber er konnte den Schlüssel nicht in das Schlüsselloch bekommen, und der erste Soldat schubste ihn Richtung Fahrertür, während der zweite uns zurück ins Auto trieb und uns anbrüllte, wir sollten »einsteigen und uns verpissen«. Und obwohl ich erst sechs war, erkannte ich doch, dass dies ein seltsamer, unpassender Befehl war.

Dad bemühte sich nach Leibeskräften, das Auto irgendwie zum Laufen zu bringen, aber schon nach ein paar Metern kam es wieder zum Stillstand. Dad atmete heftig und rüttelte verbissen am Lenkrad, so als ob er dem Motor mit panischer Kraft seinen Willen aufzwingen könnte. Und genau da geschah es. Als ich später darüber nachdachte, wurde mir klar, dass der Soldat aus dem Graben neben uns gekommen sein musste, aber damals schien es mir, als ob das Gewehr einfach so aus der Dunkelheit auftauchte. Dads Fenster war noch immer offen und das erste, was ich sah, war dieses große schwarze Gewehr, das Dad seitlich am Kopf traf. Ich hörte Mom schreien, und neben mir auf der Rückbank packte Anna meinen linken Arm und erstarrte. Ich sah, wie Dad nach dem Schlag wieder zu sich kam, doch als er sich zum Fenster drehte, gab es nur noch diesen Gewehrlauf, der direkt in seinem Mund verschwand. Das einzige Geräusch im Auto war Dads Japsen nach Luft. Die nächsten Worte waren eindeutig: »Ich werde dich töten.« Dann lange Stille, bevor das Gewehr wieder aus dem Fenster verschwand. Dad bewegte sich nicht, Mom blickte noch immer starr geradeaus und Anna war noch immer wie gelähmt.

Die Stille schien kein Ende zu nehmen. Dann erschien ein Kopf am Fenster und beugte sich herein und zog sich wieder zurück, und ich hörte Stimmen und Gelächter. »Hat sich in die Scheiß-Hosen gepisst«, hörte ich den

Soldaten grölen, »hat sich in die Scheiß-Hosen gepisst.« Dad saß einfach nur da, sein Kopf fiel vornüber und sein Körper sackte in sich zusammen, weg vom Fenster, in dem jetzt andere Köpfe erschienen, die riefen, »Gib Gas«, »Abhauen«, »Fahr los *Paddy Piss-Pants.*« Das Gebrüll und Gelächter wollte einfach nicht aufhören, doch Dad hing zusammengesunken in seinem Sitz. Mom lehnte sich zu ihm rüber und nahm sein Gesicht in ihre Hände, seine Schultern zitterten. »Oh Oliver, oh Oliver«, doch er antwortete nicht, und er machte auch keine Anstalten, den Wagen erneut zu starten. Mom ging hinaus in das Gebrüll und Gelächter und nahm Dad hoch und führte ihn vorne ums Auto herum, hin zum Beifahrersitz, ging dann zurück zur Fahrerseite und wischte den Sitz mit dem Tuch ab, das Dad immer zum Scheibensäubern benutzte. Mom würdigte die Soldaten keines Blickes. Dann setzte sie sich ans Steuer, und wir brausten Richtung Süden davon.

»Die Kinder«, war alles, was Dad herausbrachte, doch Mom brachte ihn mit einer kurzen Berührung zum Schweigen, und wir fuhren in aller Stille nach Hause. An jenem Tag wusste ich, dass ich diese Soldaten eines Tages wiedertreffen würde – mit einem großen schwarzen Gewehr im Arm.

Delaneys Kohlköpfe

Ich besuche Delaney mitten in der Woche nach jener Sonntagsmesse. Ich lehne mein Fahrrad gegen die Backsteinmauer seines Hauses und suche ihn zuerst hinten im Garten.

»Hallo, Chef«, grüße ich ihn. Er taucht zwischen den Kohlreihen auf, grüßt zurück und kommt auf mich zu. Der Garten ist eine Komposition aus quadratischen Flächen, die durch akkurat geschnittene Buchsbaumhecken voneinander abgetrennt sind, in jedem Quadrat sind gerade Reihen aufgeschüttet und bepflanzt. Die ganze Anlage ist so adrett und rein wie ein Zeuge Jehovas.

»Was macht das Radfahren?«, begrüßt er mich.

»Was macht der Garten?«, frage ich zurück.

»Viel zu tun im Moment. Kann mich nicht mal umdrehen.« Er schaut mich an, zieht seine Gartenhandschuhe aus und legt seine Hand auf meine Schulter. »Wie geht's dir mein Junge?«

»So gut wie nie, Chef«, antworte ich. »Und wie geht's Miss California?«

Er wirft mir diesen Blick zu, seinen typischen Blick zwischen freundlichem Lächeln und höhnischem Grinsen. »Einkaufen mit Delores, Gott sei Dank, so habe ich meine Ruhe hier.« Er zeigt mit dem Kopf Richtung Haus. »Lass uns einen Tee trinken.«

Wir gehen hinein, in eine Küche, die aus einer *Good Housekeeping* Zeitschrift aus den 1960er Jahren stammen könnte und wahrscheinlich auch stammt.

»Es gibt eine undichte Stelle«, sagt er, während der Wasserkessel auf dem Gasherd anfängt zu kochen. Er steht am

Fenster und blickt über den Garten. »Musst dir aber keine Sorgen machen.« Er dreht sich zu mir um. »Wollte nur, dass du es weißt.«

»Wie? Wer?«

»Ist egal, John.« Er dreht sich wieder zum Fenster. »Kümmert sich schon jemand drum. Ist ja auch nichts Neues. Haben sie schon früher versucht. Und versuchen's jetzt. Und werden es wieder versuchen. Immer mal wieder finden sie einen, der auspackt. Irgendjemand lässt sich immer kaufen oder schmieren; liegt in der Natur des Menschen. Dieser jetzt weiß aber nichts über dich – niemand weiß etwas über dich – nehmen wir es also einfach so hin, als Hinweis, als Warnung.«

Mir läuft's kalt über den Rücken, als mir die Bedeutung seiner Worte, die Bedrohung, bewusst wird. »Spitzel«, spucke ich aus.

Er sagt nichts, gießt heißes Wasser in eine weiße Porzellan-Teekanne, schüttet es im Spülbecken aus, füllt ein paar Löffel losen Tee in die Kanne und gießt das kochende Wasser aus dem pfeifenden Kessel dazu. Er rührt den Tee um, legt den Deckel wieder auf die Kanne und stellt sie auf den Tisch. »Also dann«, sagt er, »lass uns dichthalten, ganz dicht. Nur wir zwei, keine offenen Fragen, kein Gequatsche und keine Spitzel, über die wir uns Sorgen machen müssen.«

Ich nicke und wir trinken Tee und er redet über Kohl, Möhrenfliegen und Obstnetze.

Seit sieben Jahren besuche ich Delaney schon. Er hat mir nie genau gesagt, wie hoch er in der IRA steht – das spielt für unsere Beziehung auch keine Rolle –, aber ich glaube, er steht ziemlich weit oben. Ich habe ihm schon öfter bei anderen Einsätzen geholfen, aber er hat mich immer abseits gehalten, im Verborgenen. Niemand in der Bewegung weiß, wer ich bin; niemand in der Bewegung weiß, dass es mich überhaupt gibt.

Es hat einige Zeit gedauert, bis ich wusste, was ich brauche und wie ich es gebrauche. Ich lerne immer noch. »Ich helfe dir bei allem, was du tust«, habe ich ihm mal gesagt. »Ich helfe dir bei allem, was du tust, wenn du mir dafür einmal ein großes schwarzes Gewehr besorgst.«

»Lass mich das machen«, sagt er jetzt beim Abschied, »und mach du dir keine Gedanken.«

Aber ich mach mir Gedanken, und als ich nach Hause radle, überdenke ich jeden Schritt unseres Plans, überlege, ob alles niet- und nagelfest ist. Ich komme nach Hause, binde das Gartentor wieder mit dem alten Schnürband zu, Che – unser Schäferhund – springt mit zur Begrüßung entgegen, und wir kabbeln miteinander auf dem Gartenweg.

Bob steht am Schuppen, wo ich immer mein Fahrrad unterstelle. *Müssen wir uns Sorgen machen?*, fragt er, als ich mein Fahrrad abstelle und die Schuppentür zuschlage. *Haben Delaney und Donnelly einen Denkfehler in ihrem großartigen Plan zur Befreiung Irlands?*

Ich ignoriere ihn. Es sollte klappen – wir haben den Plan Schritt für Schritt und sehr sorgfältig ausgearbeitet. Er ist hundert Prozent dicht und todsicher.

Das haben sie bei der Titanic auch gesagt, bemerkt Bob, während ich mit Che um das Haus herumtolle.

Ich sehe Clara draußen auf der Straße. Sie radelt hochkonzentriert den Gehweg entlang. Sie weiß, dass ich da bin, und sie möchte, dass ich sie sehe. Ich traue mich nicht, sie zu rufen, denn dann würde sie zum Winken eine Hand loslassen. Deswegen gehe ich zum Gartentor und lehne mich einfach darüber.

»Toll machst du das«, ermutige ich sie. »Du bist ein Naturtalent. Wir werden dich bei der Tour de France anmelden.«

Sie stoppt und schaut mich an, »Was ist das, die Tour de France?«

»Ein Rennen für Verrückte«, erkläre ich ihr. »Also wie für dich gemacht.«

»Du bist lustig«, sagt sie und radelt davon, und ich schaue dem roten Fahrrad nach, das ich ihr zum Geburtstag geschenkt habe.

Das rote Fahrrad

Ich war sieben, als ich mein rotes Fahrrad zu Weihnachten bekam. Ich hatte es mir so sehr gewünscht, und ich konnte gar nicht glauben, dass es am Weihnachtsmorgen wirklich vor mir stand. Ich konnte nicht glauben, dass es für mich war.

Ich hatte schon auf Annas kleinem Rad fahren gelernt und dann später auf Peters, und wenn er weg war zum Fußballspielen oder bei den Pfadfindern oder sonst irgendwo, dann holte ich mir sein Raleigh-Rad aus dem Schuppen und fuhr damit rund um den Vorgarten. Peters Raleigh war viel zu groß für mich – meine Füße reichten gar nicht bis zu den Pedalen, wenn ich auf dem Sattel saß –, und so musste ich im Stehen fahren, wobei mein kleiner Körper immer hoch- und runterging, was sehr mühsam war und wodurch das ganze Abenteuer noch einen Kirmes-Kick bekam. Es war großartig, und ich wartete immer bis zur letzten Minute, bevor ich das Rad in den Schuppen zurückbrachte und versuchte schnell alles wieder so herzurichten, dass er nichts merkte. »Irgendwann kriegt er dich«, prophezeite mir meine Mutter, »und dann kommst du zu mir gerannt, damit ich dich beschütze.« Declan hat nie ein eigenes Fahrrad besessen; ich glaube, dass er nicht gerne Fahrrad fuhr. Ist das nicht sonderbar?

Und dann, endlich, hatte ich mein eigenes Rad – ein wunderschönes rotes Fahrrad –, und ich fuhr jeden Tag rund um den Garten. Zu jener Zeit lebten wir in einer städtischen Wohnsiedlung mit rund hundert Häusern. Die Siedlung bestand an einem Ende aus rechteckig angeordneten Wohnblocks und am anderen Ende aus einer offenen U-förmigen Anordnung. Es sah aus, als ob die Architekten sich nicht auf eine Form hatten einigen können und deswegen einfach beide berücksichtigt haben. Wir wohnten an der Ecke eines dieser rechteckigen Blocks.

Der Straßenrüpel unserer Siedlung war Jimmy McCusker, und er war 14 Jahre alt, als ich mein rotes Fahrrad bekam. Ich glaube, Jimmy war ein bisschen langsam im Denken oder so was Ähnliches, denn er ging überhaupt nicht zur Schule. Stattdessen stromerte er den ganzen Tag durch die Siedlung und suchte Ärger. Ich war da allerdings die falsche Adresse. Ich war nicht oft draußen auf der Straße, ich wäre am liebsten gar nicht rausgegangen, doch zur Schule musste ich zu Fuß gehen. Da draußen warteten die großen Jungs und die Gefahr, und für mich war das alles zu ruppig und zu bedrohlich. Ich blieb lieber zu Hause und spielte im Garten. Jimmy hatte auch immer ein paar Kumpels dabei – kleinere Jungen, die er ständig austauschte, wenn sie älter wurden und sich von ihm abwendeten. Familie McCusker lebte in der hinteren Reihe des rechteckigen Wohnblocks, und für mich war es ein Segen, dass ich keinen Grund hatte, dort herumzuhängen. Alle Informationen, die ich von dort bekam, waren second-hand-Informationen. Manchmal sah ich Jimmy auf der Straße, wenn ich zur Schule ging oder heimkam, doch immer schaffte ich es irgendwie, ihm aus dem Weg zu gehen. Dad sagte, dass Jimmy ein Ebenbild seines Vaters wäre und dass es in der McCusker Familie ein kriminelles Gen geben müsse. Jimmys Vater hatte die Angewohnheit, den ganzen Tag auf der Veranda zu sitzen, zu rauchen und die Passanten zu beleidigen, während Jimmy draußen auf der Straße die Leute belästigte. Dad meinte, dass die McCuskers einen ziemlich kranken Geist und ein Monopol auf Dummheit besäßen. Erst viele Jahre später verstand ich, was er damit meinte.

Als es Sommer wurde, radelte ich häufig zum Laden und kaufte den *Dundalk Democrat* für Dad. Der *Democrat* erschien am Wochenende, sodass ich mich am Samstagmorgen immer ganz früh auf den Weg machte. Der Laden war nicht weit, gerade am Ende unserer Straße. An einem frühen Augustmorgen kaufte ich wie immer einen *Democrat*, klemmte ihn auf den Gepäckträger und machte mich auf den Heimweg. Ich habe keine Ahnung, warum ich an jenem Morgen die Straße hinter dem Wohnblock nahm – hatte ich nie zuvor gemacht –, aber es war solch ein wunderbarer, warmer Morgen, und vielleicht war ich in meinen Tagträumen gefangen oder vielleicht hatte ich auch nur nicht nachgedacht. Plötzlich musste ich scharf bremsen, um nicht mit Jimmy McCusker zu kollidieren, der mitten auf der Straße stand. Jimmy legte eine Hand auf mein Fahrrad und schaute auf mich herab. Er sagte kein Wort. Mein Rücken wurde starr, mein Innenleben zog sich zusammen und ich fühlte einen schmerzhaften Druck rund um die Taille. Doch Jimmy McCusker berührte mich gar nicht. Er schlug mich auch nicht. Er schubste mich noch nicht einmal. Er nahm mir nur das Rad weg und schob es durch sein Gartentor. Er nahm auch Dads Zeitung mit.

»Hast du nichts dagegen getan?«, fragte Dad.

»Nein«, sagte ich, »ich wusste nicht, was ich tun sollte.«

»Wusstest nicht, was du tun solltest?« Dad wiederholte meine Worte, schaute auf mich herab und schüttelte den Kopf.

»Tut mir leid«, sagte ich, er sagte nichts.

Ich ging in mein Zimmer und setzte mich aufs Bett und weinte, und Anna kam herein und hielt meine Hand. Wir hörten, wie Dad das Haus verließ, und wir rannten zum Fenster, als er zurückkam, aber alles, was er dabeihatte, war der *Democrat*. Ich vermutete, er hatte sich einen neuen gekauft.

Als es wieder Weihnachten wurde, wünschte ich mir eine Steinschleuder.

»Warum möchtest du eine Steinschleuder?«, fragten Mom und Dad.

Um wie Cuchulainn zu sein«, sagte ich. Meine Eltern fanden das ziemlich lustig und erzählten es allen Verwandten und Besuchern.

»Unser Junge – der nächste Cuchulainn.«

»Ich brauche eine richtig gute Schleuder«, sagte ich zu Mom, als ich allein mit ihr in der Küche war. »Eine starke, so eine richtig gute für Wettkämpfe.« Und ich zeigte ihr ein paar Modelle in Büchern, die ich in der Bücherei ausgeliehen hatte.

Weihnachten brachte mir die Steinschleuder, und mein Vorhaben nahm Gestalt an.

Das nächste halbe Jahr beschäftigten mich hauptsächlich Steine und Murmeln. Als Ziele benutzte ich zunächst Fußbälle und dann Tennisbälle, und ich trainierte jeden Tag, bis das Ziel ein Golfball war und ich ihn von der anderen Seite des Gartens aus traf. Ich war bereit.

Zwischen unserer Siedlung und der Nachbarsiedlung breiteten sich hügelige Wiesen aus. Einer dieser Hügel war im Laufe der Zeit erodiert und hatte eine Felswand zurückgelassen. Sie war nicht sehr hoch – nur rund sechs Meter –, aber für uns Kinder war sie gewaltig, und wir nannten sie die ›Felsenklippe‹. Anna und ich kletterten häufig dort herum, wenn wir allein waren.

Die Sommerferien kamen, und die Kinder beider Wohnsiedlungen trafen sich in den grünen Hügeln. Jimmy McCusker und seine Bande kontrollierten eine Anhöhe in der Nähe unserer Klippe, so wie ein Löwenrudel einen Hügel in der afrikanischen Savanne beherrscht. Der Rest der Kinder, auch wir, blieben wie eine grasende Herde Vieh auf Distanz. In jenem Jahr zählten die beiden Breen-Jungen zu Jimmys neuem Team, und ich wartete auf den Tag, an dem die drei auf der Klippe auftauchten und keine anderen Kinder in der Nähe waren. Ich hatte mein Versteck im hohen Gras eingerichtet, von dem aus ich nicht gesehen werden konnte. Viele Male hatte ich frühmorgens, noch bevor irgendjemand anderes dort war, das Versteck geprüft, die Distanz berechnet und Reichweite ausprobiert.

Zuerst nahm ich mir einen der Breen-Jungs vor. Ich traf ihn an der Stirn und er fiel um. Die anderen beiden hatten keine Ahnung, was da passiert war und standen mit sperrangelweitem Mund vor ihm. Ich zielte auf den zweiten Breen-Jungen. Treffer, genau in den offenen Mund – schreiend glitt er zu Boden. Ich konnte sehen, wie McCusker in panischer Angst die Wiesen absuchte, um irgendein Indiz oder eine Erklärung zu finden. Er fand nichts davon, und ich traf ihn zuerst an der rechten Schulter und dann am rechten Knie und trieb ihn damit rückwärts an die Klippe heran. Er stöhnte vor Schmerz und suchte verzweifelt Deckung. Es gab aber keine – das hohe Gras war ganz meins – und als er zum Rand der Klippe kam, zeigte sein Blick Unsicherheit, ob er springen oder lieber herunterklettern sollte, und als er sich in meine

Richtung wendete, traf ihn mein Geschoss ins linke Auge, und er fiel rückwärts und ward nicht mehr gesehen.

Was in jenem Sommer auf dieser Klippe geschah, war und blieb ein Geheimnis und wurde zu einer Legende. Niemand glaubte den Breen-Jungs ihre Geschichte von einem Angriff ›aus dem Nichts‹, und da die Klippe sowieso voller Steine war, konnte auch kein Beweismaterial und keine Spur gefunden werden. Die meisten Leute waren sich sicher, dass es dort wohl einen Streit innerhalb der Bande gegeben habe und die Jungs die andere Geschichte nur zur Vertuschung erfunden hätten – allerdings waren die Verletzungen so schwer, dass es sich um keine reine Erfindung handeln konnte. Wie auch immer, niemand ging der Sache ernstlich auf den Grund.

Jimmy McCusker überlebte, doch er hatte sich bei dem Sturz von der Klippe einen Halswirbel gebrochen, und als er das Krankenhaus verlassen durfte, musste er seinem Vater als Wachposten auf der Veranda Gesellschaft leisten. Ich bekam zum darauffolgenden Weihnachtsfest ein neues Fahrrad geschenkt – ein blaues Raleigh-Rad – und wenn es draußen trocken war, drehte ich meine Runden um den Block. Immer wenn ich bei den McCuskers vorbeikam, stoppte ich und blickte den Jungen im Rollstuhl an, woraufhin sein Vater mich laut beschimpfte. Aber es hatte sich etwas verändert: Die Anspannung in meinem Rücken und der schmerzhafte Druck rund um meine Taille waren verschwunden, und ich hatte keine Angst mehr. Beim Wegfahren winkte ich den McCuskers noch zu.

Ende des Jahres zogen wir um in ein neues Haus, und ich sah Jimmy McCusker oder mein rotes Fahrrad nie wieder.

Die schwarze Fahne weht

Es ist die zweite Maiwoche und zwei Wochen sind seit dem ersten Abend mit Cora Flannery vergangen. Zwei Wochen. Ich bin nervös. Heute werde ich zum ersten Mal zu ihr nach Hause gehen. Heute werde ich ihre Mom und ihren Dad treffen. Ich habe so lange gewartet wie möglich, aber Cora meint immer noch, dass ich wirklich darin übertreibe, dass es ungewöhnlich wäre, schon nach zwei Wochen. Was soll ich sagen? Es gibt die normale Zeit und es gibt die Cora-Zeit …

Ich binde das Gartentor mit dem Schuhband hinter mir zu und winke Dad, der mich von der Veranda aus beobachtet.

»Alles okay, mein Sohn?«, fragt er.

»Alles okay, Dad."

Im Nachbargarten eines Hauses, das genauso aussieht wie unseres, arbeitet ein Mann tiefgebückt zwischen den Rosen und Büschen.

»Sie hat dich wieder auf die Knie gezwungen, Eddie«, stelle ich fest.

Er sieht kaum auf. »Klugscheißer." Es ist nur ein Flüstern, aber ich höre es doch, und zu spät versucht er wegzurennen. Zu spät und zu langsam. Bevor er noch in Gang kommt, bin ich über die Mauer und habe ihn fest im Griff.

Eddie Reynolds ist mein Onkel. Er ist Ex-Soldat und er ist ein kleiner Mann. Aber er ist ein stolzer Mann. In seiner Jugend war er der Box-Champion von Leinster im Federgewicht, und er hat den Titel fünf Jahre lang verteidigt. Eddie und Hannah sind Mutters Geschwister und wohnen nebenan. Die drei machen alles zusammen – einkaufen, Freunde treffen, Urlaub, das ganze Programm – und den Rest der Zeit schimpfen sie übereinander. Eddie und Hannah waren nie verheiratet und haben auch keine Kinder. Als Eddie aus der Armee ausschied, war ich seine Hauptbeschäftigung und wir verbrachten viele Nachmittage in der Woche mit Boxtraining, Nahkampf und – wenn wir sicher waren, dass niemand zuschaute – mit Waffentraining. Eddie ging ganz darin auf, Geschichten aus dem Soldatenleben zu erzählen: über die Kasernen, die Schießstände, die Grenze, den Curragh, den Kongo und den Libanon. Ich liebte seine Geschichten. Damals war Eddie mir haushoch überlegen, aber das ist zehn Jahre her, als Eddie fünfzig war und ich neun. Jetzt sieht die ganze Sache natürlich anders aus. Es ist kein Wettkampf mehr.

»Klugscheißer, sagst du, ja?« Im Nu habe ich den kleinen Mann hoch auf meine Schultern gehievt und wirble ihn herum.

»Johnny«, fleht Eddie und versucht meinem Griff zu entkommen. »Lass mich runter, du Gauner.”

Ich habe keine Mühe, ihn festzuhalten.

»Hannah, Hannah«, ruft Eddie laut.

Tante Hannah erscheint in der Haustür. Sie nimmt die Szene, die sich vor ihr auf der Wiese abspielt, gar nicht zur Kenntnis. Sie wendet sich Dad zu, der noch immer auf der Veranda steht.

»Ein wunderbarer Tag, Oliver«, sagt sie.

»Ein wunderbarer Tag, Hannah. Gott sei Dank. Ein wunderbarer Tag.« Er schaut hoch zu den graphitgrauen Wolken, die am blau-weißen Himmel vorbeiziehen. »Könnte aber noch einen Schauer geben.”

»Wie geht's *ihr*?«, fragt Tante Hannah.

von der Schule dort hindurch, und versuchte, etwas von den Emotionen und dem Fieber aufzusaugen. Es war unmöglich. Ich wurde einfach nicht schlau aus der ganzen Sache. An dem Tag, an dem Bobby starb, wurden überall schwarze Fahnen gehisst; sie hingen an jeder Laterne. An jenem Tag bat mich ein mageres Mädchen im Teenager-Alter mit engen Jeans und sportlichem Kurzhaarschnitt, eine Petition zu unterschreiben.

»Warum?«, fragte ich, doch allein schon diese Frage schien sie komplett aus der Fassung zu bringen. Für mich machte das alles irgendwie keinen Sinn. Mein zehn Jahre alter Kopf konnte die Zusammenhänge nicht erfassen. Bobby Sands hatte während seines Hungerstreiks für einen Sitz im Unterhaus kandidiert, und er hatte ihn gewonnen – an einer alten Mauer in der Nähe der Schule stand das Graffiti: THE RIGHT HON BOBBY SANDS MP. Warum, so dachte ich, feiern wir, dass er jetzt einer von denen ist, die uns die ganze Zeit so schrecklich bedrohen? Aber gefeiert wurde er: BOBBY SANDS MP – wohin man auch sah.

Im Norden kam es zu Unruhen, als er starb. Wir sahen es im Fernsehen: Frauen machten Lärm mit Trillerpfeifen und schepperten Mülleimer-Deckel auf den Gehweg, junge Leute attackierten gepanzerte Autos, die Polizei marschierte hinter Schutzschildern und nachts flogen Brandbomben. Die Beerdigung hatte etwas von einem Staatsbegräbnis – ein Leichenzug mit zehntausenden Menschen, vermummte Fahnenträger und Schüsse in die Luft. Und jeder hatte etwas dazu zu sagen.

Eine Woche später, nach neunundfünfzig Tagen Hungerstreik, starb Francis Hughes. Er war fünfundzwanzig. Damit wiederholte sich das Ganze. Und dann starb ein weiterer Hungerstreikender, und dann noch einer und noch einer. Es schien, also ob es ewig so weiterginge. Obwohl wir – in der Republik – alle sehr ergriffen und besorgt waren, standen wir dem Geschehen doch eher distanziert gegenüber, fast unbeteiligt, als ob dies alles weit weg, in einem anderen Land, passierte. Wir saßen als Zuschauer in unseren Wohnzimmern, als morgens die Mülleimer-Deckel schepperten, nachmittags Steine flogen und nachts Brandbomben explodierten. Wir beobachteten den langen Leichenzug, die Sargträger mit ihrem steifen Schritt und die Schüsse der vermummten Flaggenträger in einen Himmel, der Irland nie etwas zuleide getan hat. Und hier auf dem Marktplatz von Dundalk hingen die schwarzen Flaggen. Zehn Menschen waren tot, bis der Hungerstreik vorüber war. Ich fragte Dad, warum er gestoppt wurde. »Politik«, sagte er, »alles ein Spiel der Politik.« Damals wusste ich es nicht – heute weiß ich es – Dad hatte recht. Es war immer nur die Politik, und wir waren die Verlierer.

Wir Iren, wir haben uns zu sehr daran gewöhnt, die Verlierer zu sein. Wir lieben es zu sehr, moralische Niederlagen zu feiern; lieben es zu sehr, kleine, unbedeutende Siege zu feiern, die gar keine richtigen Siege sind; lieben es zu sehr, zu leiden; lieben unsere Märtyrer zu sehr; lieben das verdammte Wort ›*Kampf*‹ zu sehr; und wir lieben es zu sehr, uns auf die politischen Spielchen mit den Briten einzulassen, obwohl diese uns in der Vergangenheit niemals gutgetan haben. Das Einzige, was in diesem Krieg zählt, ist, den Feind aus Irland zu vertreiben. Und für dieses Ziel haben die Hungerstreiks gar nichts gebracht. Sie waren ein Versuch, Überzeugungsarbeit zu leisten. Aber warum sich darüber Gedanken machen? Die eigentliche Schlacht, die sich lohnt, ist die, mit der man den Krieg gewinnt. Das war die Lektion, die ich gelernt habe – 1981.

Eine einzige schwarze Flagge wurde während des Hungerstreiks in der Straße nahe der Schule gehisst und wurde vergessen und hängen gelassen, als alle anderen schon abgenommen waren. Viele Jahre hinweg hat mich diese Flagge begleitet, ich sah, wie sie verblasste und zerschliss, bis eines Tages der Holzpfosten verfaulte und abbrach und die Straßenreinigung alles zusammenkehrte und auf den Müll brachte – gemeinsam mit den anderen unerwünschten Dingen.

Ich radle vom Marktplatz aus nach Norden durch die Clanbrassil Street und durch die kleine Straße, an der unsere Schule liegt. *Sind Sie heute dabei, Mister Donnelly? Macht es Ihnen etwas aus, Ihre Gedanken mit der Klasse zu teilen, Mister Donnelly? Gibt es da draußen vor dem Fenster irgendetwas Merkwürdiges oder Beunruhigendes zu sehen, Mister Donnelly? Hallo, hallo, Mister Donnelly, kommen Sie bitte herein! Lesen Sie bitte ab hier, Mister Donnelly. Bitte, Mister Donnelly, warten Sie bitte nicht auf Applaus. Mister Donnelly …* Ich fahre durch die Church Street zur Bridge Street, eine dunkle, kleine Gasse, die nichts zu bieten hat außer verzweifelten kleinen Händlern, die ihre letzte Chance nutzen wollen, und nur noch das verkaufen, was niemand mehr möchte. Ungehobelte, ruppig dreinschauende Männer stehen draußen vor den Bars und beobachten mich argwöhnisch, so als ob Fahrradfahren ein ungebührliches Verhalten wäre und irgendeine Art von Bedrohung darstelle. Ich überhole zwei Penner, die sich so langsam Richtung Süden vorwärtsbewegen, dass es den Anschein hat, sie würden eher bis in alle Ewigkeit laufen als bis zum Ende der Straße. An diesem nördlichen Zipfel der Stadt wirft man Heuchelei und Ehrgeiz über Bord und ergibt sich, statt auf das Glück zu warten, seinem Schicksal – mit einer Flasche billigem Wein. Ich ziehe den Reißverschluss meines Pullovers ganz hoch und schalte in einen anderen Gang. An unserem schlammigen Fluss biege ich ab und fahre Richtung Westen die Castletown Road entlang. Kinder spielen Ball auf dem Schulhof der National Girls' School, und ich muss anhalten, um ihnen den Ball zurückzuwerfen, der über das Eisengitter geflogen ist. Ich denke an Mom. Dies war ihre Schule. Ich weiß, dass sie auf diesem Schulhof hier gesungen hat, gehüpft, gerannt und hingefallen ist und wo sie auch geweint hat. Ich versuche, sie mir hier auf dem Schulhof vorzustellen, doch es fällt mir schwer. Die Kinder stürzen sich wieder in ihr Spiel, und ich radle weiter nach Westen unter der Eisenbahnbrücke hindurch. Ich werde langsamer, als ich die von kleinen Mauern umgebenen Gärten der Níth River Terrace erreiche, und ich stoppe auf der Hälfte der langen Häuserreihe. Der Himmel ist wieder besänftigt; die dunklen Wolken sind vorbeigezogen, und der Tag wird hell und klar. Ich sehe den Imbissladen, wo ein Mädchen die Schaufensterscheibe mit einer Sprühflasche und Zeitungspapier auf Hochglanz bringt.

»Hey«, sage ich.

»Hey«, antwortet sie. Sehr hübsch das Mädchen. Ist die Welt nicht voll von diesen hübschen Mädchen?

Ich drücke das niedrige Tor vor dem Haus mit dem Vorderrad auf und lehne mein Fahrrad gegen den aschgrauen Kieselrauputz der Hauswand. Ich ziehe meinen Dunn & Co gerade und streiche meinen Schal zwischen Fingern und Daumen glatt, sodass er ordentlich, parallel zum offenen Mantel hängt. Ich gehe zur Haustür, an der zwei kleine Messingnummern – eine eins und eine sechs – über der Türfüllung hängen. Ich atme tief ein und klopfe.

Bob

Die Tür öffnet sich.

»Hallo.« Ein Junge steht im Eingang.

»Hallo, ist Cora da?«

In der kurzen Stille mustert der Junge mich. »Du bist also dieser Johnny Donnelly?«

»Äh, ja, so nennen die Leute mich auf jeden Fall."

»Also gibt es dich wirklich. Sie hat schon ewig lange von dir erzählt und erzählt. Wir dachten alle, sie hätte dich nur erfunden.«

»Ach ja?«

Nicht gewillt, mich aus den Augen zu lassen, ruft der Junge über die Schulter: »Cora, da ist jemand für dich.«

Hinten im Hausflur öffnet sich eine Tür, eine Frau kommt nach vorne gelaufen und schiebt den Jungen zur Seite.

»Cormac, mach mal Platz«, ermahnt sie ihn. Sie ist eine attraktive Frau. Ihr rotes Haar ist hinten zusammengebunden, und ihre Augen leuchten so grün wie eine Sommerwiese im August. »Kommen Sie doch rein«, sagt sie. »Fionnuala. Ich bin Coras Mutter.«

»Hallo Mrs Flannery. Schön, Sie kennenzulernen«, sage ich und mache einen Schritt vorwärts in den engen Flur. Ich merke, wie mein Atem schneller geht, als ich ins Haus trete. Plötzlich weiß ich nicht mehr, wie ich stehen soll. Ich stehe gerade, ich neige mich nach vorne, ich stecke die Hände in die Taschen und ich nehme sie wieder raus. Dann entscheide ich mich dafür, mich etwas nach vorne zu lehnen und meine Hände vor mir zu verschränken.

Der Junge beobachtet mich.

Wir hören Schritte auf der Treppe. Es ist Aisling.

»Hey, Süßer.«

»Hallo, Aisling.«

Sie kommt näher, küsst mich auf die Wange und nimmt meine Hand. »Hör mal zu Johnny, du hast noch Zeit, deine Meinung zu ändern. Ich und du, was meinst du? Wir könnten ein tolles Liebespaar sein.«

Zu meiner Atemnot und meiner komischen Haltung gesellt sich noch ein Brennen im Gesicht.

»Mama, schnell, schubs ihn weg von ihr«, Cora kommt schreiend die Treppe herunter und schiebt ihre Schwester weg. Die beiden Mädchen lachen.

»Na ja, einen Versuch war's wert«, sagt Aisling. »Also, ich bin weg. Ich treffe mich mit den Mädels. Bis später, Süßer«, fügt sie hinzu, und fährt beim Abschied mit ihren Fingern an meinem offenen Mantel entlang.

»Hey, du«, begrüße ich Cora.

Hey, du«, antwortet sie, und ihr blasses Gesicht errötet etwas.

Sie geht voran bis zum Ende des Hausflurs und öffnet eine Tür. »Gib mir fünf Minuten, ja?« Sie verschwindet.

Ich gehe durch die Tür in die Küche. Ein großer elfenbeinfarbiger Herd steht an der gegenüberliegenden Seite. Rechts davon wurde die Wand durchbrochen, sodass man jetzt durch einen weiten Bogen in ein großes Ess- und Wohnzimmer gelangt. An der hinteren Wand dieses großen Raumes steht ein langes Sofa, auf dem Bob sitzt, in seinem grünen Overall, die zusammengefaltete Zeitung auf dem Schoß.

Ist das nicht einfach schön?, höre ich ihn sagen.

Ich kenne Bob Hanratty aus der Zeit, als ich meine Lehre in der Maschinenfabrik begann. Da lebte Bob noch. Der alte Mann arbeitete als Hausmeister dort, und verbrachte eine Hälfte des Tages damit, die verschiedenen Maschinen mit Hilfe seiner diversen Ölkannen und Schmiermittelpistolen zu ölen. Die andere Hälfte des Tages leerte er die Abfalleimer und fegte den Boden. In den Pausen nahm Bob seine Zeitung und setzte sich zum Essen allein auf eine Arbeitsbank. Er zog die friedliche Stille und Einsamkeit im Öllager dem Gewühl und Lärm in der Kantine vor. Bob faszinierte mich, und ich schaute ihm oft zu, wenn er seinen Geräte-Trolley von einer Maschine zur anderen schob, die Steuerung und die Hebel einschmierte und die Motoren und Maschinenbetten einölte. Jeden Griff, jeden Kontakt, jeden Gewindenippel wischte er mit einem großen, roten Lappen, der aus der Hosentasche des grünen Overalls hing, vorher und nachher sorgfältig ab. Die Ruhe des alten Mannes, seine systematische Arbeitsweise und der stille Rückzug – weg vom ungehobelten und spöttischen Geschwätz in der Werkshalle – berührten mich.

Wochenlang beobachtete ich Bob, bis ich mich eines Montagmorgens direkt zu ihm auf den Weg in die Werkstatt machte. Er schob gerade seinen Arbeitswagen quer durch die Halle. In dieser Halle arbeiteten in einer Kontrollkabine gegenüber des Büros auch noch Grimes und McArdle, zwei armselige ›Clowns‹. McArdle war ein ungepflegter Typ – schmächtiger Körper in einem dreckigen Arbeitsmantel, vernarbtes Gaunergesicht unter fettigen, braunen Haaren. Grimes war etwas sauberer, erinnerte aber an ein Monster – ein massiger Körper mit einem pinkfarbenen Kopf oben drauf.

»Na, jemals eine bestiegen, Bob?«, rief Grimes dem näherkommenden alten Mann zu. »Ist noch Zeit genug. Noch Leben im Würstchen? Hat die Hand noch genug zu tun?« Mit schallendem Gelächter beugte er sich nach vorn und deutete die Bewegung mit seiner Hand an. »Hey, Bob, ich hab's so richtig durchgezogen letzte Nacht«, er grölte erneut, drehte sich seitwärts zu Bob und demonstrierte mit seinen Händen, was er meinte. »Dann bin ich nach Hause zu meiner Frau«, lachte er laut, schlug mit der Hand auf den Tisch, knuffte McArdle und drehte sich zu seinem Publikum um: »Was ist denn mit deinen netten Nachbarinnen, Bob? Die könnten doch sicher einen fitten Kerl wie mich gebrauchen.«

Ich sah Wut in Bobs Gesicht aufflackern.

»Lass den Mann in Ruhe.« Die Worte strömten aus meinem Mund noch bevor eine Antwort meinerseits überhaupt von meinem Gehirn in Erwägung gezogen worden war. Plötzlich Totenstille in der Halle, Unsicherheit erfüllte die abrupte Leere. Neugierig kamen die Werksarbeiter von überall her zusammen. Auf einmal schien alles ein großes Schauspiel. Und ich mittendrin, ganz vorne auf der Bühne.

»Was zum Teufel ist das denn?« Grimes wendete sein pinkes Gesicht zu mir.

»Wer zum Teufel bist du denn? Du kleine Fotze.«

Ehrlich, das kotzte mich an. Ich wusste, Grimes konnte mich im Kampf in Stücke reißen, na wenn schon! Jetzt klein beizugeben würde diesem Arschloch Tür und Tor öffnen, um mich jedes Mal, wenn ich an seiner Kabine vorbeikam, zu beleidigen. Soweit durfte es auf gar keinen Fall kommen.

»Eine Fotze«, belehrte ich ihn, »ist ein weibliches Geschlechtsorgan. Aber davon verstehst du offensichtlich nicht sehr viel. Bist du sicher, dass du eine *Sie* hattest letzte Nacht? Hast du nachgeschaut?«

Lauter Jubel und Applaus um mich herum, die Arbeiter lachten und schlugen mit ihren Händen und Hämmern auf die Seitenteile ihrer Maschinen oder auf die Bänke. Männer sind so – sie lieben es, Krach zu schlagen und großspurig ihren Senf dazuzugeben. Auf jeden Fall aber wurde Grimes' pinkes Gesicht jetzt rot, seine Augen bohrten sich wütend in mich hinein, vergleichbar mit der geballten Kraft eines rasenden, verletzten Stiers. Aber er hatte keine Antwort parat.

»Alles okay bei euch, Jungs?« Ein Kopf erschien durch das Bürofenster.

»Lass gut sein, mein Sohn.« Bob führte mich weg. Als wir das andere Ende der Werkshalle erreicht hatten, schaute er mich an: »Ich billige diese aggressive Sprache und Wichtigtuerei nicht, junger Mann.«

»Verstehe ich, Mister Hanratty«, überraschte ich ihn.

Bob Hanratty wartete kurz und legte eine Hand auf meinen Arm. »Diese Wüstlinge schikanieren mich, mein Sohn. Aber es sind doch nur Wüstlinge und Hohlköpfe. Grimes und McArdle haben kein bisschen Hirn. Beachte sie nicht; sie haben's nicht verdient.«

Ich klopfte dem alten Mann auf die Schulter und wandte mich zum Gehen.

»Und, Junge«, fügte er hinzu, »danke.«

Am nächsten Tag suchte ich ihn wieder auf, als er gerade die Laufschienen einer Maschine einölte, die an der hinteren Wand der Werkshalle stand.

»Entschuldigen Sie, Mister Hanratty?«

»Ja, mein Sohn." Er drehte sich um und wischte sich die Hände mit dem roten Lappen ab.

»Warum machen Sie diesen Job hier, bei diesen Leuten? Sie könnten doch, ich meine, Sie sind doch … was Besseres?«

»Was Besseres? Ich bin hier, weil ich hier bin, und es wäre dumm zu denken, woanders wäre es besser.« Er lässt seine Worte einen Moment auf mich wirken und fährt fort: »Einmal war es das vielleicht, aber das ist lange her.« Er wischt sich mit seinem roten Lappen langsam und sorgfältig jeden einzelnen Finger ab. »Man muss es nehmen, wie es kommt.«

»Aber mir scheint, Sie sind zufrieden hier. Was ist das Geheimnis?«

»Ein Geheimnis? Das gibt es nicht, mein Sohn. Schau dich mal um. Die meisten hier haben keinen großen Anspruch, sind Drückeberger, tauchen einfach ab, doch das verstärkt ihr Elend nur noch. Was immer du im Leben auch tust, jede noch so simple Aufgabe – tue sie so gut du eben kannst. Darin liegt das Lebensglück.«

Ich nickte dem alten Mann zu.

»Und, nicht mehr Mister Hanratty, Junge. Bob für dich.«

Am darauffolgenden Tag ging ich in der Mittagspause zur Werkshalle zurück und setzte mich zu Bob auf die Bank. Von dem Zeitpunkt an opferte er sein Lesen dem täglichen Gespräch mit mir – wir hatten beide großes Vergnügen daran, uns darüber auszutauschen, was war und was noch kommen könnte.

Cora ist fertig und kommt in die Küche, dahinter ein Mann, der wohl ihr Vater ist.

»So, so, was haben wir denn hier?«, fragt er. »Cora Flannery, was haben wir über das Mitbringen von herumstreunenden Tieren ausgemacht? Wo um Himmels willen hast du das denn gefunden?«

»Hab ihn in einer Disco gefunden, Daddy. Was meinst du?«

»Ich meine, du musst verrückt sein.«

»Ich bin verrückt«, lacht Cora. »Wir sind alle verrückt in diesem Haus.«

Ich stimme ihr zu, sage aber nichts.

»Gerry Flannery«, stellt sich ihr Vater mir vor und gibt mir die Hand. »Ich hoffe, das Wetter wird nicht so, wie Sie es erwarten.«

Das höre ich von vielen Leuten – liegt an meinem Mantel. Normalerweise sage ich Ihnen dann, sie sollen sich verpissen, aber dieses Mal nicht.

»Wissen Sie was, Johnny«, sagt er und hält meinen Arm fest, wobei er auf ein Foto an der Wand zeigt, auf dem Cora, Aisling und ihre Mutter zu sehen sind, »ich habe die drei schönsten Frauen auf Gottes Erden. Was sagen Sie dazu?«

»Ich würde sagen, Sie sind ein glücklicher Mann, Mister Flannery.«

Er nickt pathetisch mit dem Kopf, so als ob mein Kommentar eine Art Offenbarung für ihn wäre. »Das ist ein Junge, was?«, sagt er schließlich zu Cora. »Was für ein Junge.«

Cuchulainns Burg

»Okay, los geht's«, sagt Cora, schließt die Haustür und springt zum Tor.

Ich laufe hinter ihr her. Ich bin erleichtert, dass ich das erste Kennenlernen ohne Panne hinter mich gebracht habe. »Hey, immer mit der Ruhe, Flannery«, rufe ich, hole sie ein und nehme ihre Hand. Wir stehen auf dem Gehweg, etwas orientierungslos.

»Ich weiß, wo wir hingehen«, sagt Cora.

»Lass mich raten?«

»Was?«

»Ich glaube, ich weiß, wo du hingehen möchtest.«

»Du glaubst, du weißt, wo ich hingehen möchte. Was bist du nur für ein verrückter Typ?« Sie schaut mich fragend an. »Okay, dann geh du vor, Johnny-boy«, sagt sie neckend, und wir gehen Richtung Stadtrand nach Westen.

»Cuchulainns Burg.«

»Cuchulainns Burg.« Sie hält das schmiedeeiserne Tor fest, das uns in eine schattige Gasse führt. »Woher wusstest du das?«

»Geraten.«

»Geraten, Johnny?«

»Ja, Cora. Geraten.«

»Mein Freund ist ein Genie. Ist das okay, wenn ich Freund zu Ihnen sage, Mister Donnelly?«

Ehrlich, manchmal ist das Leben so gut zu dir, dass du einen richtigen Brüller rauslassen möchtest. Tue ich aber nicht.

»Ja, ist okay«, sage ich, »kann ich das schriftlich haben?«

Wir stehen am Eingang zum Castletown Mount, einer Burgruine hoch oben auf einem Hügel an der nordwestlichen Grenze von Dundalk. Auf diesem Hügel befindet sich das legendäre, keltische ›Fort Dun Dealgan‹, hier wurde Cuchulainn geboren. Später haben die Normannen hier gesiedelt und eine Turmhügelburg gebaut, doch für die Einheimischen ist und bleibt es für immer Cuchulainns Burg. Der Eingang besteht aus zwei Metalltoren, die zwischen zwei runden Steinsäulen hängen und mit einem Vorhängeschloss zusammengehalten werden. An einer Seite des Tores ist ein Übergang in die Steinmauer gehauen und als Cora hinüberklettert, halte ich sie mit beiden Händen fest.

»Einen sehr hübschen Hintern haben Sie, Miss Flannery.«

Sie lacht, als sie sich zu mir umdreht und hält mir dann ihre Hand hin, damit ich die Steinmauer herunterspringen kann. Ich hebe zwei dünne, abgebrochene Stöcke aus dem Graben auf und befreie sie von Zweigen und Blättern. Einen davon gebe ich ihr, und mit dem anderen schlage ich den mit Unkraut und Gräsern bewachsenen, dunklen Pfad vor uns frei.

»Ist aber kein Dschungel«, bemerkt sie.

Ich halte den dünnen Stock vor mir, gerade, mit ausgestrecktem Arm parallel zum Boden.

»En garde. Eine holde Dame naht«, sage ich. »Mylady.« Ich verbeuge mich tief und winke sie vorbei.

»Mein Ritter«, antwortet sie.

»Los, los«, stachle ich sie an, treibe sie vor mir her, indem ich ihren wirklich sehr hübschen Hintern mit dem Stock antippe.

Wir klettern im Uhrzeigersinn auf einem steinigen Rundweg den Hügel hoch. Unter uns tut sich unter

Buchen ein dunkler, breiter Graben auf; vereinzelt wachsen Ahorn, Esche und Weißdorn am Rand.

»Du kennst doch die Ruine da oben, Cora, oder?«

»Ja?«

»Also Cuchulainn war ein Gäle und die Gälen hatten keine Burgen. Die Burgen kamen erst mit den Eroberern hierher.«

»Weiß ich doch, Johnny Schlaumeier. Aber dieser Hügel war Cuchulainns Zuhause. Das hier ist älter als die Engländer oder die Normannen oder die Wikinger oder irgendjemand sonst. Das hier ist irischer Grund und Boden, ein ganz besonderer Ort, ein Ort, den es vor unserer eigenen Geschichte schon gab, ein Ort, den es vor den Kelten und vor den neuzeitlichen Iren schon gab. Dies ist die Heimat der ›Tuatha Dé Danann‹. Und es ist ein magischer Ort.« Sie hält inne. »Wenn du ganz genau hinhörst, kannst du ihr Lied hören. Ich glaube, dass hier auf diesem Hügel das Tor zu ›Tír na nÓg‹ ist.«

Auch ich halte inne und lausche, kann aber nichts hören. Nur Stille um uns herum. »Das kann man nicht wissen.«

»Nein, aber ich glaube es. Hast du eine Ahnung, Johnny, was das hier ist? Unter unseren Füßen? Hier war die Heimat des Königs von Dundalk – ein großer Stammesführer, der oberste Herrscher aller Stammesführer.«

»Der hieß nicht etwa Donnelly, oder?«

»Hör auf, Johnny.«

Oben angekommen gehen wir zuerst zu den Ruinen eines quadratischen Turms. Rundherum entdecken wir noch Mauerreste im Gras. Ein einsamer Rabe beobachtet uns oben vom Turm herab. Als wir uns dem Turm nähern, rutscht der schwarze Vogel auf seinem Aussichtsplatz hin und her. Er hebt seinen Kopf, und wir sehen seinen zerzausten Hals. Langsam breitet er seine weiten Flügel aus und erhebt sich in die Lüfte. Ich hebe meine Hand zum Gruß, und wir gehen bis zum Rand des kreisförmigen Hochplateaus. Von hier oben können wir nach Osten die ganze Stadt und die weite Bucht überblicken. Im Norden umfängt der langgestreckte Rücken der *Cooley Mountains* die Bucht, bis die Berge im Osten bei *Greenore* in die dunkle See abfallen. Von Süden her findet ein Sonnenstrahl einen Spalt zwischen den lockeren Wolken und erleuchtet einen Teil des Berghangs. Der Strahl wandert von Westen nach Osten, lässt die dunkelgrünen Hänge von Ravensdale glänzen und dann die *Middle Mountains* in Lila, Blau und Braun erstrahlen. Hinter diesen Hügeln lugen die Höhen der *Mourne Mountains* hervor.

»Ist das nicht wunderschön, Johnny?«

»Ja, ist es, Cora.«

»Dort wurde er geboren, Setanta, der spätere Cuchulainn.«

»So die Legende.«

»Hier, auf diesen Wiesen, hat er gespielt. Er war der geborene Krieger. Und als er noch ein Kind war, lief er einfach los, über diese Berge nach *Emain Macha*, ganz allein, den ganzen Weg bis zu seinem Onkel, dem König von Ulster, rannte den ganzen Weg, um in die große Armee von Ulster einzutreten – die ›Red Branch Knights‹. Und dort ganz in der Nähe tötete er den großen Hund, nahm seinen Platz ein, und so wurde aus Setanta Cuchulainn, der Hund des Culann. Obwohl er noch ein Kind war.«

»Ja, Cora.«

»Und in dieser Schlucht dort«, erzählt sie weiter und zeigt mit dem Finger nach Norden, »hat er ganz allein gekämpft und hat Ulster gegen die angreifenden Armeen von ›Queen Medb‹ verteidigt. Ein kleiner Junge allein gegen die ganze Armee.«

Ich stehe hinter ihr, lege meine Arme um sie, halte sie leicht fest. Sie lehnt sich an mich, lässt mich gewähren.

»Und da drüben«, sie zeigt nach Südwesten, »da hielt er tapfer stand und forderte die Angreifer heraus, und die größten Krieger, einer nach dem andern, griffen ihn an und einen nach dem anderen tötete er. Und dann schickte Medb Fer ihren Ziehbruder Daid in den Kampf. Cuchulainn flehte ihn an, nicht gegen ihn zu kämpfen, doch Fer Daids Stolz war zu groß; er lehnte den Rückzug ab. Und so musste Cuchulainn auch ihn töten.

»Bruder gegen Bruder. Das ist der irische Fluch«, unterbreche ich sie, halte sie aber immer noch im Arm.

»Und genau hier hat er Emer geliebt«, Cora ist nicht zu stoppen. »Es heißt, sie war die schönste Frau in ganz Irland. Ich frage mich, ob es wirklich genau hier, auf diesem Hügel war? Weißt du das? Ich stelle es mir auf jeden Fall so vor.«

Ich küsse sie auf ihr Haar und sie hebt ihre Hand, um mein Gesicht zu berühren.

»Überall hier, rundherum, hat er gelebt und gekämpft. Der größte Ire von allen, der allergrößte Ire, den es jemals gegeben hat.«

Wir schauen von unserem Hügel hinunter auf die Ebene, wo Cuchulainn als Kind gespielt hat. Wir sehen Ströme, Flüsse, Moore, Wiesen, Farmen, Hügel, Berge und die Bucht.

»War das nicht ein schöner Ort für einen Krieger, dort geboren zu werden?«, überlegt sie.

»Ja, ein richtig schöner Ort, Flannery. Eine Akademie in der Natur. Und weißt du was? Die Akademie selbst ist auch mit dem Namen eines großen Helden verbunden.«

Sie schaut mich fragend an und gibt mir die Chance, sie zu beeindrucken, also erzähle ich ihr von Platon und Athen und dem Helden Akademos.

Ich erzähle und erzähle.

»Du bist doch ein toller Kerl – was du alles weißt«, sagt sie, als ich fertig bin, und wir müssen beide lachen.

»Also gut, Johnny, du sonderbarer Alleswisser, was hatte die Akademie denn für eine Aufgabe?«

»Sie war dazu da, die Welt zu erforschen, Cora. Und die Rolle, die der Mensch darin spielt.«

»Unsere Rolle in der Welt«, sagt sie in die frische Mailuft hinaus, geht voran und setzt sich auf eine Mauer am nördlichen Ende des Plateaus. Dort, auf dem Kamm des Erdwalls wächst eine einsame Eiche, und das Grün ihrer Blätter umrahmt das darunter sitzende Mädchen. Coras Finger umfassen die Ärmel ihres weißen Pullovers, und ihr goldenes Haar fällt in Wellen über eine Schulter. Über uns bricht der bedeckte Himmel auf und die Wolken treiben auseinander, und hinter Cora ragt der Steinturm hoch in den sich aufhellenden Himmel. Ich schaue das Mädchen an, das auf der Steinmauer unter der Eiche sitzt. Ich war mir so sicher über den Krieg. Sicher darüber, was ich zu tun hatte. Sicher darüber, was ich nicht tun sollte – nämlich jemanden zu nahe an mich heranlassen. Wenn ich jetzt Cora anschaue, bin ich mir über gar nichts mehr sicher.

Ich gehe zu ihr und nehme sie bei der Hand, und wir laufen den letzten Anstieg zum Bergkamm hoch und sehen die Stadt unter uns liegen. Ich ziehe den Dunn & Co aus und breite ihn im Gras aus. Wir setzen uns darauf, und einige Zeit sagt niemand etwas. Ich schaue aufs Meer. Unter uns erstreckt sich Dundalk nach Osten bis in die grauen Fluten der weiten Bucht.

»Dort bin ich geboren«, sage ich und zeige auf die dunklen Dächer einer Wohnsiedlung am Fuße des Hügels. »Dort war unser erstes Haus. Als wir dort wegzogen, war ich neun.«

»Hast du gern dort gewohnt?«

»Keine Ahnung.«

»Kannst du dich nicht erinnern?«

»Nein. Kann ich nicht.« Ich erinnere mich sehr wohl an das rote Fahrrad, aber ich möchte ihr nichts davon erzählen. Ich möchte ihr nicht erzählen, was ich Jimmy McCusker angetan habe. »Doch – die Lieder, an die erinnere ich mich. Mom hat ihren Schallplattenspieler und das Radio heiß geliebt. Tut sie immer noch. Ich erinnere mich an den Schallplattenspieler, der auf der Anrichte stand. War ein Reynolds. Mom hat mir erzählt, dass er extra für sie hergestellt wurde, und ich habe es ihr auch geglaubt. Eigentlich – wenn ich jetzt so darüber nachdenke – glaube ich es auch immer noch. Ist das nicht verrückt, wie so ein Gehirn arbeitet? Und an die Platten erinnere ich mich: Mario Lanza, The Clancy Brothers, The Dubliners, der gute alte Danny Doyle, und natürlich er, höchstpersönlich, Jim Reeves. Und dann noch Leapy Lee, der seine kleinen Pfeile ins Publikum schoss.« Ich schaue sie an und singe:

Let us pause in life's pleasures and count its many tears,
While we all sup sorrow with the poor;
There's a song that will linger forever in our ears;
Oh hard times come again no more.

»Kennst du das Lied, Cora?«

»Nein, kenn ich nicht.«

Ich probiere ein neues:

Now when we' re out a-sailing and you are far behind;
Fine letters I will write to you with the secrets of my mind.

»Und das?«

»Nein. Denkst du dir die aus?«

Ich singe weiter, bin nicht mehr zu bremsen:

The secrets of my mind, my girl, you're the girl that I adore.
And still I live in hope to see the Holy Ground once more.

»Bist du verrückt geworden, Johnny?«

»Aber das, das kennst du bestimmt. *O'Donnell Abú*«, sage ich und strecke meine Faust hoch in die Luft.

»Nein.«

»Und *Lizzy Lindsay*?«

»Nein.«

»Kann ich nicht glauben. »*Mary of Dungloe*, aber?«

»Nie gehört.«

»Und *The Dutchman*?«

»Ich kenne kein einziges davon, Johnny. Sind das Lieder oder deine Beziehungen?« »Lieder. Kennst du wirklich keins? Was ist mit Liam Clancy? Ein Sänger, keine Beziehung.«

»Nee.«

»Oh mein Gott, sie kennt Liam Clancy nicht. Wenn ich nur ein paar wenige Worte mit der Stimme Liam Clancys sprechen könnte, Cora, ich würde glücklich sterben. Wenn Liam Clancy spricht, ist die Welt im Gleichgewicht. Und wenn er singt, Cora, dann – da bin ich mir sicher – würdest du aus der Ferne die Erde Walzer tanzen sehn.«

Ich halte inne und lasse meinen Atem lang und ruhig ausströmen, so als ob ich die Zeit brauchte, um über die

Bedeutsamkeit meiner eigenen Worte nachzudenken. Cora schaut mich ungläubig an und dreht sich um und lacht. »Was ist mit *The Rising of the Moon*?«, frage ich.

»Nee.«

»Ah nee, du willst mich nur auf den Arm nehmen. Das ganze Land kennt *The Rising of the Moon*. Der gute alte Danny Doyle singt eine tolle Version. Ein Wahnsinn, der Mann.«

»Hab nie von ihm gehört, von dem guten alten Danny Doyle.«

»Wahnsinn«, sage ich, und wir schütteln beide den Kopf, weil wir nicht glauben können, was der andere sagt. »Singen wir was zusammen?«

»Okay. Was singen wir?«

»Wie wär's mit *Dear Dundalk*?«

»Nie gehört. Ist das gut?«

»Nee. Ein Haufen Dreck. Weißt du was, Cora, als ich da unten gelebt habe – als Kind –, hatte ich solche Angst vor allem und jedem.« Ich weiß nicht, warum ich ihr solche Sachen erzähle – sprudeln einfach so raus, wenn ich mit ihr zusammen bin.

»Angst, wovor, Johnny?«

»Schule, Straße, Fremde, Gott, Teufel, Jesus, einfach vor allem.«

»Warum?«

»Weiß nicht, warum. Kein Grund.«

»Und hat es aufgehört?«

»Ja.«

»Wann?«

»Keine Ahnung. Ging so nach und nach weg, in kleinen Häppchen.«

»Warum denn vor Jesus?«, fragt sie überrascht.

»Wegen dieses Herz-Jesu-Bildes mit der kleinen roten Lampe drin und diesem großen Herz. Es hat jedes Mal gut gewirkt.«

»Wie?«

»Es hat mich zu Tode erschreckt.«

Sie lacht. »Hast du heute auch noch Angst, Johnny?«

»Nein. Ich denke gar nicht über Angst nach. Scheint mir sinnlos heute.«

»Na ja, Kinder sehen die Welt mit anderen Augen.«

»Ich denke, jeder einzelne von uns sieht die Welt mit anderen Augen.«

Sie nimmt die beiden Zweige, die wir als Wanderstöcke benutzt haben und steckt sie nebeneinander ins Gras. Wir liegen zusammen auf dem Mantel. Ich liege auf dem Rücken, Beine angewinkelt, Knie hoch. Cora liegt auf dem Bauch, die Beine ausgestreckt, zwei rote Stiefel im Gras.

»Ich kann immer noch nicht glauben, dass ich dich getroffen habe.« Ich schaue in die Wolken. »Die Welt ist klein.«

»Wir sind in Dundalk, Johnny. Und Dundalk ist nicht wirklich groß.«

Stimmt. Ich ziehe ein Gesicht, schaue noch immer hoch in den Himmel.

»Ich erinnere mich noch daran, als ich dich das erste Mal gesehen habe«, sagt Cora. Sie liegt quer über mir und spielt mit dem Ausschnitt meines Pullovers. »Aber du hast mich gar nicht bemerkt."

Ich frage mich, wie das möglich war, dass ich Cora Flannery nicht bemerkt habe, aber da unser Zusammentreffen an sich für mich sowieso noch immer ein Mysterium ist, sage ich nichts dazu.

»Warum eigentlich Schreiner, Johnny? Bist du gerne Schreiner?«

»Meine ganze Kindheit hat man mir gesagt, ich solle ein Handwerk lernen, Cora. Für meinen Vater war Handwerker zu sein das Allergrößte. Er hat die Nase voll von Rosenkranz, Beichte und den regelmäßigen Gebets- und Fastenwochenenden in Lough Derg. Handwerk ist für ihn eine Art Erlösung. *Sieh zu, Junge, dass du ein Handwerk lernst*, sagt er immer. *Dann liegt dir die Welt zu Füßen.* Was immer das auch heißt. *Und keine Arbeit am Fließband, mit der Angst, nächste Woche im Armenhaus zu landen*, wirft meine Mom dann immer ein. Alles andere ist für die beiden *aufgeblasenes Geschwafel.* Nur so zum Spaß habe ich mal vorgeschlagen, meinen Job zu kündigen und auf die Aran Islands zu ziehen, um dort mein eigenes Essen anzubauen und mich mit Philosophie zu befassen. *Einen Haufen Stuss*, hat Mom das nur genannt. Und sie hat wahrscheinlich recht. Dad meinte, das wäre reine Zeitvergeudung – da draußen könne man gar nichts anbauen, da gäbe es nur Steine.«

»Was ist denn überhaupt Philosophie, Johnny?«

»Die Lehre darüber, wie wir wissen, was wir wissen.«

»Wie wir wissen, was wir wissen über was?

»Wie wir wissen, was wir darüber wissen, wer wir sind, warum wir hier sind, was *hier überhaupt bedeutet*, was es heißt, Mensch zu sein. All diese frühen Geschütze, die Platons Akademie aufgefahren hat. *Das Staunen ist der Anfang der Philosophie* … Das hat Platon gesagt. Das Problem ist nur, dass er vergessen hat zu erwähnen, dass dies auch der erste Schritt hin zur Unvernunft sein kann, in eine Welt des Irrsinns. Philosophen reden und reden, stapeln Schicht um Schicht Unsinn aufeinander und glauben, sie seien große Denker; sie zitieren und zitieren – sodass jeder gesunde Mensch davon irgendwann krank wird – die Werke von Descartes oder Berkeley oder Hume, bis alles zusammen einen dicken Brei ergibt aus Schlagworten, Mathematik, Modellen, Gesetzen, Regeln, geometrischen Erweiterungen, Sternenfeldern, körperlosen Seelen und all diesem Zeug, das der Mensch anhäuft. So sieht unsere akademische Welt aus. So sieht's bei uns aus. Die Menschen verarschen sich dabei selbst, Cora. Sie sind auf der Suche nach Erleuchtung, aber die meisten von ihnen würden noch nicht einmal Licht sehen, wenn man ihnen eine Rakete unter dem Arsch anzünden und sie zur Sonne schießen würde. In ihrer akademischen Welt sind sie blind für das, was sie suchen.«

»Vielleicht findest du es heraus, Johnny. Vielleicht findest du ja heraus, wer wir sind.«

»Leider äußerst unwahrscheinlich, Flannery.«

»Wolltest du nicht zum College?«

»Nee, nicht wirklich. Schule war nicht so meine Sache. Ehrlich gesagt, konnte ich es kaum erwarten, bis ich da raus konnte. Hat doch nichts mit der Welt zu tun, das, was man in der Schule lernt – nicht mit diesen Regeln, nicht an diesen Schulen, nichts für mich. Schule, College, Beruf: schnell, schnell, schnell. Jeder Einzelne scheint es eilig zu haben. Eine Hetzjagd ins Nirgendwo. Irgendwann werden sie alle vor einer Mauer stehen und gar nicht mehr wissen, wo sie überhaupt sind.«

Cora beobachtet mich, während ich mich auf dem Dunn & Co ausstrecke, die Beine langmache und die Hände hinter dem Kopf verschränke.

»Alles viel zu schnell, ich nehme lieber die Kriechspur«, sage ich und schaue zu ihr hoch, bewundere den vollendeten Bogen, der sich von ihrem Kinn den Hals entlang hinunter zur Schulter wölbt, bevor mein Blick wieder in den Himmel geht. »›Alles zu seiner Zeit,‹ sagt Dad immer. Und weißt du was, Cora, er hat absolut recht.«

Ich halte inne und überlege weiter: »Die Leute sind schon seltsam, was? Die meisten von ihnen fühlen sich wohl in ihrer Mittelmäßigkeit und hüllen sich darin ein wie in eine Kuscheldecke. Und die, die das erkennen, sind genauso seltsam. Dann gibt es noch die, die weggetreten sind, weg ins Elfenreich. Der Pfad zwischen diesen beiden Welten ist sehr eng.«

»Welcher Pfad, Johnny-boy?«

»Der Pfad zwischen Mittelmaß und Scheinwelt. Erleuchtung – der heilige Gral der Philosophen, hier bei uns leuchtet er nicht sehr hell. Mein alter Freund Bob hat immer von einem Seil gesprochen – ein Seil, das dich den unbezwingbaren Berg hinaufzieht. Vielleicht hat er recht. Aber weißt du, er hat mir nicht gesagt, wo ich diese Seile finden kann, der alte Fuchs. Er hat wahrscheinlich ein paar in seinem alten Schuppen hinterm Haus versteckt.«

»Vermisst du ihn?«

»Ja«, antworte ich knapp. Ich kann ihr doch nicht alles erzählen – dass ich mich noch mit ihm unterhalte. Sie würde mich sicher für sonderbar oder krank halten.

»Sag mal, woher weißt du das alles? Du weißt so viel, obwohl du doch nur ein einfacher Schreiner bist.«

Ein einfacher Schreiner? Ja, wie schön. »Ich weiß eigentlich nichts, Cora, gar nichts. Ich lebe so nach dem Selbstbedienungs-Prinzip, wenn es ums Lernen geht – ich picke mir die Rosinen aus dem Kuchen, rühre mir meinen eigenen Teig zusammen, ohne Verzierung und Zuckerguss.«

»Wie kann das funktionieren?«

»Lernen kann man nicht nur in der Schule und im College.«

»Nein, aber es ist ein guter Anfang.«

Ich denke über ihr Argument nach. »Guter Punkt, Flannery, da muss ich dir recht geben.«

»Du könntest doch nach deiner Lehre zur Uni gehen, Johnny. Du musst gehen, du musst einfach, ob du willst oder nicht.«

»Dasselbe sagt meine Mom immer, wenn es Gemüse gibt. Das ist aber eigentlich nicht mein Plan.«

»Was ist denn dein Plan, Johnny?«

»Ich habe keinen, Cora.«

»Du musst gehen, Johnny.«

»Ja ja, mal sehn.«

»Gehst du?«, insistiert sie.

»Hab ich eine Wahl?«

»Nein. Man weiß nie, Johnny, vielleicht findest du ja deine eigene Platon-Akademie.«

»Das hier ist Platons Akademie«, mein Arm malt einen weiten Bogen durch die Luft. »Ich glaube nicht, dass die Männer hinter den Klostermauern das hier haben.«

»Und die Frauen?«

»Bei denen ist es anders. Frauen schon. Malcolm X sagte mal, dass der zweitbeste Platz für einen Mann, der nachdenken möchte, das Gefängnis sei, es käme direkt nach dem College. Wie er sich geirrt hat – mit nur einer Aussage lag er zwei Mal falsch. Alles, was ein Mann tun muss, um die Welt zu entdecken oder nachzudenken, ist, einfach um die nächste Ecke zu schauen. Wenn man langsam durch Dundalk spaziert, trifft man alle Arten von Individuen. Die Leute denken, am College kann man alles lernen; sie denken, sie schicken dich zum College als normalen

Menschen und du kommst raus als Dichter. Was für ein Wahnsinn!«

Wir bleiben eine Weile still liegen und beobachten den Himmel, die sanft vorbeiziehenden Wolken und das über die Berghänge huschende Licht.

»Ich glaube nicht, dass das College was für mich ist«, erkläre ich, »viele beginnen dort als Lämmer und enden als Schafe. Nichts für mich.«

Ich sehe, dass Cora mich beobachtet und ich weiß, dass ihr hübsches Köpfchen über all dies nachsinnt.

»Was machst du denn nächstes Jahr, wenn du die Schule beendet hast?«, frage ich, richte mich auf und setze mich neben sie auf den Mantel.

»College. Belfast oder Dublin. Bin mir noch nicht sicher, wo.«

»Ist das nicht egal?«

»Ja, schon, aber ich glaube, ich würde lieber nach Dublin gehen. Da könnte ich auch mit Aisling zusammensein; sie ist ja schon dort im College. Ich würde so gerne eine Zeit lang mit Aisling zusammenwohnen.«

»Was willst du studieren?«

»Irisch.«

»Irisch? Warum Irisch?«

»Ich liebe die irische Sprache. Ich möchte unterrichten. Magst du Irisch nicht, Johnny?«

»Nicht so richtig, nein. Na ja, ich weiß nicht so genau. Ich habe mir eigentlich noch nie Gedanken darüber gemacht. Ich hatte diesen Verrückten als Lehrer, Hogan hieß er, und das Ganze hatte einen bitteren Nachgeschmack.

»Oh, das sollten wir aber wieder in Ordnung bringen.«

»Okay.«

»Lass uns ganz von vorne anfangen.«

»Bonjour.«

»Ruhe. Wir zählen.«

»Okay.« Ich schneide eine Grimasse, um Konzentration vorzutäuschen: »Eins. Zwei. Drei.«

»Ruhe. Sprich mir nach, Donnelly.«

»A haon.«

»A haon.«

»A dó.«

»A dó.«

»A trí.«

»A trí.«

»A ceathair.«

»A ceathair.«

Ich strecke mich nach ihr und ziehe sie zu mir heran auf den ausgebreiteten Mantel. Ich küsse ihren Mund, meine Hand umfasst ihren schmalen Rücken, meine Finger breiten sich in der weichen Wolle des Pullovers aus und ich drücke sie an mich. Ich merke, wie sie meinen Kopf in beide Hände nimmt, zulässt, dass ich sie fest an mich heranziehe. Ich küsse sie leidenschaftlicher, fühle, wie sie zu mir rückt, ihren Körper an meinen schmiegt.

»Danke«, flüstere ich. »Das schmeckte jetzt viel besser, muss ich zugeben.«

»Das will ich hoffen.«

»Ja, Cora. Dieser Schmierlappen Hogan küsste fürchterlich.«

Nach einer Weile setzt sich Cora auf und fängt an, ein Gedicht zu rezitieren. In den zwei Wochen, in denen wir zusammen sind, ist mir das besonders an ihr aufgefallen, dass sie Gedichte rezitiert. Und ich mag es.

Ich kenne die Verse, und als sie fertig ist, wiederhole ich eine Zeile. »*The silver apples of the moon, the golden apples of the sun*. Das ist Yeats, ein schönes Gedicht, Miss Flannery. Ein sehr schönes Gedicht. Ich habe allerdings nie ergründet, was es bedeutet.«

»Aber ist es nicht einfach nur wunderschön, Johnny? Und was wunderschön ist, muss man nicht ergründen. Es ist einfach da.«

»Da hast du recht, Flannery. Absolut recht«, antworte ich. »*A thing of beauty is a joy forever*, ein Werk der Schönheit ist ein Glück für immer.«

»Ist das wieder ein Zitat von Platon?«

»Nein, nicht Platon, aber auch einer – eine – von den ganz Großen: Mary Poppins. Hier, jetzt ein Gedicht für dich. Schon mal was von dem jungen Dichter John Francis Donnelly gehört?«

»Nee.«

»Also gut, hör mal gut zu, meine Süße. Es heißt *Die Amsel*. Bist du bereit?«

»Auf die Plätze, fertig«, sagt sie nur, »und los.«

Blackbird, Blackbird, cannot you see,
I left the breadcrumbs out for thee.
Blackbird, Blackbird, you are too slow,
Now they got eaten by the crow.

Ich rezitiere die Verse mit Überzeugung, und als ich fertig bin, drehe ich mich zu ihr um.

»Bitte schön, Flannery«, sage ich, »da muss sich dein Freund Yeats aber anstrengen.«

Cora schüttelt den Kopf und lacht: »Worum geht's denn in dem Gedicht?«

»In dem Gedicht, Cora, geht's um das Ganze, das verdammte große Ganze.«

Wir strecken uns auf dem Dunn & Co zusammen aus – entspannt, voller Wohlbehagen, glücklich.

»Du wirst eine gute Lehrerin, Cora Flannery.«

Ihr Kopf liegt quer auf meiner Brust. »Warum?«

»Du bist freundlich und liebenswürdig, und das ist der magische Schlüssel. Die Kinder haben viele, lange Stunden Unterricht, und das, was sie im Kopf behalten, sind die Ungeduld und die Launen ihrer Lehrer. Denk daran, Cora.«

»Tu ich, Johnny. Ich werde mein Bestes tun.«

»Das Wunder des Kindes, das ist die große Chance für den Lehrer. Und gleichzeitig seine schwere Bürde.«

»Du bist ein eigenartiger Typ, Donnelly.«

»Nur eine Beobachtung.«

»Ja, das stimmt.« Wir lachen beide.

Wir stehen auf, um uns auf den Heimweg zu machen. Cora lässt ihren Blick über die Berge schweifen. Die Grenze zu Nordirland ist gerade mal ein paar Meilen entfernt, und der Beobachtungsposten der britischen Armee lugt über die Hügel im Westen herüber.

»Glaubst du, wir könnten eine Armee gründen«, fragt sie, »und die Eindringlinge für alle Zeiten aus Irland vertreiben?«

»Wenn wir eine Sache für Irland tun könnten, Cora, dann sollten wir das tun.«

Sie fasst meinen Arm. »Komm, Mister Donnelly. Bring mich nach Hause.«

Wir gehen den Hügel hinunter. Wir gehen durch den Graben unter den Buchen hindurch und den schattigen Pfad entlang.

»Hey, Flannery, komm, lass uns noch eine Runde tanzen bevor wir nach Hause gehen.«

Ich nehme ihre Hände und wirble sie herum, immer schneller runter bis zum Tor, Blätter, Steinchen und zwei rote Stiefel fliegen durch die Luft.

Wir nehmen den Übertritt an der Steinsäule und kommen zurück in die Stadt. An der Ecke Castletown Cross, wo die Landstraße auf die Hauptstraße trifft, verlangsamt Cora ihren Schritt. »Danke, dass du mir das alles erzählt hast, Johnny.«

»Was denn?«

»Das alles aus deiner Kindheit.«

»Lange her, das alles.«

»Die Wahrheit zu sagen ist sehr mutig.« Sie hält unvermittelt an, dreht sich zu mir um und schaut mir ins Gesicht. »Soll ich dir auch eine erzählen?«

»Klar, aber nur, wenn du wirklich möchtest.«

»Ich träume von dir, seitdem ich dich das erste Mal gesehen habe. Wahnsinnig, was?«

»Ja, das ist ziemlich wahnsinnig.« Wie gesagt: Manchmal ist das Leben so gut zu dir, dass du einen Brüller loslassen musst. Und das tue ich jetzt.

»Komm, wir trinken noch einen Tee mit Aisling, bevor du gehst«, schlägt Cora vor, als wir uns dem Haus nähern. »Wie wär's mit einer Tüte Pommes?«

»Danke, lieber nicht. Ich esse mit den Philistern zu Abend.«

»Eine teilen?«

»Gebongt.«

Wir sitzen am Küchentisch und trinken Tee, eine Tüte Pommes zwischen uns. Aisling möchte wissen, wo wir spazieren gegangen sind, und schon ihr erster Rateversuch trifft ins Schwarze. Coras Mom setzt sich zu uns und fragt, wie es war.

»Johnny hat gesagt, ich hätte einen sehr hübschen Hintern.« Ich merke, wir mir das Blut in die Wangen schießt. »Und er hat ihn mit seinem kleinen Stöckchen gestreichelt.«

Himmel und Hölle

Wir treffen uns mittags in der Stadt. Sie hat ein graues Top und einen kurzen karierten Rock an, dazu schwarze Strumpfhosen, und die roten Stiefel.

Sie lächelt – dieses Lächeln. Ich erinnere mich an das irische Sprichwort, das ich von Delaney gelernt habe: *An rud is annamh is íontach* – Was selten ist, ist wundervoll. Doch ich könnte Cora Flannery immer ansehen, jede Minute in jeder Stunde an jedem Tag, und die ganze Zeit sähe und wüsste ich, dass sie ein wundervolles Mädchen ist.

Wir gehen ins Imperial Hotel, und Cora sucht einen Tisch am Fenster aus, während ich uns Kaffee hole. An der Theke steht eine alte Frau vor mir. Sie bezahlt ihr Essen und mit unsicheren Schritten versucht sie, das Tablett an einen Tisch zu bringen. Ich biete ihr meine Hilfe an und stelle ihr Tablett auf den Tisch direkt neben unserem. Beim Essen hustet sie, und ich hole ihr ein Glas Wasser von der Theke. Als ich zurückkomme, sitzt Cora neben ihr. Ich stelle das Glas auf den Tisch und die alte Dame trinkt ein paar Schlückchen, während sie mit Cora redet. Ich unterbreche die beiden nicht. Sie fühlen sich wohl in ihrem angeregten Gespräch. Nach dem Essen stellt Cora mich ihr vor und ich hole Kaffee für uns drei. Wir sitzen noch länger zusammen und reden über Familie, über Straßen und über Irland. Als die Kaffeetassen leer sind, steht die alte Dame auf und Cora hilft ihr in den Mantel.

»Danke schön«, sie richtet sich an uns beide, »das war eine Wohltat nach den vielen enttäuschenden Erfahrungen.«

»Enttäuschende Erfahrungen?«, hake ich nach.

»Mit den Menschen«, sagt sie, »Enttäuschung ist die einzige Konstante im Leben.«

Wir machen uns auf den Heimweg, und als wir an der Schule in der Castletown Road vorbeikommen, sieht Cora auf dem Schulhof ein mit Kreide gezeichnetes Himmel und Hölle-Spiel.

»Komm«, fordert sie mich auf.

Wir gehen hinein, und ich schaue zu, wie dieses wundervolle Mädchen in dem grauen Top und kurzen Schottenrock über schwarzen Strumpfhosen und roten Stiefeln ruft und springt und hüpft und lacht.

Der Sinn des Lebens

Es ist ein trockener Abend Mitte Mai. Ich besuche meinen Freund Éamon und gehe durch die Hintertür ins Haus.

»Hallo Mrs Gaughran. Hallo Liam.«

»Ah, hallo Johnny«, antwortet Éamons Mutter aus der Küche.

»Wie geht's dir Junge?« Éamons Vater ruft aus dem Wohnzimmer. »Warst du beim Spiel?«

»Nein, nein. Hab's verpasst, Liam. Wie ist es ausgegangen?«

»Zwei zu zwei war mein letzter Stand.«

»Mit den Mädchen unterwegs, stimmt's?«, wirft Éamons Mutter ein.

»Ja, so was in der Art – Orte anschauen, Leute treffen. Das Leben ist einfach nur zu kurz, Mrs Gaughran.«

»Allmächtiger Gott. Hast du das gehört, Liam?«

Éamon kommt dazu, und mit einem kurzen Kopfnicken signalisiert er mir, dass wir rausgehen sollten.

»Wieder ein neues Mädchen, ja?«, vermutet Éamons Mutter, als ihr Sohn an ihr vorbeigeht. »Heute hier, morgen dort, so ist er, dieser Donnelly.« Sie nimmt die Teekanne vom Herd und stellt sie auf ein Tablett. »Kommt dann rein, wenn ihr fertig seid und setzt euch zu Dad«, sagt sie zu Éamon, »Tee ist fertig.« Sie trägt das Tablett zum Wohnzimmertisch. »Immer unterwegs, die Jungs.«

Éamon Gaughran ist ein Einzelkind. Sein Vater Liam ist ein großer, ruhiger Mann, der sich nur langsam bewegt, seine Füße scheinen ihm nur widerwillig zu folgen, so als ob Kopf und Füße in einem ewigen Kampf stünden.

Liam war bei der *Garda* und ist jetzt in Pension. Er war diensthabender Polizist in der städtischen Kaserne, hatte aber sein Leben lang eine schlechte Gesundheit; er schien mehr Tage im Bett zu verbringen als Tage am Schreibtisch. Liam wuchs auf einer kleinen Farm auf: ein Cottage und fünf Weiden, vierzig Meilen entfernt in Ost-Cavan. Éamon und ich haben die Farm oft besucht, um dort an Wochenenden und in den Schulferien auszuhelfen. Sagen wir so, wir nannten es ›Hilfe‹. Éamons Großvater, Ruán, war ein lieber, netter Mensch und sein Leben war unkompliziert. Auch Ruán war groß und ruhig, aber – anders als Liam – von der Natur mit Stärke und Gesundheit gesegnet. Das mag aber nur eine Kopfsache sein und es mag sein, dass an dieser Stelle für Éamon alles schiefgelaufen ist: Er kommt nach seinem Vater. Liam ist nicht Éamons richtiger Vater, wie man automatisch annehmen könnte – also, nicht im biologischen Sinn. Die Familie weiß nicht, dass wir es wissen, aber wir wissen es. Irgendwie konnte ich es mir zusammenreimen. Ruán Gaughran hatte noch eine andere Eigenschaft: er war sehr beliebt. Beliebtheit ist schwer zu messen, aber leicht zu erkennen. Sehr häufig habe ich andere Leute sehr freundlich über ihn sprechen hören. Und man kann noch etwas Interessantes feststellen: Freundlichkeit ist ansteckend. Immer wenn die Leute von ihm sprachen, zeigten sie sich selbst liebenswürdig und großzügig. Und die Leute sprachen sehr oft freundlich über Éamons Großvater.

Ruán hatte Claire Clarke geheiratet, das schönste Mädchen in der Gemeinde – so hat uns Ruán wenigstens erzählt –, und ich beobachtete, dass die beiden ihr fortschreitendes Alter weder verherrlichten noch zurückwiesen, sondern es leicht und natürlich trugen, so natürlich wie ein Eimer sein Wasser in sich trägt. Es gibt Menschen, die können das, und es ist großartig zu beobachten. Ruán bewirtschaftete den Tag über seine große Farm und half Claire bei ihren paar Hektar bis zum allerletzten kleinen Lichtstrahl. Die beiden pflanzten Gemüse und mästeten ein paar Schweine im Hof. Claire legte einen Kräutergarten neben dem Haus an und Ruán eine Obstplantage am anderen Ende ihrer Felder. Gänse und Hühner liefen frei um die große Esche im Hof vor dem Haus herum, und eine einzelne Kuh weidete auf der nahen Wiese, um die Familie mit Milch und Butter zu versorgen. Sie hatten drei Kinder – drei Söhne –, die zu Hause sorgfältig von Claire unterrichtet wurden, bis sie einer nach dem anderen in die *Garda Síochána na hÉireann*, die irische Polizei, eintraten.

Liams Dienst ermöglichte ihm ein ruhiges Leben auf dem Land, und er war mit seinem Dasein als Junggeselle zwanzig Jahre zufrieden gewesen, bis eines Tages der Gemeindepfarrer in sein Leben eingriff und die Hochzeit mit der burschikosen Annie Watson arrangierte.

Ich vermute, dass Annie Watson sich mit dem Sexleben nie richtig anfreunden konnte. Ich weiß es natürlich nicht mit Sicherheit; aber ich ahnte es. Für Éamons Mutter ist Zuneigung ein Gräuel – eine einzige Umarmung kann ihr den ganzen Tag verderben. Liam war siebenundvierzig und Annie sechsundvierzig, als der Pfarrer nochmals eingriff und eine Adoption vorschlug. Zu dieser Erkenntnis haben mir meine Beobachtungsgabe, die Mathematik und einige Nachforschungen verholfen, und dazu ein paar Tipps von Delaney. Ich glaube, dass – wegen ihres fortgeschrittenen Alters – einige Richtlinien bei der Adoption einfach übergangen wurden, doch es war schließlich für einen guten Zweck. Wegen seiner schlechten Gesundheit bekam

Liam einen Bürojob in einer größeren Stadt an der Küste angeboten, und so kam es, dass Vater, Mutter und Kind in Dundalk ein neues Zuhause fanden. Die Sache mit der Adoption wurde – einmal abgewickelt – niemals mehr thematisiert. Dieser Junge ist Éamon, und er hat nie von seiner Vergangenheit erfahren. Die Eltern hatten vor, es ihm eines Tages zu sagen, doch dieser Tag ist nie gekommen.

Liam und Annie sind so menschenscheu, dass man sie nie in Gesellschaft trifft. Da sie als Fremde mittleren Alters in eine fremde Stadt gekommen sind, leben sie praktisch in allen Belangen am Rand. Um aber durch ein Schlüsselloch in die Welt ringsum blicken zu können, halten sie an einem täglichen Ritual fest: die Messe in Saint Joseph – teils Hingebung, teils Gewohnheit und teils Teilhabe an der Gesellschaft.

Éamon hatte eine sehr einsame Kindheit. Ohne Bruder oder Schwester und keinerlei Verwandtschaft in der Stadt, wurde er von den anderen Kindern als Sonderling betrachtet, so wie Kinder eben ganz automatisch alles, was anders ist, als sie es gewohnt sind, als sonderbar erachten und sich darüber lustig machen. Ich glaube, die Veranlagung, dass wir uns immer mal wieder wie ein Arschloch benehmen, ist in unserer DNA angelegt. Jedenfalls zog sich Éamon deswegen oft an Orte zurück, die er sich selbst geschaffen hatte, und ohne dass Liam und Annie es irgendwie bemerkt hätten, lebte er dann in seiner eigenen düsteren, geheimen Fantasiewelt. Wie hätten die beiden auch davon erfahren sollen? Für Éamon war dieses einsame Leben vollkommen normal; jede Art von Kindheit ist für ein Kind normal.

All dies änderte sich jedoch von einem Tag auf den anderen. An einem ganz gewöhnlichen Schultag, als der

Vormittagsunterricht gerade begonnen hatte, klopfte es an der Tür und ein neuer Junge – ich – kam in die Klasse. Mir wurde der leere Platz neben Éamon auf der Zweierbank zugewiesen. Ich setzte mich und lächelte Éamon zu, als es zur Pause klingelte, folgte ich ihm aus dem Klassenzimmer in den Flur, dort gingen wir nebeneinander her und als wir auf den Hof kamen, legte ich ihm meine Hand auf die Schulter: »Hallo, ich bin Johnny Donnelly.« Éamon lächelte zurück und plötzlich war das Leben für uns beide leicht und unbeschwert.

Obwohl ich zu jener Zeit so schüchtern war wie Éamon seltsam, konnten wir alle Hemmungen über Bord werfen, sobald wir die Schule nachmittags hinter uns ließen. Wir hatten nie genug Zeit, um all das zu tun, was wir zusammen tun wollten. Ich bestand darauf, dass wir beide in den Fußballclub eintraten. Ich plante die Fahrradabenteuer und Angeltouren. Ich zeigte Éamon, wie man Festungen und Schanzen errichtete, wie man Tennis und Fußball spielte. Ich brachte ihn zum Musikhören und Lesen – lieh meinem Freund Schallplatten, Comics und Bücher. Und was tat Éamon? Er wich nicht von meiner Seite und – schwer zu erklären – aber er gab mir auf seine Art Kraft und Stärke. Und als ich versuchte herauszufinden, was aus mir werden sollte, was ich tun sollte, fand ich Ruhe und Halt in Éamons Gesellschaft. Schon früh fasste ich den Entschluss, dass ich ihn niemals mit einbeziehen würde; dass Irlands Krieg mein Krieg war und nicht Éamons.

Die letzten gemeinsamen Schuljahre fuhren wir beide mit dem Bus und blieben den ganzen Tag über Seite an Seite. Nie mehr musste Éamon sich davor fürchten, auf dem Schulhof schikaniert oder auf der Straße verspottet zu werden. Auch ich war schüchtern, wurde aber niemals gemobbt. Ich weiß nicht genau, warum nicht, mag sein, dass ich wegen der Geschichte mit McCusker auf der Klippe eine besondere Aura hatte, die die Rüpel automatisch auf Distanz hielt. Oder es ist so, wie Éamon sagt: dass ich anscheinend eine Problemsituation entschärfe, noch bevor das Problem Zeit hat, in den Köpfen der anderen Gestalt anzunehmen. Ich weiß es nicht.

Der Rüpel der *Primary School* hieß Tom Kinch, ein großer, wenig intelligenter Junge, der nur sah, was gerade vor ihm war und worüber er nicht nachdenken musste. Kinchs Lieblingsquälerei war es, den Kopf eines Schulkameraden unter einen seiner dicken Arme zu klemmen und ihm mit seinen Fingerknöcheln oben auf den Kopf zu schlagen. Ich war zu jener Zeit noch neu an der Schule und Kinch war sich des Bündnisses zwischen dem neuen Jungen und Éamon noch nicht bewusst. Er hatte die Bedeutung unserer Freundschaft eindeutig unterschätzt; und er hatte wohl auch keine Ahnung, wie sich die Unerschrockenheit zweier eingeschworener Jungs auswirkt. Als wir uns morgens vor der Schule in Reihen aufgestellt hatten, näherte sich Kinch von hinten, packte unsere beiden Köpfe und malträtierte sie mit seinen Fingerknöcheln. Der Rest der Klasse brach in großes Gelächter aus. Der Schmerz, den wir verspürten, lag in der Demütigung, und in jenem Moment leisteten wir einen geheimen Schwur, ein Gelöbnis, das einen einzigartigen Bund besiegelte. Wir blieben zurück, als unsere Klassenkameraden ihre Jacken zur Garderobe brachten und hintereinander in die Klasse marschierten. Kinch ließ vom hinteren Ende der Reihe Schimpfwörter los. Er war groß und breit, doch Ruán hatte Éamon gezeigt, wie man mit Vieh umgeht, und der schüchterne Junge versetzte Kinch einen solchen Schlag, dass dem Rüpel die Luft wegblieb, als er in die Ecke flog. Er konnte sich nicht mehr rühren, und als ich mich ihm näherte, schaute er mich mit demselben überraschten Blick an wie McCusker damals oben auf der Klippe. In diesem überraschten Blick versteckten sich zugleich Verwirrung und Angst. Dies war der Moment, in dem mir die Macht jener drei Waffen bewusst wurde: Überraschung, Verwirrung und Angst. Ich lernte, dass jeder noch so schwache Junge mit diesen drei Waffen jeden Feind besiegen kann. Ich versetzte Kinch noch einen letzten harten Schlag. Die Klasse saß auf ihren Plätzen und wartete, als der Lehrer den fehlenden Schüler bemerkte. Er fand Kinch in der Garderobe, Blut tropfte aus seiner gebrochenen Nase und lief über seinen Mund. Ich sah, wie er mit gequältem Blick seinem Lehrer durch die offene Tür folgte. Kinch hatte Angst.

In der weiterführenden Schule entstanden neue Freundschaften mit Conor Rafferty und Frank Boyle. Und diese Vierergruppe sollte gemeinsam das Leben neu entdecken: Neben der altbekannten Welt bestehend aus Schule, Sport und Abenteuern stürzten wir uns in eine neue Welt, die Musik, Philosophie, Gedichte und Mädchen für uns bereithielt. Ich erklärte den drei anderen, dass das Schicksal jedem von uns eine dieser neuen Welten zugedacht habe: Frank die Musik, Conor die großen Fragen des Lebens, Éamon die Dichtkunst und mir die Mädchen. So wären die Karten verteilt und jeder von uns müsse nun das Beste daraus machen.

Éamon war fünfzehn, als Ruán und Claire starben. Sie starb im September, als die Blätter der großen Esche allmählich gelb wurden, und Ruán folgte ihr im Oktober, als die Blätter fielen. Das war wieder typisch für Ruán, dass er Claire erlaubte, zuerst zu gehen und sie dann aber nicht lange warten ließ. Bei der Trauermesse dankten alle Gott für das lange und glückliche Leben, das den beiden geschenkt war und dafür, sie als Teil der Gemeinde gehabt zu haben. Éamon wollte von all dem nichts wissen; er wollte nicht danken. Er wollte, dass sie ewig leben.

Éamon wusste schon immer, dass er seine Zukunft bei der Polizei verbringen wollte. Mit Mitte zwanzig erkannte man jedoch, dass er noch immer zu klein war und niemals die geforderte Größe erreichen würde. Damit waren alle Versprechungen und Hoffnungen null und nichtig. Auch wenn diese Befürchtungen sich schon länger angedeutet hatten, so war dies doch eine niederschmetternde Erkenntnis und Éamon – mit seinem gut vorbereiteten und sicheren Lebensentwurf in der Tasche – befand sich plötzlich auf schwankendem Grund. Annie, die in der Krise eine Chance sah, kam die Idee, dass Éamons Zukunft in einem ganz anderen Bereich von Gesetz und Ordnung liegen könne. In ihren Träumen sah sie ihn nicht mehr in der dunklen Uniform eines Polizisten, sondern eher im tadellosen Anzug eines Anwalts, mit Manschettenknöpfen und gestärktem Kragen. Sie hatte schon sein Büro in der Stadt vor Augen, mit einem Messingschild an der Tür. Sie sah seine Fahrten zu den Klienten, mit denen er sich über schwierige Fälle beriet. Vielleicht würde er Rechtsanwalt? Vielleicht Richter? Schon bald wurden aus diesen Träumen Pläne. Und aus diesen Plänen Erwartungen.

Éamon war ein guter Schüler, aber er war nicht brillant, und er musste viel für die Schule arbeiten. Ich musste das nie. Uns beiden war es egal, wer welche Noten hatte; zwischen uns gab es nie einen Wettbewerb. Annie war da anders. Sie verfolgte alle Noten, die Éamon nach Hause brachte, mit dem akribischen Blick eines Bettlers, der seine Münzen zählt, und immer hörte er dieselbe Frage: »Und was hat Donnelly?« Solche Fragen sind grausam; manchmal können Eltern hundsgemein sein. Éamon arbeitete fleißig weiter. Und als die Prüfungen schwerer wurden, arbeitete er noch mehr. Tut er immer noch. Ich bin sein Ventil. Meine Aufgabe ist es, verlässlich, stabil und glücklich zu sein. Ich rate Éamon, sich nicht über Dinge aufzuregen, die nicht wichtig sind, und Éamon meint, dass das für mich nahezu alles einschließe. Ich versuche Éamon zu überzeugen, Dinge leicht zu nehmen. »Ist das wirklich wichtig?«, frage ich ihn oft. Wenn die Antwort ›*Ja*‹ ist, versichere ich ihm, dass wir eine Lösung finden werden. Wenn die Antwort ›*Nein*‹ ist, fasse ich ihn an den Schultern und erkläre: »Dann soll uns das auch nicht weiter kümmern.« Damit ist die Sache erledigt und wir gehen weiter zur nächsten. Das Problem ist, dass die Sache nicht wirklich erledigt ist, nicht wirklich aus der Welt geschafft. Von mir kann Éamon nicht das lernen, wonach er sich am meisten sehnt. Es gibt immer Dinge im Leben, die man nicht erklären kann und die manche Menschen – wenn sie die Voraussetzungen nicht haben – auch nicht lernen können. Wonach sich Éamon am meisten sehnt, ist meine Sicherheit, die Sicherheit, zu wissen, welche Rolle man in der Welt spielt.

Wir klettern auf die Gartenmauer und von da aus auf den flachen, mit Dachpappe ausgelegten, einstöckigen Anbau. Éamon zieht eine Packung Carroll's No. 1 aus seiner Hemdtasche, und jeder von uns nimmt sich eine, wir rauchen still vor uns hin, sitzen auf der warmen Dachpappe, an die Hauswand gelehnt. Wir reden nicht und unser stiller Blick folgt den Fußgängern und dem Verkehr unten auf der Straße. Ich lege dem Freund meinen Arm um die Schultern.

»Machst du dir manchmal darüber Gedanken, Éamon, worum es in der Welt überhaupt geht? Ich denke, Schwerkraft, Elektromagnetismus, starke und schwache Kräfte, Antimaterie, Dunkle Materie, die Kosmologische Konstante und all die anderen physikalischen Spekulationen haben natürlich ihre Berechtigung, aber wenn man genau darüber nachdenkt, bestehen all diese Gebilde doch nur aus Teilchen, die um andere Teilchen herumschwirren. Diese Quarks und Partikel und Protonen und Neutronen und Elektronen und Neutrinos schwirren umeinander herum und bilden Atome, und viele Atome zusammen ergeben Moleküle, und von da an wird alles größer und größer und wir bekommen gasförmige Stoffe und feste Körper und Felsen und Planeten und Sterne. Und auch die sind umgeben von anderen herumschwirrenden Teilchen. So geht es weiter und weiter, wieder andere herumschwirrende Dinge, die ein Sonnensystem bilden, Sternenhaufen, Galaxien, Galaxienhaufen, Superhaufen und immer weiter, noch mehr verrücktes Zeug, weiter und weiter, weit über das Unvorstellbare hinaus. Das, was du durch diese riesigen Teleskope siehst, ist Schönheit gemischt mit einem Schuss Wahnsinn. Man brauchte ein Diplom in Komplexitätstheorie, um all das in den Griff zu bekommen. Und wer weiß, vielleicht gibt es da draußen noch unzählige andere Universen? Ehrlich, wie soll man von der Vielschichtigkeit der Universen und Dimensionen eine konkrete Vorstellung bekommen oder alles in eine verständliche Form bringen? Unmöglich, alles so zu bündeln, dass man es in den Kopf bekommt. Und selbst wenn man es alles irgendwie verstehen könnte, so wäre doch noch nichts erklärt, und vor allem unsere Existenz wäre noch nicht erklärt.«

»Oh Gott, schau mal da unten?«, wirft Éamon ein, als ein Mädchen an unserem Haus vorbeigeht.

»Die schöne Lucy Lennon«, kommentiere ich und blase meinen Zigarettenrauch hoch in die Abendluft. »Wirklich ein sehr hübsches Partikel.«

»Hätte nichts dagegen, um dieses Partikel herumzuschwirren.«

»Mann, Gaughran, du hast es wirklich verstanden.«

»Ich sag dir was, Johnny, dieser Hintern quält mich. Er spukt in meinem Kopf rum, morgens, mittags und abends.«

»Frag sie, ob sie mir dir ausgeht.«

»Was? Um Himmels willen, Johnny. Spinnst du?«

Als die Zigaretten aufgeraucht sind, klettern wir vom Dach herunter. Ich streiche meinen Dunn & Co glatt, richte meinen Schal und steige aufs Rad.

»Also, Snooker-Halle um halb neun«, sage ich, und Éamon verabschiedet sich mit einem kurzen Kopfnicken.

Beim Radeln denke ich wieder an die Teilchen, die um andere Teilchen herumschwirren, und mir wird klar, dass die Menschen genauso herumschwirren wie die Teilchen: Familien, Gruppen, Organisationen, Gesellschaften, Religionen, Nationen. Genau gleich, oder? Wir Menschen lieben diese Zusammengehörigkeit. Wir lieben es, zu einem ›*Wir*‹ zu gehören. Nur die Sonderlinge wollen nicht dazugehören.

Bob radelt neben mir her, ganz gerade sitzt er auf seinem Rad, radelt gemütlich in seinem grünen Overall vor sich hin, der rote Lappen hängt seitlich aus seiner Hosentasche. Eine Art Glückseligkeit umgibt diesen Mann auf dem Fahrrad. *Ist das nicht das Einzige, worauf es ankommt?*, sagt er.

Geschichten für Rosie

Ich bin in der Bücherei. Es ist keine große Bücherei, sie ist viel zu klein, und ich kann es kaum erwarten, bis die neue öffnet. Doch ich liebe auch diese kleine und ich frage mich immerfort, warum nicht jeder, der etwas Zeit zur Verfügung hat, diese in einer Bücherei verbringt. Ich habe nie verstanden, dass jemand Langeweile haben kann, wo die Welt doch voller Bücher ist, die gelesen werden müssen.

Ich habe immer schon gelesen – also, ich wurde nicht mit einem Buch in der Hand geboren oder so. Aber ich habe schon sehr früh gelesen. Die Menschen werden mit bestimmten Talenten geboren: Manche können eine Melodie heraushören und sie nach ein- oder zweimaligem Hören nachsingen; manche haben eine gute Stimme; manche können zeichnen oder malen oder sind fantastische Bildhauer oder Schriftsteller; manche können Fußball spielen, manche einen Schläger leicht und locker führen oder präzise Bälle schlagen. Und ich, ich kann lesen. Nichts, womit man protzen könnte, nicht wirklich. Ist kein Sport, der Zuschauer anlockt – wäre schwer, dafür Eintrittskarten zu verkaufen. Und es gibt auch mit dem Lesen nur wenig Preise zu gewinnen. Doch die Leute bemerken, wenn jemand viel liest, und sie verwenden Worte wie ›lesehungrig‹, ›geistvoll‹, ›gebildet‹ und ›schlagfertig‹. Belesen zu sein wird allgemein als eine gute Sache empfunden. Ich kann mich gar nicht mehr erinnern, wie es mit dem Lesen bei mir anfing; ich glaube, ich habe es mir selbst ausgesucht. Ich hatte allerdings Hilfe und Unterstützung – daran erinnere ich mich gut – von Oma Reynolds und Tante Rosie.

Tante Rosie, leider schon verstorben, war die Schwester meiner Mutter, und sie lebte in Liverpool. Sie besuchte uns normalerweise im Sommer zwei Wochen lang, und bei jedem Besuch brachte sie eine große Tüte englischer Süßigkeiten mit. Englische Süßigkeiten schmecken eigentlich genauso wie irische Süßigkeiten, und jedes Kind anderer Nationalität würde Probleme haben, einen Unterschied zu sehen oder zu schmecken; doch jedes Jahr dachten Anna und ich vor Tante Rosies Ankunft in glückseliger Erwartung an diese süße englische Tüte. Schon Wochen vorher überlegten wir, was wohl in Rosies Tüte drin sein würde, was unsere Lieblingssüßigkeiten wären und was wir wohl davon eintauschen könnten und was nicht. Wenn der Tag dann kam und Tante Rosie vor uns stand und der Inhalt der herrlichen Tüte aufgeteilt wurde, genossen wir die englischen Naschereien, als ob sie Raritäten aus irgendeinem fernen Dschungel wären oder Delikatessen aus einer anderen Welt.

Es waren aber nicht nur Süßigkeiten, die Tante Rosie mitbrachte, sondern auch ihr Lachen. In den beiden Wochen, in denen sie bei uns wohnte, war das Haus voller Freude und Glückseligkeit. Es gibt solche Menschen: Sie selbst finden das Leben amüsant und schön, und das Leben – diesen Beifall würdigend – zeigt sich ihnen von seiner besten Seite. ›Mein Johnny‹, hat sie immer zu mir gesagt. Ich glaube, sie hat mich von Anfang an in ihr Herz geschlossen, sie hat mich gerne geknufft und geneckt. Vielleicht war sie aber auch so herzlich zu mir, weil Oma mich gemocht hat, und da sie auch Oma sehr mochte, wurde die Zuneigung einfach an mich weitergeleitet. Keine Ahnung, warum solche Dinge geschehen – warum die Menschen einige in ihr Herz schließen und andere nicht und warum manche ganz außen vor sind.

Oma Reynolds hat häufig auf mich aufgepasst, als ich klein war. Wir lasen all die alten Legenden zusammen, lange bevor ich in die Schule ging, und auch Tante Rosie legte großen Wert auf die alten Geschichten. Bei jedem Besuch musste ich ihr etwas vorlesen und jedes Mal wollte sie die gleichen Legenden hören: ›Tír na nÓg‹, ›Cúchulainn and the Táin‹, ›The Children of Lir‹ und ›Fionn MacCumhaill‹. Ich empfand ›The Children of Lir‹ als sehr traurig, doch Tante Rosie liebte es. Sie hatte einen Sohn, Donal, und zwei Töchter und war mit einem Engländer verheiratet – diese Tatsache sollten wir allerdings besser für uns behalten, sagte sie oft mit einem verschmitzten Lachen. Donal ist drei Jahre älter als ich, und er bekam jede Woche zwei Comics in Liverpool gekauft: *Beano* und *Tiger and Scorcher*. In der Woche nach ihrem Erscheinen, wenn also die neue Ausgabe gekauft wurde, packte Tante Rosie die beiden alten Hefte zusammen und schickte sie mir per Post. Ab meinem sechsten Geburtstag kam jede Woche solch ein Päckchen; eigentlich fand ich es schade, dass Donal so keine Chance hatte, die alten Comics zu sammeln, aber natürlich protestierte ich nicht.

Eines Tages, ich war gerade elf geworden, musste Tante Rosie ins Krankenhaus und starb kurz danach, und die Geschichte mit *Beano* und *Tiger and Scorcher* war zu Ende. Ich fand es ziemlich kurios, dass sie ihren Tod in die Zeit gelegt hatte, in der ich gerade aus den Comic-Heften herauswuchs. Leider hatte ich nur so keine Gelegenheit, ihr oder Oma dafür zu danken, dass sie mir dieses Geschenk – die Freude am Lesen – gemacht haben. Mit kleinen Liebenswürdigkeiten können manche Menschen Großes im Leben anderer schaffen, ohne es jemals zu erfahren.

Wie ich so von Tante Rosie, ihren englischen Süßigkeiten und von *Beano* und *Tiger and Scorcher* vor mich hinträume, spüre ich plötzlich eine Berührung an beiden Armen. Ich trete einen Schritt vom Regal zurück und will mich entschuldigen. Ist nämlich eine dumme Angewohnheit von mir, Bücher aus dem Regal zu ziehen, kurz darin zu lesen, dabei einige Schritte vorwärts zu gehen und die Bücher dann am falschen Platz wieder einzuordnen. Doch die Berührung stammt nicht von der Büchereiaufsicht; sie haben hier gar keine. Man fühlt sich aber ertappt, wenn man so überrascht wird. Ich drehe mich um und sehe Cora und Aisling.

»Hallo, Süßer«, sagt Aisling, »das Wie-ich-mit-Frauen-umgehe-Regal ist da drüben.«

»Danke«, antworte ich, »aber zuerst muss ich eben noch etwas nachlesen über die Hydrodynamik von sphärischen implodierenden Stoßwellen und ein paar andere Kleinigkeiten.« Manchmal kann das Überfliegen von Büchern wahrhaft hilfreich sein.

»Okay«, sagt sie.

Ich wende mich Cora zu und sie schenkt mir ihr Lächeln – dieses Lächeln, das die Laune und die Luft und die Last eines ganzen Tages leicht macht.

Ich lächle zurück und strecke meine Hand nach ihr aus, um sie zu berühren. »All diese Bücher«, schwärme ich, »und dazu die beiden schönsten Frauen auf Erden. Jetzt fehlt nur noch eine Tüte Toffees, und ich fühle mich wie im Himmel.«

»Eine Tüte Toffees?«, fragt Aisling verwundert.

»Eine Tüte Toffees«, wiederhole ich und strecke die andere Hand zu Aisling aus, sodass wir drei wie eine Art Gänseblümchen-Kette verbunden sind. »Habe ich euch schon von Tante Rosie erzählt?«

Als Antwort bekomme ich zweifaches Kopfschütteln.

»Also gut, wie wär's, wenn wir ein paar Bücher mitnehmen und ich euch beide ins Imperial auf einen Kaffee einlade? Und dort erzähle ich euch von Tante Rosie.«

Pommes im Roma – und Milch

Es ist ein schöner Maiabend, als Cora und ich uns um sieben bei *Dunnes* treffen. Vor einem Monat sind wir uns zum ersten Mal begegnet, und das wollen wir heute feiern. Ich gehe den breiten Gehweg auf und ab und halte nach ihr Ausschau. Sie kommt – lächelnd.

»Einen Kaffee im Imperial, einen Drink im Cooking Pot oder Pommes im Roma?«, stelle ich ihr zur Wahl.

Cora entscheidet sich für die Pommes.

Im Roma ist eine Italienerin mittleren Alters damit beschäftigt, den regen Geschäftsbetrieb zu organisieren. Sie ist ziemlich klein, ihr Kopf schaut kaum über die lange Bedienungstheke hinweg.

»Weiß deine Mami, dass du hier bist?«, sage ich im Vorübergehen. Sie ignoriert mich vollkommen, nimmt einen Bestellzettel der Kellnerin entgegen und ruft den Auftrag Richtung Küche.

Cora und ich setzen uns in eine leere Ecke hinten im Restaurant. Bevor wir noch richtig Platz genommen haben, kommt die Kellnerin mit Block und Bleistift, schon bereit für die Bestellung.

»Bitte schön?« Cora antwortet für uns beide – Pommes und Spiegeleier und zwei große Gläser Milch.

»Wir sollten mal irgendwann einen Tag nach Dublin fahren«, schlägt sie vor. »Wir könnten Aisling besuchen.«

»Okay, fahren wir mit dem Zug hin.«

Cora beginnt sofort, einen detaillierten Plan aufzustellen, was wir in Dublin alles machen und was wir uns anschauen wollen. Trinity College steht ganz oben auf ihrer Liste und dann die National Gallery und ein paar

Museen. Ich plädiere für Cafés und Buchläden, doch Cora ignoriert meine Vorschläge und vervollständigt ihre eigene Liste. Aber es macht mir nichts aus, es ist einfach schön, ihr beim Sprechen zuzuhören.

Der Dundalk-Akzent ist ungewohnt fürs Ohr. Wie so viele irische Akzente hat er eine ganz besondere Anziehungskraft, auch wenn man nicht gerade sagen kann, dass er besonders schön wäre. Er klingt eher flach, so als ob die Sprache von einem Schmied bearbeitet wurde, der die Unebenheiten rausgeklopft hat, so als ob Höhen und Tiefen Unreinheiten gewesen seien. Trotz dieses gleichmäßigen Tonfalls klingt der Dundalk-Akzent jedoch nicht weich. Jedes Wort wird einzeln betont – nicht zusammengezogen wie im Norden oder Süden der Insel – und obwohl die Wörter klar voneinander abgegrenzt werden, erscheint die Sprache sehr glatt und gleichförmig.

Der glatte Tonfall in der Stadt verstärkt noch den gleichförmigen Sprachklang unserer Grafschaft. Allerdings ist bisweilen auch ein anderer Ton zu hören: der schwingende Akzent von Armagh und Down. Die Grafschaftsgrenze ist ein paar Meilen von Dundalk entfernt, doch die Akzentgrenze befindet sich mitten in der Stadt. In den nördlichen Straßen ist hauptsächlich der nördliche Akzent zu hören, in den Unterhaltungen im Stadtzentrum einer oder beide gleichzeitig. Es gibt auch Bewohner, die durch Glück oder Pech – je nachdem wie man es sieht –, ganz ohne Akzent sprechen. Meistens sind dies die Frauen oder Mädchen. Von allen Gepflogenheiten und Zwängen befreit, kann bei ihnen die irische Sprache hell und klar erblühen. Von Zeit zu Zeit kann man sogar die Töne einer von Kinderhand gezupften Harfe vernehmen: das ist dann die Stimme von Cora Flannery.

»Auf uns«, proste ich ihr mit meinem großen Milchglas zu.

»Auf uns«, stimmt Cora zu. »Für immer und ewig.«

Wahnsinn, wie schnell Cora das Wort ›*uns*‹ benutzt, als ob wir gemeinsam ein Projekt vorbereitet hätten und kurz vor der Fertigstellung wären. Ich bin überzeugt, dass Cora unsere gemeinsame Zukunft schon im Kopf entworfen hatte, dass sie unser Zusammentreffen genauso vorhergesehen hat und dass sie es – jetzt, wo es genauso gekommen ist – schon in sich aufgesaugt hat, so natürlich, wie Irland den Regen aufsaugt. Ich schaue in ihr blasses Gesicht und ich weiß, dass in ihrem wunderschönen Kopf keine Zweifel aufkommen. Aber ich weiß, wer ich bin. Ich weiß, dass das, was sie sieht, nicht die Realität ist.

»Woran denkst du gerade, Johnny?«, fragt sie, mit einer aufgespießten Pommes auf der Gabel.

Ich schaue noch einmal direkt in ihr schönes Gesicht. »Ich denke an dich, Cora.«

El Cant dels Ocells

Es ist ein nasser Tag im Juni, und Cora und ich sitzen bei ihr zu Hause in der Küche und trinken Tee. Gerry Flannery kommt herein, bleibt vor uns stehen und schaut uns mit dem für ihn so typischen Blick an – halb fragend und halb lachend.

»Und, hat sie dir schon erzählt, wie wir zum ersten Mal von Johnny Donnelly gehört haben?«

»Von mir gehört?«

»Ja«, sagt Cora. »Ich habe zuerst nur von dir gehört und dann bin ich losgegangen, um dich zu suchen. Diese Geschichte hat Dad uns erzählt, von einem seiner Freunde, einem Musiker. Und dieser Freund hat einen Freund, der im Nationalorchester in Dublin spielt – er spielt Cello. Das war wundervoll, was du da gemacht hast.«

»Mein Freund erzählt heute noch davon«, sagt Gerry.

Jetzt dämmert's mir. »Ah ja …«, ich erinnere mich an Bobs letzten Tag in der Fabrik.

Ich war gerade zwei Jahre in der Maschinenfabrik beschäftigt, als der Tag kam, an dem Bob Hanratty in Pension gehen sollte. Bob hat das Fabrikleben nie gemocht, aber er liebte seinen Zufluchtsort im Öllager und sein Radio hoch oben im Regal. Als ich ihn einmal im Lager aufsuchte, gab Bob mir ein Zeichen, ruhig zu sein. Ich sah, wie er still dastand und seinen Kopf Richtung Radio neigte. Ein Musikstück war durch den kleinen runden Lautsprecher zu hören, und erst als es zu Ende war, winkte Bob mich heran. »Hey, was war denn das, alter Freund?«, fragte ich. »Das, mein Freund, war Pau Casals: ›El Cant dels Ocells‹.

Der alte Mann schaute mich an, ›Das Lied der Vögel‹. So etwas Wunderschönes. Und Johnny, wer ist Pau Casals?« Bob testete mich.

»Spanier«, vermutete ich.

»Katalane«, korrigierte Bob mich. »Und ein Katalane ist zuerst Katalane und als Zweites Katalane.« Ich setzte mich auf die Werkbank und fragte nicht weiter, aber ich nahm alles aufmerksam zur Kenntnis.

An seinem letzten Arbeitstag erledigte Bob alle Arbeiten wie gewöhnlich. Am Ende des Tages säuberte er seine Werkbank, putzte seinen Gerätewagen und die Ölkannen, legte seinen grünen Overall sorgfältig zusammen und nahm das Radio vom obersten Regal. Er nahm einen Schraubenzieher und schraubte das Messingschild von der Tür ab. Er verstaute den Overall, das Radio und das Schild in seinem Arbeitsrucksack und schloss zum allerletzten Mal die Lagerhalle ab. Er ging quer über den Hof und in die Werkshalle hinein, um seine Karte abzustempeln. Alle anderen Arbeiter waren schon weg, und in der großen Werkshalle war es so still, dass er nur das Echo seiner eigenen Schritte hören konnte.

Er hielt inne und schaute sich noch einmal um. Hier hatte er neunundvierzig Jahre lang gearbeitet. Ich konnte sehen, wie enttäuscht er war, dass niemand gewartet hatte. Er war enttäuscht, dass ich nicht gewartet hatte. Nun, ich hatte ja gewartet – er konnte mich nur nicht sehen. Bob ging zur Stechuhr, zog seine Karte aus der Ablage und stempelte. Das schwere Klicken der Uhr durchbrach die Stille. Bob schaute hoch, um dem Geräusch nachzulauschen, und erst in diesem Moment bemerkte er den Stuhl und das Cello genau in der Mitte des Raumes. In dem Moment hallten noch einmal

Schritte durch die Halle, und ein Mann mit langem gewellten Haar kam durch die Außentür herein. Der Besucher trug einen schwarzen Anzug und hatte einen Bogen aus dunklem Holz in der rechten Hand. Er ging auf Bob zu, stellte sich vor ihn hin und verbeugte sich, bevor er sein Cello nahm und sich auf den Stuhl setzte. Er würdigte Bob noch einmal mit einem kurzen Nicken. Er lehnte das Cello gegen seine linke Schulter und dann, den Blick auf den Boden einige Meter vor ihm gerichtet, begann er zu spielen. Der Bogen – gehalten mit der rechten Hand, vier Finger sanft obenauf liegend – strich über die Saiten, bewegte sich langsam und elegant hin und her. Die Finger der linken Hand berührten die vier Saiten, mal kraftvoll, mal zärtlich. Musik schwebte durch den Raum; die Schwingungen umhüllten die Maschinen und Geräte, tönten sanft von den weißgekalkten Wänden und hohen Decken wider. Bob stand wie angewurzelt, die Stechkarte noch immer hochgestreckt, bewegungslos. Er schaute ins Nichts, und die Werkshalle füllte sich mit ›El Cant dels Ocells‹.

»Er hat die meiste Zeit seines Lebens an diesem Ort verbracht«, sage ich zu Cora und Gerry, »deswegen habe ich den Cellisten um diesen Gefallen gebeten. Bob hat sich diese letzte glückliche Erinnerung so sehr verdient.«

»Also, das hast du sicher erreicht«, sagt Cora. Sie lehnt sich an mich, und ich lege meinen Arm um ihre Schulter und halte sie fest. »El Cant dels Ocells«, sie ruft den Titel noch einmal in den Raum, »das soll an unserer Hochzeit gespielt werden, ja, Johnny?«

Hochzeit? Dieses Mädchen ist noch viel verrückter als ich. Ich schaue zu Gerry Flannery, aber der steht still da und sieht mich mit diesem typischen Blick an, so als ob Coras Bemerkung über unsere Hochzeit ganz normal und zu erwarten wäre. Ich schaue zurück zu Cora.

»Ja Cora, das wird es ganz sicher.«

Meine Trickkiste

Ich gehe durch verlassene Straßen. Die Stadt ist menschenleer, im Schlaf versunken, in diesen wenigen friedvollen Stunden zwischen spätabends und frühmorgens. Es ist Hochsommer, das Morgenlicht wird schnell heller, zerstreut eine Nacht, die nie ganz dunkel wurde. Ich gehe langsam; ich liebe diesen Moment, wenn das Blauschwarz sich in einem neuen Tag verliert. Ich denke an das Mädchen. Seitdem ich zwölf bin, habe ich meinen eigenen Weg gewählt. Niemals war es eine Frage des *Was* – sondern lediglich des *Wie*. Und ich fand es. Disziplin lernte ich von Delaney; die Überzeugung kam von mir selbst. Jeder einzelne Schritt meines Weges war sorgfältig gewählt, präzise und zielstrebig. Dieser lange Krieg war steinig – Disziplinlosigkeit, Rücksichtslosigkeit und Betrug haben uns immer wieder das Genick gebrochen. Mir aber nicht. Und dann, mitten in diesem Krieg, steht *sie* plötzlich vor mir.

Die Vögel sind unterwegs zu dieser Stunde: Tauben, Krähen und Möwen streiten um die Krümel auf den Straßen und Gehwegen, und ihre hungrigen Schreie durchschneiden die Stille. Die Luft ist mild. Die Wolken über mir sind grau, doch hoch genug, um Hoffnung aufkeimen zu lassen.

Ich komme zur Maschinenfabrik, alles ist ruhig. Der Sicherheitsbeamte in dem kleinen Backsteingebäude am Eingang schaut kaum von seinem Roman auf, als ich durch das Fußgängertor laufe. Er erwidert meinen Gruß mit einem kurzen Winken. Mindestens einmal im Monat komme ich ungewöhnlich früh im Werk an und mindestens einmal im Monat bleibe ich abends ungewöhnlich lange. Vertrautheit ist die beste Tarnung – so hat mich der

Chef gelehrt –, die sicherste Camouflage, und auf meinem Weg durch das Eingangstor und vorbei am Wachmann bin ich in Gedanken schon bei der Waffe.

Die erste war eine vom Typ .303. Ein altes Gewehr – eine alte Lee Enfield. Sie benötigte jede Menge Öl und Pflege, schoss aber zielgenau. Delaney ließ mich drei Jahre mit diesem Gewehr üben. Danach gab er mir eine Armalite, eine Kalaschnikow und eine Heckler & Koch, eine nach der anderen. Mit jeder Waffe trainierte ich ein Jahr lang und alle habe ich in meinen Einsätzen benutzt. Ich habe jetzt auch eine Glock 17, aber die ist für andere Einsätze da. Erst vor einem Jahr bekam ich, worauf ich so lange gewartet hatte.

Ich laufe zwischen den hohen Gebäuden auf dem Werksgelände hindurch und betrete die Werkshalle durch die Sicherheitstür. Die Halle ist sehr geräumig, sehr lang, mit hohen Wänden und einem Dach mit vielen Schrägen. Um mich herum Erinnerungen an frühere Tätigkeiten: oben an der Decke Flaschenzüge und Vorrichtungen für riemengetriebene Maschinen, im Boden eingelassene Laufschienen. Ich gehe quer durch die Halle, vorbei an der Stechuhr vor dem Verwaltungsbüro. Ich achte sehr darauf, dass ich nicht außerhalb der normalen Arbeitszeiten meine Karte stemple. Ich gehe zur südöstlichen Ecke der Halle, wo hinter hohen Blockwänden eine abgetrennte, recht große Arbeitsnische verborgen ist, ohne Fenster oder Blick auf die Fabrikhalle. Dieser abgetrennte Raum war früher das Maschinenbauteil-Lager und dient heute als Schreinerwerkstatt: ›die Schreinerecke‹ sagen die Arbeiter hier. Ich ziehe ein Schlüsselbund aus der Seitentasche meines Dunn & Co und öffne das Schloss an der Stahltür. Ich gehe hinein, schalte die niedrigen Lampen über der Werkbank ein und schließe die Tür hinter mir gut ab. Ich mache es mir an meinem Arbeitsplatz bequem.

Nur zwei Menschen arbeiten in dieser Schreinerwerkstatt – Jack Quigley und ich. Jack ist Mitte fünfzig und arbeitet schon dreißig Jahre hier. Ein ruhiger, netter Geselle. Jack ist eigentlich gar kein Schreiner; er hatte eine Lehre als Schlosser gemacht und arbeitete in der Montagehalle auf der anderen Seite des Geländes. Als vor fünfzehn Jahren der Schreiner unseres Betriebs starb, musste die Stelle schnell neu besetzt werden. In seiner Freizeit liebte Jack es, mit Holz zu arbeiten: Er baute liebend gern Vogelhäuschen und Hundehütten in seinem Schuppen hinterm Haus. Dies war allgemein bekannt, sodass er halb Dundalk mit Hundehütten versorgte. Als nun der Platz in der Schreinerei leer war, wurde Jack dorthin versetzt. Jack bezeichnet diesen Tag als seinen ›großen Aufstieg‹, obwohl es – fachlich gesehen – gar keiner war. Die Schreinerei ist eher ein Zulieferer für die Maschinenfabrik und die Nachfrage nach Holzarbeiten beschränkt sich auf Holzgestelle oder Versandkisten. Viele Tätigkeiten in unserer Werkstatt sind einfach nur Hilfsjobs oder Nebenjobs – manchmal auch illegale – für das Management oder für die Arbeitskollegen. Die meiste Zeit werden wir in Ruhe gelassen. Perfekt für mich.

Da wir nur zu zweit in dem Raum arbeiten, hat jeder von uns einen geräumigen Arbeitsplatz. In den ersten sechs Monaten hier habe ich mir meine eigene Arbeitsecke eingerichtet, und zwar die ganze Südwand entlang. Die weißgekalkten Backsteine habe ich mit einer neuen Trockenmauer verkleidet und Regale, Ablagen und Werkzeugtafeln eingebaut. Davor einen großen quadratischen Tisch und zwei schwere Bänke. Das alles dauerte genau sechs Monate. In der zweiten

Hälfte meines ersten Schreinerjahres baute ich meinen Werkzeugschrank. Genauer gesagt baute ich sogar zwei, einer war ein Geschenk für Jack. Die Werkzeugschränke sind wahrhaftig beeindruckend – mehr als einen Meter lang und einen halben Meter hoch und ebenso tief. Ich habe dazu einfach ein Modell aus einem amerikanischen Fachbuch als Vorlage genommen, und die Schränke aus Eichenholz nachgebaut, mit speziellen, präzise gefertigten Scharnieren, um ihre Strapazierfähigkeit und Langlebigkeit zu sichern. Die Schränke bieten viel Platz unter dem oberen Klappdeckel, Schubladen unterschiedlicher Größe befinden sich hinter der Frontplatte. Alle Scharniere, Griffe und Armaturen sind aus Messing und jede Kiste ist mit einem Sicherheitsschloss ausgestattet. Ich kleidete die Innenwände und Schubladen aufwendig mit feinem königsblauen Filz aus und polierte die Außenseiten mit per Hand eingeriebenem dänischen Öl. Damit die Werkzeugschränke wie ein Gerätewagen gezogen werden konnten, montierte ich an jeden ein zweiachsiges Fahrgestell und überdimensionale Räder, dazu noch einen Klappgriff an einem Ende.

Diese Werkzeugschränke sind überall auf dem Werksgelände ein vertrautes Bild, da Jack und ich damit von einem Job zum nächsten ziehen. Die Kollegen würdigen die gute alte Handwerkskunst – Jack sagt immer, die Schränke seien wahrhafte Kunstwerke – und immer wieder werde ich gefragt, ob ich dem einen oder anderen beim Bauen seines eigenen Schranks helfen kann. Klar kann ich, ich helfe gern. In gewisser Weise ist dies alles Teil der ›großen Täuschung‹. Alle Handwerker in unserem Betrieb kaufen und kümmern sich um ihr eigenes Werkzeug, sodass der Transport von Werkzeug in die Werkshallen hinein und auch vom Geländer herunter ganz selbstverständlich ist.

Alle zwei Wochen nehme ich meinen Werkzeugschrank auf Rädern in *Big Robbie's Van* mit nach Hause. Jedes Mal halte ich an der Sicherheitssperre an, öffne die Kiste und zeige den Wachmännern ein neues Werkzeug oder Handwerksstück. Auch hier ist mein Schränkchen ein vertrautes Bild: »Da fährt er mit seiner Trickkiste«, höre ich die Männer sagen, wenn ich vorbeifahre. Wie recht sie haben: In die Trockenmauer meiner Werkstatt habe ich nämlich ein Geheimfach integriert, und in diesem Geheimfach befindet sich noch eine dritte Kiste.

Ich nehme ein großes, gefaltetes Filztuch vom oberen Regal herunter. Vorsichtig breite ich es auf dem Tisch aus, den ich genau für diesen Zweck gebaut habe. Ich nehme die dritte Kiste aus dem Geheimfach in der Wand heraus. Ich suche die Schmiermittel, Politur und Lappen aus den Regalen zusammen, die ich jetzt brauche. Sie liegen für jeden sichtbar ›versteckt‹ inmitten der üblichen Arbeitsgeräte. Wartung und Pflege – so habe ich von dem Amerikaner, der mich später im Schießen trainierte, gelernt – sind so wichtig wie Gewehr und Geschoss selbst. Bevor ich die Kiste öffne, gehe ich noch einmal zur Stahltür und prüfe nach, ob sie verriegelt ist.

Ist es das, was du in deinem Leben sein möchtest? Ein Mörder?

Ich drehe mich um. Bob sitzt am anderen Ende meiner Bank, ein roter Lappen hängt locker aus der Hosentasche seines grünen Overalls.

Johnny?

Ich reagiere nicht, ignoriere ihn. Ich gehe zum Tisch zurück, öffne die Klappe der Kiste und beginne mit der Arbeit.

Soldier's Point

An einem frühen Julimorgen mache ich mich auf den Weg, am südlichen Ufer des Mündungsgebietes entlang Richtung Osten. Che läuft voraus und stoppt in regelmäßigen Abständen, um nach mir zu sehen, bevor er wieder vorausläuft. Bald ist Ebbe, und der Fluss führt nur wenig Wasser. Unter mir erstreckt sich das weite, grau-glänzende Schlickwatt nach Norden Richtung Bellurgan, Jenkinstown, Rockmarshall und nach Osten entlang der bergigen Halbinsel. Fischreiher jagen jetzt bei Ebbe in den flachen Gewässern und Furten. Die Rinnsale sind bevölkert von beutesuchenden Austernfischern, Regenpfeifern, Reihern und Haubentauchern, und die grünen Marschinseln erstrahlen gelb vor der aufgehenden Sonne.

Am Ende der Uferböschung am Soldier's Point bleibe ich stehen. Ich ziehe meinen Dunn & Co-Kragen zurecht und vergrabe meine Hände tief in den Seitentaschen. Landeinwärts sehe ich die im Halbkreis terrassenförmig angelegten Häuser der Küstenwache. Keine Bewegung ringsum, kein Mensch am Flussufer – zu früh noch für einen Morgenspaziergang. Ich bin allein.

Bob sitzt auf einem Felsblock, der einmal Teil eines Landungsstegs war. *Hallo, Soldat,* grüßt er mich.

Ich erinnere mich noch gut an den Tag, als wir zusammen auf der Werkbank in seinem Öllager saßen. Es war Sommer, die Tür war geöffnet, um die warme Sommerbrise hereinzulassen, das helle Licht des Hofes wurde vom Türrahmen des dunklen Lagers eingerahmt.

Bob zeigte zur Tür. »Da draußen ist das Leben – ein unbezwingbarer Berg.«

»Ein Berg, Bob?«

»Ja, mein Sohn, ein Berg. Wir werden alle am Fuße des Berges geboren, unverdorben und unwissend. Unser Ziel, mein Sohn, ist es, diesen Berg zu erklimmen.«

»Warum? Was ist denn da oben auf dem Berg?«

»Wer weiß das schon? Der Sinn des Lebens? Antworten? Glück? Vielleicht … vielleicht auch gar nichts«, lachte er. »Wer weiß das schon? Niemand kennt irgendjemanden, der es bis oben geschafft hat und wieder heruntergekommen ist. Aber egal, der Weg hinauf ist das, was zählt.«

»Schaffen es viele, Bob?«

»Nein, nicht viele. Der Berg ist teuflisch. Tödlich. Der Mensch muss über all das Existierende hinwegklettern, um weiterzukommen. Die schlimmsten Frevel der Menschheit muss er überwinden: Maßlosigkeit, Rohheit, Gier. Dieser unerbittliche Kampf macht dich müde und langsam, zieht dich zurück, hält dich fest, verschluckt dich. Die meisten lassen sich deswegen einfach irgendwo nieder, um zu überleben, schlagen ihr Lager auf, wo immer sie können. Der Weg zur Spitze ist unmöglich.«

»Hört sich nicht gut an, gibt es überhaupt irgendeine Hoffnung?«

»Einige haben gar keine Chance. Andere finden ein Seil, an dem sie sich hochziehen können.«

»Am Seil hängt das Heil, Bob. Nun gut. Aber wo findet man diese Seile?«

Der alte Mann nahm einen Schluck aus der Teetasse, die er in der einen Hand hielt, und hob mahnend den Zeigefinger der anderen.

»Jeder Mensch muss sein eigenes Seil finden. Man findet sie überall, um uns herum, in den einfachen Wahrheiten des Lebens. Und man findet sie auch in unseren Hoffnungen und Ängsten, und mit denen muss man sorgsam umgehen.«

»Warum?«

»Wenn man nicht aufpasst, verwandelt sich das Seil in eine Peitsche. Diese Peitschen haben schon tiefe Narben im Fleisch der Menschheit hinterlassen. Pass gut auf, mein junger Freund, welches Seil du zu fassen kriegst in diesem Leben.«

Ich hatte keinen blassen Schimmer, wovon der alte Mann sprach. »Was ist denn das Geheimnis, Bob? Wie können wir die Spitze dieses unbezwingbaren Berges erreichen?«

»Du und deine Geheimnisse, Johnny.« Der alte Mann schaute mich an. »Es gibt keine Geheimnisse.«

»Und so eine Vermutung?«, drängte ich.

»Na ja, ein reines Herz vielleicht.«

Nach dem Mittagessen ging ich hinaus in die Nachmittagssonne. Auf der anderen Seite des Hofes sah ich die großen Stahltüren der Werkstatt offenstehen und aus dem Schatten traten Grimes und McArdle zusammen mit O'Connell und Cooney – zwei weiteren ›Clowns‹ – hinaus ins Licht, selbstbewusst und herausfordernd, ihre Arbeitsjacken und -hemden hatten sie locker um die Hüften gebunden. Die vier *amigos* überquerten den verlassenen Hof mit großen Schritten, wie Revolverhelden, die Ärger suchen. Ich musste lachen, als ich diese Typen sah.

»Ich weiß, welchem Problem wir beim Aufstieg auf diesen Berg begegnen, Bob«, sagte ich und zog mich wieder zurück ins Lager.

»Okay mein Sohn, was ist es?«

Ich zeigte Richtung Werkstatt: »Eine Lawine von Arschlöchern.«

An Bobs nächstem Geburtstag überraschte ich ihn damit, sein ›*Oil Store*‹-Schild durch ein von mir selbstgefertigtes Messingschild mit eingravierter Aufschrift zu ersetzen:

PHRONTISTERION

ROBERT J HANRATTY

LIEFERBETRIEB VON SCHMIERMITTELN
UND ALLERLEI SONSTIGEM

Der alte Mann polierte das Schild jeden Tag. Er polierte es jeden Tag bis zu dem Tag, an dem er pensioniert wurde. Und Bob Hanratty war erst eine Woche pensioniert, als er tot umfiel.

Ich stehe nachdenklich da und schaue hinunter in die Bucht. »Von hier sind sie abgefahren«, erzähle ich ihm, »die verhungernden Iren. Von hier aus sind sie nach Liverpool und dann nach Gott-weiß-wo. Das wollten sie, die Engländer: uns verhungern lassen oder uns aus unserem eigenen Land vertreiben. Die Hölle haben sie uns nach Irland gebracht. Und sie hatten doch gar kein Recht, hier zu sein.«

Das ist lange her.

»Nein, nicht wirklich, Bob. Und sie sind immer noch da, gehen uns immer noch höllisch auf die Nerven. Die Teilung der Insel – ihre Teilung – ist eine offene Wunde. Diese Wunde wird immer weiter eitern und sich infizieren.«

Aber ihr werdet sie bezahlen lassen, Johnny-boy. Du wirst sehen, die Gerechtigkeit siegt. Aber wer wird der Nächste sein? Die Wikinger sind schon lange vor den Engländern an dieser Küste gelandet und haben geplündert und gebrandschatzt. Und die Normannen sind auch hierher gesegelt – und was haben sie getan? Gehst du denn eigentlich auch nach Kopenhagen und Oslo und Pembroke und London und Cherbourg mit deiner rachsüchtigen Waffe? Begreifst du denn nicht, mein Sohn? Wenn einmal der Anfang gemacht ist, wo ist dann das Ende?«

»Es geht mir nicht um Rache. Und alle anderen sind ja auch wieder weg; aber die Engländer, die sind immer noch hier.«

Aber genau das meine ich doch, Johnny-boy, die anderen sind nicht weg. Sie sind auch noch hier. Sie sind ein Teil von dir; sie waren ein Teil von mir. Und die Engländer? Für viele war England eine Zuflucht. Für viele war England ein Leuchtfeuer an der dunklen Küste. Und viele heißen sie hier auch willkommen.

»Sie sind nicht willkommen«, sage ich und die Unterhaltung endet, als ob sie die Böschung hinunter in den Schlick gerutscht wäre.

Am Ufer hebe ich einen Stock auf und werfe ihn weit weg, damit Che ihn jagen kann. Ich schaue auf die Bucht hinunter, sehe ein Boot vor Anker liegen, das auf die nächste Flut wartet.

Du wirst nichts verändern, sagt Bob. *Und du kannst nicht gewinnen.*

»Kann sein. Aber wir haben das hier nicht angefangen. Ein Volk, das eine Besetzung zulässt, besteht doch aus lauter Narren. Und kann nur in seichten Gewässern überleben.«

Besetzung ist ein schiefer Begriff.

»Ein schiefer Begriff? Unsere Armee ist nicht da drüben bei ihnen – ihre ist hier bei uns. Und damit zwingen sie die Iren, entweder Killer oder Feiglinge zu sein. Es gibt keinen anderen Weg; es gibt keinen Mittelweg. Nur die feige Entschuldigung eines Politikers.«

Aber denkst du wirklich, dass du – Johnny Donnelly – irgendetwas ausrichten kannst?

»Sollte ich also abwarten und besser nichts tun? Wie die anderen Feiglinge? Wenn wir nichts tun, werden sie gewinnen und wir verlieren. Wenn wir nicht kämpfen, ist kein anderes Ende möglich. Aber wenn wir kämpfen, können wir vielleicht gewinnen und sie verlieren; und das Schlimmste, was passieren kann, ist, dass wir beide verlieren. Das ist das irische Dilemma. Doch Kämpfen wird auf jeden Fall zum besten Resultat führen: Wenn wir kämpfen, können sie nicht gewinnen.«

Ja, das ist eure Einstellung. Nichts als hingebogene Wirklichkeit.

Ich schaue auf das Watt hinaus, aufs Wasser und auf die Berge. »Als sie hierher gekommen sind, hat alles angefangen. Als sie ihre Waffen nach Irland gebracht haben, mussten wir auch unsere Waffen erheben. Als sie entschieden hierzubleiben, haben sie uns in die Hölle geschickt.«

Ich rufe Che und mache mich auf den Heimweg.

Und was ist mit ihr, mit dem Mädchen? Ruft er mir nach. *Willst du dieses wunderschöne Mädchen in deinen Kampf hineinziehen? Wer gibt dir das Recht dazu?*

Che läuft voraus, die Sonne geht hinter mir auf und ich gehe in meinen eigenen Schatten hinein. »Das ist nicht mein Krieg«, knurre ich Bob an. »Das ist Irlands Krieg.«

Ich beschleunige meine Schritte, um seinen quälenden Fragen zu entkommen. Ich versuche, die Frage nach Cora mit jedem Schritt ein Stück weiter hinter mir zu lassen, aber genauso wie mein eigener Schatten, bleibt auch die Frage nach Cora an mir haften – es gibt kein Entkommen.

Licht im grauen Nebel

»›Es war ein Unfall‹, war alles, was sie an jenem Abend sagte. ›Es war ein Unfall.‹ Und am Morgen danach sprach sie überhaupt nicht mehr.« Gerry Flannery schüttelt den Kopf. Wir sind auf der N52 unterwegs, nach Südwesten, mit einer Ladung Viehfutter. Ardee und Kells sind hinter uns im Nebel verschwunden, der von der nassen Straße aufsteigt, und wir nähern uns Mullingar, als er mit der Geschichte beginnt, die er mir schon lange erzählen will. Regen fällt und die Scheibenwischer tun ihr Bestes, um den Blick auf das graue Land vor uns freizugeben. Gerry fasst das Lenkrad fest mit beiden Händen, geht in die Kurve, lässt wieder lockerer, fasst erneut fest zu, seine Füße pumpen auf den Pedalen, er schaltet hoch und wieder runter, gibt Gas, um an der nächsten Kurve wieder zu bremsen und zu schalten und fest das Lenkrad zu packen.

Ich sage nichts. Was auch immer er mir erzählen mag, er wird es tun. Ich gebe ihm Zeit und Raum.

»Sie hat drei Monate nicht gesprochen – wir waren sehr besorgt, Johnny, wirklich sehr besorgt – und als sie dann wieder sprach, war es alles so poetisches Zeug und alte Geschichten. Ich habe mir solche Sorgen gemacht. Ich dachte, das arme kleine Ding wäre weggetreten, verschwunden ins Elfenreich, du weißt schon. Eine alte Tante von mir hatte Probleme mit den Nerven und ich hatte Angst, Cora würde es genauso ergehen. Doch dann, nach einer kurzen Auszeit, war sie wieder da – so wie vorher –, das entzückende, unschuldige kleine Mädchen. Aber dennoch war irgendetwas anders an ihr; schwer zu erklären. Aisling sagte uns, wir sollten sie in Ruhe lassen und ihr Zeit geben, dabei war Aisling damals selbst noch so ein junges Ding.«

»Und Aisling?«

»Aisling war stärker … ist stärker. Aber vielleicht ist stärker auch das falsche Wort – weiß nicht, wie ich es nennen soll – sie akzeptierte es schneller, verarbeitete es und fand eine für sie passende Antwort. Und ich glaube, Cora hat das genauso gemacht, in ihrer ganz eigenen Art. Aber sie hatte eine andere Antwort; sie ist einfach ein anderer Typ Mädchen. Aisling war ein bisschen älter, vielleicht half ihr das – ich weiß nicht.«

Er schaltet von einem Gang in den nächsten und wieder in den nächsten und bremst und hält krampfhaft das Steuer fest, um den Van in eine lange, weite Linkskurve zu steuern.

»Aisling war elf, als das mit Cora passierte; Cora war erst neun. Neun ist sehr jung, wenn so etwas Schlimmes passiert. Oh Gott, ich erinnere mich noch genau an dieses kleine weiße Gesicht, ganz ohne Farbe, schieres Entsetzen und Unverständnis in ihren Augen.«

Ich kenne die Geschichte. Jede Stadt hat ihre tragischen Geschichten, und jeder in der Stadt kennt sie. Trotzdem frage ich nach. Ich frage, denn er möchte, dass ich frage. Er möchte, dass ich ihm grünes Licht gebe.

»Was ist denn überhaupt passiert?«

»Es war ein schöner Sommertag. Ich musste eine Fahrt weit nach Westen machen und Fionnuala wollte ihre Mutter im Krankenhaus besuchen. Die Kinder hatten schulfrei und das Wetter war so schön, dass die Mädchen ihn nicht in einem Lieferwagen oder auf einer Krankenstation verbringen sollten. Unsere Nachbarsfamilie kümmerte sich immer um unsere Mädchen, wenn wir spät nach Hause kamen, und wir taten dasselbe für sie. Der Nachbarsjunge hieß Shane, er war vierzehn. Ein richtig netter Junge, mit wildem Haarschopf, hellblond im Teenager-Alter, er war groß und für die Eltern eine reine Freude. Er war nett und hilfsbereit und freundlich – mit vierzehn genauso wie mit fünf –, er blieb wie er war, anders als andere Jungs in dem Alter. Sue und Tom McEntee wohnten direkt neben uns und Shane war ihr einziges Kind. Sie waren großartige Menschen; es war ein Segen für uns, sie als Nachbarn zu haben.

Ich musste an jenem Tag früh das Haus verlassen und da ich erst abends zurück sein würde, schickte Fionnuala die Kinder mittags zu den Nachbarn rüber. Cormac war zu jener Zeit noch klein, und Sue war mit ihm im Garten hinter dem Haus. Tom war bei der Arbeit. Nach dem Mittagessen ging Shane mit den Mädchen spazieren. An schönen Sommertagen gingen die Kinder oft zum Spielen raus auf die Wiesen oder strolchten um Cuchulainns Burg herum. An jenem Tag liefen sie zur Brücke bei Toberona und zu diesem verdammten Fluss.«

Gerry schaltet wild und bremst nur ganz kurz, bevor der Van sich in eine scharfe Rechtskurve legt.

»Die Flut war im Anmarsch und der Fluss führte Hochwasser. Die Kinder liefen von der Brücke aus am Flussufer entlang – grüne Wiesen mit Wildblumen, die lieben unsere beiden Mädchen so sehr. Sie kamen an einem kleinen Boot vorbei, das am Ufer lag. Es gehörte Cathal McGuiggan aus Brid A Crinn. Kennst du die McGuiggans, Johnny? Auch so eine großartige Familie.«

Ich schüttle den Kopf, aber Gerry erzählt schon weiter ohne meine Antwort abzuwarten.

»Cathal war morgens zum Fischen rausgefahren und wollte später noch einmal zurückkommen, deswegen ließ er das Boot dort am Ufer zurück. Er wollte natürlich kein Unglück herbeiführen, doch später gab er sich die Schuld an allem und fuhr niemals mehr raus zum Fischen.« Gerry atmet schwerer und schnappt nach Luft und wird still. Wir fahren nach Mullingar rein. Er reiht den Van langsam in den fließenden Verkehr ein.

»Wahrscheinlich wollte er sich nur ein bisschen hervortun; keiner hatte Schuld. Es war nur ein verdammter Unfall. Keiner von ihnen konnte schwimmen. Von Dundalks vier Grenzen sind zwei Flüsse, im Norden und Süden, und im Osten ist das Meer. Wir sind von Wasser umgeben und nur wenige von uns können schwimmen – hast du dir das je klar gemacht, Johnny? Wie verdammt dumm das ist?«

Ich habe schon mal darüber nachgedacht, aber ich schüttle wieder meinen Kopf, und wie zuvor erzählt er weiter, ohne meine Antwort abzuwarten. Wir sind im Stadtzentrum von Mullingar und biegen mit dem Hauptverkehr nach Westen ab. Die graue Stadt verschmilzt mit dem schmutzigen Grau der Luft.

»Ist das hier nicht ein total deprimierender Ort?«, fragt Gerry, als er sich umblickt.

Ich stimme ihm zu. Mullingar ist die Hölle auf Erden.

Gerry schaltet hoch und drückt aufs Gaspedal, als der Van die Stadt und den Verkehr Richtung Westen verlässt.

»Endlich frei«, sagt Gerry und gibt noch mehr Gas. »Und eine gerade Straße. Das Schlimmste ist geschafft.«

Er wird wieder still, bis die Stadt hinter uns im Nebel verschwunden ist. Dann erzählt er weiter, als ob er gar keine Pause gemacht hätte.

»Shane ließ das kleine Boot ins Wasser und stieg hinein. Es ist nur Aislings gesundem Menschenverstand zu verdanken, dass wir sie nicht alle verloren haben, denn sie wollte nicht mitfahren und hat auch Cora verboten einzusteigen. Der Strömung war stark, und schnell wurde das Boot in die Mitte des Flusses gezogen. Shane hob ein Ruder hoch und stellte sich aufrecht hin. Er hielt das Ruder in einer Hand und winkte damit den Mädchen zu. Er versuchte – na ja, du weißt schon –, cool auszusehen. Cora schrie ihn an, er solle sich hinsetzen; sie schien irgendwie die Gefahr zu spüren. Aber es war schon zu spät. Das Boot schaukelte heftig, und er fiel in den reißenden Fluss. Dabei hatte er doch nur gemacht, was alle Jungs machen – sich ein bisschen vor den Mädchen hervorgetan. Die Mädchen waren zu klein und zu jung, um ihm zu helfen, und sie schrien panisch, als die Strömung ihn wegtrug und untertauchte. Sie beobachteten alles vom Ufer aus. Sie sahen die furchtbare Angst in seinen Augen, als er gegen das Ertrinken ankämpfte. Sie rannten eine halbe Meile am Fluss entlang, bis eine abgebrochene Erle es ihnen in einer Biegung ermöglichte, den Jungen zu erreichen. Irgendwie, Gott segne sie, schafften sie es, ihn herauszuziehen. Und dann der zweite furchtbare Augenblick, als sie nicht wussten, was tun. Aisling sagte, dass sie versuchten, ihn ›aufzuwecken‹. Lieber Gott. Und dann rannte Aisling los, um Hilfe zu holen, und Cora blieb bei ihm. Doch der Junge war tot. Sue und Tom zogen kurz danach weg.«

Erst spätabends kommen wir nach Dundalk zurück. Der nasse Tag hat sich in einen trockenen, milden Abend verwandelt, und ich sitze mit Cora auf der kleinen Mauer vor dem Haus.

»Hat er dir von dem Unfall erzählt?«, fragt sie.

»Ja, Cora, hat er.« Ich halte sie fest an mich gedrückt, und wir beobachten den Verkehr unten auf der Straße.

Die Hochzeit

Es ist August. Es ist ein großer Tag für die Donnellys. Heute heiratet mein Bruder Declan Shauna Clifford. Nach einer Mittagsmesse in der hellen, ovalen Erlöserkirche von Ard Easmuinn ziehen wir uns alle in ein Hotel zurück, an einen Ort, wo die Stadt den Fuß der Berge berührt. Shauna ist wahnsinnig aufgeregt, und es gibt einen prachtvollen Empfang für die riesige Gästeschar – ich kenne nicht einmal die Hälfte der Leute hier. Das ganze Spektakel ist etwas steif, aber so ist es eben auf Hochzeiten: alles durchorganisiert, förmlich und feierlich, lächerlich. Shauna hat uns Männer dazu überredet, Hochzeitsanzüge anzuziehen, es gibt ein riesiges Aufgebot an Trauzeugen und Brautführern, die Braut glänzt prachtvoll in einem weißen Ungetüm von Kleid, und unzählige Brautjungfern und Blumenkinder folgen in langer Reihe jeder ihrer Bewegungen. Alles eine große Show, macht einen ganz krank.

Vor vier Monaten habe ich Cora Flannery zum ersten Mal getroffen. Vier herrliche Monate, in denen die Zeit zusammen nie lang genug und die Zeit getrennt viel zu lang ist. Es ist eine ganz besondere Beziehung: eine unglaublich tiefe Freundschaft. Während ihrer Sommerferien wartet sie jeden Abend vor dem Werkstor auf mich. Ein ungewöhnlicher Anblick für die Arbeiter, die vorübergehen: eine Frau am Werkstor. Zuerst wurde sie nur von einigen wenigen Männern gegrüßt, jetzt bemühen sich viele, nett und freundlich zu wirken, wenn sie an dem Mädchen mit dem goldenen Haar vorbeigehen.

Auf der Hochzeit stelle ich Cora jedem vor, den ich kenne und einigen, die ich nicht kenne. Sie bekommt viele

Komplimente, und mit dem länger werdenden Abend werden auch die Kommentare über sie länger – so ist das mit dem Alkohol. Gegen Ende des Festes überrasche ich alle mit einem Bühnenauftritt. Conor Rafferty steht mit seiner Gitarre neben mir. Wir stellen zwei kleine Holzstühle in die Mitte der Bühne, setzen uns und richten die Mikrofone ein.

»Für Kathleen Reynolds«, kündige ich an, Conor spielt die ersten Akkorde und nickt zustimmend.

Wir singen ›Lizzy Lindsay‹, und lange bevor wir die letzte Strophe erreicht haben, stimmt der ganzen Saal mit ein. Oliver Donnelly wiegt sich emotional nach der Melodie, als ob es um Irland ginge, beide Arme hoch in die Luft gereckt, und ich sehe, wie Mom gegen die Tränen ankämpft, die ihre gepuderten Wangen herunterkullern. Frank Boyle und Éamon Gaughran kommen zu uns auf die Bühne und wir singen zusammen unsere Version von ›Sister Josephine‹. Gelächter und Gejohle. Wir gehen von der Bühne, Cora geht hinauf. Sie singt *Táimse i m' chodhladh is ná dúisigh mé* – ›Ich schlafe, weck mich nicht auf‹. Stille im Saal für diese wunderschöne Melodie. Das Lied endet, und der Saal bebt. Während die Menge noch immer vor der Bühne jubelt, gehen wir beide zu ihr hinauf, und wir singen zu dritt ›The Rising of the Moon‹. Wieder großer Beifall, die Leute schlagen auf die Tische und erfüllen den Raum mit Gesang und Tanz. »Habt ihr denn alle kein Zuhause?«, rufe ich am Ende der Vorstellung in die Menge – das sind original die Worte Liam Clancys, die er am Ende jedes Auftritts in den Saal wirft – erneuter Jubel.

»Ich hatte das Gefühl, da oben wirklich Liam Clancy zu sein«, sage ich später zu Cora, als die Party vorbei ist, »das war gewaltig.«

Wahnsinnig und wundervoll

Die Tage sind kürzer geworden, und bevor das Licht den Abend ganz im Stich lässt, gehen wir noch zum Fluss. Wir stehen auf der Brücke bei Toberana und schauen hinunter auf das Wasser, das ostwärts fließt. Wir beobachten die Bachforellen, stehen dort bewegungslos, betrachten den Strom im Schatten der Brücke. Wir sprechen nicht viel, und ich erwähne auch den Unfall nicht. Einige Schmerzen muss man nicht bezwingen. Einige Schmerzen können nicht geheilt werden. Als wir hier stehen, wird uns klar, dass der Schmerz immer noch da ist, und wir lassen ihn geschehen.

»Hier ist Setanta geschwommen und hier hat er sich gewaschen«, sagt Cora. »Hier muss er schwimmen gelernt haben. Ist das nicht wahnsinnig?«

»Ganz und gar wahnsinnig«, stimme ich ihr zu.« »Und das Wasser, in dem Setanta schwamm, ist rausgeflossen in die Bucht und dann weiter nach Norden in den Atlantik und ist dann als Dunst in den Himmel gestiegen und über Norwegen oder Schweden hinweggeweht, wo es als Regen oder Schnee herunterkam, und dann hat es sich in einem anderen Fluss gesammelt, mit dem es in den Ozean floss und, so kalt wie es war, hinuntersank und von einer starken Strömung weitergetragen wurde zum amerikanischen Kontinent, wo es, von der Sonne erwärmt, wieder hochgestiegen ist, vom Westwind dorthin getragen wurde, wo es abermals verdunstete und wieder auf Irland herabregnete, um sich in einem Fluss zu sammeln.«

»Wie lange dauert so was, Johnny? Könnte dies hier dasselbe Wasser sein, in dem Setanta geschwommen ist und sich gewaschen hat oder dasselbe Wasser, in das Shane hineingefallen ist? Kann es auch beides sein? Ist das nicht wahnsinnig?«

»Wahnsinnig und wundervoll, Cora.«

»Also genau wie ich?«

»Ja, Cora, genau wie du.«

Slime Sloane

Es ist September und es ist Éamons Geburtstag. Cora hat darauf bestanden, dass wir drei uns früh treffen und zusammen ins Roma gehen, Pommes essen. Am Nachmittag spiele ich mit Éamon ein paar Stunden Snooker, und als wir fertig sind, zieht er eine Packung Carroll's No. 1 heraus und wir nehmen jeder eine, rauchen und unterhalten uns mit den anderen Spielern.

»Hey, Achtung«, Éamon knufft mich mit dem Ellbogen. »Zwei First-Class-Arschlöcher im Anmarsch.«

Ich schaue zur Tür und sehe *Slime* Sloane und *Pitiful* Bobby Boyd. Ich spüre, wie die Luft um mich herum kalt wird und sich zusammenzieht. Die beiden Neuankömmlinge sehen uns und bleiben plötzlich stehen. Ich befinde mich zwischen Tür und Spieltischen. Sie müssen also an mir vorbeigehen. Ich sehe Sloanes Bedenken. Er weiß, dass wir sie beim Hereinkommen beobachtet haben, sodass ihr Rückzug eine Schmach wäre. Um reinzukommen, müsste Sloane auf Armeslänge an mir vorbei – meine Armeslänge – und das möchte er unbedingt vermeiden. Hinter mir im Raum herrscht gespannte Stille, alle Spiele sind unterbrochen.

»Führt ihr beiden hübschen Jungs mich nun heute aus oder nicht?«, fragt Cora, die gerade mittenrein platzt.

»Ja, klar tun wir das«, Éamon genießt die ganze Show. »Das heißt, wenn Johnny nicht hierbleiben will, um den beiden Typen da eine zu verpassen.«

Jetzt will Cora natürlich die ganze Geschichte wissen, und Éamon fängt gerne schon beim Hinausgehen mit dem Erzählen an.

»Slime Sloane«, beginnt er in seinem typisch dozierenden Ton, »ist ein grauenhaftes, undurchsichtiges Arschloch.«

Ich gehe noch mal kurz zurück, um meinen Schal aus der Snooker-Halle zu holen. Als ich ihn vom Haken nehme, werfe ich Sloane einen langen Blick zu. Ich weiß, dass er weiß, dass ich hier bin, doch er richtet seine ganze Aufmerksamkeit auf die Spieltische und dreht sich gar nicht um.

Sloane war auf der weiterführenden Schule in meiner Klasse, und ich habe ihn von Anfang an nicht gemocht. Er war ein Betrüger und ein Dealer, der den Schulhof mit Zigaretten, Haschisch, Cannabis und Pornoheften versorgte und mit allem, was sonst noch an neuestem Schund gekauft, geschmuggelt oder verkauft werden konnte. Sloane war einer von der Sorte, die ihre Schwester auf den Strich schicken, ein armseliger Gernegroß, der bis zum Äußersten pokerte. Und er überlebte. Er gewann mehr, als er verlor.

In unserem ersten gemeinsamen Schuljahr überraschte ich ihn im Umkleideraum, wo er Jacken und Taschen durchsuchte und mitnahm, was er finden konnte, während der Rest der Klasse auf dem Sportplatz war. Mit einer respektlosen Drohung wollte er mich verjagen. Ich ging zu ihm hin und versetzte ihm ohne Vorwarnung einen lockeren, sehr schwachen Boxhieb. Sloane hielt meine linke Faust mit beiden Händen fest und lachte laut. Er sah meine Rechte nicht. Sie traf ihn tief und gewaltig, und ich spürte, wie sein stinkender Atem mein Gesicht streifte, als er zusammenbrach. Er blieb lange auf dem kalten Boden liegen, bevor er fähig war, auf allen vieren davonzukrabbeln.

Ich hätte ihm noch mehr verpasst, wenn nicht Éamon dazugekommen wäre – und Sloane weiß das. Soweit ich kann, halte ich meine Gewaltausbrüche vor Éamons Blicken verborgen. Sloane und ich begegnen uns seit dem Vorfall mit Distanz. Ich gab ihm den Spitznamen ›Slime‹, denn er war ein schleimiges Ekel, und dabei blieb es.

Sloanes Handlanger heißt Bobby Boyd. Er ist ein Jahr älter als Sloane, war aber in der Schule ein Jahr hinter ihm. Boyd ist groß – einen guten Kopf größer als Sloane – aber er ist unheimlich dünn, und seine langen Arme hängen schlaff und unsicher herunter, so als ob sie gar nicht wüssten, wozu sie da sind.

Boyd hat rotblonde Haare, und rotblond ist so eine Sache für sich: bei Mädchen sieht es immer toll aus, bei Jungs nie. Boyd ist nicht gerade mit Schönheit gesegnet – er ist mit Sommersprossen übersät, hat eine hervorstehende Stirn und wulstige Lippen. Meiner Meinung nach erinnert Boyd an den früh-evolutionären Typus Mensch. Unfair, so etwas zu sagen, ich weiß, aber es stimmt. Die ganze Stadt weiß, dass Boyd eine schwere Kindheit hatte, dass er inmitten häuslicher Gewalt aufwuchs. Wir alle kennen die Geschichten von Schlägen und Missbrauch. Boyd folgt Sloane auf Schritt und Tritt wie ein angeseiltes Maultier, und Sloane führt das Werk, das Boyds Vater begonnen hatte, geradewegs fort. Boyds Weg führt praktisch von der heißen Herdplatte direkt ins Feuer, und ich bin mir sicher, dass er vom Feuer direkt in die Hölle kommt. Boyd ist das geborene Opfer; er ruft in seinen Mitmenschen den Grausamkeitstrieb hervor. Ich gab ihm den Namen ›Pitiful Boyd‹, was ich bedauere, denn der Name gilt immer noch. Boyd hat nicht viel im Leben, woran er sich festhalten kann. Aber ich weiß, dass zwei Dinge für ihn feststehen.

Erstens: Er bleibt bei Sloane, auf Biegen und Brechen. Zweitens: Er geht Johnny Donnelly aus dem Weg.

Im Roma bestellen wir uns alle Pommes und Spiegeleier und drei große Gläser Milch. Éamon ist immer noch im Erzählrausch über Sloane und mich, und Cora hört immer noch begeistert zu.

»Herzlichen Glückwunsch, du wahnsinniger Typ«, proste ich Éamon mit dem Milchglas zu.

»Kein Neid, Kumpel«, kontert er und beginnt mit der nächsten Story.

Aufstieg zum Ochaíne

Es ist das letzte Wochenende im Oktober, und ich sitze tagträumend neben Declan, der den roten Fiat nach Osten auf die Carlingford Road steuert. Dundalk lassen wir westlich hinter uns, die Cooley Mountains erheben sich im Norden, und im Süden öffnet sich die Bucht in weichem Marschland und schlammigen Flüssen. In Ballymascanlon überquert eine schmale Steinbrücke den Flurry River, und der Gebirgsfluss läuft im flacheren Gelände aus. In engen Kurven trifft die Straße auf die Brücke – man ist an das Zusammentreffen mit einem Ex-Liebhaber erinnert: ein trügerisches ›Hello‹ am Anfang und ein gefährliches ›Good-bye‹ am Ende. Wir kommen an einer Reihe gelblicher, terrassenartig angelegter Cottages vorbei, überqueren die Brücke, und dann lenkt Declan das Auto weg von der Hauptstraße auf eine kleinere Landstraße. Er fährt Richtung Norden durch eine dicht bewaldete Schlucht. An der Bergseite stürzt der Gebirgsfluss hinunter, die Straße windet sich durch die an beiden Straßenrändern aufgetürmten Blätterwälle den steilen Anstieg hinauf.

Rostig-metallene Herbstfarben säumen unseren Weg. Das Grün und Rot, Kastanienbraun und Gelb sind verblichen.

Auf halbem Berg endet der Anstieg in einer breiten Rinne. Mit dem Auto kann man nur nach Osten oder Westen weiter. Declan hält an und schickt mit einer Kopfbewegung eine stumme Frage Richtung Rückbank.

»Ravensdale«, sage ich, »hier rechts, Declan, scharf rechts und dann noch ein paar Meilen weiter geradeaus. Alles okay, Miss Flannery?« Ich nehme Coras Hand.

»Wirklich schön hier, oder?«, antwortet Cora und verschränkt ihre Finger mit meinen, »wär doch schön, hier zu leben.«

»Da braucht man aber ein kleines Vermögen, um sich hier was zu kaufen«, wirft Declan von vorne ein, und biegt nach Osten ab. »Shauna hat das alles schon ausgekundschaftet. Sie möchte aber lieber nach Blackrock. Sie hat einen Fünf-Jahres-Plan für uns. Sie sagt, dass wir in fünf Jahren – maximal sieben – wegziehen werden, raus auf den ›Rock‹«.

»Ihr werdet nicht eine nasse Woche in Bay Estate aushalten«, sage ich lachend.

»Doch doch, aber nur als Sprungbrett, wie sie es nennt. Shauna hat große Pläne, Johnny. Große Pläne.«

»Ich habe Blackrock nie gemocht«, wirft Cora ein, »da ist immer ein eisiger Wind.«

»Ja, das stimmt, Flannery.« Ich schaue nach draußen auf die von Steinmauern umschlossenen Wiesen und Höfe. »Unser Glück in Dundalk, dass dies der einzige unattraktive Küstenstreifen in ganz Westeuropa ist – abgesehen von England natürlich. Blackrock macht dich fertig. Es ist deprimierend. Da hinzuziehen wäre entweder ein großer Fehler oder eine schlechte Idee.

»Shauna ist aber nicht die Einzige mit diesem Traum«, verteidigt sich Declan von vorne. »Halb Dundalk würde gerne dorthin ziehen, wenn sie es sich erlauben könnten. Ist wirklich schön, sehr beliebt. Ihr seht es nur nicht.«

Mein Blick wandert über die grünen Hügel. »Sehr wahr, Brüderchen – für viele ist Blackrock eine begehrenswerte Adresse. Gott steh' ihnen bei. Dieser Wunsch allein zeigt wieder einmal, wie unstet und unzufrieden der Mensch ist. Man muss die Leute vor ihren eigenen Begierden schützen.« Ich wende mich wieder allen im Auto zu: »Ein langer Weg für Miss Clifford vom Cox-Ghetto aus, was?«

»Von Ard Easmuinn«, lacht Declan. »Ard Esmuinn, etwas nobler schon, bitte schön.«

»Ja ja, schon gut. Eins steht fest: Sie hat dich mit Bay Estate auf jeden Fall in die richtige Richtung gebracht.«

Er antwortet nicht, und ich schaue auf die Straße vor uns.

»Nur noch über die kleine Brücke, Declan, und dann da links vor ›The Lumpers‹ rein.« Wir warten draußen, bis Declan seinen Fiat auf den Kieshof des kleinen Pubs gefahren hat. Auf der anderen Straßenseite erhebt sich eine bewaldete Anhöhe.

»Trumpet Hill.« Ich schaue hinüber. »Das ist der berühmte Hügel von Ochaíne aus der Taín Sage. Von dem Hügel aus hat Cuchulainn Medbs Armeen mit seiner Steinschleuder bombardiert.«

Das Auto hält vor uns an.

»Seid ihr sicher, dass das mit der Rückfahrt klappt?«, fragt Declan aus dem offenen Fenster. »Mir macht es nichts aus, noch einen Abstecher nach Carlingford für euch zu machen.«

»Danke, aber mein Vater holt uns ab«, antwortet Cora.

»Okay«, ruft Declan beim Wegfahren, »ich bin in der Snooker-Halle, wenn ihr mich braucht.«

Wir winken ihm, und das Auto setzt zurück auf die Straße und fährt über die bucklige kleine Brücke davon. Wir sehen Declans Arm aus dem offenen Fenster winken.

»Wir haben noch Zeit für einen Tee, liebste Cora.«

Sie nimmt meinen Arm, als wir zum Eingang des Pubs kommen. »Haben wir nicht alle Zeit der Welt, Johnny?«

»Kommen Sie oder gehen Sie?«, fragt der stämmige Barmann, als er die Teekanne vor uns auf den Tisch stellt.

»Sorry?«, frage ich nach, während ich Tassen und Kanne zu uns herüberziehe.

»Welche Richtung? Kommen Sie oder gehen Sie?«

»Wir gehen. Wir wandern rüber nach Carlingford.«

Der Barmann nickt und geht auf seinen Platz hinter der Bar zurück.

»Na also, mein Sohn«, ruft der einzige Besucher des Pubs zu uns herüber, »nur wenige wissen überhaupt, ob sie kommen oder gehen.«

Ich schaue zu dem älteren Mann, der an der Bar sitzt; er ist über eine aufgeschlagene Zeitung gebeugt und liest die Seiten über Pferderennen. Nun hört er auf zu lesen und wartet auf unsere Antwort, doch wir ignorieren ihn. Als wir fertig sind, trägt Cora die Teekanne und die Tassen zur Bar zurück.

»Da habt ihr euch einen feinen Tag ausgesucht«, versucht es der Leser der Rennzeitung erneut. »Gott ist gütig heute. Es gibt Tage da oben, an denen der Ostwind dich in zwei Teile schneidet.«

»Viel Glück dann«, rufe ich in den Pub hinein, drapiere sorgfältig meinen Schal in den Dunn & Co und halte Cora die Tür auf. »Wenn wir Weihnachten nicht zurück sind, rufen Sie bitte Hilfe.«

Große Hoffnungen

Wir nehmen den ausgefahrenen Weg am Kieshof entlang und wollen dann hoch hinauf in die Berge. Ein paar Häuser sind noch entlang der Straße verstreut, ein paar weitere an den unteren Berghängen. Niemand ist unterwegs, alles ist ruhig, die Berge über uns scheinen verlassen. Ein herrlicher Tag. Das Wetter in den vorangegangenen Wochen hatte alles zu bieten. Auch wenn es in einer Stunde sonnig war, konnte man die nächste nicht voraussagen. So ist es eben in Irland: die Jahreszeiten halten sich nur sehr locker an Modelle und Voraussagen. Man könnte meinen, die Insel habe irgendeine Art meteorologischen Pakt mit dem Nordatlantik getroffen, beide erscheinen in permanentem Wintergrau. Von Zeit zu Zeit wird diese Absprache jedoch durchbrochen und mit ihr die graue Wolkendecke, und dann taucht die Insel in prachtvolle, leuchtende Farben – das lange Warten wird belohnt. Heute scheint es, dass die Berge und der Himmel ein Komplott geschmiedet und einige Sonnenstunden gesammelt haben, um diese jetzt auf die Hügel zu schicken, als Willkommensgruß – nur für uns.

Es war Coras Idee, diese Wanderung zu machen. Es ist der achtundzwanzigste des Monats, ein Sonntag, und genau heute vor sechs Monaten habe ich sie zum ersten Mal abends nach Hause gebracht. Cora besteht darauf, dass wir das feiern und deswegen sind wir jetzt hier in den Bergen. Als wir den Fluss erreichen, verlassen wir in der Nähe von Ballymakellett die Straße, und ein Pfad führt uns in die Nadelwälder des Round Mountain Forest. Über ein Holzgatter geht es hinein in den Wald, und ich mache Cora auf den Hügel im Norden aufmerksam.

»Doolargy Mountain«, erkläre ich, »und hinter Doolargy liegt das geheimnisvolle Hochtal von Dubchoire – der ›Schwarze Kessel‹ –, und genau dort, Cora, wurde der Braune Bulle von Cooley versteckt, als die verzweifelte Königin Medb das Land auf der Suche nach ihm verwüstete. Und während sie dem Bullen auf der Spur war, tötete der kleine Junge auf dem Hügel ihre Soldaten, einen nach dem anderen, mit seiner Steinschleuder.«

»Ist es nicht absolut wahnsinnig, dass wir jetzt denselben Weg laufen wie Cuchulainn und die Armeen der Königin Medb?«

»Ja, Cora, wirklich der totale Wahnsinn«, antworte ich, während ich meinen Arm um sie lege und ihr Haar küsse.

Wir klettern den zwei Meilen langen Waldweg durch die Koniferen hoch, und oben angekommen erwartet uns weites Heideland. Hinter uns liegt die Anhöhe von Castle Mountain, vor uns die heidebedeckten Hügel von Moneycrockroe. Eine halbe Meile unter uns durchquert eine schmale Straße von Norden nach Süden das weite Hochgebirgstal. Ein enger Pfad leitet uns durch die Heide hinunter. Als wir den ersten Schritt auf den Pfad getan haben, springt ein Hase aus seiner Lauerstellung hervor, quer über unseren Weg und verschwindet dann den Hügel hinunter. Cora folgt dem Hasen und läuft ein Stück vor mir her. Ich beobachte, wie sie den Pfad entlanghüpft: die Sprünge ihrer roten Stiefel, das Auf und Ab ihres Hinterns in der engen Jeans, den Tanz ihres goldenen Haares über der Heide. Unter uns liegt ein Patchwork-Teppich aus unzähligen Grüntönen und auf der anderen Seite des Tals steigt der nackte, wilde Felsen Irlands empor.

Am Fuße des Berges angekommen, steigen wir mit Hilfe eines Holztritts über einen Maschenzaun und folgen dann der Straße nach Süden. Der Asphalt unter unseren Füßen fühlt sich nach dem unberechenbaren Waldpfad und der unebenen Heideböschung gut an. Schnell erreichen wir eine Abzweigung über der sumpfigen Bergschlucht von Spellickanee. Dundalk wird auf einem Wegweiser nach Südosten durch das Aghameen-Tal angegeben; unser Weg führt uns demnach von Südwesten nach Nordosten. Zwei Meilen laufen wir die Gebirgsstraße entlang. Im Süden und Osten erheben sich die Felsen von Slievenaglogh und schirmen uns von der Dundalk Bay ab. Nach Norden und Westen trennen uns die Gabbro-Höhen von The Foxes Rock, The Ravens Rock, The Eagles Rock und Slieve Foye von der tiefen Bucht Carlingford Lough. Unter uns, zwischen den Gebirgskämmen liegt das breite, grüne Tal von Glenmore. Weites, offenes Grasland füllt das Tal aus, darin verstreut kleine Farn-Inseln, überall schlängeln sich Steinmauern ohne erkennbare Ordnung an den Wiesen entlang. Ein kleiner Fluss bahnt sich von Nordwesten nach Südosten seinen Weg durchs Tal, und eine Farm kauert verlassen am Rand eines Wäldchens unter uns. Das *Táin Way*-Hinweisschild zeigt Richtung Slieve Foye und leitet uns weg von der Straße. Als uns der Weg über einen Fluss führt, legen wir eine Pause ein und machen es uns bequem: der Herbstsonne zugewandt, mit dem Rücken an das Metallgeländer der flachen Brücke gelehnt. Während wir so dasitzen, bittet mich Cora darum, ihr noch einmal die Geschichte von Cuchulainn und Táin zu erzählen. Und das tue ich. Ich kenne sie so gut; ich muss sie schon hundert Mal gelesen haben.

»Hey, Schlafmütze«, wecke ich sie aus ihren Träumen, als ich geendet habe; sie ist eng an mich geschmiegt: »Wir müssen noch einen Berg hoch.«

Eine Meile lang führt uns der Weg durch ein grünes Tal. Wir überqueren eine zweite Straße und halten uns westlich, klettern das weite Grasland hoch. Die Bergschafe ignorieren uns, als wir über den Golyin Pass unterhalb des zerklüfteten Felsens von Slieve Foye heraufkommen. Im Süden sehen wir den Berg Barnavave. Wir klettern weiter Richtung Norden und erreichen den Kamm – der tiefe, dunkle Carlingford Lough jetzt weit unter uns. Auf der anderen Seite des Meeresarms steigt das imposante Mourne Gebirge steil hinauf in die klare Luft. Unter uns ist der kleine Ort Carlingford in den Schatten des Felsens gehüllt. An den Rändern des Städtchens umschlingen zwei gekrümmte graue Arme einen Teil der Bucht, blaue und rote Sprenkel leuchten darin. Von der Bergspitze bis zum Ort hinunter führt uns ein Graspfad zickzack zwischen verstreuten Ginsterbüschen hindurch. Ein graues Militärboot ruht im dunklen Gewässer des Fjords, genau da, wo nördliche und südliche Gestade aufeinandertreffen.

»Das Empire kontrolliert sein erbeutetes Land«, sage ich und zeige in Richtung Kanonenboot. »Das Empire erhebt Anspruch auf unser Land, Irland, immer und immer wieder, als ob die Zeit und Wiederholung das Verbrechen rechtfertigen. Doch das Empire macht sich darüber keine Gedanken und lernt auch nichts dazu.« Ich weiß nicht warum, aber manchmal kann ich mich in dieses Thema unendlich hineinsteigern.

»Was würde Cuchulainn tun, wenn er heute leben würde, Johnny?«

Ich schaue sie an, Erklärungen und Absichten wirbeln in meinem Kopf herum. Ich möchte es ihr sagen. Aber ich kann nicht.

»Was könnte er anderes tun als kämpfen?«, ist meine Antwort. »Auch wenn das irische Volk ihn dann einsperren oder erschießen würde. Und wenn er dann tot ist, würden wir ihn als großen Helden verehren. So sind die Iren. Die Kämpfer, die das Gewohnte und Bekannte in Frage stellen, werden als größere Bedrohung angesehen als die Unterdrücker. Recht und Unrecht sind verschwommen, sie sind abhängig von Ort und Zeit.« Ich wische mit einem Fuß durch das Gras vor mir auf dem Weg, so als ob ich meinen Groll den Abhang hinunterschieben könnte. Ich gehe ein paar Schritte vorwärts und zeige hinüber nach Nordirland.

»Da drüben, da ist die Hölle auf Erden.«

Sie schaut zu mir herüber, ich sehe Erstaunen in ihren grünen Augen, aber sie unterbricht mich nicht.

»Da drüben leben zwei Stämme, zwei Völker. Der eine Stamm, das sind die ›vernachlässigten Kinder‹. Sie sind auf dem Dachboden eingesperrt und der Fürsorge des Nachbarn überlassen. Sie wurden einfach aufgegeben. Doch den anderen Stamm hat es noch schlechter getroffen. Dies sind die ›Waisen der Geschichte‹. Diese Kinder gehören zu niemandem.«

»Das ist eine sehr traurige Vorstellung, Johnny-boy.«

»Es ist ein sehr trauriger Ort«, fahre ich fort, »und der gegenwärtige Zustand muss durchbrochen werden, egal was es kostet. Was dort herrscht, ist nicht die Realität. Egal wie, die fremden Herrscher müssen raus. Und aus den Ruinen kann Irland neu erstehen. Wenn Irland erst einmal von seinem unnatürlichen Zustand befreit ist, wird es sein Gleichgewicht wiederfinden. So ist der Lauf der Welt.«

»Aber Johnny, die Briten haben doch auch ihre Rechte?«

»Ja klar. Ein Recht, Brite zu sein? Ja. Ein Recht, in Irland zu leben? Ja. Ein Recht, in Großbritannien zu leben? Ja. Aber ein Recht, in Irland zu leben und zu behaupten, es wäre Großbritannien? Nein. Das ist doch keine Lösung. Sie könnten genauso gut behaupten, die Erde wäre eine Scheibe. Die Kinder von morgen können nicht damit leben. Niemand kann damit leben. Aber wir lernen nichts dazu. Die Geschichte Irlands ist wie unsere Musik – dreht sich im Kreis und wiederholt sich.«

»Versteh ich nicht. Was meinst du damit?«

»Irland hat immer wieder unter Spaltung und Teilung gelitten. Und es hat gelitten unter seinen Töchtern und Söhnen, die eher untergehen würden als die Hand oder das Wort für eine Revolution zu erheben. Es gibt immer noch welche unter uns, die den Kampf um Unabhängigkeit in Frage stellen, und alles, was wir tun, an einem idealen Staat messen, den es aber nie gegeben hat. Und dann gibt es diejenigen, die uns einer anderen Herrschaft ausliefern wollen. Das sind die Menschen, Cora, die auf immer und ewig mit Kompromissen leben. Die Menschen, deren Worte immer nur Irlands Todesröcheln waren. Aber so sind wir, wir Iren: Wir tragen den Fluch mit uns, die Dinge immer von zwei Seiten zu sehen. Das ist unsere Geschichte, das sind wir, und das ist unser Schicksal.«

»Aber …«, Cora hält inne, und ich sehe, wie sie all das, was ich gesagt habe, noch einmal durchdenkt.

»Wir sind ein geteiltes Volk, Cora. Es kann niemals eine einhellige irische Meinung darüber geben, was richtig ist und was falsch.«

»Aber Irland ist doch so ein großartiges Land«, versucht sie und schaut weit hinaus über die Berge. »Ein schönes Land, Johnny, wunderschön und voller Geheimnisse.«

»Ja, mag sein. Aber nicht frei, Cora. Noch nicht.«

Sie beobachtet mich. »Manchmal, wenn du über Irland sprichst, dann ist da etwas in dir, das mir fremd ist.«

»Gut oder schlecht?«

»Ich weiß nicht, Johnny.«

Ich antworte ihr nur mit einem wortlosen Schulterzucken.

»Du würdest da nicht mitmachen, Johnny, oder?«, fragt sie. »Was ist mit diesen schrecklichen Bomben? Du würdest nichts Böses tun, stimmt's?«

»Nein, Cora«, antworte ich, »ich würde nichts Böses tun.«

»Diese Bomben.« Sie rückt an mich heran und legt ihre Hand auf meinen Arm. »Diese Bomben töten Menschen, ganz normale Menschen – Männer wie Dad und Éamon, Mädchen wie Aisling und mich, Kinder wie Cormac und Clara. Sie werden getötet, während sie bei einer Parade an der Straße stehen oder einkaufen gehen. Kinder, Mütter, Väter. Du würdest das nicht zulassen, Johnny, stimmt's?«

»Nein, Cora. Das würde ich nicht zulassen.«

»Ich weiß, dass es manchmal richtig ist«, sagt sie, »aber zur gleichen Zeit auch wieder nicht.«

»So ist das mit dem Krieg, Cora. Er ist nie richtig – bis er an deine Tür klopft.«

»Was soll das heißen, Johnny?«

»Na ja, er ist nie richtig, bis sie vor deiner Tür stehen und deinen Vater in einem gepanzerten Auto mitnehmen. Er ist nie richtig, bis dein Bruder oder deine Schwester oder dein Mann oder deine Frau am Morgen das Haus verlassen und nicht mehr wiederkommen. Der Krieg ist niemals richtig, bis er an deine Tür klopft. Und dann, was machst du dann?«

Ich beobachte sie, wie sie den Kopf hebt und weit in die Ferne schaut und versucht, die Argumente mit ihrem eigenen Empfindungsvermögen zu vereinbaren. »Wie auch immer«, fahre ich fort, »ich dachte, du wolltest, dass wir eine Armee aufstellen und die Eindringlinge hinauswerfen?«

»Hab ich doch nur so gesagt, Johnny. Ich möchte zum College. Ich möchte Irisch unterrichten. Ich möchte heiraten, ich möchte Kinder bekommen. Ich möchte an Cuchulainns Burg picknicken und über ›Tír na nÓg‹ reden. Ich möchte keinen Krieg. Ich möchte keine Bomben.«

»Ja, du hast recht, Cora. Eine Bombe auf dem Marktplatz führt zu nichts außer Hass. Doch diese Soldaten müssen raus – hier ist immer noch Krieg. Und er hat an unsere Tür geklopft, ob wir wollen oder nicht.«

»Aber, Johnny, gibt es nicht schon zu viele Tote?«

»Der erste war schon zu viel.« Ich laufe den Berg hinunter, als ob ich vor meinen eigenen Worten weglaufen könnte, und breite meine Arme aus, sodass der Dunn & Co den Wind, der von der See heraufweht, einfängt, und ich schreie es laut hinaus: *Sie glauben, sie haben Irland befriedet. Sie glauben, sie haben die Hälfte von uns gekauft und die andere Hälfte eingeschüchtert. Sie glauben, sie haben alles vorhergesehen und für alles vorgesorgt. Aber sie sind Narren, Narren, Narren! – sie haben uns unsere toten Fenier gelassen, und so lange Irland diese Gräber in sich trägt, so lange wird ein unfreies Irland niemals friedlich sein.*

Cora folgt mir und nimmt meinen Arm. »Könnte man nicht politische Gespräche führen, um Frieden zu finden?«

»Politik? Eine Welt der Fantasie und der falschen Versprechungen. Treffpunkt all derer, die sich einbilden, etwas Besseres zu sein.«

»Bedeutet Politik nicht, dass etwas getan und erreicht wird, Johnny?«

»Nein, Cora. Politik ist meistens unsinnig. Wenn man eine Aufnahme hätte von all dem, was jemals ein Politiker in der Weltgeschichte gesagt hat, und man würde alles löschen und nur ein Tausendstel davon behalten, dann würde das, was übrig geblieben ist, genauso viel Sinn machen wie das Ganze. Politik bedeutet Kompromisse schließen.«

»Hört sich für mich an wie das Leben, Johnny-boy. Ist denn ein Kompromiss nicht gut genug?«

»Nein, ist er nicht. Nichts wirklich Großes wurde jemals durch einen Kompromiss erreicht.«

»Was ist mit Freundschaft? Ist Freundschaft nicht auch Kompromiss?«

»Nein. Freundschaft ist kein Kompromiss.«

»Aber was ist es dann, Donnelly?«

»Was ist was?«

»Freundschaft.«

»Freundschaft ist Verstehen.«

»Was ist mit Liebe? Ist Liebe nicht auch Kompromiss?«

»Nein, Cora. Liebe mit Kompromiss ist keine Liebe.«

»Was ist es dann?«

»Mit Kompromiss ist Liebe nur eine Vereinbarung – eine Ansammlung von Bedürfnissen und Wünschen.«

Sie ist unsicher. Sie schaut mich an. Ihr Gesicht ist voller Fragen.

»Liebe ist Hingabe«, sage ich. Ich versuche meinen eigenen Wirrwarr im Kopf zu sortieren. »Darum kann ein Mann auch nur eine einzige Frau lieben. Darum kann eine Frau nur einen einzigen Mann lieben. So ist es. Alles andere ist nur Leidenschaft oder Intimität oder Lust oder Spaß oder Bedürfnis oder Wunsch oder was auch immer.

Aber hingeben kann man sich nur einer Person und nur einer einzigen – sonst ist es keine Hingabe; sonst ist es keine Liebe.«

»Ja, mag sein.« Sie wird still und dann greift sie doch wieder ein, so als ob sie die Kontrolle nicht darüber verlieren möchte, wohin unser Gespräch geht.

»Was ist mit de Valera? Michael Collins? Die sind auch in die Politik gegangen.«

»Zwei große Männer. Doch de Valera hat sich letztendlich ziemlich verirrt. Und Collins, vielleicht der Beste von allen, aber der ... na ja, der hat die da oben im Norden ihrem Schicksal überlassen.«

»Was hätte er denn anderes tun können?«

»Wieder die Politik, Cora. Er gab sich mit Kompromissen zufrieden.«

»Denkst du manchmal an Éamon?«, fragt sie.

»De Valera oder Gaughran?« Ich weiß, dass sie weg möchte von diesem unangenehmen Terrain, auf das wir uns begeben haben.

»Gaughran.«

»Natürlich denke ich an Éamon.«

»So manchmal kommt er mir vor wie eine verlorene Seele.«

»Ist er auch«, ich bin glücklich, dass ich auf den neuen Zug aufspringen kann. »Aber es geht ihm nicht wirklich schlecht damit; ganz im Gegenteil. Wir können doch alle mal kurz vom Weg abkommen.«

»*Níl saoi gan locht*«, sagt sie, »kein weiser Mann ohne Fehler. Nicht einmal du, Donnelly.« Sie lacht, hebt ihren Kopf und wirft ihr goldenes Haar dabei in die Luft.

»Ich liebe dich.« Ich schaue sie an.

»Ist das wahr? Bist du sicher?«

»Ja. Ganz sicher. Nur dich, Flannery.«

Sie sieht mich an. Ihr Gesichtsausdruck ist jetzt nachdenklich. »Liebst du mich wirklich, Johnny?«

Ich bin überrascht, wie abrupt und ernst jetzt auf einmal diese Frage kommt. »Natürlich liebe ich dich, Cora«, antworte ich. Ich halte sie fest im Arm, bemerke einen kleinen Riss in ihrem Vertrauen – ich weiß, dass ich zu viel herausgeplaudert habe, ich weiß, dass ich ihr Angst gemacht habe.

»Du würdest mich nicht verlassen, Johnny, stimmt's?«

»Keine Gewalt könnte mich von dir wegreißen.«

»Wir werden heiraten, ja?«

»Ja, Cora, ganz sicher. Auf Cuchulainns Burg.«

»Ja, auf Cuchulainns Burg, und wir machen unsere Babys dort.«

»Wir machen unsere Babys dort, Cora Flannery, und wir werden für immer zusammenbleiben.«

Auf dem Graspfad hoch über der Irischen See halten wir uns lange fest – im stillen Jubel unseres Versprechens: ein Zusammengehörigkeitsgefühl geschmiedet durch die Kraft unserer Umarmung, dann Entspannung und Hingabe – ein Glücksgefühl, das hinausströmt in den süßen Duft des Ginsters um uns herum.

Leichten Fußes wandern wir weiter, und auf halbem Weg den Berg hinunter halten wir an und setzen uns, wollen beide die Zeit verlangsamen und den Zauber dieses Tages verlängern. Ich streife meinen Dunn & Co ab und breite ihn im Gras aus. Als Cora sich hingesetzt hat, drücke ich sie sanft nach hinten, beuge mich über sie, küsse ihre Wangen, ihre Nase, ihre Stirn, ihre Augenbrauen, ihr Kinn, ihren Hals.

»Du bist wunderschön, Cora Flannery«, flüstere ich.

»Bin ich immer noch wahnsinnig und wundervoll?«, neckt sie mich.

»Immer noch unglaublich wundervoll, und, ja, absolut wahnsinnig.«

»Ich liebe dich«, sagt sie und entspannt ihren Körper unter mir. »Wie viele Kinder werden wir haben?«

»Na, vielleicht vier?«, sage ich, denke aber, dass dies eigentlich nicht die Zeit für Worte, sondern für andere Dinge wäre.

»Vier? Bist du wahnsinnig?« Eine dumme Hoffnung. Sie besteht darauf, dass ich mich jetzt mit ihrem Anliegen befasse.

»Warum? Wie viele denn dann?« Ich muss ihr Spiel mitspielen.

»Acht.«

»Acht? Bist du wahnsinnig?« Ich gebe auf.

»Acht. Vier Jungen und vier Mädchen. Einen Jungen und ein Mädchen für jede Provinz Irlands.«

»Du bist wirklich total verrückt, Cora Flannery.« Ich drücke sie wieder ins Gras und lege mich quer über sie. »Kannst du vielleicht einen Moment ruhig sein?« Ich ziehe ihr die Jacke aus und den Wollpullover über den Kopf, ziehe ihn ganz hoch, damit die schlanken Arme herausfinden. Sie liegt ganz ruhig unter mir, ihr Gesicht entspannt und unbefangen, ihre grünen Augen blinzelnd, lockend, ermutigend, ihr goldenes Haar das Gras bedeckend, ihr zarter Hals entblößt, in seinem vollendeten Bogen vom Kinn zur Schulter, ihr weißer Körper unter mir auf grünem Berghang, ihr züchtiger Büstenhalter, weiß mit einer winzigen rosa Rose in der Mitte zweier sanfter Hügel, ihre blaue Jeans mit Knöpfen bis zu den schlanken Hüften, der Hosenbund der Jeans, der locker um ihren straffen weißen

Körper liegt, eine Reihe von silbernen Knöpfen, einladend, und zwei rote Stiefel ausgestreckt am Berghang. Ich küsse ihre Wange, ihren Hals, ihren Nacken. Ich küsse ihre Schulter und ihre Haut zwischen den kleinen Brüsten. Ich küsse die kleine rosa Rose, und wandere von der rosa Rose hinunter, mache ganz langsam die silbernen Knöpfe ihrer Jeans auf, einen nach dem anderen. Tiefer noch küsse ich sie, während ihr Körper sich zu mir dreht, ihr Atem sich verändert. Ich klappe die Seiten der Jeansöffnung herunter und küsse ihren Leib und tiefer noch, komme zu einer dünnen Kante über zartem, weißem Stoff, in der Mitte eine kleine rosa Rose. Ich ziehe die Jeans über ihre Hüften, als ich die rosa Rose küsse.

Plötzlich ist da eine Bewegung im Ginsterbusch ganz in der Nähe. Irgendein Wesen ist dort. Wir schnellen wie der Blitz in die Höhe, Cora schlüpft in ihren Wollpullover. Ich springe hinter den Busch und ein schwarzer Schatten bricht hervor, ein kleines Etwas läuft weg, springt schnell über den Abhang und taucht in das dichte Gebüsch. Doch bevor es ganz verschwindet, dreht es sich um, und ich sehe seine Augen und das grinsende Gesicht.

»Oh Gott, was war das denn?«

»Ein Fuchs.«

»Ein schwarzer Fuchs, Johnny?«

»Ein schwarzer Fuchs.«

»Ich habe noch nie von einem schwarzen Fuchs gehört«, sagt Cora, jetzt sichtlich erholt von dem Schreck. »Ich bin mir gar nicht sicher, ob es wirklich schwarze Füchse gibt, Donnelly.«

»Ja, jetzt gibt es sie, Lover-girl«, witzle ich. Aber ich fühle mich unwohl. Irgendetwas stimmte hier nicht. Was war das für ein grinsendes Gesicht?

Wir ziehen uns an und gehen wieder den Berg hinunter. Cora bemerkt meine Ängste gar nicht. »Ist Liebe nicht die wundervollste Sache der Welt?«

»Ja, und jede Liebe ist auch Freundschaft«, beginne ich. »Die alten Iren glaubten, dass Freundschaft ein Akt des Wiedererkennens war, ein Zusammengehören und ewige Verbundenheit. Wenn sich also Leute treffen und sich spontan zusammenschließen, dann – so sagen die alten Iren – ist das kein neuer Bund, sondern ein unbewusstes Wiedererkennen einer alten Verbundenheit, eher das Wiederfinden von etwas bereits Vorhandenem. Und sie hatten recht. Sie nannten diese Art der Seelenverwandtschaft ein ›Anam Cara‹.

»Aber das sind wir, Johnny, genau das sind wir. Wir beide sind des anderen Anam Cara.«

»Ja, Cora, stimmt. Genau das sind wir.«

»Wir verheimlichen nichts voreinander, stimmt's Johnny? Wir sind immer ehrlich zueinander.«

»Ja, wir sind immer ehrlich«, sage ich. Doch in dem Moment, in dem die Worte aus mir herausfließen, spüre ich einen schweren Luftzug in mich eindringen, und ich muss langsamer gehen, um das zusätzliche Gewicht bergab tragen zu können.

Es ist Abend, und es dämmert, als wir Carlingford erreichen. Wir beobachten einen Leichenzug, der sich im Kirchhof sammelt. Ein langer schwarzer Leichenwagen und eine schwarze Begleitlimousine parken vor der Kirche. Sechs Männer nehmen den Sarg vom Wagen und tragen ihn auf den Schultern die Steintreppen hoch und in die dunkle Kirche hinein. Zwei Männer in schwarzen Anzügen gehen voraus. Die Gemeinde schließt sich hinten an.

»Ein alter Mann. Ein erfülltes Leben.«

»Woher weißt du das?«, fragt Cora.

»Graue, schon etwas gebrechliche Herren sind aus der Limousine gestiegen. Und eine junge Mutter mit Baby. Männer mittleren Alters haben den Sarg getragen. Junge Erwachsene und Teenager folgten dem Leichenwagen. Alle sind traurig, aber niemand gebrochen. Vier Generationen, alle würdevoll und gefasst.

»Die letzte Nacht über der Erde«, sagt Cora. »Wenn du stirbst, wo möchtest du begraben werden?«

»Ich möchte gar nicht begraben werden. Ich möchte verbrannt werden, und meine Asche sollen sie über diese Berge hier streuen. Allerdings nicht auf dieser Seite – auf der anderen Seite über der Dundalk Bay. Ist das nicht merkwürdig, Cora, dass man sich auf dieser Seite der Berge nicht zu Hause fühlt? Und du, was ist mit dir? Nein, lass mich raten – Cuchulainns Burg, wette ich. Gibt es irgendeine Station deines Lebens, die du nicht dort verbringen willst?«

»Keine wichtige, nein.«

Die Stadt ist ruhig, und wir gehen in der Mitte der schmalen Straße.

»Also dann, Cora, lass uns bitte in Irland sterben.« Ich nehme ihre Hand und strecke unsere gemeinsame Faust hoch in die Luft.

»Lass uns in Irland sterben«, rufen wir laut lachend zusammen.

An der Ecke zur Hauptstraße kommen wir zu einem Pub und gehen hinein. Im ersten Raum sehen wir eine Theke mit Lebensmitteln und eine Bar. Drei Männer reden miteinander, und ein älterer Barkeeper mit hochgekrempelten Ärmeln hört hinter der Theke dem Gespräch zu. Eine Schwingtür und ein schmaler Gang führen uns nach hinten in die Lounge. Der Raum ist zur Hälfte gefüllt: Paare und größere Gruppen sitzen an den Tischen, zwei Männer an der Bar. Das Torffeuer brennt unter einem Holzkaminsims an der hinteren Wand, daneben steht ein Plastikeimer mit Kohle, Holzscheiten und braunen Torfstücken. Ein Mann mittleren Alters sitzt auf einem Barhocker in der hinteren Ecke, spielt Gitarre und singt in ein Standmikrophon. Ich erkenne die Melodie, denn es ist eins von Moms Lieblingsliedern.

Wir setzen uns an einen leeren Tisch an der Seitenwand und der Barmann bringt die Getränke, die ich vorher an der Bar bestellt habe. »Ein Gentleman«, sagt er, als ich bezahle. Der Sänger singt noch ein Lied, das ich wiedererkenne. »Mom würde diesen Typen lieben«, sage ich. Wir bestellen noch zwei Drinks, bevor Cora aufsteht und sich zu dem Gitarristen gesellt. Sie singt zwei Lieder. Großer Applaus und Jubel. »Angeberin«, empfange ich sie, doch bevor wir uns auf den Heimweg machen, gehe ich selbst nach vorne und singe mit dem Gitarristen einen Song. Ich kann Cora doch nicht den ganzen Ruhm allein überlassen. »Habt ihr hier draußen in Carlingford jemals von Liam Clancy gehört?«, frage ich in den Saal und füge hinzu: »Egal ob ja oder nein, hier ist er. Dieses Lied ist für Cora Flannery …

Red is the rose that in yonder garden grows.
Fair is the lily of the valley.
Clear is the water that flows from the Boyne.
But my love is fairer than any.

Ich artikuliere die Worte mit der selbstsicheren und überzeugenden Stimme, zu der einem ein paar Drinks verhelfen, und dann singe ich, und mit einer einfachen Armbewegung bringe ich den ganzen Saal zum Mitsingen. Cora lacht.

Wir sitzen am Hafen auf einer kleinen Mauer und warten darauf, dass Coras Dad uns abholt. Vor uns steigt der Lichtkranz des Mondes aus dem dunklen Trichter des Gewässers auf.

Cora hebt ihren Blick vom Wasser, hoch in die Nachtluft und rezitiert:

And missing thee, I walk unseen
On the dry smooth-shaven Green,
To behold the wandring Moon
Riding neer her highest noon,
Like one that had bin led astray
Through the Heav'ns wide pathles way;
And oft, as if her head she bow'd,
Stooping through a fleecy cloud.

Ich lasse die Schäfchenwolke noch eine Weile ziehen, bevor ich etwas sage: »Der nachdenkliche Mann, unser alter Freund.«

»Wir hätten auch länger im Pub bleiben können, wenn du gewollt hättest«, sagt Cora, die langsam wieder auf die Erde zurückkommt und mich anschaut.

»*Allzuviel ist ungesund*«, antworte ich.

»Ist das ein Johnny Donnelly?«

»Nein. Ein wirklicher Meister.«

»Plato oder Poppins?«

»Rate!«

Ihr Gesicht wird ernst, sie schaut aufs Wasser. »Poppins«, sagt sie und entspannt sich wieder zu einem Lächeln.

»Bravo«, antworte ich und ziehe sie fest an mich. »Jetzt hast du's.«

Cora schaut mich an.

»Ich glaube, es ist Zeit, Johnny-boy.«

»Zeit wofür, meine Schöne?« Mir ist ein bisschen schummerig vom Trinken und vom Singen und mein Kopf ist nicht in der Stimmung, über irgendetwas genauer nachzudenken.

»Du weißt schon – das, bei dem der schwarze Fuchs uns unterbrochen hat.«

»Ja, der kleine Mistkerl. Bist du sicher, Cora? Du weißt, wir haben alle Zeit der Welt.«

»Ja«, Cora lehnt ihren Kopf an meine Schulter. »Ich bin bereit. Und frag mich nicht, wo. Du weißt schon.«

Ich lache, doch ich frage noch einmal: »Nur wenn du sicher bist, ja?«

»Hol mich am Mittwochabend ab, das ist Samhain, und wir gehen … gehen spazieren. Ich habe ein Gedicht für dich geschrieben, Johnny; du bekommst es dann.«

Ich küsse sie, berühre ihre Wange mit meiner Hand, »Ich liebe dich«, sage ich, »mein Anam Cara.«

Herbstende

Es ist der 31. Oktober und Samhain, das Fest, das den Beginn der dunklen Monate markiert, die Nacht, in der – so heißt es – der Schleier über der Anderswelt lichter wird. Die Dunkelheit ist schon hereingebrochen, und ich fahre mit dem Rad im Licht der Straßenlaternen. Der Vollmond erscheint und verschwindet hinter den vorüberziehenden Wolken, doch ich bemerke es kaum. Ich bemerke fast gar nichts. Alle meine Gedanken drehen sich nur um Cora, den ganzen Tag schon.

»Du kriegst ja heute gar nichts auf die Reihe«, hatte Jack Quigley gelacht. »Was ist los mit dir?« Zwei Mal an jenem Tag hatte ich schon mein Werkzeug liegen gelassen. »Selbst wenn sie in einem Sack wären, würdest du sie heute verlieren«, Jack amüsierte sich köstlich.

Meine Gedanken springen von unserem Spaziergang in den Bergen – mit all dem, was dort gesprochen wurde – voller Erwartung auf den kommenden Abend mit all dem, was uns auf Cuchulainns Hügel erwartet. Ich radle die Ramparts Road entlang, dann die Distillery Lane, Jocelyn Street und Roden Place, am Rathaus vorbei und am Gerichtsgebäude, über den Marktplatz, dann Clanbrassil Street, Church Street und Bridge Street und bin noch immer in meinen Träumen versunken, als ich in die Castletown Road einbiege. Ich bemerke noch nicht einmal den Tumult auf der Straße vor mir – bis ich mich der Níth River Terrace nähere.

Zwei Blaulichter kreisen auf der Hälfte der Terrace, ihr Schein läuft am grauen Kieselrauputz der Häuserreihe entlang. Ich halte an und steige vom Rad. Der Verkehr ist fast zum Stillstand gekommen, denn vor dem Imbissladen gibt es eine Sperrung, an der der Verkehr vorbeigeleitet werden muss. Ein Polizist steht in der Mitte der Straße und winkt die Autos einzeln durch. Autofahrer und Fußgänger versuchen, einen Blick auf das Geschehen zu erhaschen. Dreißig Yards vor dem Imbiss steht ein Polizeiauto auf der falschen Straßenseite, ich sehe es nur von hinten. Seine Türen sind zur Gehwegseite hin geöffnet, ein zweiter Polizist steht an der hinteren Tür und schreibt in ein Notizbuch. Vor ihm sitzt eine Frau auf der Rückbank an der offenen Tür, sie hat eine Decke um ihre Schultern geschlungen. Der Polizist sagt etwas und zeigt mit seinem Stift zur Windschutzscheibe, doch die Frau reagiert nicht, sie hat ihren Kopf vor sich auf den Boden gerichtet. Meine Augen folgen dem Stift des Polizisten. Er zeigt auf ein fahrerloses Auto vor dem Imbissladen. Die Windschutzscheibe des Autos ist zerbrochen, so als ob ein Ball mitten hineingeflogen wäre. Pommes Frites liegen verstreut zwischen den Scherben, wurden von den Scheibenwischern dorthin geschoben. Einige Meter vor dem Auto liegt zerrissenes Papier auf der Straße und Pommes überall. Ich blicke zu dem zweiten Blaulicht. Ein Krankenwagen hat auf dem Gehweg neben dem Imbissladen geparkt. Vor den Hausnummern fünf, sechs und sieben, an denen ich vorbeikomme, stehen die Leute in den Türen. Bei Nummer neun sehe ich eine Frau, die, als ich näherkomme, ihre Hand vor den Mund hält und sich umdreht.

Ich lasse das Fahrrad fallen und laufe zur Nummer 16. Die Tür steht offen. Weiter laufe ich, zum Krankenwagen, wo eine Gruppe Menschen sich auf dem Gehweg versammelt hat. Ich spüre die Verzweiflung ringsherum. Ich trete in den Menschenpulk hinein und nähere mich dem

Wagen: Stimmen, Lichter, Angst und grausame Gewissheit ergießen sich über mir, als ich mich durch die Menge dränge. Dann stehe ich vor der offenen Tür des Krankenwagens. Vollkommene Verwirrung, Chaos wohin ich schaue, und einen Moment lang nimmt mich niemand wahr. Vor mir im Auto sehe ich eine Liege aus Stahl, eine Transportliege. Und auf dieser Liege ein ausgebreitetes weißes Laken. Und unter diesem Laken – was? Ein Körper? Das weiße Laken bedeckt den Kopf – ich kenne diese Form. Über die Liege hinweg sehe ich Gerry Flannery, der plötzlich auf mich aufmerksam wird und mit offenem Mund auf mich zukommt. Er ruft etwas. Aber ich höre ihn nicht. Ich höre gar nichts mehr. Denn da liegt wirklich ein Körper – das weiße Laken ganz hochgezogen, um das Gesicht zu verbergen, und am anderen Ende des Lakens sieht man zwei Beine, zwei Füße und an diesen Füßen Doc Martens-Stiefel. Sie sind rot und sie sind in extravaganten Schleifen gebunden, mit grünen Schuhbändern.

Station Road

Das Morgenlicht kriecht um die geschlossenen Vorhänge des nach Osten gehenden Fensters. Es ist Samstag, und ich habe noch keine festen Pläne für den Tag. Ich schaue über ihren schlafenden Körper hinweg zu der kleinen Uhr auf dem Bücherstapel des Nachttisches an der anderen Bettseite. Es ist noch früh, und ich könnte noch etwas lesen. Sie bewegt sich nicht; ihre Bettdecke ist ganz hochgezogen und unter ihrem Körper festgesteckt. Unter der Bettdecke kann man die Kurven ihrer schmalen Gestalt erahnen. Sie hat einen schönen Körper. Sie ist ein gutaussehendes Mädchen. Ihr hübsches Gesicht ist tief in das Kissen vergraben, ihr helles Haar – erdbeerblond nennt sie es – um sie herum ausgebreitet. Sie hat ihren hübschen Kopf von mir weggedreht, Richtung Uhr auf dem Bücherstapel. Ich setze mich aufrecht hin und rücke mein Kissen zurecht, und ich spiele mit ihrem Haar, während sie schläft.

Dies war ihr Zimmer, als ich hierherkam. Es ist ein großes Zimmer: zwei große Fenster (eins nach Osten, eins nach Süden), ein schwerer Eichenschrank, ein Kamin, ein Spiegel über einem Kaminsims aus grauem Marmor, ein Doppelbett an einer Seite des Raumes, ein Stuhl und ein langer Tisch, der mir als Schreibtisch dient, an der anderen. Sie, die jetzt schläft, ist in ein anderes Zimmer umgezogen, als ich hier einzog. Sie ist umgezogen, damit ich den Tisch haben konnte. Das ist wieder mal typisch für sie, meine kleine Bella – ein großes Herz schlägt in diesem zarten, kurvigen Körper. Sie war auch am Telefon, als ich wegen der Annonce anrief: ZIMMER ZU

VERMIETEN. FÜR BERUFSTÄTIGE GUT GEEIGNET. »Geht auch ein armer Student?«, hatte ich gefragt.

»Ein armer Student wäre wunderbar«, war die Antwort. Das Haus war ein Glücksfall für mich – wirklich perfekt. Es liegt am Ende des Bahnhofgeländes in der Station Road, deren anderes Ende in die Hauptstraße des kleinen Städtchen Ennis mündet. Das Haus ist sehr groß: Wir wohnen hier zu viert, und jeder von uns hat ein geräumiges Zimmer.

Anfang 1991 bin ich weg aus Dundalk. Ich konnte einfach nicht mehr dortbleiben. Es war Januar und schwarz und kalt, und Cora war nicht mehr da. Jetzt studiere ich am College in Limerick – ich möchte Lehrer werden – und um meine Rechnungen zu bezahlen, arbeite ich am Wochenende manchmal zu Hause in der Maschinenfabrik, und abends während der Woche gebe ich Unterricht im Schreinern hier in County Clare. Delaney hat mir den Job besorgt. Er hat einfach seine Beziehungen spielen lassen – hat er gut gemacht. In County Clare zu leben und neunzehn Meilen entfernt davon in Limerick zu studieren, bedeutete, dass ich ein Auto brauchte. Also beschlossen meine Eltern, mir einen R4 zu finanzieren. Ich wollte immer schon so einen haben. Ich mag die Form, diese einfache, schmucklose Funktionalität. Der R4 ist so uncool, dass er schon wieder cool ist. »Ein GTL«, sagte ich meinem Vater, und er lachte – er wollte, dass ich mir einen Volkswagen kaufe oder einen Opel und fast hätte ich es auch getan, aber Big Robbie hatte im Norden gestöbert und dieses Schätzchen für mich gefunden. »Und welche Farbe hat er?«, wollte meine Mutter wissen. »Verführerisch cremig«, erklärte ich lachend, »die Farbe von Milchkaffee, in den man einen Keks zu viel getaucht hat.« Auch sie lachte.

Die beiden haben mich schon besucht, und ich bin mit ihnen um die Karstlandschaft des Burren und West Clare herumgefahren. Mom liebt solche Spritztouren, sie liebt es, sich überall Häuser anzuschauen. Auch Anna kommt manchmal, und ich fahre mit ihr dann nach Galway, wo wir Kleidung und Bücher kaufen und ins Café gehen. Sie ist eine gutaussehende junge Frau, richtig erwachsen und sehr feinfühlig. Sie hat auch einen Freund – Tiernan oder so ähnlich. Er ist Anwalt. Mom wäre glücklich, wenn dies alles bis zum Altar führen würde. Anna ist ein feines Mädchen: Das, was du siehst, ist das, was du bekommst. Auch Éamon und die Kumpels kommen ab und zu hierher; sie alle lieben Bellas Partys. Einmal habe ich wohl zu viel getrunken und dachte, ich wäre Liam Clancy und habe ein paar Songs gesungen. »Habt ihr kein Zuhause?«, brüllte ich am Ende, und Bella jubelte und gluckste vor Lachen. Nach dieser Party kam sie zum ersten Mal mit zu mir. »Hast du dich verlaufen, Mädchen?«, fragte ich. Sie antwortete nicht – nicht mit Worten jedenfalls. Sie kommt jetzt ab und zu vorbei. Sie wird bald heiraten, meine kleine Bella. Er ist ein netter Typ. Und was er nicht weiß, …

Ich strecke mich zum Nachttisch an meiner Seite und nehme ein Buch vom Stapel. Beim Lesen reibe ich an der Narbe an meinem linken Auge. Ist eine Angewohnheit geworden, die Narbe entlangzufühlen. Ich lese zwei Stunden. Sie bewegt sich etwas, streckt ihre Hand nach hinten und tastet nach mir.

Dann findet sie mich. »Hey«, murmelt sie schläfrig. »Ich dachte schon, du hast mich verlassen.«

Sie lässt ihre Hand auf der Innenseite meines linken Schenkels liegen und ziept an den Haaren meines

Oberschenkels. Ich lege das Buch wieder auf den Stapel zurück und krieche zu ihr unter die Decke.

»Hallo, Kleine.« Ich küsse ihr Haar.

Sie streichelt mein Bein, ihre Finger wandern umher und schließen sich. Sie ist immer noch von mir abgewandt. Ich hebe die Decke und rücke ganz nah zu ihr. Sie ist nackt. Ich küsse ihren Rücken und ihre Schultern. Sie hat kleine Sommersprossen überall – auf ihrer weichen, fleischig-weißen, irischen Haut. Ich küsse die Wellen ihrer Wirbelsäule. Ich liebkose ihre Beine, ihre Schenkel, ihre Hüften. Ich streichle ihren Leib, sanft, meine Finger wandern über ihr kleines Bäuchlein, diese kleine frauliche Wölbung. Dann gehen meine Finger hinauf und ich streichle ihre Brüste. Ganz zart drücke ich ihre Brustwarzen, massiere vorsichtig die hart werdenden Knospen zwischen meinen Fingern. Ihre Hand wandert hoch, um mich zu nehmen, und streichelt mich sanft mit Daumen und Fingern. Ich spüre mit der rechten Hand nach unten, berühre sie zart, öffne behutsam ihre Po-Falten, bin ganz bei ihr. Ich konzentriere mich auf die Berührung, und sie drückt sich fest an mich, macht ihren Körper lang und wird ganz ruhig, hält den Atem an, bevor sie ihn wieder freigibt. Ich lege meine linke Hand auf ihren Rücken und drücke sie, umschließe sie ganz. Sie schaut immer noch weg von mir. Sie zieht mich an sich heran. Sie reibt sich an mir, streichelt ihren Spalt. Ihr Atem wird schwerer dabei. Ich dringe in sie ein. Ich bin noch nicht richtig drin. Ich gehe wieder heraus und rutsche im Bett etwas tiefer. Sie nimmt mich mit ihrer rechten Hand und führt mich mit den Fingern ihrer linken. Es ist gut, in ihr zu sein. Ich drücke mich tief hinein, eine Hand auf ihrem Rücken, die andere auf diesem kleinen Bäuchlein. Sie versucht noch, mich zu halten, als es vorbei ist, doch ich falle zur Seite, als das Blut zurückfließt. Ich küsse ihren Rücken, ihre Schultern, ihr Haar, und sie kuschelt sich bequem in meinen Arm, und vergräbt ihren Kopf tief ins Kissen.

Sie schläft schon wieder, als ich aufstehe, mir ein Handtuch umbinde und über den Flur ins Bad gehe. Ich dusche und gehe mit dem Handtuch umgebunden durch den Flur zurück. Ich ziehe eine Jeans und ein T-Shirt an und einen schwarzen Wollpullover, den Anna mir zum Geburtstag geschickt hat. Auf dem langen Tisch liegen Bücherstapel und Schreibblöcke verstreut. Ich mache es mir auf meinem Stuhl bequem, öffne einen Schreibblock und nehme einen Stift aus dem Italien-'90-Becher. Ich schaffe mir etwas Platz auf dem Tisch. Ich spitze den Bleistift an und lasse die Späne in einen Weidenpapierkorb fallen. Das ist tatsächlich eine der kleinen Freuden des Lebens: ein gespitzter Bleistift. Ich nehme mir ein freies Blatt und beginne mit einem Brief: *Station Road, Ennis, 6. Juni 1992.* »Hallo Aisling, liebe Freundin«, schreibe ich. Aisling war auch schon hier, doch jedes Mal weint sie. Aisling und mich verbindet ein schmerzhaftes Band: Obwohl wir Freunde sind, ist unsere Freundschaft nicht allein unsere Sache – es ist auch Coras Sache. Sie hat mich gut mit Briefen versorgt. Alle haben das getan. Alle haben sich nach Kräften bemüht. Ich fasse hinüber zu der Plätzchenkiste am anderen Ende des Tisches, öffne sie und hole einen Stapel Blätter heraus. Ich lege sie vor mich auf den Tisch.

Bella bewegt sich im Bett. »Liest du die Briefe schon wieder, Johnny?«, fragt sie sanft.

Ich gehe zu ihr hinüber, setze mich aufs Bett und küsse ihr hübsches Gesicht. Ich gehe runter in die Küche, meine nackten Füße fühlen den kalten Kachelboden, und ich mache Tee und Toast für uns. Mick, ein anderer Mitbewohner, geht an mir vorbei nach draußen. »Bist du schon da, Michael?«, frage ich. Mick kann über meinen alten Witz nicht mehr lachen und grummelt mit verärgerter Grimasse ›Morgen‹ zu mir rüber. Ich trage zwei Becher Tee und einen Toast mit Butter hoch in mein Zimmer. Ich stelle einen Becher und einen Toast auf meinen Schreibtisch und bringe den anderen Becher und Teller rüber zum Bett. Sie beobachtet mich ruhig, während sie isst. Ich schalte den Philips-Rekorder ein. »Etwas von *The Cure*, um den Tag auf Trab zu bringen«, sage ich. Als sie mit Tee und Toast fertig ist, greift sie aus dem Bett das T-Shirt, das ich letzte Nacht getragen habe. Sie zieht es an, steht auf und kommt zu mir herüber. Ich stehe auf und küsse sie, und ich fühle ihren nackten Po unter dem langen Shirt. Ich drehe die Lautstärke auf, als die ersten Schläge von *Inbetween Days* ertönen. Ich tanze durch das Intro, und dann singe ich. Sie kommt zu mir und wir tanzen zusammen, vier nackte Füße hüpfen auf dem Holzboden. Es klopft an der Tür. Ich öffne.

»Hallo Marcela«, begrüße ich sie, »möchtest du mit mir tanzen?« Marcela ist Bellas Cousine, sie kommt aus Valencia.

»Sie ist hier?«

»Wer?«

»Ich weiß, dass sie hier ist.«

»Nur ich bin hier«, sage ich, »das ist jetzt deine Chance.«

»Nein, danke. Aber sag ihr, die nicht da ist, dass ihr Verlobter heute Morgen anrufen will. Und was soll ich ihm dann sagen? He, was?«

»Netter Typ, dieser Collin«, sage ich, »ein Pfundskerl.«

»Ja, das ist er«, sagt sie mit Überzeugung, dreht sich um und geht weg, den Flur hinunter. Dann dreht sie sich noch mal um: »Aber ihr zwei …« Sie sucht nach dem richtigen Wort. »Ihr zwei, ihr seid … eine Schande.«

»So was«, ich drehe mich zu Bella um, als die Tür zu ist, »du fragst ein Mädchen, ob sie mit dir tanzt, und alles was du bekommst, sind Beschimpfungen.«

Bella küsst mich lachend und verschwindet durch die Tür. Ich schaue ihr nach. Ich beobachte die Bewegung ihres Hinterns unter dem T-Shirt. Marcela wird ihr jetzt eine Lektion erteilen, doch – genauso wie unser Versprechen, dass jedes Mal das letzte Mal ist – spielt das keine Rolle. Wie ging noch mal eine der Triaden Irlands, die Bob immer auf der Arbeitsbank im Öllager rezitiert hat? ›Die drei tauben Dinge auf der Welt: einen Verurteilten warnen, einen Bettler bemitleiden, eine leidenschaftliche Frau von der Lust abhalten.‹

Und jetzt, Bob? Was nun, mein alter Freund? Diese ganze Welt ist doch ein großer Scheiß.

Ich halte mir meinen Kopf und streiche fest meine Haare zurück. Ich versuche, das alles aus meinem Kopf herauszukriegen. Ich versuche, Cora aus meinem Kopf herauszukriegen. Manchmal kommt es mir vor, als ob das alles nie geschehen wäre, und mir geht's gut und alles ist gut oder aber, es ist geschehen und ich bin okay. Aber das ist ja nicht wahr, und später kommt dann alles wieder hervor, nur größer und schwerer und beschissener als je zuvor, und ich will es einfach nur noch herausschreien, laut schreien, verdammt.

Ich erinnere mich nicht an den Sturz; nicht wirklich. Ich bin, so haben sie mir erzählt, einfach aus dem Krankenwagen auf den Gehweg gestürzt und mit meinem Kopf auf dem Betonboden aufgeschlagen. Ich kann mich nur an Cora erinnern, an das weiße Laken und an die roten Stiefel.

Ich drehe die Lautstärke des Rekorders herunter. Meine Geburtstagskarten stehen immer noch auf dem Kaminsims – vor einem Monat bin ich einundzwanzig geworden. Einundzwanzig. Ich sollte die Karten herunternehmen. Ich weiß nicht, warum ich sie dort habe stehen lassen – hab ich einfach. Ich nehme sie einzeln herunter und lege sie in einem Stapel auf den Tisch neben die Briefe. Ich setze mich hin und lese die Karten noch einmal, eine nach der anderen.

»Wir hoffen, du schaffst es irgendwie«, steht auf einer von Mom und Dad. Na ja, sie machen nicht viele Worte. Sie taten sich schwer mit dem Unfall, taten sich schwer damit, einen Platz in ihrem christlichen Denken dafür zu finden. Bis zu jenem Abend wurde das Mantra ›Die Wege des Herrn sind unergründlich‹ in Anspruch genommen, um all das abzudecken, was das Leben uns so einfach vor die Füße schmeißt. Aber für Cora galt das eben nicht. Im Krankenhaus wurde ich vollkommen auf den Kopf gestellt: Ärzte hier, Tests da. Doch das einzig Richtige, was Dad machen konnte, wenn es um Cora ging, war, tief durchzuatmen, den Kopf zu schütteln und wegzugehen. Sie hatten Angst, dass ich durch den Sturz einen Schaden davontragen würde. »Wird er wieder gesund?«, hörte ich Mom fragen, wenn sie dachte, ich könnte nicht gut hören. »Bei Kopfverletzungen weiß man nie.« Sie sind seit dem Vorfall noch immer verunsichert.

Eine andere Karte ist von Tante Hannah. Sie war in einem Geburtstagspäckchen. Darin war ein blauer Schal. »Zeit, den alten Fetzen einzutauschen«, schrieb Tante

Hannah. Ich schenkte Bella den neuen Schal. Den alten Fetzen behalte ich noch.

Ich nehme eine Zeichnung von Clara in die Hand. Darauf ist ein großer Mann in einem langen, dunklen Mantel. Der Mann hält ein kleines Mädchen an der Hand. Die Sonne scheint, das Gras ist grün, und um den Mann und das Mädchen herum wachsen Blumen und Bäume. Der Mann hat einen blauen Schal um den Hals, der im Wind weht. Clara war einfach großartig nach dem Unfall, hat über das Chaos hinweggesehen und das ganze Trara drumherum einfach ignoriert.

Dann kommt eine Karte von Anna. Auch die war in einem Päckchen, zusammen mit dem schwarzen Pullover. Die Karte war – so typisch für Anna – voll mit *Dos und Don'ts: Pass auf deinen Kopf auf, halt dich warm, sei fleißig, nimm mich bald mit nach Galway, verpass deine Klausuren nicht, trink nicht zu viel, mach nichts Dummes.* Anna sorgt sich um mich. Sie weiß, dass ich zerbrochen bin, und sie versucht, mich wieder hinzukriegen.

Ich hatte Angst, dass ich nach dem Sturz irgendetwas ausgeplaudert haben könnte, irgendetwas rausgelassen und die ganze Tragödie noch verschlimmert hätte. Delaney beobachtete mich scharf von der Seitenlinie. Am Ende aber blieb das Geheimnis gewahrt, und ich überlebte mit einem Schädelbruch, einem verletzten Auge, einem neuen Aussehen – und ohne Cora. Der Krankenwagen, der an jenem dunklen Abend vor ihrer Tür gestanden hatte, fuhr uns beide zusammen ins Krankenhaus. Ich lebte. Sie starb.

Ich streiche mit der Hand über den Tisch und nehme die Briefe aus der 16 Níth River Terrace an mich. Es war eine schwierige Entscheidung für die Flannerys – was mit Cora geschehen sollte, als sie tot war. Alle, die Cora kannten, wussten von ihrer großen Liebe zu Cuchulainns Burg, doch es war gegen jede Tradition und jeden Glauben – und natürlich gegen das Gesetz –, einfach dort zu graben und sie beizusetzen. Es gab nur zwei Möglichkeiten: die kalte Erde von Dowdallshill oder der heiße Ofen eines Krematoriums. Sie bewahrten ihre Asche auf, bis ich fit genug war, das Krankenhaus zu verlassen, und wir ignorierten das Gesetz und begruben sie unter der einsamen Eiche, als der Winterwind die fallenden Blätter um uns herumwirbelte. Aisling sang ›*Táimse i m' chodhladh is ná dúisigh mé*‹ in die kalte Winterluft. Wenn wir jung sind, denken wir, dass der Tod erst am Ende des Lebens kommt. Das stimmt aber nicht. Ich hätte es besser wissen müssen.

Ich lege die Briefe und Karten zur Seite und schreibe meinen Brief an Aisling zu Ende, und ich schreibe noch einen Brief nach Hamburg, um meine Lehrtätigkeit dort im Sommer zu bestätigen. Ich schlüpfe in ein Paar schwarze Turnschuhe, bevor ich den Dunn & Co überstreife und den Kragen um den blauen Schal herum hochklappe. Ich mache einen Spaziergang durch die Stadt. Als ich am Schuhgeschäft vorbeikomme, gehe ich langsamer. Ich klopfe an die Scheibe. Drinnen hebt Dervla Kerrigan den Kopf mit den roten Locken, während sie sich um die Füße eines Kunden kümmert. »Hallo Jezebel«, ich schicke ihr einen Luftkuss durch die Schuhregale. Sie kniet noch immer, streckt sich und schüttelt ihre Schultern aus, wobei sie ihren Kopf zurückwirft. Ich beobachte sie. Dervla Kerrigans Brust könnte eine ganze Armee aufhalten. Durchs Schaufenster nicke ich ihr zu, sie erkennt meinen versteckten Wink und beantwortet ihn mit ihrem typischen, dreckigen Schmunzeln. Dervla Kerrigan ist ein Mädchen fürs Vergnügen. Die einzige Entscheidung, die sie morgens trifft, heißt Seide oder Spitze, und sie trägt ihre Dessous so leicht, wie der Frühsommer die Hoffnung.

Am ersten Abend, den wir zusammen in der Bar von Brogan's Hotel verbrachten, nahm sie mich mit zu ihr nach Hause. Wir waren noch im Flur, als ich ihr die Kleider vom Leib riss und sie mich auf die Teppichfliesen der Treppe hinunterdrückte. Sie holte alles aus mir heraus und drängte mich zwischen ihre in schwarze Spitze gehüllten Brüste. Dann verschlang sie mich, ihre roten Locken wippten hoch und runter. Ich kam schnell zum Finish, unfähig zu stoppen oder den Erguss zu verlangsamen, und sie hielt ihren Mund weit geöffnet, hielt mich gefangen. »Danke«, sagte sie, als sie danach zu mir hochblickte. Beim zweiten Mal schafften wir es bis zu ihr ins Wohnzimmer, gerade so. Ich beugte sie über das Sofa, ihr Rücken ruhte über der Armlehne, sodass ihr Körper sich mir in einem Bogen zuwandte und mir, als ich ihr das Kleid hochzog, zwei weiße Clipse durch die straffen Strumpfhalter offerierte, ein glänzendes schwarzes Dreieck, ein Schimmer von Seide vor dem verführerischen Kelch, einladend, berauschend, um mich hinabgleiten zu lassen. Beim dritten Mal schafften wir es tatsächlich bis in ihr Schlafzimmer.

Ich werfe die Briefe ein und gehe zu Brogan's Hotel in der O'Connell Street. Maggie hat Dienst und ich plaudere fünf Minuten mit ihr, bevor ich mich an einen der dunklen Holztische setze. In der Stunde, in der ich die *Irish Times* lese, bringt Maggie mir zwei große Kaffee mit Sahne. Als ich fertig bin mit Zeitunglesen, laufe ich zurück in mein Zimmer in der Station Road und arbeite mich für den Rest des Tages durch die Kursvorbereitungen. Später fasse ich in die Plätzchenkiste und hole ein gefaltetes Blatt Papier heraus: das Gedicht, das sie für mich geschrieben hat – das Gedicht, das sie mir auf unserem Weg in die Berge versprochen hat, das Gedicht, das sie in ihrer Tasche hatte, als sie starb. Ich öffne das gefaltete Papier und sehe ihre hübsche Handschrift, blaue Buchstaben auf Belvedere Bond Papier:

A Chuisle Mo Chroi
On Dealga's dark morn, Son of Huath is born,
Above black night, Alderbarren's fire bright,
In ditch the hawthorn white and breaks from bud,
Bealtaine rushes free from winter's hood,
Swallows in two and three to Ireland's fall,
You are the voice of Ériu's call.

Wunderkind

»*Kann ich Ihnen helfen?*«

Ich drehe mich um. Die Frage kommt von einem großen schlanken Mädchen, das mir schon vorher aufgefallen ist, aber jetzt – so nah vor mir – noch größer ist, als ich dachte. Sie ist sehr hübsch. So hübsch, dass ich aufpassen muss, sie nicht einfach stumm anzustarren oder sie anzufassen oder etwas anderes Dummes zu tun oder zu sagen. Ich gebe ihr die Pfirsiche, und sie wiegt und etikettiert sie für mich.

»*Danke schön.*«

»*Bitte schön*«, antwortet sie. Ihr Gesicht ist offen und freundlich, aber ihre Worte strömen auf mich ein, und da ich durch ihre Nähe allein schon wacklige Beine bekommen habe, werde ich nun vollends vom sicheren Kurs geweht. Sie ist jung, das Gesicht zeigt ihre ganze Unschuld, und ihr langes, braunes Haar ist nach hinten gekämmt, nur ein paar Strähnen haben sich an ihrer Schulter verfangen. Ihr Mund bewegt sich, das Lächeln bleibt, umspielt eine unausgesprochene Frage. Ihr üppiger Mund mit den üppigen, pinkfarbenen Lippen hat einen sanften, zarten, kühlen Schimmer von irgendetwas. Von was? Einer Frau? Ja, aber auch nein. Es ist mehr – ein fleischfarbenes Pink, kein angemaltes Pink. Ich starre sie an. Ich tue genau das, was ich mir geschworen habe, nicht zu tun. Wir stehen stumm da, ein Augenblick, in dem die Zeit stillsteht, ich schaue sie an und – zwischen ihren hohen Wangenknochen und ihrer hohen Stirn – schauen ihre braunen Augen mich an.

Ich atme. Ich spiele meine Trumpfkarte aus »Ich bin Ire … aus Irland«, sage ich, strecke meine Hand aus und sie lächelt, ein Lächeln, das halb belustigt und halb verwirrt ist. Sie gibt mir die Hand.

»*Hello, Irish boy*«, antwortet sie in dem präzisen Englisch, das man in deutschen Schulen lernt. »*I am Mila. Welcome to Germany.*«

Wir gehen zusammen Richtung Kasse.

»Einen tollen Supermarkt habt ihr hier, Mila«, sage ich und lese die Produktnamen des Regals, vor dem wir stehen, laut vor: *Brötchen, Frikadellen, Gulaschsuppe, Sauerkraut, Knödel, Bierwurst, Leberwurst, Schinkenwurst.* Und Linsen – viele, viele Sorten Linsen. Ein großes Angebot. Ich nehme eine Dose Linsen mit Würstchen aus dem Regal. Ich erzähle ihr, dass ich gerne einmal eine irische Familie sehen möchte, die ein Linsengericht auftischt; Linsen sind nicht so der Renner in Irland. Ich stelle die Dose zurück ins Regal, und wir gehen weiter Richtung Ausgang, wobei ich auf meinem Weg durch die Regale mit Freude alle Produkte kommentiere. An der Kasse nimmt eine ältere Dame das Geld für meine Einkäufe entgegen, und Mila hilft mir, alles in Papiertüten zu verstauen. Jetzt sollte ich etwas sagen. In solchen Situationen ist Spontaneität gefragt. Ein heißer Strom hält mich unter Spannung, doch auch kühles Denken setzt jetzt ein – eine Gelegenheit wie diese kommt vielleicht nicht wieder. Ich muss handeln.

»Wie wär's mit einem Kaffee, Mila?«

Sie schaut aus dem Fenster – es ist warm draußen. »Wäre ein Eis zu viel verlangt?«, fragt sie.

»Nein, ein Eis wäre perfekt.«

Wir finden ein Eiscafé ganz in der Nähe, eine Konstruktion aus Kacheln und Glas und suchen uns drinnen einen Tisch. Alle anderen Gäste sitzen draußen, sodass wir den

Raum für uns allein haben. Wir bestellen zwei Bananensplits bei einem mächtigen Italiener. Die Eisbecher kommen, sie sind sehenswert.

»Donnerwetter«, entfährt es mir, und ich schüttle dem Italiener die Hand, »*magnifique*.«

»*I think that's French*«, wirft Mila mit ernster Miene ein.

»Macht nichts«, antworte ich, und sie lacht.

Zwei Stunden sitzen wir im Café und unterhalten uns, schicken den Bananensplits noch ein paar Becher Kaffee hinterher. Sie erzählt mir, dass sie aus Bremen kommt und dass sie im Ortsteil Großhansdorf bei ihren Verwandten wohnt und in den Ferien bei ihrem Onkel im Geschäft arbeitet. Ich erzähle ihr von Irland und dass ich den Sommer über hier in Hamburg Englischunterricht gebe.

Wir verlassen das Eiscafé und gehen Richtung Hauptstraße. Es ist eine moderne, ganz neue Straße. Der Gehweg ist sauber und breit, und am Rand stehen eine ganze Reihe Fahnenmasten; es geht aber kein Windhauch, sodass die deutschen Fahnen schlaff herunterhängen. Wir gehen an einem kleinen Stoffladen vorbei, an dessen Schaufenster mit Schablonen FOLLOW ME gemalt wurde. Die Deutschen haben eine Vorliebe dafür, englische Wörter und Namen für ihre Geschäfte zu verwenden; ich glaube, sie denken, dass sie dem Laden damit ein besonderes Flair geben. Am Ende des Viertels kommen wir noch an der ›Happy Cars Garage‹ vorbei. Doch ich sollte mir besser kein Urteil erlauben – in Dundalk gehe ich doch auch ins Roma, um Pommes zu essen. Wir gehen hinein, und wieder schwankt Milas Blick zwischen Belustigung und Verwirrung, als ich dem Inhaber die Hand schütteln will.

In den folgenden zwei Wochen gehe ich täglich zum Supermarkt, und zwei Mal wöchentlich gehen wir zusammen Eis essen und Kaffee trinken. Ich habe fleißig ein paar italienische Adjektive gelernt und kann den Caféinhaber jetzt mit Lob und Preis überschütten. Ich werde belohnt: Er serviert uns echte Meisterwerke.

Am Ende unserer zweiten gemeinsamen Woche laufen wir zwei Meilen bis nach Ahrensburg, wo wir abends Weißbier aus riesigen Gläsern trinken und zusammen mit den Einheimischen deutsche Lieder singen. Wieder einmal trinke ich zu viel und fühle mich wie Liam Clancy. Ich singe drei Songs, eines davon ist ›The Dutchman‹ – näher konnte ich Deutschland mit Clancys Liedern nicht kommen. Ich beende meinen Auftritt mit der bekannten Liam Clancy-Frage – dieses Mal auf Deutsch ›*Habt ihr keine Häuser*?‹ – was verständlicherweise zu einiger Verwirrung im Publikum führt und deshalb auch nicht so funktioniert, wie ich es gewohnt bin. Anschließend gehen wir zum Haus ihres Onkels, wo wir uns auf der Treppe mit einem Handschlag verabschieden, sie lächelt wie immer, schüchtern. Ich komme mit Mila im Kopf in mein Zimmer zurück. Als ich später im Bett liege, merke ich, dass ich manchmal, wenn ich mit Mila zusammen bin, nicht mehr an Cora denke.

Es ist spät an einem Samstagmorgen, und die Hälfte meiner Hamburger Lehrtätigkeit ist schon vorbei. Ich laufe über das Gelände meines neuen Wohnsitzes und gehe dann in mein Zimmer und warte, ohne die Tür abzuschließen. Heute holt sie mich ab, und wir wollen nachmittags zusammen in die Stadt fahren. Mittags höre ich ihre Schritte auf den Fliesen im Flur. Sie geht bis zum letzten Zimmer des langen Gangs – zu meinem – und klopft.

»Hallo«, rufe ich.

Sie macht die Tür auf.

»Hallo, German girl. *Willkommen.*«

Sie schaut sich um und nimmt alles in sich auf: den Roman und den Walkman auf dem Nachttisch; das Einzelbett; den Kulturbeutel auf einem Glasregal über dem Waschbecken in der Ecke; den Schrank aus Buchenfurnier, Kleidung liegt nicht herum; und auf dem kleinen Tisch ein Bierkrug mit frischen Blumen aus dem Garten, ein Becher mit Kulis und Bleistiften, sowie ein offenes Notizbuch neben den Blumen. Im Lichtkegel sieht man den Wald durchs Fenster.

Ich nehme den Dunn & Co, der auf dem Bett bereitliegt und ziehe ihn an, sie beobachtet mich. Sie tritt weiter ins Zimmer hinein, und als sie vor dem Tisch steht, schaut sie in das aufgeschlagene Notizbuch.

»Über was schreibst du?«

Ich ziehe eine Grimasse und zucke mit den Schultern. Sie schaut mich an – diese braunen Augen, diese pinkfarbenen Lippen mit der immer noch offenen Frage.

»Über das Leben«, fühle ich mich zu einem Kommentar genötigt. »Glaube ich zumindest«, füge ich hinzu und versuche damit, diesem leichtfertigen Geständnis etwas Halt zu geben.

»Schreibst du auch über mich?«

»Ja.«

»Was schreibst du über mich?«

»Ich schreibe, Mila«, sage ich während ich näher zu ihr gehe, »dass du ein wunderschönes Mädchen bist.«

Ich halte ihr siebzehn Jahre altes Gesicht mit einer Hand, als ich ihre pinkfarbenen Lippen küsse. Ich habe noch nie ein Mädchen geküsst, das so groß ist wie Mila, und es fühlt sich merkwürdig an.

»Irish boy«, sagt sie nach dem Kuss zu mir, und wir lehnen unsere Köpfe aneinander.

»Los«, sage ich nach einer Weile, »komm, wir gehen.«

Wir fahren mit der U-Bahn ins Stadtzentrum von Hamburg und gehen zuerst zum Rathaus. Es ist ein Sandsteingebäude, und der Sandstein erinnert mich an die Kirchenmauer bei mir zu Hause. Wie meine Mom immer sagt: Ist es nicht lustig, was unser Gehirn mit uns anstellt? Am Rathausmarkt hat sich eine Menschenmenge in einem großen Kreis eingefunden. Wir kämpfen uns nach vorne und stehen vor einem bemalten Mann, der mit Fackeln jongliert. Wir gehen weiter, die Mönckebergstraße entlang, wo ich an einem Geschäft, Peek & Cloppenburg, stehenbleibe und mir die Mäntel im Schaufenster anschaue. Wir bummeln durch die Spitalerstraße, die Alsterarkaden und zum Jungfernstieg an der Binnenalster.

»Was für ein Qualm«, sage ich zu Mila.

»Das ist die zweitgrößte Stadt Deutschlands«, erklärt Mila mir. »Hamburg ist beides, eine Stadt und ein Land. Das Stadtgebiet ist sieben Mal größer als Paris und zweieinhalb Mal größer als London. Wir haben aber auch viele Grünflächen hier. Hamburg hat auch 2500 Brücken, das sind mehr als in Venedig und Amsterdam zusammen.«

Ich mag ihre Angewohnheit, mich mit solchen Fakten zu unterhalten. Wir spazieren um die Binnenalster und setzen uns in einem Restaurant auf die Terrasse.

»Wie wär's mit Mittagessen?«, frage ich und schiebe die Speisekarte über den Tisch. Sie hat die Hände unter dem Tisch im Schoß verschränkt. Ich beuge mich zu ihr und nehme ihre Hände in meine, führe sie zu meinem Mund und küsse ihre offenen Handflächen. Sie schaut mich über den Tisch hinweg an und ihr Blick ist eindeutig: *Ich mag keine halben Sachen.*

Nach dem Lunch spazieren wir zum Hopfenmarkt und an der Ruine von St. Nikolai vorbei.

»Das ist ein Mahnmal für den Krieg«, erklärt Mila, »darum lassen wir es so, wie es ist.«

Ich schaue mir die durch Bomben zerstörte Ruine an und dann die Menschen rundherum, die geschäftig ihrer Arbeit nachgehen, und ich frage mich, wie dieses Land – diese führende Zivilisation – das getan haben kann, was es vor gerade mal fünfzig Jahren getan hat. Wie konnten diese Menschen, die führenden Köpfe in der Maschinenbauindustrie, in der Wissenschaft, Kunst und Kultur, ihre Nachbarn auf Lastwagen und Züge laden und sie wegbringen und abschlachten lassen?

»Hast du dich mal gefragt, Mila, was hier damals passiert ist? Und wie es passiert ist?«

»Ein schreckliches Kapitel in der Geschichte. Wir wurden von wahnsinnigen Menschen beherrscht, von Verrückten.«

Ja, mag sein. Aber nicht Hitler oder Himmler oder Goebbels haben die Nachbarn zusammengetrieben oder sie auf die Züge geladen. Das waren die Bäcker, Schuster, Fabrikarbeiter, Lehrer, Musiker und Schreiner. Wie, verdammt, konnte es dazu nur kommen?

Wir überqueren die Deichstraße und gehen weiter in die Speicherstadt, an Verkaufsständen vorbei, die eckige Pizzastücke anbieten und Sandwiches mit geräuchertem und eingelegtem Fisch. Wir fahren mit einem Bus zu den Landungsbrücken an der Elbe und schauen Arm in Arm über das riesige Hafengebiet. Unter uns steigen Touristen in die Schiffe zu einer Hafenrundfahrt oder Fleetfahrt durch die Kanäle. Ich frage mich, wie es möglich ist, so viele Schiffe, Frachtcontainer und Menschen zu managen.

Wir nehmen den Bus zurück in die City und finden eine Bar, Anno 1905, wo wir stundenlang Lübzer Pils, Holsten Pilsener und Franziskaner Hefeweißbier trinken.

Am späten Abend verlassen wir die Bar und machen uns auf den Weg nach Sankt Pauli. Busse voller älterer Touristen fahren an uns vorbei, und Menschengruppen drängen sich an den Theatern, wo ›Cats‹ und ›Phantom der Oper‹ gespielt werden. Wir gehen langsam an den Plakatwänden vorbei, um alles zu lesen, und dann lassen wir uns wieder von der Menge mitreißen – Richtung Reeperbahn. Die Straßen hier fiebern vor Neugierde und Versuchung. Es ist so, wie Mom immer sagt: die Menschen sind merkwürdig. Die Leute reisen aus unterschiedlichen Beweggründen nach Hamburg und jeder findet das, was er sucht, an teilweise seltsamen Orten. Neben den Restaurants, Bars und Clubs gehen wir an Schaufenstern von Sex-Shops und Bordellen vorbei. Türsteher locken, handeln und werben draußen vor den Strip-Lokalen. Junge Frauen und Männer sprechen die Passanten an, um ins Geschäft zu kommen. Wir bewegen uns auf der Reeperbahn wie zwei alte Jungfern auf einer Hochzeit, saugen jede Szene und jedes Geschehnis auf. Als ich einmal kurz anhalte, um in ein Schaufenster zu starren, werden Mila und ich voneinander getrennt.

Ein Mädchen kommt auf mich zu. Sie sieht sehr gut aus, ihr blondes Haar ist in einen griechischen Zopf gebunden, ihr hübsches Gesicht und ihre schöne Haut schauen aus dem hochgeschlagenen Kragen einer American College-Jacke heraus, und ihre arktis-blauen Augen fixieren mich und lassen nicht los. Ich denke, sie ist einfach nett und sagt freundlich Hallo – doch sie verkauft nur Sex. Ich werde verlegen, als ich es merke, und entschuldige mich schnell, bevor ich weggehe. Obdachlose Penner und Drogenabhängige sitzen zusammengekauert auf der Bordsteinkante und betteln mit Pappbechern um Almosen. Ich beobachte, dass die Passanten sie nicht nur ignorieren, sondern sie gar nicht bemerken. Ich suche Mila und finde sie.

»Komm, wir gehen«, sage ich und wir laufen zurück zum Stadtzentrum. Wir finden eine Bar und später dann einen Club, wo wir bis in die frühen Morgenstunden tanzen. Um halb fünf nehmen wir ein Taxi zum Fischmarkt am Hafen. Im aufsteigenden Morgenlicht bummeln wir durch die Marktstände, die frisch gefangenen Fisch, geräucherten Aal, importiertes Obst und Gemüse und allen möglichen Krimskrams bereithalten. Die Bustouristen, die vorher auf dem Weg zur Reeperbahn an uns vorbeifuhren, sind auch wieder da, und die übernächtigten neugierigen Augen mischen sich unter die Nachtschwärmer und Markthändler. Ich halte Mila nah bei mir, als wir uns den Weg durch die Menge bahnen. Schwergewichtige Männer hieven große, schwere Pfannen über heiße Öfen, wo Kartoffeln gebraten und mit Spiegeleiern serviert werden. Die frische Morgenluft lockt plötzlich mit dem Geruch von heißen Bratkartoffeln. Unsere hungrigen Mägen brauchen jetzt eine Portion. Als der Tag heller wird, fahren wir mit der U-Bahn zurück nach Großhansdorf.

»Ich komme dich besuchen, Irish boy«, sagt Mila, bevor sie an meiner Schulter im Zug einschläft, »ich komme dich besuchen.«

In Großhansdorf lasse ich ein müdes Mädchen im Haus ihres Onkels zurück, küsse zum Abschied ihr Gesicht und ihre vollen, pinkfarbenen Lippen. Ich fahre nach Hause in mein Zimmer, lege mich aufs Bett und denke wieder an die Nazis. Wie konnte so etwas geschehen? Ich weiß keine

Antwort. Ich glaube – man mag es hören wollen oder nicht –, so sind wir Menschen eben. Und eines weiß ich ganz sicher. Die einzige Möglichkeit, einen Nazi damals zu stoppen, war ihn zu töten. So hat der Krieg seinen Lauf genommen. Man brauchte Kugeln und Gewehre und Bomben, um sie zu stoppen. Als ich in den Schlaf hinübergleite, denke ich noch, *Was tue ich jetzt? Wohin gehe ich jetzt?* Ich versuche eine Antwort zu finden … aber ich bin zu müde.

Mein Sommer in Hamburg ist zu Ende, und es ist jetzt Mitte August. Während meiner Zeit hier habe ich mir so oft darüber Gedanken gemacht, wie es zu Tyrannei und Gemetzel kommen kann. Und darüber, warum manche Menschen auf gar keinen Fall kämpfen wollen. Ich frage mich, warum das so ist, besonders dann, wenn die Zahl der Unterdrückten so groß ist und die der Unterdrücker so klein. Warum diese Ehrfurcht und Unterwürfigkeit? Ist es Angst? Natürlich haben die Unterdrücker normalerweise die besseren Waffen. Aber warum sollte man Angst haben, getötet zu werden, wenn man sowieso sterben wird? Ich versuche dahinterzukommen, doch ich finde keine Antwort. Warum haben sich die Juden ganz zum Schluss, als sie geordnet, in Reih und Glied in den Tod marschieren mussten, nicht auf die Soldaten gestürzt? Was hatten sie zu verlieren? Einige haben es getan, aber das waren nur sehr wenige. Und warum haben sich die Iren während der Hungersnot nicht gegen die englischen Landbesitzer erhoben, um nicht zu verhungern? Ich würde es tun. Ich würde kämpfen. Ich müsste kämpfen, denn ich könnte es nicht ertragen, dass mich irgendein Verbrecher ankettet, verhungern lässt oder mich in Reih und Glied in den Tod marschieren lässt. Ich würde mich auf ihn stürzen.

Doch so viele Menschen tun es nicht. Und vielleicht hat das gar nichts mit Angst zu tun, sondern mit verzweifelter Hoffnung, der Hoffnung – egal wie schlecht es einem geht –, doch noch irgendwie besser davonzukommen als befürchtet, und doch noch eine Chance zu haben, verschont zu werden, zu überleben. Ist das nicht Wahnsinn? Ist Hoffnung nicht ein großer Betrug?

Diese Wochen in Hamburg mit Mila waren ein großes Geschenk, doch mein Lehrauftrag ist abgelaufen, und ich mache mich auf den Heimweg. Stefan, der Taxifahrer, holt mich an meiner Wohnung ab. Mila steht draußen auf der Wiese und streut den Vögeln die Brotreste aus meinem Küchenschrank hin. Stefan verstaut meine beiden Taschen im Auto, während ich Mila zum Abschied küsse und wir uns festhalten. Ich verspreche ihr, wiederzukommen und sie zu besuchen. Sie sagt, noch einmal, dass sie mich besuchen wird.

Stefan hatte mich auch bei meiner Ankunft in Hamburg abgeholt und mir auf dem Weg nach Großhansdorf die erste Deutschstunde gegeben. Die meiste Zeit hatte ich keine Ahnung, worüber und was er sprach, doch das hatte ihn einen Dreck geschert, denn er war voll in seinem Element und sprach einfach immer weiter. »*Well*, Stefan«, hatte ich damals gesagt, hatte gelacht, selbstsicher und gelassen, weil ich dachte, er verstünde mich sowieso nicht, »*life ist just all-out madness, absolute all-out madness*, das Leben ist doch einfach der totale Wahnsinn, der absolute Wahnsinn.«

Auf dem Weg zurück zum Flughafen fragt er mich: »So, mein irischer Freund? Deutschland, gut?«

»Sehr gut, Stefan«, antworte ich und zitiere noch einen Vers aus einem Trinklied, das ich in einer Kneipe in

Ahrensburg gelernt habe: »Aber, alles hat ein Ende; nur die Wurst hat zwei.«

Er summt sofort die Melodie dazu, und während wir uns dem Flughafen nähern, singen wir es laut lachend hinaus auf die Straße.

»Und …?«, fragt Stefan noch, als wir die Taschen hinten aus dem Auto holen und zeigt mit einer Kopfbewegung dorthin, wo wir herkommen.

Ich nicke und sage nichts.

»Die Liebe?« Er lacht und klopft mir auf die Schulter. *»Love: just all-out madness.«*

Sichtverbindung

Ich kauere hinter dem Friedhof von Crossmaglen. Es ist Ende August, und im klaren Abendlicht habe ich eine gute Sichtverbindung bis zum Marktplatz im Ortsmittelpunkt. Ich hatte einige Fehlschüsse, seit Cora tot ist. Ich hätte nicht so schnell machen sollen; weiß ich ja. Ich habe halt etwas riskiert. Delaney sagte, es sei zu früh gewesen, dass ich noch nicht bereit und die Planung nicht besonders gut gewesen sei. Aber was ist mit der Fokussierung und all dem Zeug, entgegnete ich, und: War es nicht einfach eine gute Übung? Also weiter so.

Ich habe mich zwei Wochen lang auf diesen Einsatzort vorbereitet. Ich habe den Weg vom Gewehr bis zum Ziel und umgekehrt drei Mal gemacht – zwei Mal mit dem Fahrrad und einmal in einem alten Mantel, einer Kappe auf dem Kopf und einem Stock in der Hand. An dem Tag, an dem ich die Strecke abgelaufen bin, habe ich mir einen Hund vom Tierheim in Meath ausgeliehen und ihn am darauffolgenden Morgen in Dublin wieder abgegeben. Ich wurde noch nie angehalten, wenn ich mit dem Fahrrad oder mit einem Hund unterwegs war. Ein Hund kann außerdem echt nützlich sein, um eine versteckte ›Special Air Service‹-Einheit aufzustöbern; dazu genügt aber auch – eigentlich lächerlich – eine Herde neugieriger Rinder: Wenn eine Gruppe Rinder lange Zeit auf eine bestimmte Stelle starrt, ist das eine sichere Warnung, und ich behalte deswegen diese Tiere immer sehr genau im Auge. Gerade letzten Monat habe ich auf einen Schuss verzichtet, als eine Herde Holsteiner Milchkühe lange Zeit aufmerksam ein Dornengestrüpp im Graben unter einer Esche im Blick hatte. Meinen eigenen Aufenthaltsort muss ich natürlich vor neugierigen Rindern ebenso geheim halten.

Ich inspiziere Straße und Gehweg an der Northern Bank genau. Delaney hat einen Freiwilligen heute dorthin geschickt, um die Gegend zu durchstreifen, und ich weiß, ich habe freie Bahn. Ich bin bereit.

Keine Jagd ist wie die auf Menschen, sagt mein Freund Hemingway. Diese Worte erscheinen immer wieder in meinen Gedanken, und ich muss sie wegjagen und meine Sinne schärfen.

Meine Waffe ist bereit und das Ziel fixiert – *dope the scope*, sagt der Amerikaner dazu. Ich habe nur einen einzigen Schuss. Ich habe die Steigung und die Fallhöhe des Geschosses einberechnet. Ich habe die Temperatur und die Luftfeuchtigkeit einberechnet. Ich habe den Sprühnebel einberechnet. Ich kenne die exakte Entfernung, und heute sind die Götter mit mir, denn der Wind ist schwach. Die leichte Brise, die ich spüre, habe ich einberechnet. In letzter Zeit habe ich acht Schüsse abgefeuert – alles Fehlschüsse – und neun Mal abgebrochen. Heute werde ich schießen, und ich werde treffen.

Ich gehe den Ablauf noch einmal durch. Sicherung raus. Tief einatmen. Halbe Luft rauslassen. Halten. Fadenkreuz. Fadenkreuz. Abzug drücken.

Vier Soldaten gehen über den Markplatz und nähern sich der Bank. Die Soldaten eins und zwei bewegen sich im Fadenkreuz hin und her, rein und raus. Ich zähle sie durch. Ich nehme das Zielfernrohr herunter und schaue durch den Sucher. Bei dem Unfall wurde mein linkes Auge verletzt. Zum Schießen brauche ich das rechte. Was für ein Glück! Soldat drei geht durch. Ich konzentriere mich auf die Ecke der Mauer. Ich warte auf den letzten Soldaten. Ich weiß, er wird kurz innehalten, und ich ziele genau auf die Stelle, wo er anhält. Ich entspanne meinen Atem, als Soldat vier ins Bild kommt, von rechts nach links ins Fadenkreuz hinein. Ich atme langsam aus. Ich zähle seine Schritte entlang der tausend Punkte auf der Horizontalen: vier, und drei, und zwei, und … Er geht in die Hocke, um den drei anderen der Patrouille Deckung zu geben, die auf die Straße treten, um einen Lastwagen zu kontrollieren. Ich atme ein. Ich ziele. Ich warte bis er ruhig dahockt, zwei Sekunden. Ich justiere das Fadenkreuz an seinem gebückten Körper. Ich atme noch einmal langsam aus. Ich drücke den Abzug … Ich absorbiere den kurzen Rückschlag der Barrett, lasse meine Schulter zwei bis drei Zentimeter nach hinten drücken, um den Schlag abzufangen. Ich bleibe tief über die Waffe gebeugt und beobachte alles aufmerksam durch den Sucher. Ich spüre die Druckwelle in der Luft. Ich sehe hellroten Sprühnebel. Ich sehe, wie Soldat vier explodiert und an der Wand der Northern Bank zerbirst.

Mila

Früh am Morgen fahre ich heim nach Ennis, zu jeder vollen Stunde wird in den Radionachrichten von dem in Crossmaglen getöteten Soldaten berichtet. Ich gehe durch die Hintertür ins Haus. Bella ist in der Küche.

»Hallo Fremder«, sagt sie. Sie dreht mir den Rücken zu, weil sie gerade Frühstück auf der Theke richtet.

»Eine Tasse Tee und zwei Scheiben reichen, danke«, sage ich, und gebe ihr beim Vorbeigehen einen Klaps auf den Hintern.

»Du hast Besuch.«

Ich erstarre.

»Sie stand gestern vor der Tür, total durcheinander, das arme Ding. Ich habe sie in dein Zimmer gelassen. Hier, das ist für sie – du kannst es mit hoch nehmen.« Sie dreht sich um und schaut mich an. »Sie ist sehr hübsch. Und jung, stimmt's?«

»Ja«, antworte ich. »Sie ist sehr hübsch.« Was soll ich sonst sagen?

Ich nehme den Tee und den Toast und klopfe an meine eigene Zimmertür, bevor ich hineingehe. Der Raum ist dunkel, ein matter, weicher Lichthauch dringt durch die Gardinen am Fenster. Sie bewegt sich in meinem Bett.

»Hello, German girl«, begrüße ich sie und mache auf dem Nachttisch Platz fürs Frühstück.

»Irish boy«, sagt sie und ich merke, wie alle Ängste von ihr abfallen, als sie mich sieht. »Ich habe dir gesagt, ich komme.«

Ich streiche ihr die Haare aus dem Gesicht und küsse ihre weichen, pinkfarbenen Lippen.

»Ja. Hier, das schickt Bella dir.«

»Wie nett von ihr!«

Ich setze mich auf die Ecke des Bettes und schaue ihr beim Essen zu. Als sie fertig ist, schleudere ich meine Turnschuhe weg und klettere zu ihr ins Bett. Sie steht auf und geht in die Ecke zwischen den beiden Fenstern. Mit Blickrichtung zur Wand zieht sie sich langsam aus, Stück für Stück: die Strümpfe, die sie die ganze Nacht anhatte, das lockere Shirt, die Schlafanzughose, den weißen BH. Sie dreht sich zu mir um. Im sanften Schatten des Morgenlichts steht sie vor mir. Auf ihrer Haut tanzen Lichtflecken, die sich an den Gardinen vorbei ins Zimmer mogeln. Graue Schatten vollendeter Schönheit – in der Ecke meines Zimmers. Nichts im Universum, absolut nichts, ist so schön wie eine Frau. Ich betrachte ihre große Gestalt – ihren Kopf, hoch erhoben, ihr dunkles Haar, ihren Hals, ihre Schultern, ihre Arme, ihre Brüste, ihren Bauch, ihre langen Beine. Ich stehe aus dem Bett auf und gehe zu ihr und berühre sie. Ich küsse ihr Gesicht. Ich küsse ihren Hals, ihre Brüste und ich gehe auf die Knie, um ihren warmen Bauch zu küssen, ihre Beine, ihre Schenkel. Ihre Hände gleiten am Körper herunter und streifen den weißen Slip ab und ich schiebe sie gegen die Wand.

Am nächsten Morgen packen wir unser Picknick in den Renault und fahren von Ennis aus Richtung Norden zum Burren, dieser Patchwork-Landschaft aus Sandstein. In Mullaghmore Mountain verlassen wir die kleine Straße und parken das Auto. Ich nehme die Picknicksachen und eine Decke vom Rücksitz, und wir laufen über zerklüftete Steinplatten bis zum Fuße des Gebirges. An einem See lassen wir uns nieder, das

Wasser liegt ruhig und klar in einer grauweißen Wiege aus Stein.

»Ich fühle mich wie auf dem Mond«, sagt Mila.

»Ja, stimmt.« Um uns herum auf einer Fläche von hundert Quadratmeilen nur Fels und Stein.

Wir picknicken auf der Decke nah am Wasser und bemerken zwei Schwäne, die uns lautlos aus dem Röhricht beobachten.

»Ob sie wohl Brot fressen?« Mila steht auf und geht auf die Schwäne zu und wirft ein paar Brotkrumen auf das klare Wasser, doch sie muss sich erst zurückziehen, bevor die Schwäne sich dem Brot nähern. Wir trinken heißen Kaffee aus einer Thermoskanne, und ich erzähle ihr, dass wir auf dem Boden eines Sees sitzen.

»Das ist aber lange her, oder?«, fragt sie.

»Ja, hunderte Millionen Jahre. Man könnte wahnsinnig werden, wenn man darüber nachdenkt.«

Nach dem Picknick fahren wir durch das Städtchen Kilfenora und weiter zu der kleinen Stadt Lisdoonvarna. Ich erkläre ihr, dass jedes Jahr viele Leute zum *Matchmaking Festival* hierherkommen: die Männer suchen Ehefrauen; die Frauen suchen Ehemänner.

»Warum probieren sie es nicht im Pub oder im Supermarkt«, fragt Mila und mit der Frage schaut sie mich wieder mit diesem Blick an – diesem Blick vom ersten Tag – und ich sehe sie noch einmal in dem Gang zwischen Brötchen, Knödeln und Schinkenwurst, das deutsche Mädchen, fast so groß wie ich, aber jung, und mit einem Gesicht voller Unschuld.

Wir verlassen Lisdoonvarna Richtung Norden und fahren auf der Küstenstraße bis nach Ballyvaughan. Die Straße schlängelt sich an der aus dem Meer aufragenden

Küste des Burren entlang, westlich von uns der Atlantische Ozean und östlich der grauweiße Fels. In Ballyvaughan nehmen wir die Landstraße durchs Binnenland zurück nach Lisdoonvarna, und weiter zur Küste nach Doolin, von wo aus die Fähren die Touristen zu den *Aran Islands* bringen. Wir parken den Renault am Straßenrand und spazieren den Pier entlang. Es bläst ein starker Wind, unter uns brandet das Meer auf die Küste. Wir kommen zu einem Pub hoch oben auf dem Pier und bestellen eine heiße Fischsuppe mit dunklem Brot. Ein Mädchen im Teenageralter spielt ganz allein vorne im Barraum auf einer Fiddle. Eine Busladung Touristen kommt herein und stellt sich im Kreis um die Geigerin herum. Das Mädchen hört auf zu spielen und beginnt zu singen. Ich gehe nach vorne zur Bar und beobachte sie. Sie sitzt dort, mit der Fiddle an ihre Brust gedrückt, wie ein kleines Mädchen mit ihrer Lieblingspuppe im Arm, und ihr langes, rotblondes Haar fällt seitlich an ihrem blassen Gesicht herunter. Ich starre auf den Mund, aus dem diese Worte kommen. Die Touristen applaudieren, als sie fertig ist, und sie legt ihre Fiddle auf den Stuhl und kommt zu mir.

»Hallo«, sagt sie.

Da erst fällt mir auf, dass ich sie anstarre. »Oh, tut mir leid«, sage ich, »aber dieses Lied …«

»Ist schon okay. Das passiert bei manchen Liedern.«

»Es hat mich an jemanden erinnert.«

»Ach so.« Sie hält inne. »Ich bin Aoife.«

»Aoife …«, wiederhole ich, noch immer verwirrt darüber, wohin mich dieses Lied getragen hat.

»Aoife Jensen.«

»Jensen?« Ich schaue sie jetzt offen an, in ihre blassblauen Augen auf der blassen Haut.

»Ja, mein Vater kommt aus Dänemark. Kam im Urlaub hierher nach West Clare, traf meine Mutter, machte mich und blieb.«

»Eine nordisch-irische Komposition«, bemerke ich, »eine schlagkräftige Verbindung. Wie in alten Zeiten.«

»Ja«, lacht sie, »wie in alten Zeiten.«

»Ich muss gehen«, sage ich zu ihr, mein Blick schweift über sie hinweg, und ich vergrabe ihre weiße Hand in meiner.

»Tschau, Aoife Jensen. Sag deinem Vater, er hat ein wunderschönes Mädchen gemacht.«

Wir verlassen den Pub in Doolin, kehren zu unserem am Straßenrand geparkten Renault zurück und fahren Richtung Süden zu den ›Cliffs of Moher‹. Wir wandern einen schmalen Pfad entlang. Es ist schon Abend und die wenigen noch verbliebenen Touristen verlassen die Cliffs. Wir gehen bis zum Rand der Klippen und bleiben im Schutz einer schmalen Mauer aus Steinplinthen stehen. Starker Wind. Unter uns schlägt der blaugraue Ozean gegen die Felsen. Ich schaue vom Wasser hinauf zu dem Mädchen. Ihre Jacke bauscht sich im Wind, ihr Haar wirbelt um sie herum.

An dieser Stelle rauscht der Ozean direkt vom amerikanischen Kontinent heran. Ein langer Weg, auch für die Luft, die Zeit und Raum hatte, allen Schmutz hinter sich zu lassen. Sauber und klar erreicht diese Luft unsere Küste, und ich merke, dass ich atmen kann, dass ich all den verdammten Müll in meinem Kopf sammeln und zusammenschnüren und dann in die vorbeirauschende Seeluft werfen kann; und für einen kurzen Moment fühle ich mich wie neu geboren und frei. Ich stehe hinter Mila und halte sie ganz fest und küsse ihr Haar. Wir rennen den Pfad zurück zum Auto, erleichtert, dem Wind entflohen zu sein, und wir fahren weiter an der Küstenlinie entlang, dorthin, wo sie sanfter wird – mit Sand und Grasdünen –, bis nach Lahinch. Wir halten an einem kleinen Laden, kaufen Lebensmittel und tanken, und dann fahren wir heimwärts.

Samhain

Ich bin bei meiner Familie, den Donnellys, zu Hause. Gestern war ich bei der Eiche und habe mich auf die kleine Mauer gesetzt. Heute Morgen bin ich durch die Stadt gelaufen. Im Hause Donnelly findet jetzt das sonntägliche Familientreffen statt, und ich war morgens so sehr in meinen Gedanken und Erinnerungen gefangen, dass ich die Zeit zum Gehen verpasst habe und jetzt mit allen am Küchentisch bei der Suppe sitzen muss.

»Hast du Rose Hamill heute Morgen nach vorne stürmen sehen?«, fragt Mom in die Runde, wie ein Spieler, der hoffnungsvoll seine Würfel wirft. »Erste bei der Kommunion war sie, so was von dreist.«

»Ja, ja, und er nicht weit dahinter«, ergänzt Dad und erwacht aus einem Tagtraum. »Keinerlei Schamgefühl. Kam zu mir und hat mir die Hand geschüttelt beim Rausgehen.«

»Machen sich doch selbst was vor, die beiden«, Mom ist entrüstet, »und die Kleinen, hast du die gesehen, diese Nichtsnutze, auf den Stufen? Können die nicht einfach reingehen und sich hinsetzen wie andere zivilisierte Wesen? Benehmen sich wie eine Horde Banausen, und die ganze Stadt schaut ihnen mit offenem Mund zu. Allmächtiger Gott, ist das etwa zu viel verlangt?«

»Ich hab gesehen, dass Joanna ihren neuen Laden eröffnet hat.« Dad spricht jetzt direkt Shauna an, deren Schwester ein Bekleidungsgeschäft hat. »Muss ja sehr aufregend für sie sein.«

»Ja, war immer ein großer Modefreak, diese Joanna«, fügt Mom hinzu.

»Vier Jahre auf dem College zu verschwenden, um danach in einem Laden zu arbeiten, ist bitter«, antwortet Shauna.

Ich schaue hoch, bin aufgebracht darüber, wie sie Joannas Geschäft runtermachen.

»Wäre besser für sie, sich einen richtigen Job zu suchen, wie wir alle«, setzt Declan noch eins drauf, »solche Eskapaden führen doch zu nichts.«

»Und weißt du, wen ich noch auf dem Weg nach draußen getroffen habe?«, fragt Dad und redet weiter, ohne auf eine Antwort zu warten, »den fürchterlichen Sam McComish. Er hat erzählt, sein Jüngster hat eine Stelle da oben in einer Brauerei bekommen.«

»Was für ein Coup – eine Brauerei«, sagt Mom. »Der alte Sam, ein furchtbarer Mensch.«

»Die hatten Vitamin B«, mischt sich Shauna ein, »ihr Bruder ist selbst da oben beschäftigt.«

»Tja, dann haben sie's geschafft«, meint Dad, »jetzt haben sie den letzten auch noch untergebracht. Und wisst ihr was? Sam ist gerade dabei, auf der Arbeit sein Bündel zu packen, und sie wollen dann jedes Jahr sechs Monate nach Lanzarote ziehen. Lanzarote! Wo immer zum Teufel das auch ist. Die Welt ist doch wahnsinnig.«

»Und sie, so eine richtig Raffinierte, die Dame«, sagt Mom. »Es war sicher ihre Idee, das mit Lanzarote. Die hatte immer solche Schnapsideen. Wo liegt denn eigentlich Lanzarote, Johnny?«

»Spanien«, erkläre ich. »Genauer gesagt ist es eine Insel vor Afrika, die zu Spanien gehört.« Daraufhin schütteln Mom und Dad erstaunt den Kopf, als ob ich ihnen gerade bestätigt hätte, dass der fürchterliche Sam McComish und seine raffinierte Frau in den Dschungel des Amazonas oder auf den Mars umsiedeln würden.

»Und Pfarrer Woods organisiert gerade eine Gruppenfahrt nach Knock«, lässt Dad das Lanzarote-Thema schnell hinter sich. »Ich hab ihm gesagt, wir fahren mit. Damit der Bus voll wird.«

»Ich sag es Hannah und Eddie«, fügt Mom hinzu, »melde uns zu viert an. Ein Ausflug, wie schön. Kommst du mit, Johnny?«

»Ein Ausflug, nach Knock? Ich auf die Wallfahrt? Bist du wahnsinnig? Nein, danke.« Großes Gelächter am Tisch.

»Es fängt an zu regnen«, bemerkt Dad, als die ersten Tropfen gegen die Scheibe klopfen.

Die Sonntagsunterhaltung geht ihren Gang, während ich bei einem Tee in meine eigene Gedankenwelt zurückkehre und an das Mädchen unter der Eiche denke.

Nora

Von Dundalk aus nehme ich den frühen Bus nach Dublin. Und dann abends den letzten zurück nach Ennis, sodass ich den ganzen Tag Zeit für die Stadt habe, ohne festen Plan – und genau darin liegt der Zauber. Ich trinke zuerst einen Kaffee, damit der Tag gut beginnt, und dann klappere ich die Buchläden ab. Ich laufe herum, ohne zu wissen, wohin und was tun. Mittags esse ich Fastfood, und wieder einmal bedauere ich es danach: gibt einem doch immer nur ein Gefühl der Unzufriedenheit. Am Nachmittag statte ich der Nationalbibliothek einen Besuch ab, einfach um die Atmosphäre dort zu spüren, und genau so mache ich es mit der Nationalgalerie und den Museen. Und dann ist der Pub an der Reihe.

Ich bestelle ein Pint ›Porter‹. Ist nicht gerade mein Lieblingsgetränk. Ehrlich gesagt, mag ich es gar nicht, aber danach fühle ich mich einfach ›dublinisch‹, dazugehörig. Ich setze mich an die Bar und hole ein Buch aus meinem Rucksack, und als ich gerade mit dem dritten Kapitel anfangen will, steigt sie auf den Barhocker neben mir. Sie bestellt sich auch ein Pint und holt auch ein Buch aus ihrer Tasche. Das Buch ist voller Post-its und Anmerkungen.

»Weißt du, was Joyce' Vater über sie gesagt hat?«, frage ich sie, »als er zum ersten Mal von Nora gehört hat?«

Sie wendet sich zu mir und schüttelt den Kopf.

»Er hat gesagt, ›Sie wird an ihm dranbleiben‹.«

Sie lacht. Ein Lachen ganz am Anfang des Kennenlernens ist sehr wichtig: es ist so eine Art stillschweigendes Bündnis. Wir lesen beide weiter, lassen die merkwürdige

Bemerkung links liegen, und nachdem ich noch zwei Pints bestellt habe, legen wir die Bücher auf die Theke.

Sie ist eine Studentin aus den USA, die den langen Weg von Pittsburgh hierhergekommen ist. Ich frage mich, wie es dort wohl aussieht, in Pittsburgh. Sie verbringt einen Monat hier in der Stadt – mit Büchern. Sie ist echt in Ordnung und cool, so wie Mädchen eben sind, wenn sie aus sicheren Verhältnissen kommen: tun auf lässig und unkonventionell. Aber sie ist nett, richtig nett, und obwohl sie so auf ihr Buch und das alles fixiert ist, kann ich nichts dagegen tun, dass ich sie mag. Mädchen!

Als wir das zweite Glas getrunken haben, muss ich eine Entscheidung fällen. Ich stopfe das Buch in meinen Rucksack. Ich ziehe den Dunn & Co vorsichtig über den blauen Schal und schlage den Kragen hoch.

»Ich muss zum Bus«, sage ich zu ihr, »der Atlantik ruft. Kannst du ihn hören?«

Sie lächelt, auch wenn unser beider Enttäuschung hindurchschimmert. Es ist schon kurios, dass man jemanden vermissen kann, den man eineinhalb Stunden zuvor noch gar nicht gekannt hat. Aber so ist es, und ich versuche mein ehrliches Bedauern auch gar nicht zu verbergen. Ich beuge mich zu ihr hinüber und küsse sie, und dann gehe ich.

Mitte der Woche habe ich einen Nachmittag frei, und ich steige in meinen Renault und fahre zur Küste, und ich setze mich auf die schwarzen Felsen und lasse meine Hand über die Seepocken gleiten, während er auf mich zurollt – und auf Irland –, der Atlantik.

Eine Weihnachtsgeschichte

Es ist Weihnachten und ich bin in Station Road. Mila ist über die Ferien nach Bremen gefahren; Bella, Marcela und Mick sind auch weg. Ich bin allein. Am Abend des ›Saint Stephen‹ gehe ich in Brogan's Hotel, stelle mich an die Bar und trinke Bier. Der Raum füllt sich, und ich fühle eine Hand auf meinem Arm.

»Hallo, Lover-boy.«

Ich drehe mich um – es ist Dervla Kerrigan. »Hallo, Jezebel.«

Wir trinken etwas zusammen, und als es immer voller wird, gehen wir noch in die Bar des Queens Hotels, und später nehme ich sie mit zu mir in die Station Road, wo ich sie aufs Doppelbett lege, bis der Morgen um die Gardinen des Ostfensters herumschleicht.

Seitenregen

Es ist der erste Februar, und der Chef sitzt mir gegenüber in dem kleinen Wohnzimmer, das er vierzig Jahre lang als Arbeitszimmer benutzt hat. Delores – auch sie mittlerweile Mitte siebzig – klopft an die Tür, bevor sie eintritt, und stellt ein Tablett mit Tee und Keksen auf den kleinen Tisch zwischen den beiden Sesseln.

»So schön, dich wiederzusehen, Johnny«, sagt sie zu mir. »War zu lang, die Zeit. Siehst auf jeden Fall großartig aus.«

»Sie sehen auch großartig aus, Delores«, antworte ich, »nichts kann Sie bremsen.«

»Weit weg, im Ausland war er, hat er mir erzählt«, sagt sie und wendet sich ihrem Mann zu. »In Deutschland. Ist das nicht toll für die jungen Leute heutzutage – die Welt liegt ihnen zu Füßen. Mein Gott, ich erinnere mich noch daran, als du zum ersten Mal hierherkamst, Johnny, so ein süßer Junge, jung und frisch und enthusiastisch, und keinen Arsch in der Hose.«

Wie so oft, bin ich wieder perplex, wie unterschiedlich dieses Paar doch ist. Sie ist entspannt in ihrem Tun und Sprechen, und er, fein, in Schlips und Kragen, redegewandt, pedantisch, provozierend.

»Fünfzig Jahre im kommenden Jahr«, sagt sie und nickt ihm zu. »Fünfzig Jahre, Johnny. In der Zeit hätte ich schon zwei Mal wegen Mordes ins Gefängnis und wieder rauskommen können, und wäre doch jetzt ein freier Mensch.«

»Aber welchen Spaß hätten Sie sich entgehen lassen«, werfe ich ein.

»Na, wirklich spaßig war es nicht«, antwortet sie und zeigt quer durch den Raum. »Guck ihn dir doch an – es war, als ob ich eine Zwangsjacke geheiratet hätte. Ich bin eine Märtyrerin. Das ist kein Witz, Johnny. Wenn meine Zeit hier zu Ende ist, dann wird mich ein Spalier von Engeln am Himmelstor willkommen heißen«, und damit verlässt sie lachend den Raum.

»Sie ist so wie immer«, bemerke ich, als sie weg ist.

»Ja, die ist wirklich eine Nummer für sich, John. Die darf man nicht ohne Begleitschutz vor die Tür lassen. Was soll's – wir haben alle unser Kreuz zu tragen.«

In diesem Jahr sind es zehn Jahre – ich war zwölf damals –, dass ich hierherkomme, in diesen Raum. Zuerst kam ich, um zu lernen. Dann kam ich, um zu reden. Und dann kam ich, um nachzudenken, um mich zu engagieren und um zu planen. Es war mein erstes Jahr in der weiterführenden Schule, als der Geschichtslehrer uns die Aufgabe gab, einen Essay über die Geschichte Irlands im 20. Jahrhundert zu schreiben. Das Thema könnten wir frei wählen, meinte er. Er gab uns eine Woche Zeit, und an dem Tag, an dem wir abgegeben hatten, bat er mich, nach der Stunde noch kurz dazubleiben.

»Also, junger Mann«, sagte er, hielt die drei DINA4-Seiten hoch und las laut den Titel vor: »*Großbritannien – Irland: 10 zu 0*. Könntest du mir diesen etwas skurril anmutenden Aufsatz erklären?« Und das tat ich. Ich erklärte ihm, dass zehn IRA Gefangene beim Hungerstreik gestorben waren und dass dies doch gar keinen Sinn gehabt habe, dass damit nichts erreicht worden sei. »Aber ihr Ansehen und ihr erkämpftes Recht, ihre eigene Kleidung zu tragen?«, fragte er nach. »Ist doch egal, was sie anhaben«, antwortete ich, »sie sind doch immer noch Gefangene in einem britischen Gefängnis, und es gibt auch immer noch britische Soldaten auf irischen Straßen.«

»Aber es befeuerte die öffentliche Meinung«, versuchte er erneut, »es hat die Leute auf unsere Sache aufmerksam gemacht. Es hat Türen geöffnet.«

»Aufmerksamkeit verblasst mit der Zeit«, erklärte ich, »und nichts hat sich geändert, und diese Männer, die sind immer noch tot. Und am Ende haben die Leute auch aufgehört, mitzufühlen oder sich zu engagieren – sie haben sich an das Töten gewöhnt, und die Protestmärsche wurden weniger, die schwarzen Flaggen bekamen Risse und verblichen. Und es wurden keine Türen geöffnet, durch die es sich lohnte hindurchzugehen.« Das war meine Ansprache damals; da war ich zwölf Jahre alt. Ich war Feuer und Flamme, und so machte ich weiter. Ich schaute hoch in seine grauen Augen. »Wenn diese Leute einfach gewartet hätten und rausgegangen wären und jeder von ihnen hätte nur einen Soldaten erschossen, statt sich selbst in einem aussichtslosen Kampf im Gefängnis zu opfern, dann gäbe es jetzt plus zehn bei uns und minus zehn bei denen.«

Er schaute mich ernst an. »Das Wort heißt weniger, John, zehn weniger von ihnen.«

Die Privatstunden begannen in der Woche danach. »Zeigt großes Potenzial«, schrieb Delaney in einem Brief an Mom und Dad, »er muss unbedingt gefördert werden.«

Am Anfang redeten wir nur. Dann durfte ich bei kleineren Einsätzen mithelfen – Waffen und Munition von einem Versteck zum anderen bringen. Wir waren immer nur zu zweit; er hielt mich von den anderen fern, passte auf, dass ich nie Kontakt mit den anderen Freiwilligen hatte.

»Gehe niemals auf einen Protestmarsch oder auf eine Beerdigung«, warnte er mich, »und gib niemals irgendwo deine Unterschrift. Verstehst du?« Ich sagte ja.

Später führten wir auch eigene Einsätze durch. Ich war fünfzehn, als wir zum ersten Mal zusammen jemanden töteten. Es war ein Angriff auf einen Informanten und einen Führer der britischen Spezialeinheit. Wir erschossen beide. Ich wusste, dass Delaney auch mit anderen Leuten zusammenarbeitete, mit Bombenspezialisten vor allem, aber er hielt mich von all dem fern. Jahrelang bereiteten wir unseren Schlachtplan vor, und dieser Plan beinhaltete immer eines: das schwarze Gewehr. Einmal, 1988, verlor er zwei Männer, seine beiden Bombenleger. Er hat mir nie erzählt, was genau passiert ist. So was hat er mir nie erzählt. Ich erfuhr das alles aus den Nachrichten. Nach diesem Vorfall konzentrierte er sich noch mehr auf mich. Ich sagte ihm, dass, wenn er mir das Gewehr besorgte, ich zehn erledigen würde – einen für jeden Hungerstreikenden – und damit für etwas Gerechtigkeit sorgen könnte. Er besorgte das Gewehr. Und als es soweit war, und der Plan stand, einigten wir uns darauf, die Kontakte auszudünnen, keinerlei Aufmerksamkeit auf uns zu ziehen. Wir bereiteten alles genau vor: den Ablauf, unsere Kommunikationskanäle und Hilfsmittel. Unser großmäuliger amerikanischer Freund trainierte mich, doch anschließend konnten wir ihn nicht mehr laufenlassen.

Mein Geheimname war Cuchulainn. Ich nenne ihn Chef; er mag den Namen. »Sie wissen über mich Bescheid«, erklärte er mir. »Werden eine dicke Kartei von mir haben. Bin einfach schon zu lange im Geschäft. Aber sie dürfen niemals etwas über dich erfahren, John – niemand. Nicht mal unsere eigenen Leute; gerade die nicht.« Er erklärte mir, dass er ein paar Dinge verändern wolle und wie er das – durch den Einsatz eines Scharfschützen – verwirklichen könne.

»Du musst sehr gut aufpassen«, warnt er mich heute wieder. »SAS-Einheiten schwirren herum wie die Motten ums Licht. Es gibt einen großen Drang, an Informationen zu kommen. MI5 und Special Branch schicken ihre eigenen Spione los; es wurden schon Leute in der Stadt angesprochen.«

»Spitzel – die Geißel Irlands«, sage ich und schaue raus nach dem Wetter. Draußen ist es nass, und der Wind treibt den Regen heftig in schrägem Winkel gegen die Fenster.

»Nichts in Irland geht seinen geraden Weg«, fahre ich fort, »sogar der Regen kommt immer schräg von der Seite.«

Er dreht sich um und schaut ebenfalls nach dem Wetter.

»Wir können sie nicht hier dulden«, mache ich weiter. »*Is í di féin a scoileann an dair*, Achtung vor dem Feind in den eigenen Reihen.«

»*It is a wedge of itself that splits the oak*, kein besserer Keil als vom gleichen Holze«, übersetzt er mit dem für ihn typisch schmalen Lächeln. Ich beobachte ihn und weiß, dass das ein Punkt für mich war: *Is í di féin a scoileann an dair* ist ein irisches Sprichwort, das er selbst mich vor Jahren gelehrt hat.

Er rät mir, mich zu entspannen, sagt, dass der Teufel selbst den Schützen nicht kennt, aber dass er mich auch bittet, wachsam zu sein. Er erzählt mir, dass sich im Moment zwei IRA-Scharfschützen-Einheiten in South Armagh vorbereiten, dass eine belgische FN-Waffe und vielleicht auch einige Barretts im Umlauf sind.

»Vielleicht?«, frage ich nach.

Er ignoriert mich. »Sie werden auf alles schießen, was ihnen über den Weg läuft, John, und höchstwahrscheinlich keinen verfluchten Treffer landen. Doch es ist trotzdem ein guter Schutz für dich. Sie haben vor, aus Autos, Lieferwagen, Lastwagen, Pferdetransportern, aus einfach allem zu schießen. Sie haben sich eine Plattform in einen Mazda 626 eingebaut. Diese Aufklärungsarbeit ist wirklich wichtig für uns, die Briten zeigen uns, wo das Gelände frei und sicher ist. Wir lassen sie auf jeden Fall so weitermachen – das hält unseren Feind auf Trab und gibt uns freie Bahn. Wir hängen uns da einfach rein. Läuft richtig gut für uns.«

Ich trinke meinen Tee und nehme einen Keks vom Teller. Ich sage ihm, dass ich Sloane und Boyd in der Stadt gesehen habe und dass sie die Zeitung der Sinn Féin verkaufen.

»Nicht notwendig, solche Leute reinzulassen«, sage ich, »tut der Bewegung gar nicht gut.«

Er lacht über meine Bedenken. »Doch, doch. Ist schon notwendig. Eine Armee braucht ihre Fußsoldaten. Können ja nicht alle Generäle werden. Können nicht alle Champion sein – manche müssen eben als Fundament dienen, zum Wohle der Allgemeinheit.«

Ich bin nicht der Meinung, dass wir Sloane und Boyd mit ins Boot nehmen sollten, aber ich sage nichts.

An der Wand direkt hinter mir hängt die *Proclamation of the Irish Republic* von 1916. Es ist ein alter Druck in einem einfachen Holzrahmen. Das Blatt ist an einer Seite ein klein wenig heruntergerutscht, sodass es etwas schief im Rahmen steckt. Schon lange ist mir aufgefallen, dass dies das einzige Teil hier im Haus oder an Delaney selbst ist, das nicht akkurat und perfekt gerade ist, ich weiß aber auch, dass dies das einzige Teil hier im Haus ist, das Delaneys Vater gehörte. Offensichtlich war der Druck von Anfang an nicht hundertprozentig waagerecht in den Rahmen eingepasst, und ich glaube, dass der Chef findet, es wäre nicht seine Aufgabe, daran eine Änderung vorzunehmen. Die Leute sind bei solchen Sachen manchmal etwas eigen.

Irische Männer und Frauen: Im Namen Gottes und der verstorbenen Generationen, von welchen unser Land seine alte Tradition der nationalen Einheit erhält, eben dieses Irland, ruft durch uns seine Kinder zu den Fahnen und tritt für seine Freiheit ein …

… Wir verkünden hiermit den Besitzanspruch des irischen Volkes auf Irland und auf die uneingeschränkte Kontrolle über die Geschicke Irlands auf Souveränität und deren Unantastbarkeit. Die lange Vorenthaltung dieses Rechts durch ein fremdes Volk und eine fremde Regierung hat all diese Rechte nicht ausgelöscht, noch kann es jemals ausgelöscht werden, außer durch die Vernichtung des irischen Volkes. Das irische Volk hat in jeder Generation sein Recht auf nationale Freiheit und Souveränität bekräftigt …

… Wir stellen die Existenzberechtigung der irischen Republik unter den Schutz des allerhöchsten Gottes, dessen Segen wir über unsere Streitkräfte erbitten, und wir beten, dass niemand, der diesem Ziele dient, es durch Feigheit, Unmenschlichkeit oder Plünderung entehrt. In dieser höchsten Stunde muss die irische Nation sich durch ihren Mut, ihre Disziplin und mit der Bereitschaft ihrer Kinder, sich für das Gemeinwohl aufopfern, sich des großen Schicksals, zu dem es berufen wurde, würdig erweisen.

Wie oft habe ich hier gesessen und diese Worte gelesen?

»Bist du sicher, dass du weitermachen willst?«, fragt er und bringt mich damit zurück in unser Gespräch. »Du hast deinen Teil schon geleistet. Du hast deinen Fußabdruck hinterlassen.«

Ich schüttle erst den Kopf und dann ein paar Kekskrümel von meinem Dunn & Co, und wir sprechen über Ennis und Deutschland, bevor er mich weiter ausfragt.

»Wäre nicht schlimm, John, wenn du jetzt gehst. Thatcher ist weg. Man spricht über Frieden; die Situation hat sich verändert.«

»Nichts hat sich verändert«, antworte ich, und er nickt wortlos.

Ich sage ihm, dass ich fast schon wieder einsatzbereit bin, aber mehr sage ich ihm nicht. Ich erzähle ihm nie viel vor einem neuen Einsatz. Nie rufe ich an oder schreibe. Selten besuche ich ihn. Wenn ich bereit bin, lasse ich ihn wissen, was ich brauche, und wann und wo ich es brauche. Er kümmert sich um Versorgung und Transport. Wenn ich ein Auto brauche, wartet es auf mich. Wenn ich ein Fahrrad brauche, wartet es auf mich. Wenn ich einen Fisch oder eine Ziege brauchte, würden auch sie auf mich warten. Ich kümmere mich um das Ziel, den Weg rein, und den Weg raus. Ich habe für alle Fälle auch einen Plan B für den Rückzug. Reinzukommen ist nichts wert, wenn ich nicht auch rauskommen kann; es gibt schon genug von diesen verdammten Märtyrern. Der Chef ist der einzige Mensch, der bei meinem Einsatz dabei ist. Wenn er mir zwischen unseren Absprachen noch eine Nachricht zukommen lassen muss, fängt er mich irgendwo ab. Es war seine Idee, dass ich die Lehrstelle in der Maschinenfabrik annehme. Er sagte, dass die Ausbildung, die Einrichtung und der Standort uns gute Gelegenheiten bieten würden. Er hatte recht.

Ich verabschiede mich von den beiden und verlasse das Haus. Und als ich durch den – schräg von der Seite peitschenden – Regen laufe, denke ich wieder an jenen Regentag im Wald: an den Tag, an dem er mich zum ersten Mal selbst jemanden töten ließ. Ich war damals allein unterwegs, kämpfte mich durch das Unwetter, an jenem Tag, als er mich auf der Straße abfing.

»Zeit, das Nest zu verlassen«, sagte er, als ich mich zu ihm ins Auto setzte, ein anderes Auto, nicht sein eigenes. Und ein anderes Auto bedeutete immer ›Einsatz‹.

»Oben in Ravensdale Forest wurde eine Einheit ausgemacht. Sie beobachten die Straße.«

»Warum beobachten sie die Straße?«, fragte ich, doch er tat so, als ob er die Frage gar nicht gehört hätte.

»Wer hat sie entdeckt?«

Und dieses Mal, um meine Ängste zu mildern, antwortete er.

»Ein Mann mit Hund.«

»Ein Mann mit Hund«, wiederholte ich. »Es ist immer ein Mann mit Hund, oder? Bei all diesen Entführungsfällen, die man im Fernsehen sieht, ist es immer ein Mann mit Hund, der die Opfer findet. Nie eine Frau mit Hund. Nie ein Mann mit Fahrrad. Immer ein Mann mit Hund. Witzig, was?«

»John«, sagte Delaney mit dieser Lehrerstimme, die er immer dann einsetzte, wenn es ernst wurde, »werd ruhig und konzentrier dich.« Dann erklärte er mir, wie wir vorgehen würden, und während er den Plan vor mir aufrollte, hörte ich, wie die Lehrerstimme zögerte, spürte einen Anflug von Erregung darin, und entdeckte ein paar leichte Unsicherheiten in seiner typisch kühlen, rationalen

Denkweise. Ich wusste warum. Britische Soldaten im Norden der Insel waren für Delaney immer ein Kriegssignal, doch britische Soldaten südlich der Grenze – das war noch mal etwas anderes.

»Sie haben vielleicht bemerkt, dass sie entdeckt wurden, Chef«, sagte ich. »Vielleicht sind sie schon weg.«

»Vielleicht«, antwortete er, bevor er sich zu mir umdrehte und mich ansah – die grauen Augen voller Entschlossenheit. »Vielleicht aber auch nicht.«

Wir fuhren einige Zeit wortlos weiter, und ich ging den Plan noch einmal in meinem Kopf durch.

»Du hast, was du brauchst«, sagte er zu mir und blickte nach hinten auf die Rückbank.

Ich griff nach hinten und hob eine gestrickte Decke hoch – eine von denen, die man fürs Picknick immer im Wagen hat – und sah meine ›Armalite‹. Die richtige Waffe für diesen Job: leicht zu handhaben, unproblematisch bei Regen, eine, die mich nicht im Stich lassen würde. »Also, jetzt sind wir beide allein, ich und du, mein Freund«, sagte ich zu der Waffe. Ich war aufgeregt; ich musste meinen Atem und meine Nerven zur Ruhe zwingen. Angst hatte ich keine. Ich konnte mich auf meine Geländekenntnis verlassen. Ich konnte mich auf die Waffe verlassen. Ich konnte mich auf mich selbst verlassen.

»Sie werden nicht mir dir rechnen«, sagte er zu mir, als wir den Plan noch einmal durchsprachen. »Und du hast einen Heimvorteil. Du kennst die Gegend gut – du läufst dort immer mit deinem langhaarigen Hund herum.«

»Woher weißt du, wo ich mit meinem Hund herumlaufe?«, fragte ich, aber wie so oft, tat er, als habe er die Frage gar nicht gehört. Ich lachte. Ich wusste, dass Delaney stets ein wachsames Auge auf mich hatte.

Wir fuhren nach Anaverna am Südostzipfel des Waldes. »Es werden mindestens zwei sein«, warnte er mich. »Und dann vielleicht noch mal zwei nicht weit entfernt. Such dir den, der am südlichsten ist und hol ihn dir. Und pass auf, dass man dich nicht von oben sieht. Und achte auf alles hinter dir. Und hab immer die Wege nach draußen im Kopf.«

»Ja, Chef.«

Ich ging in Deckung, als der Wagen wegfuhr, und wartete eine Stunde, bevor ich die erste Bewegung machte. Dann bahnte ich mir vorsichtig meinen Weg zu der Stelle, wo der Mann mit dem Hund die Soldaten erspäht hatte. Das dauerte noch einmal eine Stunde. *Hoffentlich war er einer von uns*, dachte ich, *der Mann mit dem Hund. Und hoffentlich ist er einer von den Guten – in diesem Krieg kann man sich dessen nie sicher sein*. Ich prüfte die Gegend, die ich so gut kannte und überlegte, von wo aus ich liegend am besten die Straße beobachten könnte. Es gab mehrere Möglichkeiten, doch ich wusste schnell, welche ich wählen würde: ein moosbedeckter Felsbuckel, umgeben von einem Dickicht aus hohen Kiefern. Dort hatte ich häufig gesessen, wenn Che den Kaninchenspuren durch das Kiefernwäldchen gefolgt war. Falls die Soldaten wirklich in der Nähe waren, dann hatten sie sich zwischen diesen Kiefern verborgen.

Den Körper dicht an den Boden gepresst, arbeitete ich mich Stück für Stück vorwärts und näherte mich in großem Bogen dem Felsen. Ich bewegte mich sehr langsam; bis ich an der richtigen Stelle war, vergingen weitere zwei Stunden, und das Restlicht des grauen Abends schwand dahin. Ich schaute auf die Uhr, und wusste, dass Delaney jetzt da unten auf der Straße im Einsatz war. Mir blieben dreißig Minuten, um einen Soldaten zu finden, ihn zu erschießen und wieder rauszukommen.

Ich brauchte zwanzig Minuten von diesen dreißig, um ihn zu finden. Ich hatte Glück. In der Natur gibt es keine perfekten Kanten, keine geraden Linien und keine konzentrischen Kurven. Und es gibt auch kein Schwarz. Das Ziel der Tarnung ist es, die Formen und Farben aufzuweichen, die symmetrische Form des menschlichen Körpers aufzubrechen, damit er mit den Unregelmäßigkeiten der Umgebung verschmelzen kann. Das machte der Soldat sehr gut, und hätte Delaney unten auf der Straße mit seinen Mätzchen nicht die Aufmerksamkeit auf sich gezogen, so hätte ich ihn wohl nie entdeckt. Doch dann machte er diesen einen Fehler, eine winzige Bewegung, die mich auf ihn aufmerksam machte, und dann sah ich sie: eine dünne Sichel, nicht größer als acht mal fünf Zentimeter. Aber es war eine perfekte Krümmung und sie war schwarz. Und ich wusste, was es war – es war der Absatz eines Stiefels. Ich beobachtete den Absatz fünf Minuten lang, die dazugehörige Gestalt konnte ich immer noch nicht erkennen. Doch dann bewegte er sich wieder, und ich hatte ihn.

Er befand sich über mir, oben auf einem höheren Felsen nicht weit von mir entfernt; um ihn sicher zu treffen, müsste ich mich hinstellen. Wenn aber der zweite Soldat sich gerade zu der Zeit umdrehte, wäre ich ihm schutzlos ausgeliefert. Ich arbeitete mich bis zur ersten Kiefer vor und ergriff meine Chance, meine einzige. Ich stand auf, feuerte drei Mal schnell hintereinander auf den Körper am Boden und ließ mich sofort fallen. Dann rannte ich gebückt durch die Bäume den Hügel hinunter. Schüsse explodierten hinter mir und Kugeln pfiffen durchs Geäst, doch keine traf mich. Ich sprang in einen Graben, den ich kannte und erwiderte das Feuer. Jetzt war ich im Vorteil. Obwohl er sich eine Stufe über mir befand, musste dieser zweite Soldat, um mir Richtung Graben zu folgen, durch ein tieferliegendes, dicht bewachsenes Amphitheater hindurch. Er könnte sich einen Weg hinunter bahnen, Baum für Baum; doch das würde mir die Chance eröffnen, ihn zu erwischen. Ich wusste, er würde nicht kommen. Ich hämmerte ein Dutzend Schüsse in den Wald, und dann arbeitete ich mich wieder zurück am Graben entlang, erst nach Süden und dann nach Osten, um Delaney zu treffen.

»Und?«, fragte der Chef, während die Scheibenwischer die Sicht durch den Regen freimachten.

»Einen habe ich erwischt und einen nicht. Sonst habe ich keinen gesehen.«

»Gut so, mein Junge«, sagte er, »es ist ein großer Tag, wenn wir einen von diesen Bastards kriegen. Gut gemacht, John. Großartig.«

Ich nickte, sagte aber nichts.

»Davon werden wir in den Nachrichten nichts hören«, sagte er, als er mich in der Stadt absetzte. »Die Briten werden niemals einen Verlust südlich der Grenze zugeben.«

Ich winkte ihm nach und ging weiter durch den Regen.

Ich war auf dem Heimweg von der Schule an jenem Tag, an dem Tag, an dem Delaney mich zum Einsatz im Wald abholte, an dem Tag, an dem ich das erste Mal allein tötete.

Ich war sechzehn.

Ich laufe die kurze Strecke vom Haus des Chefs bis zum Marktplatz durch den Regen. Ich schaue hinüber zur Bank draußen vor dem Gerichtsgebäude, bevor ich nach Norden durch die Clanbrassil Street, die Church Street und die

Bridge Street gehe, biege dann an der Brücke nach Osten ab und laufe am Fluss entlang. Ich sehe den windigen, kalten Sportplatz, den Éamon und ich immer versucht haben gegen die Snookerräume der CYMS einzutauschen; Richtung Norden Austernfischer, Fischreiher und Möwen, die im Schlick nach Futter suchen. Ich denke über ihn nach, den Chef, während ich durch die Stadt laufe.

Einmal habe ich ihn gefragt, warum er sich auf den Kampf eingelassen hat, und er hat es mir erzählt. Es war 1920. Es war spätvormittags und sein Vater grub auf einem Feld außerhalb des Dorfes Toomevara Furchen für die Kartoffeln. Drinnen, in dem gemieteten Cottage, warf eine junge Mutter ein Stück Torf in die Flammen, um das Feuer fürs Essenkochen anzuheizen. In der Ecke stand eine Wiege mit dem drei Monate alten schlafenden Säugling. Die junge Frau war vor ihrer Hochzeit schwanger geworden, und um der Schande und der Verantwortung zu entgehen, hatte ihre Familie sie des Hauses in Thurles verwiesen. Die junge Mutter war dennoch glücklich. Sie hatte einen guten Mann und einen neugeborenen Jungen, und das kleine Cottage war Welten entfernt von der Frömmigkeit, den verkrusteten Regeln und Äußerlichkeiten, die das Leben in der Stadt bestimmten. Sie bereitete gerade das Essen vor, als ein Schuss das Fenster zum Vibrieren brachte. Sie rannte hinaus. In Panik stolperte sie über die Felder zu ihrem Mann, den sie tot, über seiner Schaufel zusammengesunken, in den Furchen fand. Sie hörte Gejohle von der Straße, und sah gerade noch, wie zwei britische ›Black and Tans‹ mit ihren Gewehren aus dem Fenster des davonbrausenden Streifenwagens winkten.

Sie zog in eine Mietwohnung nach Dublin, wo sie einen Job als Putzfrau und Köchin annahm. Sie hatte ihrem

Kind nichts zu geben außer ihrer selbstlosen Liebe und ihrem bedingungslosen Willen, ihm eine gute Ausbildung zu ermöglichen. Sie paukte mit ihm Geschichte, Erdkunde, Mathematik, Schreiben und Rechtschreibung. Sie arbeitete Tag und Nacht, um ihn durchs College zu bringen, und das Leben dankte es ihr, an dem Tag, an dem er selbst Lehrer wurde. Als er Delores traf und heiratete, nahm er sie mit nach Dundalk. »Wenigstens am Ende ihres Lebens hat sie etwas Trost gefunden«, sagte er, »zumindest dann konnte ich ihr etwas zurückgeben. Aber, John, ich sage dir, das kann man nicht Leben nennen, was sie hatte, nur Ersatz für ein Leben, das ihr durch diese eine Kugel entrissen worden war.« Er hat den Briten diesen Schuss über den Kartoffelacker niemals vergeben, und er hat sein Leben der Vergeltung geopfert. »Dad hat den Truck wahrscheinlich gar nicht kommen sehen«, sagte Ignatius Delaney, »und er hat sicher auch den Schuss nicht gehört. Er hat überhaupt nicht mitbekommen, dass er getötet wurde.«

Der Chef hat mich nie danach gefragt, warum *ich* das tun wollte, was ich jetzt tue – nicht, nachdem er meinen Aufsatz gelesen hatte. Wir wussten beide, dass es mich in den Kampf ziehen würde, so sicher wie es ein Baby zur Brust der Mutter zieht, so sicher wie ein Singvogel singen muss, so sicher wie ein Stein, den man fallen lässt, fällt. Von dem Alter an, in dem ich irgendetwas begreifen konnte, wusste ich, dass ich für Irland kämpfen würde. Ein Junge kann sich einer Sache hingeben, lange bevor die Welt etwas von seiner Berufung ahnt.

Ich folge weiter dem Flusslauf, bis ich den Hafen erreiche. Ich mache Pause und setze mich auf einen Steinpoller am Kai. Es ist Ebbe, und ich blicke über die weite

Bucht auf die Cooley Mountains. In den weitläufigen grauen Schlickflächen haben sich hier und da Büsche und Sumpfpflanzen einige Sandbänke und Inselchen erobert. Ein einsames Schiff ist im Hafen festgemacht und wartet auf die nächste Flut. Ganz in der Nähe auf dem Kai steht ein gewaltiger Stahlkran, abgesperrt und verriegelt. Hinter mir sehe ich einen Pub, der schon lange ausgedient hat, Türen und Fenster sind mit ausgebleichten und faserigen Sperrholzplatten zugenagelt. Auch der Getreidespeicher ist dicht. Ich hole ein Paket Carroll's No. 1 aus der Tasche und zünde mir eine Zigarette an. Ich starre in den grauen Sumpf. Ein violetter BMW fährt zum Hafen hinein und wendet am Pub. Neben mir hält er an, und ich höre, wie die Fensterscheibe elektronisch heruntergelassen wird. Es ist Callan, der Besitzer des Cooking Pot.

»Hallo kleiner Donnelly.«

»Hallo Mark«, sage ich, »hast du dich verfahren?«

»Da würde ich nicht reinspringen«, warnt er, »in dem Schlamm würdest du stundenlang feststecken, bevor die Flut dich mitnimmt. Wäre ein furchtbar langsames Ende.«

»Werd's mir merken, danke«, sage ich.

»Schlaues Bürschchen.« Mit diesen Worten ist er schon wieder weg.

»Arschloch«, rufe ich ihm hinterher, als der BMW aus dem Hafengelände braust.

Ich verlasse den Hafen, kehre zum Fluss zurück und laufe auf der Castletown Road Richtung Westen. Nass und kalt setze ich mich unter die einsame Eiche. Ich schaue auf den Boden. Ich möchte etwas sagen, doch ich spreche kein Wort. Was soll man dem allerschönsten Mädchen auf Erden, das seit zweieinhalb Jahren tot ist, auch sagen? Ich gehe den Weg hinunter, der rund um den Hügel führt, durch den Graben unter den kahlen Buchen und den mit bunten Blättern des vergangenen Herbstes bedeckten Kiesweg hinunter. Ich sehe ihr Gesicht vor mir, als wir tanzten, als ich ihre Hände nahm und sie herumschwenkte hinunter zum Tor, als die Blätter, die Kiesel und zwei rote Stiefel durch die Luft wirbelten. Ich klettere über den Steintritt an der runden Säule und bin in der Stadt. An der Ecke zur Castletown Road werde ich langsamer. Dort, wo die Landstraße auf die Hauptstraße trifft, hat sie mir dafür gedankt, dass ich ihr diese einfachen, kleinen Dinge erzählt habe.

Ich spaziere zur Níth River Terrace und klopfe bei der Nummer 16. Sobald die Tür aufgeht, springe ich hinein.

»Lass mich schnell rein«, sage ich und umarme Aisling, »arschkalt hier draußen.«

»Rein an den Ofen mit dir, Johnny«, sagt sie und schiebt mich hinein, »bevor du dir noch den Tod holst.«

Ich stehe in der Küche neben dem Herd und Aisling wirft zwei dicke Holzblöcke auf das schon glimmende Feuer.

»Ich dachte, du hast den alten Mantel weggetan?«, fragt sie, als ich den Dunn & Co über die Stuhllehne hänge.

»Hab ihn für Regentage aufbewahrt.«

»Du bringst einen echt zur Verzweiflung, Johnny. Wo hast du denn deinen verrückten Wagen?«

»Manchmal tut es mir gut, zu laufen und frische Luft zu tanken.«

»Komm, wir machen einen Tee. Dann kannst du mir alles erzählen.«

»Oh, danke. Ich bin ausgetrocknet. Dachte schon, du würdest mir nichts mehr anbieten.«

»Ey, du bist grade erst reingekommen«, lacht sie.

»Nur Spaß. Und – bist du jetzt eine Frau Doktor Flannery, oder wo hakt's noch?«

»Braucht noch etwas Zeit, Johnny. Komm mich doch mal in Dublin besuchen. Solltest du wirklich. Kannst auch ruhig länger bleiben. Wir können uns die Stadt anschauen, was zusammen unternehmen.«

»Ja, sollte ich wirklich.«

»Sie haben bestimmt Hunger, Mister Donnelly.« Sie zwinkert mir zu und schiebt einen großen, schweren, metall-grauen Kochtopf auf die Herdplatte.

»Gott segne alle hier im Haus.« Ich hebe den Deckel hoch und linse in einen langsam vor sich hinköchelnden Lammeintopf. »Ihr Flannerys, ihr macht den besten Eintopf am Mississippi. Was täte ich nur ohne euch?«

»Wir sind hier nicht am Mississippi, Johnny. Wie geht's deiner Familie?«

»Wie immer«, antworte ich und rücke mir einen Stuhl an den Ofen.

»Sonntags trifft sich die ganze Familie: Peter, Declan und die beiden Frauen, Anna bringt Tiernan jetzt mit und Tante Hannah natürlich. Und Eddie. Mom kocht einen Topf Suppe. Du würdest dich wundern, über was die sich alles Gedanken machen und unterhalten – die schwätzen lauter belangloses Zeug, nur um die Stille zu überbrücken. Ich versuche diese Treffen so oft wie möglich zu schwänzen.«

»Wenn eure Mutter mal nicht mehr da ist, werdet ihr alle ihre Suppe vermissen.«

So ist das mit Aisling – sie bringt immer alles auf den Punkt, es scheint, als ob sie über all diese Dinge schon mal nachgedacht und auch eine Lösung parat hat, bevor sie einem dann ihr Heilmittel langsam Tropfen für Tropfen verabreicht.

»Und, hast du das deutsche Mädchen schon mit nach Hause genommen?«, fragt sie und zieht eine Augenbraue hoch.

»Nee, noch nicht.« Ich frage nicht, woher sie das weiß. Ich denke, Anna hat's ihr erzählt.

»Geht auf jeden Fall allen gut«, rede ich weiter. »Aber immer nur dasselbe Geschwätz. Warum sind sie so, warum tun sie das?«

»Tun was, Johnny?«

»Na, über die reden, die gar nicht da sind, unfreundliche, negative Kommentare über andere Menschen abgeben.«

»Ist doch nur harmloser Tratsch, Johnny. Machen wir doch alle. So definieren viele Leute ihren Platz im Leben. So funktionieren die Leute. So funktionieren Familien.«

»Nicht diese Familie«, protestiere ich. »Harmloser Tratsch? Na ja, ich weiß nicht. Ich finde es einfach nicht okay. Jeder kann doch selbst entscheiden, ob er positive oder negative Wörter wählt. Es ist unsere eigene Entscheidung. Und es ist eine wichtige Entscheidung.

»Ich sehe das nicht so ernst. Nicht für jeden passiert das Leben da draußen irgendwo auf einer großen Bühne. Nicht jeder sieht das Leben aus der Distanz.« Aisling dreht sich um und schaut mich an. »Nicht jeder sieht das Leben mit den Augen eines Dichters, Johnny. Nicht jeder ist ein Träumer.«

»Und ich, bin ich das, Aisling? Ein Träumer?

»Vielleicht.«

Ah, but a man's reach should exceed his grasp,
Or, what's heaven for?

»Lass mich raten«, versucht sie, »einer deiner Freunde?«

»Einer von Coras Freunden eigentlich. Sie hat Gedichte so sehr geliebt.«

»Ihr beiden habt so gut zueinander gepasst.«

Ich schaue Aisling an, und ohne darüber nachzudenken, fülle ich den leeren Raum zwischen uns mit ein paar Zeilen von Kavanagh:

I gave her gifts of the mind, I gave her the secret sign that's known
To the artists who have known the true gods of sound and stone
And word and tint. I did not stint for I gave her poems to say.

»Genau«, sagt sie und lächelt.

»Weißt du was, Aisling, all die großen Dinge im Leben sind am Anfang Träume und Sehnsüchte. Das hat uns erst zum Menschen gemacht. Das hat uns von den Bäumen heruntergeholt. Kannst du dir vorstellen, wie der erste Affe Gefallen daran gefunden hat, auf zwei Beinen durch die Savanne zu spazieren? Stell dir mal vor, welche Beschimpfungen er sich aus den Baumwipfeln anhören musste. *Schaut euch mal den Clown auf zwei Beinen an,* werden sie gesagt haben, *zieht da eine große Show ab und versucht, aufrecht zu stehen wie ein Idiot.*« Ich mime einen Affen, der versucht, sich aufzurichten und über das hohe Gras zu spähen.

Sie lacht. »Ein schönes Bild, sehr beeindruckend. Aber es scheint dir ja nicht sehr schwer zu fallen.«

Ich bedrohe sie mit einem Holzlöffel, den ich aus einer Schüssel neben dem Herd nehme. »Vorsicht Flannery, oder du bist dran.«

»Hast du gewusst, dass ich heute hier bin?«, fragt sie. Plötzlich wird ihre Stimme ernst. »Bist du deswegen vorbeigekommen?«

»Ja.«

Sie setzt sich neben mich, und schweigend warten wir zusammen darauf, dass der Eintopf heiß wird. Die Gegenwart des anderen gibt uns Sicherheit, jetzt wo das Geständnis raus ist und wir beide Gewissheit haben. Nach einiger Zeit stehe ich auf, hole zwei Schälchen aus dem Schrank und stelle sie auf den Tisch.

»Komm, lass uns den Flannery-Eintopf probieren.«

Wir sitzen bis zum Abend in der Küche, und ich gehe nicht eher, bis sie mir etwas vorsingt.

»Vergiss Dublin nicht«, sagt sie nachdrücklich, als ich gehe.

Ich laufe in die Stadt und besuche Frank Boyle. Frank hat sich mit seiner Freundin hier niedergelassen und ein Haus gekauft. Er holt zwei Dosen Bier aus dem Kühlschrank.

»Guter Preis an der Grenze draußen«, sagt er.

Er zeigt mir das ganze Haus: das schmucke Wohnzimmer mit den perfekt passenden Möbeln, die neuen Sofas mit dazugehörigen Kissen, den Videoapparat, das Arbeitszimmer voll mit Regalen – aber ohne Bücher –, das Schlafzimmer und die Einbauschränke. Ich setze mich auf einen Stuhl in der Küche und trinke mein Bier aus einem Glas.

»Ein Galway Crystal«, erklärt er, »lecker, was?«

»Ja. Sehr lecker.«

Ich habe Frank immer gern besucht. Als Teenager hatte er einen speziellen, hüpfenden Gang, und seine Sprache war energiegeladen, sodass man meinte, er versuche seine Worte irgendwo oben drüber zu werfen. Die Gespräche mit ihm waren gespickt mit den neuesten Nachrichten aus dem Musikgeschäft; immer ging es um Ian Dury oder The Cure oder The Pixies. Aber die Zeiten haben sich geändert, glaube ich. Wir waren solch gute Freunde, wir vier: Éamon, Conor, Frank und ich. Und später kam Big Robbie noch hinzu. Wir haben alles zusammen gemacht. Wir haben über die wirklich wichtigen Dinge gesprochen: Schule, die *First Division*, die *Top Forty*, den Ärger zu Hause, die Sehnsucht nach einer eigenen Wohnung, nach mehr Geld, nach dem Wochenende, nach Frauen. So oft haben wir einfach gar nichts gemacht, aber wir haben es zusammen gemacht – die Trips ins Ungewisse, Fußball auf der Straße, Pommes, Kleidung kaufen und Schallplatten, die ersten Pints, und dann die nächsten, die Discos und der Spaß auf der Tanzfläche, die schweißnassen Hemden auf den Boden geschmissen, damit sie unsere Mütter bis zur darauffolgenden Woche wieder waschen konnten, und immer hatten wir was zu erzählen. Sie übernachteten bei mir und ich bei ihnen, und wir redeten und redeten und redeten. Jetzt, wo ich an Franks Küchentisch sitze, weiß ich, dass die Jahre vergangen sind. Nicht sehr viele, aber genug.

Ich bedanke mich bei Frank für das Bier, sag ihm einen Gruß an die Freundin und gehe.

Der Preis fürs Empire

Es ist Mitte Februar. Ich bin wieder zu Hause, und wir sind im Cooking Pot. Alle sind sie da: Éamon, Big Robbie, Frank und ich. Conor ist aus London gekommen und stellt uns Sebastian, Kate und Flossie vor – drei Freunde von der Arbeit, die er mitgebracht hat. Wir trinken Bier, wir erzählen uns Geschichten, wir singen zusammen. Wir versuchen uns an die Songs zu erinnern, die wir in Conors Zimmer geschrieben haben, damals, als Conor Gitarre gespielt, Éamon den Text geschrieben und Frank seinen ulkigen Tanz aufgeführt hat. Wir singen dann die ersten Takte zusammen, die wir von jedem Lied noch kennen: ›Crossmaglen Maggie, Jenkinstown Joe‹ und unser Lieblingslied, ›I'm originally from Annagassan, but I'm all right now‹.

Plötzlich kommt jemand laut rufend herein: *An Phoblacht – Republican News! An Phoblacht – Republican News*! Ich drehe mich um; es ist Slime Sloane. Das ist so eine Schwäche der IRA, dass sie es Arschlöchern ermöglicht, diesem glorreichen Bund beizutreten. Sind wir denn wirklich schon so verzweifelt? Diese Schwachstelle erweist sich immer und immer wieder als verhängnisvoll, und das macht mich verdammt wütend. Sloane sieht mich nicht. Ich schaue nach hinten und sehe, dass nur Bobby Boyd an der Tür Wache steht. Schnell stehe ich auf und packe Sloanes hinteres Bein. Bevor er auf dem Boden liegt, fange ich ihn auf, drehe ihn um, schiebe ihn zur Tür und gebe ihm einen Schubs hinaus auf den Gehweg. Boyd hat sich schon längst aus dem Staub gemacht.

»Dafür wirst du bezahlen, Donnelly«, sagt Sloane, als er sich erhebt. »Du bist ein toter Mann.«

Ich gehe zu ihm hin, packe ihn und spreche ihm direkt ins Ohr: »Das glaube ich nicht, *Slime*. Gute Menschen sind noch niemals für solche Schwachköpfe und Trittbrettfahrer wie dich gestorben. Und jetzt verpiss dich.« Tja, was soll ich sagen? Ich weiß, ich hätte ihn ignorieren sollen, doch dieser Typ kotzt mich so an. Ist einfach unerträglich.

Ich gehe zu meinen Freunden zurück und versuche, die angestaute Spannung mit ein paar Schulgeschichten über Sloane abzubauen. Später, als der Alkoholpegel steigt, drehen sich die Gespräche um Großbritannien und Irland, um die Kolonien und Aufstände. Ich sage nicht viel dazu. Nach den Gesprächen über Politik und Geschichte verlassen wir den Pub und gehen weiter in eine Nachtbar, wo wir bis zum frühen Morgen tanzen, und danach setzen wir uns noch in die kleine Lounge des Hotels. Sebastian hat zu viel getrunken und fühlt sich ziemlich schlecht. Conor und Frank bringen ihn hoch in sein Zimmer und gehen dann nach Hause. Kate und Big Robbie sind verschwunden, und ich bin allein mit Flossie. Sie ist ein großes, gesprächiges Mädchen mit dicker blonder Haarpracht und vollen roten Lippen. Ihr Mund ist immer in Bewegung, ihr Körper ist kurvig und ihr Fleisch üppig und glänzend. Da wir jetzt ganz allein sind, nimmt das Verlangen überhand – den ganzen Abend hatte es doch eigentlich schon aus dem Schatten hervorgelugt. Ich stehe auf und nehme sie an die Hand, und wir fahren zusammen mit dem Aufzug hoch in ihr Zimmer. Die Tür ist noch nicht ganz geschlossen, da ziehe ich ihr schon die Bluse über den Kopf, sie löst meinen Gürtel und ich lasse mich hineinziehen in die Lust und den wilden Rausch. Ich schiebe sie über den Teppich. Ich lege ihren fleischigen Körper auf das Bett und nehme sie von hinten.

»Hello, English girl«, sage ich, als ich aus ihr herauskomme und meine Hände über ihre Schultern, ihren Rücken und ihre Hüften gleiten lasse, wo sich mir ihr praller Hintern entgegenstreckt.

Ich entspanne zwischen den beiden runden Hälften, sie atmet schnell ein und als ich wieder in sie eindringe, stockt ihr Atem, bevor er dann plötzlich wieder ausströmt.

»Mein Gott, Johnny«, sagt sie, als ich mich neben sie aufs Bett rollen lasse. »Du hättest wenigstens fragen können.«

»Stell dich nicht so an«, murmle ich noch, bevor der Schlaf mich überkommt, »das ist eben der Preis, den man fürs Empire zahlt.«

Frage an Anna

»Gehst du auch zum Arzt? Was ist mit deinen Kopfschmerzen? Passt du auch auf dich auf, Johnny? Bitte trink nicht zu viel.«

Ich bin zu Hause und meine Schwester ist bei mir. Anna ist unendlich besorgt um meinen Kopf. Nach dem Sturz und dem Krankenhausaufenthalt und Coras Beerdigung, hat sich vor allem Anna um meine Genesung zu Hause gekümmert. Anna konnte aber, wie die meisten anderen auch, besser mit meinem gebrochenen Schädel umgehen, als mit meinem gebrochenen Herzen. Für die Kopfverletzung konnte sie konkret etwas tun, konnte etwas Sinnvolles sagen, konnte helfen. Aber fürs Herz? Ich bin mir nicht sicher, ob man für solche Dinge etwas tun kann. Ich glaube, dass sich manche zerbrochenen Dinge einfach gar nicht reparieren lassen.

In vielerlei Hinsicht bin ich ein neuer Mensch. In vielerlei Hinsicht bin ich nicht mehr die Person, die ich einmal war. Vor ein paar Tagen bestand die Oberfläche meiner Haut noch aus einer vollkommen anderen Schicht Zellen, die mittlerweile alle abgestorben und abgeblättert sind. Vor ein paar Monaten durchströmte mich noch ein vollkommen anderer Schwarm roter Blutkörperchen. Mein Körper erneuert sich permanent, alte Zellen werden durch neue ersetzt. Und das ist nicht nur bei mir so. Ich bin ja nicht Supermann. Diese Erneuerungsgeschichte teile ich mit dem Rest meiner Spezies. Doch mein Gehirn ist anders. Nicht anders als beim Rest der Spezies, sondern anders als der übrige Körper. Bei der Geburt war mein Gehirn schon voll ausgestattet – mit einhundert

Milliarden Nervenzellen. Eine ganze Menge Zellen für den Kopf – im wahrsten Sinne des Wortes. In meinem Gehirn gibt es mehr Zellen als Sandkörner am langen Strand von *Shilling Hill*. Auch das ist nicht nur bei mir so. Wieder bin ich nicht Supermann. Auch dieses Wunder teile ich mit dem Rest meiner Spezies. Sogar mit *Pitiful* Bobby Boyd – und das ist wirklich schwer für den Kopf zu begreifen. Weil nun das menschliche Gehirn so kompliziert aufgebaut ist und eine so geringe Regenerationsfähigkeit hat, sind Unfallfolgen oft schwerwiegend. Das wurde mir im Krankenhaus klar, als die Ärzte über eine ›erworbene Hirnschädigung‹ sprachen.

»Es geht hier nicht nur um die Verletzung, die durch das ursprüngliche Trauma und die Gehirntätigkeit innerhalb des Schädels hervorgerufen wurde; die Blutung und der erhöhte Druck im Schädel können zu einem späteren Zeitpunkt noch erheblich schwerere Folgen nach sich ziehen«, sagte der Arzt zu Kathleen Donnelly. *Oh, sweet hallelujah*, dachte ich. »Bei jeder Art von Hirnschädigung können die körperlichen, kognitiven und verhaltensbezogenen Auswirkungen in vielerlei Facetten auftreten und auch unterschiedliche Komplikationen hervorrufen, sodass – wie ich meine – eine intensive Kontrolle und Behandlung erforderlich ist.« Mom dämmerte weg wie ein Rammler nach seinem Geschäft, und der Arzt hätte genauso gut Japanisch sprechen können.

Ich brauchte keine Kontrolluntersuchungen oder Folgebehandlungen. Es ging mit sehr schnell wieder besser, und alle vergaßen mehr oder weniger, was mit meinem Kopf gewesen war und kümmerten sich um andere Sachen, um die Sachen, um die sich die Leute eben kümmern. Alle anderen, außer Anna. Alle anderen, außer Anna und mir.

»Hast du dich jemals gefragt, Anna, wie unser Gehirn arbeitet, wie man die Dinge denken kann, die man denkt?«

»Meinst du, was du denkst, Johnny? Oder was wir alle denken?«

»Wir alle, Anna.«

Eine Nonne im Park

Ich bin das Wochenende über zu Hause in Dundalk. Es ist trocken und nicht zu kalt, es ist früher Nachmittag, und ich sitze mit Clara vor dem Fernseher.

»Hey«, schlage ich vor, »lass uns die Fahrräder rausholen und eine Spritztour machen.«

Innerhalb von fünf Minuten sind wir auf der Ramparts Road und Richtung Stadt unterwegs. Wir nehmen die Distillery Lane, Jocelyn Street und Roden Place. Wir radeln am Rathaus und am Gerichtsgebäude vorbei und weiter um die Bänke auf dem Marktplatz herum – wo ich sofort an Cora denken muss –, dann in die Clanbrassil Street hinein und nach Norden in die Church Street und Bridge Street und schließlich noch östlich am Fluss entlang. Wir haben Flut, der Fluss ist hoch und breit. Ich überhole Siobhán McCourt, die ihre Joggingrunde dreht, halte an und rede mit ihr, und sie besteht darauf, unsere kleine, abenteuerliche Tour mitzumachen. Also nehme ich sie vorne auf die Stange und lasse mich von ihr necken, und wir fahren als Dreiergespann zum Park. Dort kann Clara allein herumfahren; ist dort sicherer als auf der Straße. Als wir am Tor ankommen, treffen wir auf eine Nonne. Sie grüßt uns mit einem freundlichen Hallo – ich kenne sie, denn sie ist Mitglied derselben Rosenkranz-Miliz wie Mom. Wir erwidern ihren Gruß mit einem Lächeln und geben ihr den Vortritt in den Park, und ich beobachte, wie sie leichtfüßig in Gewissheit ihres Glaubens davonschreitet.

Um im Leben zu bestehen, haben die Iren zwei Arten von Waffen in ihrem Arsenal.

Die erste ist die Heilige Messe, die zum Markieren eines Anfangs, eines Ereignisses oder eines Endes dient. Es gibt Messen für die Geburt, für die Hochzeit und für die Beerdigung, obwohl ich die Notwendigkeit einer Trauermesse nie ganz verstanden habe, da doch der Verstorbene sowieso nur kurz erwähnt und eigentlich etwas ganz anderes gefeiert wird – was außer mir aber niemanden zu stören scheint. Dann gibt es diese ganz speziellen irischen Messen zur Eröffnung eines neuen Fußballplatzes, eines Club- oder Gemeindehauses, bei der Einweihung eines neuen Busses, eines Fischerbootes, einer Fabrik oder irgendetwas anderem. Während meiner Schulzeit gab es Unmengen von Messen für alles Mögliche: zum Anfang des Schuljahres, zum Ende des Schuljahres, zur Mitte des Schuljahres; Messen für die neuen Schüler, für die abgehenden Schüler, für Besucher, vor Prüfungen, vor weiteren Prüfungen, für alle wichtigen Heiligen, für alle Heiligen Irlands, bei der heiligen Kommunion und der Firmung. Ganz und gar wahnsinnig war das. Und dann noch die ›Hausandacht‹ für gar keinen besonderen Anlass, außer Tapetenwechsel vielleicht. So eine Art Road-Show auf Tour, wie bei der ›Mission Mass‹, wenn der Priester alle Gemeinden abfährt und einen ›harten Brocken‹ mitbringt und es ihm erlaubt ist, ein paar Schritte mehr bis zur Ekstase zu wagen und die Warnung vor der drohenden Verdammnis zu überbringen.

Und dann ist da auch noch die ›Annual Novena‹, wenn das halbe Land für neun Tage herunter kommt zur Saint Joseph's Kirche, wo rund um die Uhr Messe ist und man rund um die Kirche an den Verkaufsständen alles bekommt, was das Herz begehrt – außer Coca-Cola und Popcorn. Die Iren wären verloren ohne ihre Messe.

Die zweite Waffe im Arsenal der Iren ist der Rosenkranz. Dies ist eine sehr nützliche Waffe, denn man kann sie verborgen mit sich herumtragen, sie braucht keine Vorbereitungszeit und kann eigentlich überall und ohne, dass es irgendjemand bemerkt, herausgeholt werden. Die Messe ist für jeden da, aber der Rosenkranz ködert eher die Fundamentalisten, so wie der Gemeindegesang häufig die Unsicheren oder Schutzbedürftigen verführt. Mom ist ein großer Rosenkranz-Fan und trifft sich mit ihrer Gruppe regelmäßig in Saint Joseph's, um für die Sünden auf der ganzen Welt zu beten und allen Lastern und Kriegen, aller Ketzerei, allen Eitelkeiten und allem Unglück durch Fürsprache und Wunder, durch das himmlische Gericht und die unerschöpfliche Gnade Gottes ein Ende zu bereiten. Es ist alles etwas undurchsichtig, doch ich muss zugeben, dass es eindeutig Moms Wortschatz bereichert. Die Nonnen des hiesigen Klosters gehören auch zu Moms Gruppe, und einmal im Monat treffen sie sich bei uns zu Hause. Ich versuche dann, genau an diesen Tagen nicht im Haus zu sein, denn solch eine Zusammenkunft kann ganz schnell von Tee und Kuchengesprächen zur Mutter Maria und in die heilige Mysterienwelt abdriften – keine Lust, mich davon ködern zu lassen.

Ich winke der Nonne zum Abschied, die im Uhrzeigersinn den Park umrundet, während wir direkt zum Musikpavillon radeln. Wir steigen ab, und ich setze mich neben Siobhán auf eine Bank, Clara spielt im Pavillon hinter uns. Ein Stück weiter sitzt eine Frau allein auf einer Bank. Sie macht einen ungepflegten Eindruck auf mich, neben ihr steht ein Einkaufs-Trolley mit Plastiktüten aus dem Supermarkt.

»Parks locken die komischsten Vögel an«, sage ich zu Siobhán, »genauso wie Kirchen und Büchereien. Ich glaube, was sie anzieht, ist die Gelegenheit, einfach eine Zeit lang irgendwo zu sitzen.«

»Aber ich laufe auch im Park. Und gehe auch in die Bücherei. Und gehe sogar gelegentlich zur Messe. Bin ich dann einer von deinen komischen Vögeln, Donnelly?«

»Nein, du doch nicht McCourt. Du kennst doch diese schrägen Typen, die ich meine? Männer, die mit sich selbst reden und Frauen, die Katzen im Haus haben?«

»Frauen mit Katzen?«

»Nein, also nicht die, mit einer oder zwei, oder vielleicht drei Katzen – obwohl drei ja wirklich schon grenzwertig ist, nein, die Frauen mit einem halben Dutzend oder mehr. Kennst du sicher, solche Typen: immer voller Sorge und einfach nicht im Gleichgewicht.«

»Na gut, dann bin ich ja beruhigt. Obwohl, ich mache mir auch immer mal wieder Sorgen. Und ich muss auch immer mal wieder ins Gleichgewicht gebracht werden, wenn du verstehst, was ich meine.«

Ich lache. »Siobhán, du bist …« Ich schaue in ihr Gesicht mit den weit geöffneten Augen und einem Mund, der diesen besonderen, verführerischen Zug hat. »Du bist so verrückt.«

»Ja, stimmt«, sagt sie und steht auf, »aber das magst du ja gerade an mir. Los, Donnelly, gib es zu. Du stehst auf mich, stimmt's? Ich weiß, dass du mich willst – ich sehe es in deinen Augen.« Und sie läuft los, um Clara rund um den Pavillon hinterherzujagen.

Ja, sie hat recht. Genau das mag ich an ihr. Und ich denke auch an sie, stimmt. Und ich will sie auch, stimmt. Aber das ist doch normal, oder? So träume ich vor mich hin, bis ich merke, dass sie hinter mir steht.

»Also gut«, sage ich und nehme beide Hände hoch. »Ich gebe es zu. Ab und zu sehe ich dich hier in Saint Joseph's und würde dich am liebsten in so einen Beichtstuhl hineinziehen und die Gardinen zumachen. Oder, noch besser, dich lang auf den Altar legen und diesem wunderschönen Körper huldigen.« Da ist es heraus, und ich drehe mich zu ihr um, mit meinem eigenen schmutzigen Lächeln, und dann ist es zu spät. Es kann nicht mehr gelöscht und nicht mehr zurückgezogen werden – auch wenn ich es versuche. Zu spät. Das Einzige, was ich jetzt versuchen kann, ist das Lächeln schnell sterben zu lassen, aber auch dafür ist es zu spät.

Mir bleibt nichts anderes übrig, als das zu sagen, was das Naheliegendste ist: »Ah, hallo Schwester Immaculata, Sie sind es.«

Sie schaut mich an, mit einem Blick, den die Frommsten der Frommen sich für die allerschlimmsten Sünder aufbewahren, und dann ist sie weg wie der Blitz, und ich sehe, dass schon nach ein paar großen Schritten der Rosenkranz aus seinem Versteck hervorschaut. Sie ist auf dem Weg zum nächsten Fürbittengebet.

Zerrissener Himmel

Delaney möchte mit mir reden, also mache mich auf den Weg zu ihm ins Stadtzentrum. Unter einem zerrissenen Himmel spaziere ich durch Dundalk. Ich ziehe an meiner Carroll's No. 1. Ich merke, dass diese Straßen sich in meine frühesten Erinnerungen eingebrannt haben. Ich erinnere mich daran, dass ich genau hier mit meiner Großmutter spazieren gegangen bin. Sie war eine großartige Frau. Sie war mit allen guten Eigenschaften gesegnet: sie war wunderschön und warmherzig, sie war die Liebenswürdigkeit in Person und sie war voller Hoffnung. Doch das Märtyrertum trägt mancherlei Masken. Manche zieht es hoch und manche zieht es runter. Es begeistert und betrügt, es zeigt sich in vielen Formen, und viele erliegen seinem Reiz. Anna McMahon – meine Großmutter – war eine davon.

Sie war ein hübsches Mädchen. Aber sie war nicht nur hübsch, sie hatte auch noch etwas Besonderes an sich. Einige Mädchen haben das und bei jeder ist es anders – Mädchen sind echt kompliziert, schwer zu fassen. Ich besitze ein Foto von Anna als Kind, auf dem man sieht, dass sie schon damals etwas an sich hatte, das weit über Irland hinausging. Mit ihrem dunklen Haar und ihrer dunkleren Hautfarbe machte sie einen fremdländischen Eindruck. Als junges Mädchen verschlang sie Bücher. »Das Kind hat seine Nase ständig in einem Buch«, wiederholte sie den Kommentar ihres Vaters, der stolzer auf ihr Lesen war als auf ihre Schönheit. Sie las alles, was sie in der Stadt auftreiben konnte. Sie las von anderen Welten und sie träumte davon abzuhauen. Sie erhoffte sich Liebe und Abenteuer, doch was sie bekam, war ein Baby im

Bauch und einen Ehemann, Charles Reynolds. Da war sie erst sechzehn Jahre alt.

Es brach ihrem Vater das Herz, dass Anna sein verzweifeltes Bitten nicht beachtete. Er bat sie, sich nicht mit Reynolds einzulassen; er warnte sie, Reynolds habe nichts zu bieten außer falschen Hoffnungen. Aber Anna war hungrig, sie wollte weg, und sie war zu jung, um die seichten Versprechungen dieses Charmeurs zu durchschauen. Sie ließ es zu, dass er ihre Träume in seine Hände nahm, und Charles Reynolds gelang es, diese Träume vollends aus ihrem Leben auszuradieren. Dann verlor er seinen Charme und sie verlor ihre Hoffnungen, er kämpfte mit dem Trinken und sie kämpfte ums Überleben. Sie gebar ihm zwölf Kinder, und Liebe und Abenteuer rückten in weite Ferne. Zum Glück gelang es ihr zu verhindern, dass Reynold sie ihrer Intelligenz beraubte, obwohl das sein Lebensziel gewesen zu sein schien.

Die Flucht, die Anna blieb, beschränkte sich auf die Grenzen der Stadt Dundalk. Sie interessierte sich für das Straßenbild, die Geschichte und die Menschen der Stadt, und viele Jahre später ließ sie mich daran teilhaben. Als ich noch klein war, nahm sie mich oft mit auf ihre Spaziergänge durch die Straßen Dundalks und hüllte die harten Fakten der Vergangenheit in zarte Legenden – sie erzählte mir, wer gerade dort lebte und wer früher dort gelebt hatte, wer was getan hatte und wer ihnen was angetan hatte, sie erzählte von den Ungerechtigkeiten, die sie erleiden und von den Schlachten, die die Iren schlagen mussten. Sie kannte jede Straße und jedes Gebäude, und zu allem wusste sie eine Geschichte. Sie wurde nie müde, dieselben Fäden zu spinnen und ich wurde nie müde, ihr dabei zuzuhören. Ehedem, so erzählte sie, verbrachten die

Stadtmenschen ihr Leben hier inmitten des Markttreibens und auf Volksfesten: »Es war immer ein Kommen und Gehen. Und es gab eine Menge Mist, richtigen Mist. Nicht den von Großvater.« Und dann lachten wir beide über den Witz, obwohl sie ihn mir bestimmt schon hundert Mal erzählt hat. Und ich sah dann tatsächlich alles so vor mir, als ob ich selbst über diesen Markt laufen würde. Ich sehe es immer noch vor mir. Doch jene Tage sind jetzt Teil der Geschichte, wie Oma Reynolds auch.

Sumpfiges Gelände

Ich bin allein mit meinen Büchern in Station Road, und beim Lesen streiche ich mit meinem linken Zeigefinger an der Narbe meines linken Auges entlang.

Jetzt fällt alles auseinander, sagt Bob.

»Nein, tut es nicht. Wir behalten unser Ziel im Auge.«

Ziel? Welches Ziel? Was meinst du damit?

»Irlands Freiheit.«

Er lacht. *Irland ist frei.*

»Nicht ganz Irland.«

Kommt darauf an, was du unter frei verstehst. Ist das Leben hier in Leitrim denn so viel besser als da oben in Fermanagh?

»Darum geht es gar nicht.«

Doch, gerade darum geht es. Nur dir persönlich geht es nicht darum. Merkst du das nicht?

»Irland hat ein Recht auf Selbstbestimmung. Ganz Irland!«

Selbstbestimmung? Darüber weißt du ja besonders gut Bescheid. Bereit, wieder zu töten, stimmt's? Schämst du dich nicht?

»Ich, mich schämen, wofür?«

Nicht wofür. Für wen.

»Cora hat nie verstanden, warum dieser Kampf notwendig ist. Sicher, weil sie ein reines Herz hat.«

Ah ja? Und was ist mit deinem Herzen?

»Lass mich in Ruhe, Bob.«

Es ist Ende Februar. Ich bin in Crossmaglen und mein Gewehr ist bereit. Ich bin bereit. Ich habe die notwendige

Zeit und Vorbereitung investiert, um die Grundlagen meines Handwerks zu beherrschen – mein zweites Handwerk, schießen, nicht schreinern. Delaney hat mich durch das Training gepeitscht, immer wieder, immer und immer wieder. »Die Fähigkeit, schießen zu können«, so sagte er, »macht dich zu einem guten Schützen, aber erst die Praxis macht dich zu einem großen. Und sie hilft dir, am Leben zu bleiben. Mit Verstand, Cleverness und Geländekenntnis wirst du den naiven Dummköpfen immer überlegen sein. Du bist der Fuchs, John, sie sind die Hühner. Du wartest einfach auf deine Chance – irgendein dummer Bastard wird immer die Tür auflassen.« So lernte ich also, in die Reihen des Feindes einzudringen, das richtige Gelände zu finden, dieses Gelände minutiös zu erkunden, in diesem Gelände zu überleben und den Schuss durchzuziehen, alles exakt zu beobachten und alles in mich aufzunehmen, sehen ohne gesehen zu werden, meinen Angriff zu verbergen, meine Flucht zu planen und mit heiler Haut davonzukommen. Ich lernte, dass rein- und rauszukommen genauso wichtig ist wie alles andere und dass ohne dieses Wissen der beste Schuss der Welt nichts wert sein wird. Immer habe ich alternative Fluchtwege. Ich habe von einem deutschen Heckenschützen in der Normandie gelesen, der von Kirchtürmen aus auf die angreifenden Alliierten geschossen hat – sehr erfolgreich sogar. Doch dieser Schütze machten einen fatalen Fehler: Er hatte nur einen einzigen Fluchtweg – den Turm hinunter – und als dieser letztendlich blockiert war, war der Deutsche tot. Die japanischen Scharfschützen, die von Bäumen herunterschossen, machten denselben Fehler. Ich habe ihre Fehler analysiert. Ich habe alles lange analysiert. Und dieses Mal war ich ein sehr guter Schüler. »Gib dich nicht mit dem zweiten Platz zufrieden«, hatte der Amerikaner mir mit auf den Weg gegeben. »Der zweite Platz heißt ›Leichensack‹.«

Ich schieße, und hellroter Sprühnebel verteilt sich in der frischen Morgenluft.

Es ist Mittagszeit am Saint Patrick's Day, 17. März. In jedem kleinen Ort sind die Flaggen gehisst, die Kinder marschieren, in den Pubs wird getrunken und gesungen – ich aber liege im Schlamm bei Forkhill und warte darauf, dass der Anführer einer Patrouille sich auf die Abzweigung Church Road und Bog Road zubewegt. Er beendet sein Gespräch mit einem Einheimischen und tritt in mein Fadenkreuz. Und ich töte ihn.

Es ist Mai, und ich sitze an unserem langen Tisch in der Station Road und helfe ihr bei ihren Aufgaben.

»Du liebst mich nicht«, sagt mein deutsches Mädchen zu mir.

»Ich liebe dich ganz und gar.«

»Nicht wie sie. Du liebst mich nicht so, wie du sie liebst.«

Ich halte sie in jener Nacht fest, während sie auf mir schläft. Ich halte ihren Körper und ich streichle ihr Haar und ich küsse ihren Kopf. Aber wie liebt man jemanden noch mehr?

Anfang Juni bringe ich sie in meinem Renault zum Flughafen, und sie fliegt über die Ferien nach Hause zurück.

Eine Kugel im Kopf ist furchtbar. Der Körper kann wahnsinnig werden. Die Explosion elektrischer Signale kann die Gliedmaßen in Raserei versetzen – der Körper zappelt, bricht aus, schlägt wild um sich – bevor er für immer still ist. Ich habe solch einen Körper gesehen, als ich mit

Delaney zusammen im Einsatz war, und seitdem ziele ich persönlich immer nur auf den Rumpf. Der Oberkörper ist ein größeres Ziel, und die direkten Reaktionen sind weniger dramatisch. Doch heute kommen meine Erinnerungen an jenen schrecklichen Vorfall zurück, und ich muss sie wegschieben und meine Gedanken freimachen, um mich auf die Gegenwart zu konzentrieren. Es ist Ende Juni und ich bin in Newtownhamilton. Weit unter mir beobachte ich einen britischen Soldaten, der über das sumpfige Gelände blickt. Ich sehe sein Gesicht in meinem Zielfernrohr, ich sehe, wie entspannt er ist – er hat sich gerade mit einem Kollegen unterhalten. Er sieht mich nicht. Er weiß nicht, dass er nie mehr irgendetwas sehen wird.

Warum?

Ich bin in der Küche der Donnellys.

»Warum töten sie? Aus welchem Grund? Für Irland, oder?« Mom erstarrt mitten in der Bewegung, die Schalen fallen ins Spülbecken, das nackte, glänzende Fleisch der Kartoffel schimmert unter dem laufenden Wasser. Sie spricht nicht zu mir. Sie weiß, ich bin da, doch sie antwortet dem Nachrichtensprecher im Radio. »Noch ein toter Soldat«, sie schaut aus dem Küchenfenster. »Noch ein Junge, der tot zu seiner Mutter zurückkehrt. Noch ein Junge, der in Irland gestorben ist. Und für was? Nichts? Was wird sich dadurch ändern?« Sie schüttelt den Kopf. »Wer würde einen Soldaten erschießen? Und warum? Für uns? Was wäre das Gute daran? Wer würde so etwas tun? Wer würde das tun?« Sie holt tief Luft und schüttelt wieder den Kopf. Sie schält eine Kartoffel und lässt den Streifen ins Spülbecken fallen, und mit ihm alle weiteren Fragen.

Ich bemerke Moms beobachtenden Blick. Ich glaube, das ist typisch für Mütter – dieses Beobachten, dieses Sich-fragen. Er geht bis zu meiner Geburt zurück, Moms beobachtender Blick. Mom erzählt häufig von meiner Geburt; sie sagt, diese Geburt kann man einfach nicht vergessen.

Es war 1971. Es war sehr früh am Morgen, und Mom merkte, wie sie schwächer und schwächer wurde. Ihre Schmerzen hatten längst die Mauern des Unmöglichen durchbrochen, und als alle Hoffnung schwand, klammerte sie sich an das Gebet. Erschöpft und verzweifelt bat sie Gott um Hilfe. Mit dem ersten Lichtschein, der die Dunkelheit der Nacht durchdrang, wurde ich geboren.

Mom sieht diese Geburt als ein Wunder an; aber auch das tun alle Mütter, denke ich. Mom glaubt, wir sind alle ein Geschenk Gottes. Sie hatte auch Enttäuschungen zu verkraften: fünf Mal durchlitt sie in den frühen Wochen der Schwangerschaft Krämpfe und hohen Blutverlust. Die Geburten brachten die Babys zweimal im Doppel-Pack. Zwischen den ersten beiden Jungen, Peter und Declan, lag nur etwas mehr als ein Jahr. Und fünf Jahre später, Anna. Die ersten drei waren alle Sommerbabys. Ich wurde im Frühling geboren. Mom sagt, dass es in der langen Geburtsnacht Augenblicke gab, in denen sie sich sicher war, dass sie stürbe. Und doch erinnert sie sich sehr gut an das anbrechende Morgenlicht. Sie sagt, es war ein wunderschöner Tag, um geboren zu werden. Nach mir gab es dann keine Babys und keine Schwangerschaften mehr: die Ärzte hatten ihr die Gebärmutter herausgenommen.

Mom versuchte, uns ein christliches Heim zu bieten; sie versuchte, ihre Kinder mit einer grundlegenden religiösen Erziehung auszustatten, bevor sie uns hinaus ins Leben schickte. Ich versuche, diese Illusion nicht zu zerbrechen – warum auch? Mom führt einen bescheidenen Haushalt; die Armut ihrer Kindheit hat sie nie vergessen. Ich weiß, dass sie sich für ihre Kinder ein besseres Leben wünscht. Ich weiß, dass sie nicht möchte, dass ihre Jungen und Mädchen Hoffnung und Kindheit gegen eine Stechkarte in der Fabrik eintauschen.

Moms Mutter war lockerer, ging einfach entspannter mit den Problemen in der Welt um. »Den kleinen Kerl kannst du überall mit hinnehmen«, sagte Oma immer über mich, »hat auf alles eine Antwort und seinen ganz eigenen Charme. Orpheus in Person ist hier unter uns.« Mom hat nie ganz verstanden, was ihre Mutter damit meinte.

Auf jeden Fall war Mom sehr neugierig darauf, wie es mit mir weiterging – ich glaube, sie wurde nie ganz schlau aus mir. Häufig genug hat sie miterlebt, wie ich mich in meine eigene Welt zurückzog; sie hat miterlebt, wie ich in meine Tagträume abzugleiten schien. Ich hoffe, sie denkt, dass diese Fantasien so harmlos sind wie Dads Geschichten. Es ist ein Segen für sie, dass sie es nicht besser weiß. Es ist ein Segen für sie, dass sie nicht weiß, wer den Soldaten erschossen hat.

Ich stehe vom Tisch auf, und als Mom beginnt, eine bekannte Melodie zu summen, gehe ich hinaus, und als Kathleen Reynolds dann anfängt zu singen, schließe ich die Küchentür.

Zwischen Brombeerbüschen und Unkraut und Moos und Steinen liege ich und beobachte, wie sich die Fußpatrouille dem Ortseingang nähert. Ich bin bereit. Ich warte darauf, dass der letzte Soldat die Giebelseite des kleinen Cottage passiert, und dort werde ich ihn töten. Hinter mir senken sich die Strahlen der untergehenden Sonne auf die grünen Hügel, und unter mir erhebt sich das Städtchen – wie von den Göttern dargeboten – im goldenen Abendlicht.

Es ist Juli, der Monat, in dem sich das Völkchen, das vom Empire übrig geblieben ist, mit den Überresten der Kolonialherrschaft schmückt und im Rhythmus der Trommelschläge vergangener Zeiten marschiert.

Die Siedler und Kolonialherren entfalten und hissen ihre Flaggen: Es muss schmerzhaft sein, gerade mal ein paar Schritte vor der Heimat so verloren zu sein. Natürlich ist es nicht ihre ›Heimat‹, niemand will sie hier. Ihre Heimat besteht aus der rissigen Brücke zur Gemeinschaft. Und so lange wir dieser Brücke weitere Risse zufügen, so lange werden diese Siedler – die sich selbst von diesem Land und den Menschen und der Kultur abschotten – verdorren und vor sich hin modern und gären und in ihrem eigenen Gift ertrinken.

Orange und Rot und Blau werden am Himmel wehen, das wehende Tuch, das die Gefolgstreue zu einem Bund markiert, den es gar nicht mehr gibt. Und kein Monarch oder Staatsmann steht bei ihren einsamen Paraden zur Begrüßung am Straßenrand. Wer würde so etwas wollen? Wer würde sie wollen? Die einzigen Jubelrufe und der einzige Applaus kommen aus ihren eigenen Reihen. Und jeder folgende Schritt, den sie tun, ist ein Schritt weiter in den Abgrund.

Ich kann nicht gesehen werden. Aus der Entfernung erkennt man nichts außer einer sehr alten Steinmauer. Die Mauer ist schon lange kaputt, die heruntergefallenen Steinbrocken liegen weit verstreut, hier und da brechen ineinander verwobene Zweige von Stechginster, Weißdorn und Haselnuss durch das Mauerwerk. Auf der anderen Seite der Wiesen sind die Tore aus den Mauern verschwunden, und die Rinder bewegen sich frei auf den Hügeln. Dort, wo die Steinbrocken aus den Mauern herausgebrochen sind und keine Tiere mehr grasen, haben die wilden Gewächse Irlands Zuflucht gefunden: Nesseln, Disteln, Fingerhut und Farne hüllen mich ein. Man kann nicht unterscheiden, wo Feld oder Gras ist und wo ich liege und wo mein Gewehr.

Ich beobachte, wie die Soldaten aus dem Gelände kommen. Sie bewegen sich Richtung Stadt, in drei Vierergruppen; über unseren Köpfen versammelt sich eine ganze Armee von Krähen, während die Dämmerung langsam auf uns herabfällt. Ich kenne jeden ihrer Wege und jede

Entfernung: vom Cottage bis zum Allerheiligsten, der durch ein hohes Stahltor abgetrennten Kaserne, sind es genau vier Minuten. Die Soldaten bewegen sich rasch und lautlos, und die sie umgebende Stille ist gefüllt mit beklemmender Spannung und fauliger Luft. Die größte Bestrebung einer Patrouille liegt darin, ihr Hochgefühl mit ihrer Verwundbarkeit in Einklang zu bringen. Auch das weiß ich.

›*Was du ererbt von deinen Vätern hast, erwirb es, um es zu besitzen.*‹ Goethe. Ich weiß das; sie nicht. Sie können so viel marschieren, wie sie wollen, und alle Farben tragen, die sie wollen: Der Boden unter ihren Füßen ist grün. War immer grün, wird immer grün sein.

Ich habe Geduld. Erfolg ist abhängig von der Zeit, die man sich nimmt, und darum nehme ich sie mir. Zeit und Beobachtungsfähigkeit haben es mir ermöglicht, mein Wissen zu schmieden; Schritt für Schritt habe ich die Welt entdeckt. Ich versuche, mich von meinen Tagträumen zu verabschieden. Das ist es, was mir am schwersten fällt, aber Delaney hat mich darin trainiert, er hat immer darauf geachtet, dass meine Gedanken nicht abwandern. Wenn jetzt irreale Fantasien in meine reale Welt eindringen, versuche ich, mich sofort auf das Gelände um mich herum, auf die Felder und Wiesen von South Armagh, zu konzentrieren.

Der erste Soldat der letzten Vierergruppe erreicht das Cottage, sucht Schutz an der Giebelseite des Hauses hinter ihm, gibt seinen Kameraden ein Zeichen und schleicht geduckt um die Ecke, sein Gewehr im Anschlag. Soldat Nummer zwei folgt ihm. Ich entsichere meine Barrett. Ich bemühe mich, ruhig weiterzuatmen und sehe Soldat

Nummer drei, der aus dem nahegelegenen Graben herüberkommt, in weitem Bogen um die Ecke geht, sich dreht und wendet, um Vorder- und Rückseite des Cottage abzusichern, während Soldat Nummer vier versucht, Schritt zu halten. Ich weiß, dass der letzte Soldat die Patrouille vor Angriffen von hinten schützen muss. Ich weiß, dass dieser Soldat jetzt kurz innehalten wird, bevor er um die Hausecke geht. Ich atme ein. Soldat Nummer vier läuft an der Hauswand entlang. Ich atme aus. Kurz bevor er die Ecke erreicht hat, stoppt er, dreht sich auf den Fersen, drückt den Rücken eng an die Mauer und dreht sich noch einmal um, das Gewehr auf die rückwärtigen Felder gerichtet. Da explodiert die Luft, ein Donnerschlag zerschneidet das Tal, als ob ein unsichtbarer Riese mit der Peitsche mitten hineinschlüge.

Die Soldaten werfen sich auf den Boden und versuchen sich hineinzuwühlen, verharren kurz und springen dann ruckartig wieder hoch, um wilde Gewehrsalven auf die westlich gelegenen Hügel loszulassen. Sie rufen sich etwas zu, ihre Stimmen sind heiser und gehetzt, weil die Angst ihnen die Luftröhre zuschnürt. Zwölf Namen klingen durch die Straßen der kleinen Stadt. Zwölf Namen – elf Stimmen. Sie finden ihn, seinen zerrissenen Körper auf dem Boden, seine Flak-Jacke durchlöchert, schutzlos dem Projektil ausgeliefert, das Fleisch und Knochen an der Giebelmauer des Cottage hat zerbersten lassen.

Alarmglocken schrillen. Jetzt wird gleich Verstärkung aus den Kasernen strömen, Straßensperren werden alle Ausgänge blockieren und Hubschrauber werden die Landschaft absuchen. Aber es ist zu spät: Ich bin weg.

Oisín und Niamh

Es ist September und sie verlässt mich. Ich stehe hinter dem hohen Flughafen-Zaun und sehe sie über den Flugplatz gehen und ins Flugzeug einsteigen.

»Es wird nicht gelingen«, sagte Mila an dem Abend, gerade vor zwei Tagen, als sie zurückkam nach Irland, »es wird dir nicht gelingen. Du wirst mich niemals so lieben, wie du sie liebst.«

Ich flehte sie an, zu bleiben, es noch einmal zu versuchen. Ich versprach, dass ich mich noch mehr bemühen würde, dass ich versuchen würde, mich ihrem Leben anzupassen. Aber es war vorbei. Wir wussten beide, dass sie recht hatte. Gestern sind wir noch mal zum ›Burren‹ gefahren, haben den Renault an den Steinhängen des Mullaghmore geparkt und sind zum See gelaufen. Wir haben den Schwänen Brot hingeworfen, eine Picknickdecke ans Ufer gelegt und Kaffee aus der Thermoskanne getrunken.

»Es tut mir leid«, sagte ich.

Sie sagte nichts. Was sollte sie auch sagen?

Wir lagen zusammen gestern Nacht und ich hielt sie fest, und ich küsste ihre Hände und ich küsste ihren Kopf. Morgens erwachte ich von ihrem Aufschrei – wir hatten verschlafen und waren viel zu spät dran. Also schnappten wir schnell ihre Taschen und rannten los, und ich raste zum Eingang des Flughafens und sie rannte zu ihrem Flugzeug. Keine Zeit für ein Lebewohl, keine sinnlosen Gesten, keine Abschiedsworte.

Ich bin um den Flughafen herumgefahren, und jetzt sehe ich sie durch den Flughafen-Zaun, wie sie ins Flugzeug einsteigt und vor meinen Augen verschwindet. Ich halte den Draht mit meinen Fingern auseinander und ich sehe dieses deutsche Mädchen, fast so groß wie ich, jung, ihr Gesicht voller Unschuld, ihr langes braunes Haar nach hinten gekämmt, nur ein paar Strähnen haben sich an ihrer Schulter verfangen, ihr Mund leicht vorgewölbt mit diesen vollen, pinkfarbenen Lippen. Und zwischen ihren hohen Wangenknochen und ihrer hohen Stirn ihre braunen Augen, die mir geradewegs ins Gesicht blicken.

Heute vor genau drei Jahren ist sie gestorben. Ich fahre nach Dundalk, und als die Dunkelheit mit dem Ostwind hereinbricht, wandere ich los, auf den Berg. Ich sammle abgebrochene Zweige und stecke sie zu dem Anzündholz, das ich bei mir trage. Ich frage mich, wo sie ist. Kann jemand – so großartig und wunderschön wie Cora Flannery – einfach so verschwinden? Oder existiert sie in irgendeinem Anderswo? Das tun wir doch, oder? Wir schaffen uns Scheinwelten, um uns selbst Hoffnung zu machen und dem Leid der Gegenwart zu entfliehen. Diese Welten machen uns falsche Hoffnungen; wir wissen das, doch wir glauben trotzdem daran, so wie Cora an ›Tír na nÓg‹ glaubte. Oder ist das etwas anderes? Ich weiß es nicht. Ich denke eine Weile darüber nach, und dabei erinnere ich mich an den Moment, an dem ich die Geschichte zum ersten Mal gehört habe.

»Was ist ›Tír na nÓg‹, Großmutter?«

»Tír na nÓg, Johnny, ist unsere irische Anderswelt. Das Land der ewigen Jugend. Man sagt, diese Insel liegt irgendwo im Meer vor der Westküste. Man sagt, dort leben die Tuatha Dé Danann, das erste Volk Irlands. In Tír na nÓg gibt es keine Krankheit und keinen Tod, kein Leid und keinen Schmerz. Dort gibt es nur Jugend, Schönheit,

Musik und Glückseligkeit. Doch Tír na nÓg kann man nur auf Einladung einer seiner Bewohner betreten, und wer immer dorthin geht, kann niemals mehr zurückkehren. Soll ich dir die Geschichte von Oisín und Niamh in Tír na nÓg erzählen?«

»Ja, bitte, Großmutter«, bat ich sie, gespannt baumelte ich mit den Beinen.

»Und so beginnt die Geschichte. Hörst du gut zu?«

»Ja ja, tu ich, Großmutter.«

»Der Anführer der Fianna-Armee war der große Fionn Mac Cumhaill«, begann sie und erzählte. »Mit Sadbh, der Tochter von Bódearg, dem König von Munster, hatte er einen Sohn. Der Name dieses Jungen war Oisín. Der Junge wuchs zu einem mutigen, starken Krieger heran. Er war aber auch ein feiner Dichter und verbrachte viele Tage allein in Ruhe und Abgeschiedenheit, um zu schreiben. Eines Tages, als Fionn und Oisín bei den Seen in Killarney jagten, näherte sich ihnen über dem Wasser eine geheimnisvolle Wolke. Der Wolke entstieg ein prachtvoller Schimmel, und auf diesem Schimmel saß eine wunderschöne junge Frau mit Haaren aus Gold. Das Mädchen war Niamh Cinn Óir, die Tochter des Meeresgottes Manannán Mac Lir, und sie trug einen prunkvollen Mantel aus grüner Seide. Sie erzählte Oisín, wer sie war und dass ihr Vater der König von Tír na nÓg sei. *Hinfort mit mir,* sagte sie, *in das weisgesagte Land, wo Friede und Überfluss herrschen, und wo niemand altert. Hinfort mit mir in das Land der Musik, der schönen Dinge, wo niemand Unrechtes tut.* Niemand konnte die Einladung ins Reich Tír na nÓg ablehnen, sodass Oisín zu Niamh auf den Schimmel stieg. *Fürchte dich nicht, Vater,* sagte er, *ich werde zurückkehren und dir von diesem Abenteuer erzählen.* Fionn sah Niamh und Oisín in der Wolke verschwinden, die weiterzog und sich hinter dem Horizont verlor.

Tír na nÓg bot alles, was sich Oisín je hatte träumen lassen. Es war ein magischer Ort: überall war Musik, die Menschen lachten und sangen, und seltsame, üppige Getreidepflanzen wuchsen auf den fruchtbaren Feldern. Niamh und Oisín waren sehr glücklich zusammen und bekamen drei Kinder.

Eines Nachts träumte Oisín von Irland und dem Volk der Fianna, und am nächsten Tag erinnerte er sich an diesen Traum und daran, was er seinem Vater versprochen hatte, und er fragte Niamh, ob er zurück in sein Heimatland zurückgehen könne. Weil sie ihn so sehr liebte, willigte Niamh ein; doch sie hatte große Angst vor seiner Reise. Also kehrte Oisín auf dem weißen Pferd in seine Heimat zurück, begleitet von Niamhs Warnung, nicht abzusteigen und auf gar keinen Fall den Boden Irlands zu betreten.

Oisín war glücklich, die grünen Hügel Irlands wiederzusehen. Doch es bereitete ihm Sorge, dass die großen Wälder nicht mehr da waren und dass die Menschen dort viel kleiner waren als die Menschen von Fianna. Er kehrte zu den ihm vertrauten Orten zurück; aber auch diese waren ihm plötzlich fremd, und er konnte niemanden finden, den er von früher kannte. Erst als er jemanden danach fragte, merkte er, dass in den zehn Jahren, die er in Tír na nÓg gelebt hatte, in Irland 300 Jahre vergangen waren.

Oisín wurde sehr traurig, setzte aber die Reise durch seine alte Heimat fort. Eines Tages traf er auf ein paar Männer, die sich abmühten, einen großen Felsbrocken mit Eisenstäben wegzudrücken, und er wusste, dass die Männer von Fianna diese Aufgabe mit Leichtigkeit erledigt hätten. Er ritt näher zu den Männern heran, lehnte sich vom Pferd hinab und rollte den Fels mit einer Hand zur Seite. Indem er dies tat, riss aber der Sattelgurt, und Oisín stürzte zu Boden. In dem Moment, in dem er den Boden berührte, verwandelte sich der starke, junge Krieger in einen alten, sterbenden Mann. Sofort erzählte er den Männern seine Geschichte, die diese später einem Schreiber überbrachten, um sie zu bewahren. – Und daher kennen wir die Geschichte von Tír na nÓg«, endete Großmutter, küsste mich auf die Stirn und löste sich aus der Umarmung, um nach ihren Töpfen auf dem Herd zu schauen.

Ich zünde unter der einsamen Eiche ein Feuer an. Im Feuerschein sehe ich ein Mädchen mit Augen, die so grün leuchten wie eine Sommerwiese im August. Ich sehe ein Mädchen mit blasser Haut und goldenem Haar. Ich sehe ein Mädchen mit roten Stiefeln und grünen Schuhbändern.

»Soll das Feuer den Göttern schmeicheln?«, fragt Aisling, als wir über den Hügel wandern, »oder sie verdammen?«

»Götter? Ich dachte, der eine Gott hat uns gemacht«, werfe ich ein. Sie setzt sich auf die kleine Mauer. »Glaubst du nicht mehr?«

»Doch, ich glaube noch. Ich glaube für sie. Cora war sehr religiös.«

»Sie glaubte an Tír na nÓg, nicht an Gott.«

»Ist das nicht dasselbe?«

»Kann sein. So habe ich es noch nie gesehen, obwohl es Sinn macht, wenn man etwas weiterdenkt. Aber ist Tír na nÓg nicht das Land der ewigen Jugend? Das Land, in dem niemand alt wird und niemand etwas Unrechtes tut, eine Art himmlisches Paradies, entstanden in den Köpfen der frühen Iren, die, ähnlich wie andere Urvölker, die Vorstellungen von einem anderen Leben, einem Leben nach dem Tod, einem besseren Leben hatten? Und weißt du was, Aisling? Ich glaube, dass es das wirklich geben könnte. Ich glaube, Tír na nÓg ist der Ort, zu dem wir am Ende alle kommen, ganz am Ende, wenn der Tod uns packt und der Körper aufhört zu sein und das Gehirn sich verabschiedet. In diesem letzten Moment finden wir alle Zuflucht in unserem eigenen Tír na nÓg. Wir fallen zurück in eine Gedankenwelt unserer Erinnerungen und Träume, einer Mischung aus all der Liebe und Schönheit, die wir in unserem Leben erfahren haben, einer Welt voller Hoffnung. Wir sind doch nur den Bruchteil einer Sekunde hier auf der Erde, gemessen am Lauf der Welt, doch da dieser Bruchteil einer Sekunde der letzte Bruchteil einer Sekunde unseres Lebens ist, sind wir für immer hier. Das scheint unwirklich, oder? Nicht wirklich real, wenn du verstehst, was ich meine. Aber das macht auch nichts, denn wir werden nie erfahren, wessen Vorstellung die richtige ist: deine, oder Coras, oder meine, oder Großmutters. Aber ich glaube, dass wir am Ende alle nach Tír na nÓg kommen.«

»Und wo kommt Gott in all dem vor, Johnny-boy?«

»Gott? Welcher Gott? Dein Gott, der christliche Gott? Diese Art Gott gibt es nicht, könnte es gar nicht geben. Glaubst du nicht, Aisling, dass dieses ganze religiöse Zeug aus einer ahnungslosen Vorzeit stammt, als niemand irgendetwas Genaues wusste, sodass die Menschen gezwungen waren, sich etwas Tröstliches für die Zukunft auszudenken und daran dann auch geglaubt haben? Und wir? Wir wissen heute einiges mehr, und weil das, was wir wissen, nicht gut ist und eben nicht das ist, was wir uns wünschen, betrügen wir uns selbst, indem wir uns mit denselben verdammten Trostversprechungen zufriedengeben, weil wir glauben, dass die Menschen in grauer Vorzeit mithilfe irgendeiner Macht oder Magie oder Intuition, die uns verloren gegangen ist, es besser wussten und dass sie von jeher recht hatten?«

Ich schaue in die dunkle Nacht.

»Ist das nicht alles viel zu einfach gedacht? Ist das nicht alles einfach ein unglaublicher Blödsinn? Ein Gott macht einzig und allein nur dann Sinn, wenn man die vielen Erklärungen einfach hinnimmt und nicht zu viele Fragen stellt. Aber ich kann das nicht ertragen, das viele Beten und all das, all die Regeln und Sünden. Kann ich nicht aushalten, den ganzen Mist.«

»Kirche und Gott sind doch zwei ganz unterschiedliche Dinge, Johnny. Wirf das doch nicht durcheinander. Bist du auch schon bereit zum Konvertieren? Hat es da einen Vorfall auf der Straße nach Damaskus gegeben, von dem du mir erzählen willst?«

»Nein, hat es nicht, und auf der Straße nach Ennis auch nicht. Ich bin immer noch ein Atheist. Ich glaube an gar nichts davon – ist doch alles absoluter Müll. Das Ganze ist nichts als Fantasie und Wahnsinn. Es ist nur ein Bedürfnis des Menschen. Nein, ich glaube nichts davon – Gott sei Dank.«

Sie lacht. »So ist er, mein Johnny. Aber so leicht gebe ich nicht auf.«

»Was ist denn die Kirche anderes, als eine Hierarchie menschlicher Eitelkeiten, Aisling? Je höher du schaust, desto feiner die Robe, desto höher die Hüte. Das könnte man gar nicht erfinden. Eine Farce, unglaublich.«

Sie lacht. »Es gibt viele Arten von Kirche, viele Glaubensrichtungen, und die Schwächen und Fehler der Kirche gehen auf den Menschen zurück, nicht auf Gott.«

»Wenn es diesen Gott gibt«, versuche ich weiter, »warum legt *Er* so viel Wert auf Hingebung, Lobpreisung, Anbetung und Glaube? Warum legt er gerade so viel Wert auf den Glauben? Warum müssen die Menschen glauben? Warum sollte Gott eifersüchtig sein?«

»Das ist doch nur Selbsttäuschung. Unser Zugehörigkeitsinstinkt strukturiert uns in ein *Wir* und ein *Sie*. Wir haben Gott auf unsere Ebene heruntergeholt.«

»Da hast du recht, Aisling. Aber wenn Gott wirklich existiert, warum muss *Er* dann ein er sein? Nur eine Frau hätte die Erde gebären können. Und nur eine Frau hätte sie dann auch sich selbst überlassen können. Männer können das nicht. Männer müssen immer alles regeln, beeinflussen, weiterentwickeln. Männer nehmen etwas und machen etwas Anderes daraus. Sie wollen die Dinge nach ihren eigenen Vorstellungen formen; sie sind nicht in der Lage, etwas bedingungslos zuzulassen. Es gibt nur eine einzige Sache, die Männer aus dem Nichts hervorbringen können.«

»Und das wäre?«

»Krieg.«

»Na ja, ich glaube, Johnny, dass die meisten Leute die ganze Sache nicht gründlich genug durchdenken. Die Kirche ist genau so anfällig für menschliche Schwächen wie du und ich. Die Kirche aus seinem Leben auszuschließen hat doch auch nicht ins Utopia geführt – nur zur Vernachlässigung des Individuums. Zeig mir doch den idealen Staat, der ohne Kirche auskommt, wenn du kannst.«

»Stark, Aisling Flannery, das muss ich dir lassen. Stimmt schon, idealistische und extremistische Positionen sind die letzten Hilfsmittel, auf die der Mensch zurückgreift. Doch sie führen nur in die Tyrannei. Ist das nicht einfach traurig?«

Wir bleiben sitzen, bis das Feuer erlischt. Ich nehme ein noch glühendes Holzscheit aus der Asche und lasse es im Gras abkühlen. Als es kalt genug ist, wickle ich es in mein Taschentuch und stecke es in die Dunn & Co-Tasche. Wir steigen den Hügel hinab und gehen hinunter zur Níth River Terrace, wo wir Tee trinken und reden, und als wir uns später verabschieden, umarmt sie mich.

»Cora hatte etwas Besonderes an sich«, sage ich, als wir auseinandergehen. »es war, als ob sie etwas aus einer anderen Zeit in sich trüge, etwas, mit dem sie schon geboren wurde.«

»Cora war ein ganz außergewöhnliches Mädchen. Sie war das fleischgewordene Irland.«

»Ja, das habe ich auch immer gefühlt«, pflichte ich ihr bei. »Vielleicht waren es Ériu oder Danu selbst, die uns eine Weile auf unserem Weg begleitet haben.«

Der Weg der Kugel

Es ist der zweite November, und ich bin mit meiner Barrett in Newry. Von Leuten, die über Kriege und Schlachten lesen und sprechen und lehren und predigen, hört man immer, dass die Scharfschützen eine Sorte Mensch für sich sind: dass wir uns nicht an Regeln halten, dass wir Einzelkämpfer in einem Mannschaftssport sind. Okay, mag sein. Ich persönlich bin aber kein Spieler und ich weiß auch gar nicht, welche Regeln gelten. Die Regeln werden nicht von denen gemacht, die in nasskalten Gräben liegen und Kugeln auf fremde Menschen abfeuern. Außerdem ist das hier kein Sport, und es ist mir egal, was andere Leute sagen. Ich versetze den Feind in Angst und Schrecken. Das ist meine Aufgabe. Mit diesem Gewehr werde ich zehn Menschenleben auslöschen. Ich werde das Konto ausgleichen. Und ich werde von niemandem abhängig sein. Ich werde genauso von meinen eigenen Leuten bedroht, wie von denen des Feindes. Mein Überleben hängt von meiner Tarnung sowie von meiner Eigenverantwortung ab. Mein Erfolg baut auf Cleverness, Geduld, innerer Kraft, Beobachtungsgabe und Treffsicherheit. Delaney war ein sehr guter Lehrmeister. Ich kann ruhig und gelassen sein. Ich kann meine Aufmerksamkeit auf das Wesentliche konzentrieren – falls ich nicht wahnsinnig werde, natürlich. Dieses Risiko ist immer da. Ich lache still vor mich hin und mache mich bereit.

Ich habe in einer Dubliner Bücherei ein altes kleines Buch übers Schießen gefunden: ›Rogers' Rules of Ranging‹, von 1757 – damals gab es den Ausdruck ›sniping‹ noch nicht. *Es ist wichtig, nichts zu vergessen,* so beginnt es. *Die Flinte so sauber halten wie eine Pfeife. Verhalte dich so, als ob du Wild jagst. Entdecke den Feind als Erster. Gehe kein Risiko ein. Nimm niemals denselben Weg nach Hause. Suche dir einen anderen Rückweg aus.* Egal, wie das Buch damals hieß, es hat sich nicht viel geändert – sind immer noch gute Ratschläge. Rogers fügte dann, wenn ich mich recht erinnere, noch hinzu: *Lass den Feind so nahekommen, dass du ihn berühren kannst, und dann feuere. Anschließend sofort aufspringen und ihm mit dem Tomahawk den Rest geben.* Wow, was für ein Finish. Was für ein verrückter Kerl dieser Rogers gewesen sein muss.

Ich habe auch Geschichten über Simo Häyhä gelesen. Als Russland im Winter 1939 in Finnland einfiel, nahm Simo sein Gewehr und schlug sich in die tiefverschneiten Wälder zurück. Er tötete mehr als 500 Russen, einen nach dem anderen. 505 bestätigte Tötungen: ein Mann und ein Gewehr. Simo zielte ausschließlich über Kimme und Korn, um seine Position nicht zu verraten, und den Schnee vor seiner Schussposition presste er stets fest zusammen, damit er vom Mündungsfeuer nicht aufgewirbelt wurde. Er stopfte sich auch Schnee in den Mund, um den Atem unsichtbar zu machen. Mit Hilfe dieser winzigen Tricks erledigte er all diese 500 Russen. Und wenn er hineinkam, kam er auch wieder hinaus. Simo Häyhä: der Verrückteste von allen.

Und dann die Deutschen. Auch sie hatten ein Scharfschützen-Ausbildungsprogramm und einen Leitfaden: *Kämpfe mit Herz und Seele. Schieße mit Bedacht. Dein gefährlichster Gegner ist der feindliche Scharfschütze. Täusche ihn. Werde Meister in Tarnung und Geländeausnutzung. Überleben heißt zu zehn Teilen Tarnung und zu einem Teil Treffsicherheit.* Das ist eigentlich alles, das war das ganze Geheimnis. So sind sie, die Deutschen. Überrascht mich nicht, dass sie es hingekriegt haben. Ich habe ihr Programm und ihren Kodex natürlich gelesen, und ich habe ihre Lektion gelernt.

Der Amerikaner hat mir mal von dem Marinesoldaten Sergeant Carlos Hathcock erzählt, ›Gunny Sergeant Hathcock‹, hat er ihn genannt, ein sanftmütiger junger Mann aus den Baumwollfeldern von Arkansas, der sich in den Dschungel von Vietnam berufen fühlte. Er steckte sich eine weiße Feder an seinen Tropenhut, schaute durch den Sucher eines Scharfschützen-Gewehres und hatte plötzlich dreiundneunzig Vietkong-Tote auf seinem Konto. So ist der Krieg: Er kann einen Schoßhund in einen Wolf verwandeln. Und da geht es gar nicht ums Töten; es geht nur darum, dass der Job passt.

Ich versuche, meinen Kopf frei zu bekommen, und konzentriere mich auf das Gewehr. Heute wird es ein langer Schuss. Ich bin elfhundert Yards vom Ziel entfernt. Das sind mehr als tausend Meter – ein langer Weg. Der längste Schuss, den ich je versucht habe. Bei dieser Entfernung kann weder ich noch kann mein Ziel mich mit bloßem Auge sehen. Ich sehe den Soldaten einzig und allein durch das Zielfernrohr. Delaney sagt, dass ich jetzt meine ganze Brillanz zeigen kann. Mag sein, aber wen kümmert's? Ich berechne die Entfernung, die Steigung, die Temperatur, die Luftfeuchtigkeit und die Windgeschwindigkeit. Ich versuche, mein Zielfernrohr richtig einzustellen. Das Ziel ist so weit entfernt, dass ich die Erdkrümmung und Erdrotation miteinberechnen muss. Für diesen einen Schuss sollte ich – außer Kenner des Geländes und treffsicherer Schütze – auch noch ein guter Mathematiker sein. Dieses Zeug kann dir wirklich den Kopf wegpusten.

Durch das Zielfernrohr beobachte ich jede Einzelheit der Patrouille. Ich fixiere mein Ziel. Ich verfolge seine Bewegungen, seine Schrittgeschwindigkeit, seinen Gang, seine Gewohnheit, den Kragen mit der linken Hand zu richten. Ich verfolge genau, wie weit und wie schnell er sich hinunterbeugt, um mit den Fahrern der Autos zu sprechen, die er anhält und kontrolliert. Einige beugen sich nur wenig nach vorne, bleiben eher gerade und steif und sprechen mit den Fahrern aus einer Armlänge Entfernung. Einige gehen in die Hocke und reden von Angesicht zu Angesicht mit den Fahrern. Einige bücken sich und gehen nah ran. Meiner bückt sich. Er bückt sich und redet, und das ist sein Fehler. Er gibt mir genau das, was ich am meisten brauche: er gibt mir Zeit.

Auf diese Entfernung braucht die Patrone zwei Sekunden für die Strecke vom Gewehr zum Ziel. Das gibt dem Ziel die Chance, sich wegzubewegen. Also bleiben mir zwei Möglichkeiten: entweder muss ich voraussehen, wo mein Ziel nach dem Schuss sein wird und dorthin zielen, oder ich schieße erst, wenn ich sicher bin, dass mein Ziel sich in einer statischen Position befindet. Sein Herunterbeugen und Geplauder verschaffen mir einen Vorteil.

Ich schaue in mein Notizbuch, um meine Berechnungen noch einmal zu überprüfen. Die Patrone wird die Waffe mit einer Geschwindigkeit von zweitausendachthundert Feet pro Sekunde verlassen. Dann kommt die Erdanziehungskraft ins Spiel. Nach dreihundert Yards wird das Geschoss um sieben Inches gesunken sein, nach sechshundert Yards sind es achtundsechzig Inches. Nach eintausendeinhundert Yards beträgt der Unterschied dreihundertneunundsechzig Inches – mehr als dreißig Feet.

Das ist der Flugbogen, den die Kugel beschreibt, das ist der Weg der Kugel, und das, was ich in meinen

Berechnungen beachten und mit meinem Zielfernrohr abgleichen muss. Ich kalkuliere den Seitenwind von Südwest mit ein. Dieser Seitenwind zwischen mir und meinem Ziel ist konstant, es gibt keine plötzlich eintretenden und keine wechselnden Winde und auch keinen Windschatten durch größere Gebäude. Obwohl die Kugel auf ihrem Weg an Geschwindigkeit verliert, wird sie ihr Ziel immer noch mit mehr als tausend Feet pro Sekunde treffen. Bei dieser Geschwindigkeit und aufgrund der runden Patronenform wird das Geschoss nicht nur einfach durch ihn hindurchgehen – es wird ihn zerreißen.

Ein Auto hält an, und er beugt sich vor. Ich richte das Fadenkreuz auf ihn. Ich schieße.

Es ist Mitte November und ich liege auf meinem Bett in der Station Road und lese.

Läuft ja wie geschmiert bei dir, sagt Bob, der an meinem Schreibtisch sitzt. *Ich denke, du hältst dich jetzt für einen großartigen Kerl.*

Ich schenke ihm keine Beachtung.

Es ist Ende November, und ich besuche Delaney.

»Es geht das Gerücht, dass es ein neues Leck gibt«, begrüßt er mich. »Ich persönlich denke, dass es einen britischen Spion in der Stadt gibt – undercover. Ganz schön mutig, aber das würde Sinn machen. Allerdings habe ich keine Ahnung, wer er ist oder mit wem er spricht.«

»Weiß man, wer der Spitzel ist, Chef?«

»Nicht deine Sache, Johnny«, antwortet er. »Mach du das, was du kannst, und lass die anderen sich darum kümmern.«

»Reine Neugier«, lüge ich.

Es ist Dezember, und es ist kalt, und ich bin in der Nähe des Städtchens Keady. Mein Gewehr ist bereit für eine achtköpfige Armeepatrouille. Zärtlich nehme ich meine Barrett in den Arm und richte sie auf den Obergefreiten. Ich verfolge seine Schritte und zähle rückwärts: fünf, und vier, und drei, und zwei, und eins, und … Sein gleichmäßiger Tritt hat ihn getötet.

Ich bin in Ennis und laufe zurück zu meinem Zimmer in der Station Road. Delaney fängt mich ab und geht ein Stück neben mir her.

»Ich habe ihn«, sagt er, »noch so ein SAS-Möchtegern-Superspion, für ›Königin und Vaterland‹ und um einmal im Glanz des Scheinwerferlichts zu stehen. Woher bekommen sie diese Clowns? *But it will be for our tomorrow, John, that he will give his today*, für unser Morgen gibt er sein Heute hin.«

Delaney stoppt und schaut mich an. »Er hat sich in der Snooker-Halle eingenistet und versucht alles rauszupumpen, was möglich ist. Er gibt sich als Baldwin aus und sagt, er sei ein heimgekehrter Emigrant. Die Naivität dieser ehrgeizigen Dummköpfe ist schon fast bewundernswert. Er glaubt auf jeden Fall, dass er sehr erfolgreich ist: Er hat wohl am Wochenende ein wichtiges Treffen dort. Ich werde ihn unbehelligt seine Aufgabe erledigen lassen – keine Gefahr für uns – und ihn dabei für unsere eigenen Zwecke nutzbar machen.«

»Wen versucht er denn auszuquetschen?«

»Nicht deine Sache. Lass die Finger davon. Ehrlich, was würde denn dort irgendjemand wissen? Nichts als Geschwafel; alles nur heißer Wind. Am besten du bleibst dort weg eine Zeit lang.«

»Ich spiel sowieso nicht mehr oft Snooker; nur ab und zu mit Éamon oder Declan. Aber Sloane und Boyd sind Stammgäste dort.«

»Halt dich fern von den beiden Trotteln, John, hast du gehört? Lass sie. Die wissen von nichts und können uns nicht schaden.«

»Okay Chef, verstanden«, lüge ich. »Aber Spitzel müssen raus. Und zwar vor aller Augen. Das ist die einzige Möglichkeit, sie zu stoppen. Wir müssen ein Exempel statuieren. Alles andere würde ihnen in die Hände spielen.«

»Ich habe eine Entscheidung getroffen, John. Und wir werden sie alle zusammen tragen. Es obliegt uns, das maximale Potenzial zu nutzen. Du bleibst weg von dem Ort, basta.«

Es obliegt uns ... Was soll der Quatsch denn heißen? Ich schaue dem Mann unter dem Filzhut nach – ein Auto wird ihn in einem anderen Stadtteil erwarten – und ich frage mich, warum er diesen langen Weg hierher gemacht hat, um mir zu sagen, dass ich etwas nicht tun soll.

Es ist ein Wochenende Mitte Dezember und ich verbringe den Nachmittag und Abend in der Snooker-Halle. Ich spiele ein paar Matches gegen Declan, und nachdem er gegangen ist, spiele ich allein für mich. Sloane und Boyd gehen ein und aus, doch sobald sie mich sehen, verschwinden sie sofort wieder.

»Wer ist denn dieser neue Typ hier?«, frage ich Jimmy, der hinter der Theke steht und der die vierzehn Jahre, die ich hierherkomme, die Snooker-Halle führt. »Dieser Typ, der jetzt hier regelmäßig spielt, den man aber bis vor einem Jahr noch nie gesehen hatte?«

»Muss ich mal drüber nachdenken, Donnelly«, antwortet Jimmy und saugt an seiner Unterlippe, »lass mir etwas Zeit.«

Später kommt er dann zu mir und sagt: »Fiel mir wieder ein, als er eben hereinkam – dunkelhaariger Typ, Tisch Vier, Heimkehrer aus England, und sein Name ist Baldwin.«

»Gut gemacht, Jimmy«, sage ich, »und Jimmy«, füge ich schnell hinzu, als er sich wieder umdreht, »kein Wort, ja?«

»Verstanden.« Er nickt und kehrt an seinen Platz hinter der Theke zurück. Ich schaue hinter ihm her, und er dreht sich zu mir um und nickt noch einmal, bevor er wieder an die Arbeit geht.

Ich spiele noch eine Stunde weiter und gehe dann. Ich überquere die Straße und gehe in eine Hintergasse, von der aus ich die Tür der Snooker-Halle sehen kann. Ich öffne eine neue Packung Carroll's No. 1 – und warte. Kurz vor 22 Uhr verlässt er die Spielhalle und geht Richtung Parkplatz, der hinter einem Hotel liegt. Ich höre, wie eine Autotür geöffnet und wieder geschlossen wird. Ein Motor startet, und das Auto fährt davon.

Es ist Sonntagabend, und ich bin wieder in der Gasse gegenüber der Snooker-Halle. Wieder kommt er kurz vor 22 Uhr heraus und geht zum Parkplatz hinter dem Hotel. Ich bleibe in der Gasse stehen. Ich höre, wie eine Autotür geöffnet und wieder geschlossen wird. Ein Motorgeräusch höre ich nicht. Ich warte. Ich höre, wie die Tür noch einmal geöffnet und wieder geschlossen wird. Er muss ja zurückkommen. Ich warte – nichts passiert. *Mist, was ist da los?* Ich riskiere ein paar Schritte in die Seitenstraße und drücke mich eng an der Hotelmauer entlang. Ein paar Betrunkene sitzen auf den Stufen am

Personaleingang, eine Flasche billiger Wein steht zwischen ihnen auf dem Boden.

»Alles klar, Kumpel?«, fragt einer von ihnen, und ich sehe, wie er sich aufrichtet und auf mich zuzukommen scheint. Ich schaue zu ihm hin, und er geht zum Eingang zurück.

Ich nähere mich vorsichtig dem Parkplatz. Ich sehe den dunklen Umriss einer Person im Auto. Er ist es. Das Auto ist in der hintersten Ecke geparkt, im Schatten einer hohen Mauer. Ich schaue hoch und sehe, dass das Auto außerhalb des Blickwinkels der Hotel-Videoüberwachung steht. Er beugt sich nach vorne, und ich sehe die Umrisse einer zweiten Person; jemand ist bei ihm. Wenn sie sich jetzt umdrehen, sehen sie mich. Ich ziehe mich zurück. Nach zwanzig Minuten höre ich, wie eine Autotür geöffnet und wieder geschlossen wird, ein Motor startet. Ich gehe in die Seitenstraße hinein, und das Auto fährt weg. Ich schaue mich um, aber wer auch immer in das Auto eingestiegen ist, ist verschwunden. Ich renne zur Snooker-Halle zurück und gucke, wer noch da ist und wer nicht. Sloane und Boyd fehlen. Es muss Sloane sein; es muss dieser schmierige Mistkerl sein.

Ich bin im Café des Imperial Hotel und lese die *Irish Times*. Es ist der letzte Samstag vor Weihnachten, und die Straßen im Zentrum sind voller Leute. Auch im Hotel herrscht Hochbetrieb, sodass ich sie nicht hereinkommen sehe.

»John Donnelly, bist du es?«

Ich schaue hoch. Ich brauche nicht lange, um sie zuzuordnen – es gibt nicht viele Frauen, die aussehen wie Loreto Delaney.

»Johnny«, antworte ich. »Dein Vater ist der Einzige, der mich John nennt.«

»Seid doch aus dem gleichen Holz geschnitzt, ihr beiden, obwohl ihr es gut verheimlicht, warum auch immer.«

Ich sage nichts. Loreto Delaney war schon in die USA gezogen, als ich zum ersten Mal die Delaneys zu Hause besuchte, und ich hatte sie dort nur einmal getroffen.

»Ja ja, John, meine Mutter erzählt mir alles. Sein Star-Schüler warst du, sagt sie. Er hat große Hoffnungen in dich gesetzt.«

»Tut mir leid, dass ich euch alle enttäuscht habe.«

»Mich hast du nicht enttäuscht, darling.« Sie setzt sich mir gegenüber und knöpft sich ihren Mantel auf. Ich erinnere mich sofort an jenes erste Zusammentreffen. Den dunklen Mantel, den sie damals trug, hat sie durch einen modischeren ersetzt. Ihr schwarzes Haar trägt sie in einem flott geschnittenen Bob, der ihr weißgepudertes Gesicht umrahmt. Ihr feuerroter Lippenstift macht aus jedem ihrer Worte einen Angriff. Ein süßer Duft liegt in der Luft, eine Mischung aus Nelke und Vanille.

»Was ist das für ein Parfüm?«, frage ich sie.

»Ganz schön dreist!«, antwortet sie. »Das ist *L'Heure Bleue*. Von Guerlain. Aus Frankreich, natürlich.«

»Wie geht's dir in Kalifornien?«

»Lebe gerade in Scheidung. Seitensprung, eine unschöne Geschichte, John. Brauche einfach eine Abwechslung, deswegen bin ich nach Hause gekommen.«

»Tut mir leid, dass es dir schlecht geht.«

»Nein nein, gar nicht. Das Vergnügen war ganz auf meiner Seite, den Ärger hat er.«

»Und deine Mutter?«

»Ist abwesend, nicht mehr da, John, ganz ehrlich. Die beiden sind ein paar Tage unterwegs nach Tipperary. Haben mich ganz allein gelassen, diese Egoisten. Aber ist es nicht großartig, dass ich jetzt jemanden gefunden habe, der sich um mich kümmert?«

Und sie wirft mir diesen Blick zu, denselben Blick, den sie mir vor vielen Jahren zugeworfen hat, als ich sie auf dem Heimweg von der Messe in Saint Joseph's getroffen habe.

Wir essen zusammen Mittag im Hotelrestaurant und trinken Château Margaux – sie besteht darauf –, und dann erzählt sie mir von Kalifornien.

»Ich würde so gerne mal nach Kalifornien«, gestehe ich.

»Du musst, darling. Du musst mich einfach besuchen.«

Nach dem Essen gehen wir rüber in die Hotelbar und bestellen noch eine Flasche Margaux vom Restaurant, und als die Dunkelheit des Abends schon über uns hereingebrochen ist, schlägt sie vor, dass ich sie nach Hause bringe. Arm in Arm gehen wir den kurzen Weg bis zum Backsteinhaus in der Nähe des Stadtzentrums. Sie lässt die Vorhänge auf, sodass das Licht der Straßenlaterne durch die Fensterläden hindurchschimmert und ihren nackten Körper in gelbe Farbtöne hüllt, als sie auf mich herabsinkt.

»Du wolltest mich nur nach Hause bringen, was?«, sagt sie, während sie ihre Fingernägel in meine Brust bohrt. »Nur nach Hause bringen, bad boy«, fährt sie fort, und ihre Bewegungen über mir machen den Wunsch zum Rausch. Sie lässt ihre Hüften auf mich hinunterprallen, ihr schwarzer Bob fliegt. *L'Heure Bleue* in der Luft – aus Frankreich natürlich. »Nur nach Hause bringen, John Donnelly, bad boy.«

Es ist Sonntagabend. Ich bin in der dunklen Gasse gegenüber der Snooker-Halle. Ich trage eine schwarze Wollmütze auf dem Kopf, hochgerollt. Eine halbvolle Flasche

Wein steckt in der Jackentasche meines alten Mantels, den ich in einem Charity-Laden gekauft habe. In meiner anderen Manteltasche ist die Glock. Ich weiß, dass sie sich treffen werden. Die Menschen sind Gewohnheitstiere – das hilft ihnen, die Dinge des Lebens zu überschauen und zu ordnen, es kann aber auch dazu führen, getötet zu werden. Ich warte. Kurz vor 22 Uhr verlässt er die Snooker-Halle und geht Richtung Parkplatz hinter dem Hotel. Ich höre, wie eine Autotür aufgeht und wieder geschlossen wird. Nach fünf Minuten höre ich, wie eine zweite Tür aufgeht und wieder zufällt. Ich ziehe mir die schwarze Mütze übers Gesicht und gehe los. Ich laufe in die Seitenstraße und schnell hinüber zum Parkplatz. Ich fasse in meine Manteltasche und hole die Flasche Wein heraus. Ich torkle auf den Parkplatz, schwanke bis in die hintere Ecke. Ich sehe zwei Leute im Auto sitzen. Ich glaube die Umrisse auf dem Beifahrersitz zu erkennen. Ist der Scheißkerl, Sloane. Ich nähere mich dem Auto. Ich lasse eine leere Cola-Dose fallen, die ich mitgebracht habe und kicke sie über den Parkplatz. Ich gröle herum wie ein Betrunkener – ohne Artikulation, mit jämmerlicher Stimme, ein Brei unverständlicher Wörter. Ich nähere mit dem Auto von hinten, schwanke näher und näher, kicke die Cola-Dose weiter über den Parkplatz. Ich sehe, dass er mich im Rückspiegel beobachtet. Ich lasse die Weinflasche fallen. Sie zerscheppert auf dem Boden. Ich strecke meinen linken Arm in die Luft und rufe *cheers*. Die Fahrertür wird geöffnet und der Engländer steigt aus.

»Verpiss dich, Kumpel.«

Ich drehe mich zu ihm um, die Glock im Anschlag, und ich halte meinen Arm gerade und ruhig als ich ihm mitten in die Brust schieße. Er fällt rückwärts zwischen die offenstehende Tür und das Fahrgestell des Autos. Er versucht sich an beiden Seiten festzuhalten, sein Mund bewegt sich, aber er fällt. Ich verpasse ihm noch eine Kugel in die Brust, gehe näher und schieße noch einmal in seinen Kopf.

Schnell gehe ich rüber zur Beifahrertür. Sloane ist starr vor Schreck. Er schaut ausdruckslos ins Leere. Er guckt weder zu dem toten Engländer noch zu mir. Ich mache mit der linken Hand die Tür auf und halte die Waffe sofort an Sloanes Kopf. Er uriniert auf den Beifahrersitz. Ich muss dem Scheißkerl unbedingt noch einmal ins Gesicht blicken, ein letztes Mal. Unzählige tapfere Iren mussten sterben oder wurden eingelocht wegen solcher Spitzel, solcher Scheißkerle wie Sloane. Sloane hat immer versucht, zu viel zu verkaufen. Das hat nun ein Ende. Ich lasse meinen Kopf nach vorne fallen, als ich schieße.

Danach, als ich weggehe, sehe ich ihn wieder vor mir, immer wieder und wieder. Sein ganzer Körper zitterte in panischer Angst, er starrte blind nach vorn und rief nach seiner Mami – meiner Mami. Es war nicht Sloane. Es war Declan Donnelly, mein Bruder.

Ein dreifaches Hoch auf Johnny Donnelly

Es ist Ende Dezember und ich bin in Crossmaglen. Während ich warte, versuche ich Declans Kopf aus meinen Gedanken zu verbannen. Darum versuche ich mich an die Songtexte zu erinnern, die ich mit den Jungs geschrieben habe, und ich singe ›Crossmaglen Maggie‹, als plötzlich ein Wachtposten in meinen Sucher tritt.

Es ist Silvester und ich bin zu Hause in Dundalk. Am frühen Nachmittag mache ich einen Spaziergang nach Seatown und setze mich in eine Bar. Nach zwei Bieren gehe ich weiter zur nächsten Bar, und nach ein paar weiteren zur nächsten. *Du würdest nichts Böses tun, stimmt's?* Ich höre diese Worte wieder so deutlich, wie ich sie damals auf unserem Weg über den Hügel hörte, so deutlich, wie ich sie hörte, als ich aus der Gasse heraustrat und Richtung Hotelparkplatz ging, so deutlich wie ich sie in Keady, Newry, Newtownhamilton, Forkhill und in Crossmaglen hörte. *Nein Cora,* sagte ich zu ihr auf dem Hügel, *ich würde nichts Böses tun.* Ich habe acht Leute mit dem großen schwarzen Gewehr getötet – und jetzt? Wo bin ich? Ich habe fast alles erledigt, was ich erledigen wollte. Und nun? Ich habe keine beschissene Ahnung, was nun.

Ich gehe weiter Richtung Stadtzentrum und setze mich in die nächste Bar, und dann in die nächste. Der Chef sagt, dass es einen Vorstoß Richtung Friedensgespräche gibt. Aber wir wissen beide, dass eine Feuerpause alles zunichtemacht; für die nächste Generation wird es dann keinen Weg zurück mehr geben. Ein Waffenstillstand wird den anderen mehr nützen, als er uns nützen wird.

Ist doch immer so. Sie werden die Straßen für sich beanspruchen und dann die Gemeinden verseuchen. Der Krieg wird einfach abgewürgt, im Keim erstickt. Die republikanischen Anführer drängen auf eine politische Lösung. Scheißkerle. Nur weiter so – einfach weiter so. Sie werden älter, und der Kampf macht sie müde. Sie begnügen sich irgendwann damit, nur noch das zu verwalten, wogegen sie ihre ganze Jugend lang gekämpft haben. Und der einzige Kampf, den sie noch führen, ist der gegeneinander um die besten Posten im Apparat. Ihre Lebenserfahrung motten sie ein, ihre Selbsttäuschung auch. Einige wenige sind weiser geworden, doch diese Weisheit hat nichts mit Reife zu tun.

Ihre Weisheit beruht doch nur darauf, dass sie dem Kampf entsagen; ihr Kampfeswille ist auf der Strecke geblieben.

Ich bestelle mir noch ein Bier. Zwei Mädchen kommen an die Bar, und ich grinse die, die sich neben mich setzt, unverschämt an. Sie sagt, ich solle das Weite suchen.

Wie paradox, meine Gedanken sind ja ganz weit weg.

Beide Mädchen schauen mich an. *Schaut mich nur an; hereinspaziert, hereinspaziert, Tickets bereithalten.* Sie gehen zum anderen Ende der Bar. Ich rufe dem Barkeeper zu, wo mein Bier bleibt. Zu Hause bei uns herrscht das Chaos: Mom ist hysterisch. Dad ist verzweifelt. Declan ausgeraubt und erschossen, zusammen mit irgendeinem armen Engländer – erschossen nur für ein paar Pfund, erschossen von einem Betrunkenen, der nur ein paar Münzen brauchte. Die Polizei hatte ihnen nicht gestattet, den Toten zu anzuschauen. Sie baten mich und Peter, ihn zu identifizieren. Ist das nicht wahnsinnig, unmenschlich? Mom sagt, dass sie nie darüber hinwegkommen wird, dass sie nach dieser Horrornachricht am liebsten auch gestorben wäre. »Warum hat ein Betrunkener eine Waffe?«, fragt Dad. »Wohin, in Gottes Namen, führt das alles?« Anna heult die ganze Zeit. Leute kamen von überall her, um uns Trost zu spenden; die meisten kannte ich gar nicht. Sie drückten alle meine Hand – dieselbe Hand, die die Glock gehalten hat, dieselbe Hand, die Declan erschossen hat.

Ich höre eine Stimme: *Hat sich in die Hosen gemacht, Kumpel. Hat sich in seine Scheißhosen gemacht.* Ich schaue über die Bar zu dem Regal mit den Whiskeyflaschen, und sehe Bob, der mich durch das Glas zwischen Powers und Black Bush hindurch beobachtet. Er sagt kein Wort. Er starrt mich nur an. *Du glaubst, du weißt Bescheid, Bob? Du weißt gar nichts. Du glaubst, du hast eine Antwort? Wer bist du Scheißkerl überhaupt? Was hast du je getan, um irgendetwas zu bewirken? Du bist doch gar nicht da, du bist nichts als ein Klugscheißer, ein großer Klugscheißer.* Wo bleibt denn mein Bier? Cora wollte Irisch unterrichten, sie wollte heiraten und Kinder kriegen und an Cuchulainns Burg picknicken. Declan wollte Geld, um nach Blackrock zu ziehen. Das macht Blackrock also aus uns. War keine gute Idee. Die Engländer haben es immer geschafft, ein paar Iren zu kaufen – dieses Geschäft zeigt genau, wie wir sind. Mila wollte von mir geliebt werden. Eigentlich nicht so schwierig; sie ist ein wunderschönes Mädchen. Aber ich hab's vermasselt. Nur ein Dummkopf hätte solch ein Mädchen gehen lassen. Sie wollte alles geben; ich habe ihr so gut wie nichts gegeben. Aisling möchte, dass ich sie in Dublin besuche. Ich glaube nicht, dass ich das machen sollte. Das wäre doch ehrlich gesagt beschissen von mir, oder? Der Spaßvogel Frankyboy möchte ein neues Auto; nicht mehr so spaßig der Typ. Éamon ist immer noch auf der Suche nach Éamon; könnte eine lange Suche werden. Big Robbie möchte einen Drink, und dann noch einen. Und Conor möchte einfach jemanden, den er liebhaben kann, jemanden, zu dem er nach Hause gehen kann. Der gute alte Conor, der einzige, der alles gemeistert hat und dabei noch er selbst geblieben ist.

Ich verlasse den Pub und gehe nach Hause. Ich komme an der Saint Patrick's Cathedral vorbei. Ich stoppe unter dem Torbogen aus Sandstein und uriniere an die Mauer. Vergib mir Vater, denn ich habe gesündigt.

Mensch, Johnny.

Ich trete in den Kirchhof und sehe Bob, der hoch über mir auf dem Kirchsockel steht, mit weit ausgebreiteten Armen, im grünen Overall, aus dessen Hosentasche der rote Lappen heraushängt.

Gut gemacht, Johnny Donnelly. Du hast es getan. Du hast es ihnen gezeigt. Der heilige Exodus der Briten aus Irland – die große Armee ihrer Majestät auf dem Rückzug. Viele haben durch deine Hand allein den Tod gefunden. Du hast sie getötet. Du hast sie alle getötet. Gut gemacht, Johnny, du hast Irland gerettet. Du stehst jetzt hoch oben, auf einer Stufe mit dem mächtigen Cuchulainn. Bravo, gut gemacht. Dreimal hoch auf dich, Johnny; ein dreifaches Hoch auf Johnny Donnelly. Hip Hip Hurra, Hip Hip … Nein, warte kurz. Moment mal, die Briten sind ja immer noch hier. Alles ist wie immer. Nichts hat sich geändert; gar nichts. Johnny, Johnny, Johnny.

Ich gehe weiter. Ich gehe an den großen Stadtvillen – ›Georgian Style‹ – aus dem 18. Jahrhundert entlang, an den Treppenaufgängen mit geschwungenen Geländern und Messingschildern von Doktoren, von Zahnärzten und Rechtsanwälten. Ich komme zur Abzweigung Chapel

Street, mit unserer Bäckerei an der Ecke, wo Mom noch immer jeden Samstagmorgen ansteht, um zwei Baguettes und einen Mandelkranz und dann und wann einen Schokoladen- oder Ananaskuchen zu kaufen. Ich überlege es mir anders, will in Seatown noch ein paar Bier trinken. Ich gehe über die Straße. Ich schaue nicht hoch. Ich möchte gar nicht hochschauen. Ich sehe das Auto nicht. Oder doch?

Die reines Herzens sind

Es ist nicht vollkommen schwarz um mich, doch alles herum scheint dichter, dunkler Nebel. Der Lichtkegel ist in weiter Ferne; aber obwohl es schwach ist, weiß ich, dass sie hier ist.

»Ganz ruhig, Johnny, keine Angst, ich bin bei dir.«

Ich höre eine Stimme, eine helle, klare Stimme, eine Stimme wie Musik – jedes Wort ein Ton.

Diese Stimme! Cora? Aber Cora ist im Himmel. Ich kann doch nicht im Himmel sein, oder? Vielleicht in der Hölle? Vielleicht haben Moms Rosenkranzgebete Milde walten lassen? Meine gute alte Mom. Ein Schatten huscht durch den Nebel. Ich strecke meine Hand aus. Ich berühre ihren Arm. Ihr Arm bewegt sich, sanft, vorsichtig, und ihre Hand legt sich auf meinen Arm, und ich spüre, wie ihre Finger sich entlangtasten bis zu meiner Hand und dann meine Finger und den Daumen fest umschließen.

»Ich habe etwas Schlimmes getan.«

»Keine Angst, Johnny. Ich bleibe bei dir.«

Aber ich kann nicht aufhören. Ich muss alles rauslassen. Und das tue ich. Ich rede und rede, und die Hand hält mich die ganze Zeit fest.

Es ist ganz still, als ich fertig bin. Ihre Hand spüre ich nicht mehr, und ich bin mir auch nicht sicher, ob sie überhaupt noch da ist. Dann fühle ich sie wieder. Wieder berührt sie meinen Arm, wandert runter und umfasst sanft meine Hand.

Ich versuche sie anzuschauen. Aber sie ist hoch über mir, und ich kann nur ihre Umrisse erkennen, sonst nichts. »Sind wir im Himmel?«

»Vielleicht, ich weiß nicht. Vielleicht ist Irland der Himmel?«

»Ich hoffe nicht«, bringe ich unter Anstrengung heraus, »wenn, dann sind wir alle verloren.«

Ich scheine zu fallen, so als ob ich ins Nichts getreten wäre.

»Sag mal«, sage ich während des Fallens, »bist du hier schon mal Schwester Josephine begegnet?«

»Schwester Josephine?«, antwortet sie, »das ist ja eine wirklich lustige Nonne.«

»Möge Gott ihm beistehen.«

Ich höre die Stimme von Tante Hannah.

»Möge Gott uns allen beistehen«, darauf Mom. »Nicht um alles in der Welt hätte ich gedacht, dass er vor ein Auto laufen würde.«

»Hatte er getrunken?«

»Nein, glaube ich nicht. Aber wissen kann man es natürlich nicht. Und ich würde es auch niemandem verübeln, sich dem Alkohol hinzugeben, nach dem, was mit Declan passiert ist.«

»Hat er …«, Hannah zögert, »also, … hat er es mit Absicht getan?«

»Weiß ich nicht, Hannah. Ich habe nie gewusst, was dieser Junge wirklich denkt.«

»Ehrlich, wer weiß schon, was jemand anderes denkt? Wartet Mister Delaney noch draußen?«

»Nein, ich habe ihn und Anna heimgeschickt. Musste sich nie besonders anstrengen dieser Junge, um geliebt zu werden. Musste sich eigentlich überhaupt nicht anstrengen.«

»Er ist nie über dieses Mädchen hinweggekommen. Das so was passieren musste. Wer hätte je gedacht, dass wir so viel Leid erfahren müssen? Das alles macht mich noch ganz krank. Ich bekenne mich ja zu Gott, aber wir werden nach diesen fürchterlichen Wochen nicht mehr dieselben sein. Gott stehe uns allen bei.«

»Er ist direkt vors Auto gelaufen. Einfach so auf die Straße gelaufen, haben sie gesagt.«

»Könnt ihr mal damit aufhören, ihr beiden?«, mische ich mich ein.

»Jesus, Maria und Joseph«, ruft Hannah aus. »Bist du wach, mein Sohn? Geht's dir gut? Ich dachte, du wärst bewusstlos.«

»War ich auch. Ein Wunder ist geschehen.«

»Immer noch unser Schlaumeier«, Hannah ist erleichtert, »wie schön.«

»Wo bin ich? Bin ich tot und in der Hölle gelandet? Muss ich jetzt für immer und ewig euch beiden zuhören?«

Ich sehe, wie Mom mit großen Augen Hannah anblickt und sich dann hinausschleicht.

»Du hattest einen Unfall. Du bist überfahren worden, Johnny. Aber du lebst, Gott sei Dank. Jetzt reicht's aber mit den Katastrophen für den Rest unseres Lebens.«

Darauf kann ich nicht wirklich eine Antwort geben, also bin ich besser still. Mom kommt mit einem Arzt zurück.

»Guten Morgen, Mister Donnelly. Wie fühlen Sie sich?«

»Hallo, Herr Doktor. Ehrlich gesagt, habe ich keine Ahnung, wie ich mich fühle. Was ist denn passiert?«

Der Arzt blickt zu den beiden Besuchern.

»Besser nicht hinausschicken«, bitte ich ihn, »die Neugier würde die beiden umbringen.«

Mit langen und komplizierten Worten erklärt er uns, dass ich einen Arm und ein Bein gebrochen habe.

»Sie haben großes Glück gehabt, junger Mann«, sagt er. »Sie scheinen mehr als ein Leben zu haben.«

Kann man wohl sagen – ich habe so einige Leben, denke ich, aber ich sage nichts.

»Sie haben zum Glück kein Hirntrauma«, fährt er fort, »Sie haben wohl etwas fantasiert gestern Abend, und wir haben Sie wegen Ihrer Vorgeschichte und wegen Ihres Zustands zunächst auf der Intensivstation behalten, aber in dem Moment, in dem Ihre Unruhe am größten war, kam ein Besucher zu Ihnen und Sie wurden ganz ruhig. Die Schwestern hatten ein wachsames Auge auf Sie, und heute Morgen konnten wir Sie dann hierher verlegen.«

»Ich hatte Besuch?«, frage ich nach.

»Allmächtiger Gott«, wirft Hannah ein, »das macht mich ganz fertig. Er wird in die Intensivstation eingeliefert, es zerreißt uns das Herz, die arme Anna und Mister Delaney und dieses Flannery-Mädchen sind außer sich und harren die ganze Nacht vor seiner Tür aus, und er selbst flirtet mit den Krankenschwestern. Hübsche junge Dinger, was? Das sieht ihm ähnlich, diesem Kerl. So wie ich ihn kenne, hat er es auch wieder geschafft, dass sie ihm Tee und Toast bringen.«

Anna kommt am Nachmittag zu Besuch.

»Und?«, sagt sie.

»Und du?«

»Erzähl, was ist denn genau passiert? Hast du getrunken, Johnny? Was habe ich dir immer gesagt?« Sie setzt sich neben mich aufs Bett und nimmt einen Toast vom Tablett.

»Was ist los, Johnny?«

»Nichts Besonderes. Nur ein kleiner Unfall. Mir geht's gut, wirklich.«

Sie hält inne, und ich schaue weg; sie kennt mich gut, und deshalb drängt sie nicht weiter.

»Was ist mit Mila? Sie war so ein nettes Mädchen.«

»Sie konnte sich tatsächlich meinem Charme entziehen.«

»Das sollte dich jetzt aber mal ein bisschen bremsen, du musst vorsichtiger sein, Johnny. Und aufhören mit dem Trinken. Hörst du?«

»Ja, Anna.«

»Ich habe mich verlobt, Johnny, letzten Monat. Wir wollten es allen an Weihnachten sagen, aber dann … wäre jetzt wohl irgendwie unpassend. Scheint gerade nicht mehr so wichtig zu sein.«

»Doch Anna, das ist wichtig. Ich freue mich so für dich. Was für ein Glück der Mann hat. Wann ist denn euer großer Tag?«

»Erst in ein paar Jahren – wir wissen noch nicht genau wann. Du bist auf jeden Fall dabei, Johnny, ja? Bei meiner Hochzeit?«

»Klar, Anna.«

»Würde ich dir auch raten.« Sie lehnt sich an mich, hält mich fest und fängt an zu schluchzen. »Geh nicht mehr raus auf diese blutigen Straßen, Johnny.«

Später am Abend kommt Conor Rafferty zu Besuch.

»Du hättest nicht den langen Weg auf dich nehmen sollen, nur für mich, Rafferty.«

»Kam gerade hier vorbei.«

»Steck doch mal deinen Kopf aus der Tür und frag die Schwester, ob sie uns einen Tee bringt.«

»Spinnst du, Donnelly?«, protestiert Conor, »das mach ich ganz bestimmt nicht.«

Dann wird die Schwester aber doch gerufen, und wir genießen gemeinsam Tee und Toast.

»Keine Fragen bitte«, warne ich ihn. »War nur ein kleiner Unfall, das reicht.«

»Ich will doch gar nichts fragen. Ich soll dich von Flossie grüßen.«

»Wenn du unbedingt darauf bestehst«, sage ich, »bin betrunken auf die Straße gewankt. Das ist alles.«

»Ich bestehe auf gar nichts«, verteidigt sich Conor. »Fahre übrigens morgen mit Anna nach Ennis. Wir holen deine Sachen. Du brauchst sie jetzt zu Hause – wirst nämlich längere Zeit nicht zurückkönnen, Johnny. Tut mir leid.«

»Danke Conor. An was du alles denkst. Sag Bella ›Hallo‹ von mir und dass es mir gut geht und dass sie sich keine Sorgen machen muss. Sag ihr, dass ich sie besuche, sobald ich kann.«

Die Schwester kommt mit dem Rollstuhl herein, um den ich sie gebeten hatte.

»Wenn Sie irgendjemand danach fragt: von mir haben Sie ihn nicht bekommen, verstanden?«, warnt sie.

»Ja ja, schon gut«, antwortet Conor verwirrt.

Conor hilft mir aus dem Bett und in den Rollstuhl. Wir machen eine Runde durch die Klinik, und ich erzähle ihm, wen ich suche. Wir schauen in den Fluren und Wartezimmern und fahren dann raus aufs Gelände. Wir finden sie nicht. Wir kommen am Leichenschauhaus vorbei, wo Declan in seinem weißen Leichengewand auf dem Stahltisch gelegen hat, als Peter und ich ihn identifizieren mussten. Ich sehe das Kreuz an der Tür.

»Ich habe eine Idee«, sage ich zu Conor, »lass uns wieder reinfahren.«

»Was für eine Idee?«, fragt er.

»Nur eine dumme Idee.«

Wir kommen zur Krankenhauskapelle. Conor schiebt den Rollstuhl hinein, lässt mich aber allein, als die schwere Tür sich hinter mir schließt. Es ist eine kleine Kapelle, mit fünf Bankreihen links und rechts des Mittelgangs. Sie kniet vor dem Altar.

»Warum habe ich dich eigentlich gesucht?«, sage ich und rolle zu ihr vor. »Hätte ich mir doch denken können, dass du im Hause deines Vaters bist.«

Sie steht auf, dreht sich um und tritt in den Mittelgang.

»Kommst du hierher, um mich darum zu bitten, nichts zu erzählen?«, fragt sie mich, als ich zu ihr hinrolle, »nichts davon zu erzählen, was du mir erzählt hast?«

»Nein nein, ich mache mir keine Sorgen um mich. Ich mache mir Sorgen um dich, weil ich dich mit diesen Dingen belastet habe. Tut mir leid.«

»Ist es nicht zu spät für eine Entschuldigung?«

»Ich entschuldige mich nicht für das, was ich getan habe. Ich entschuldige mich bei dir, dass ich dir diese Last aufbürde.«

»Dinge? Last?«

»Das Töten eben. Hörst du das lieber?«

»Nein, nichts davon«, ihre Stimme klingt hart, wird kurz danach aber wieder weich und mild.

»Kannst du mir bitte alles erzählen, Johnny? Kannst du mir alles von Beginn an erzählen? Wie hat es angefangen?«

»Glaube nicht, dass ich das kann.«

»Bitte, Johnny?«

Also beginne ich doch, beginne mit den Hungerstreiks und erkläre, wie sinnlos dieses Opfer war; wie wütend es mich gemacht hat und wie ich mir geschworen habe zu handeln, um wirklich etwas zu bewirken; wie ich diesen Aufsatz schreiben musste und ihn meinem Lehrer abgegeben habe; wie ich ihn dann für Privatstunden in seinem Haus besucht habe; wie unsere Gespräche immer intensiver wurden, wie sich aus harmlosen Beobachtungen und Diskussionen konkrete Vorhaben und Einsatzpläne entwickelten; wie sich herausstellte – ohne große Erleuchtung, ohne einen entscheidenden Moment, ohne einen konkreten Beginn –, dass alles so kommen musste, dass ich für den Kampf geboren war, dass ich fürs Schießen geschaffen war.

»Aber du warst noch ein Kind«, sagt sie. »was hast du denn von den Soldaten überhaupt mitgekriegt damals?«

Und ich erzähle ihr von der Kontrolle, als wir stundenlang im kalten Regen standen und von Moms Einkäufen, die verstreut auf der Straße lagen, und ich erzähle ihr von dem großen schwarzen Gewehr.

»Erzähl mir davon, wie du die Ersten erschossen hast.«

Und ich erzähle ihr von der .303 und den drei langen Jahren Training und dann von der Armelite und der Kalaschnikow und der Heckler & Koch, mit denen ich jeweils ein Jahr intensiv trainieren musste und wie ich sie alle drei benutzt habe, manchmal mit Erfolg, und manchmal ohne. Ich erzähle ihr von den ersten Einsätzen zusammen mit Delaney. Ich erzähle ihr von jenem nassen Tag in Ravensdale, dem Tag, an dem ich zum ersten Mal allein unterwegs war und dann von allen weiteren. Und ich sage, dass für mich persönlich all dies nur die Vorbereitung für das große schwarze Gewehr war.

»Erzähl mir von dem Amerikaner.«

Ich erzähle ihr, wie das Gewehr bei mir ankam und wie ich trainiert habe und wie wir zu einer weit entfernt gelegenen Insel gefahren sind, weil wir unser gewohntes Trainingsgelände in Ravensdale oder Inniskeen nicht dafür benutzen konnten. Ich erzähle ihr, wie ich dann einmal auf der Insel zurückblieb und Delaney das Boot auf halbem Weg zum Festland stoppte, und er nur einen einzigen Schuss abgab – um die Sache richtig zu Ende zu bringen, wie er immer betonte. Ich erzähle, wie dem Amerikaner Ketten umgebunden und er im tiefen Atlantik versenkt wurde.

Sie bittet mich, eine Kerze anzuzünden, und ich beobachte, wie sie auf der mit Teppich bezogenen ersten Altarstufe unter einem Hochkreuz niederkniet.

»Betest du für ihn, für den Amerikaner?«, frage ich.

»Ja, ich bete für ihn. Ich bete für dich. Ich bete für deinen Lehrer. Erzähl mir, was du mit diesem Gewehr getan hast.«

Und so geht es immer weiter und weiter. Ich erzähle ihr von der Barrett und was sie konnte, wie ich nur für sie trainiert habe, wie ich den Feind in Angst und Schrecken versetzen und den Krieg verändern wollte; und dann, nach und nach, erzähle ich ihr, wie ich in South Armagh getötet habe. Ich erzähle ihr von Forkhill, Newtownhamilton, Keady und Crossmaglen. Und nach jedem Toten, von dem ich ihr erzähle, bittet sie mich, eine Kerze anzuzünden, und ich beobachte, wie sie sich hinkniet und betet. »Selig sind die Friedfertigen«, höre ich, »denn sie werden Gottes Kinder heißen.«

»Sie waren nicht friedfertig«, widerspreche ich ihr. Aber sie beachtet meinen Einwurf gar nicht.

»Erzähl mir von dem Engländer.«

Ich erzähle ihr, wie ich in der dunklen Gasse gewartet habe, wie deutlich ich Coras Worte gehört habe, als ich durch die Seitenstraße Richtung Hotel-Parkplatz gegangen bin. Wie ich die beiden Männer im Auto gesehen habe, von denen einer, wie ich dachte, der Scheißkerl Sloane war. Wie die Fahrertür aufging und der Engländer herauskam. *Verpiss dich,* waren seine letzten Worte. Wie ich schnell zur Beifahrertür gegangen bin. Sloane starr vor Schreck. Wie es nicht Sloane war. Wie es Declan war, mein Bruder.

»Selig sind, die da geistlich arm sind, denn ihrer ist das Himmelreich.«

»Es gab nichts Geistliches in dem, was sie getan haben«, sage ich zu ihr, »absolut nichts Geistliches. Nur Gier und Betrug. *Honra y provecho no caben en un techo*, wie ein spanisches Sprichwort sagt, zu begehrlich bleibt nicht ehrlich.«

Wieder ignoriert sie meinen Einwurf und bittet mich, eine Kerze anzuzünden, und wieder beobachte ich sie beim Beten.

»Erzähl mir von Cora.«

»Bitte nein, das kannst du nicht von mir verlangen.«

Doch sie besteht darauf – und da gerade ich jetzt nicht auf Recht und Moral pochen sollte, erzähle ich ihr doch von dem Mädchen. Von dem goldenen Haar, das in weichen Wellen über eine Seite ihres blassen Gesichts fiel. Ich erzähle ihr alles. Und ich erzähle ihr, wie wir an jenem letzten Tag zusammen auf den grünen Hügel gewandert sind; wie wir im Pub gesungen haben; wie wir im Auto ihres Vaters nach Hause gefahren sind; wie ich sie das nächste Mal gesehen habe – tot.

»Cora war ein ganz besonderes Mädchen«, sagt sie.

»Selig sind, die reines Herzens sind«, sage ich, »denn sie werden Gott schauen.«

Ich zünde eine Kerze für Cora an, und Aisling Flannery kniet nieder und betet.

Aisling

Die vier schrecklichen Februarwochen sind vorbei. Der Februar in Irland ist kalt und nass und grau, und der einzige Trost in diesem Monat ist der, dass es nicht mehr Januar ist und dass die Tage wieder länger werden. Es kann schon mal Frühlingsmomente geben, aber sie kommen und gehen, bleiben nicht, sind eher Neckereien statt Versprechungen, und wenn man nicht aufmerksam ist, ziehen diese kleinen, kühnen Boten auch unbemerkt vorüber. Die ersten zehn Wochen des Jahres sind in Irland eine Herausforderung – für den Geist und für die Seele. Die Luft – und genauso die Stimmung – ist schwer und kalt und klamm. Unser Nationalfeiertag in der elften Woche, am 17. März, ist ein Fest, mit dem wir unser Überleben feiern.

Ich bin geheilt: mein Bein und mein Arm sind wieder stark und kräftig. Fast wie vorher - *stark genug auf jeden Fall, um ins normale Leben zurückzukehren,* wie Vater meint – und so packe ich in der elften Kalenderwoche zwei große Taschen in den Renault. Ein halbes Dutzend Bücher ist auf dem Rücksitz verstaut, und Aisling Flannery sitzt neben mir auf dem Beifahrersitz. Eddie und Hannah stehen an der Gartenmauer, Mom besteht darauf, dass wir ein Paket Sandwiches und eine Thermoskanne Tee mitnehmen.

»Das war doch nicht nötig«, sage ich und winke Dad zum Abschied, der von der Verandatür alles beobachtet.

»Recht hast du, mein Sohn«, ruft er, »pass gut auf.«

Ich schaue Aisling an, die die Straßenkarte studiert. Aislings Haar ist dunkel, und ihre Haut schimmert in einer Mischung aus Honig und Sonnenschein – es ist mir ein Rätsel, wie ihre Haut so geworden ist. Es gibt nur wenig direkte Sonneneinstrahlung in Irland, sodass unsere Haut im Laufe der Zeit kaum Pigmente gebildet hat und wir mit dem wenigen Licht, das es hier gibt, gut auskommen; bei Aisling ist das allerdings anders, und das Ergebnis ist himmlisch, ein wahres Geschenk. Und ihre Augen? Aislings Augen sind pure Poesie, denn ihr altgolden gesprenkeltes Braun schimmert wie Farn in der Herbstsonne.

»Du bist so verrückt«, sage ich zu ihr, und ihr Gesicht beginnt zu leuchten. Ich fasse zu ihr hinüber und nehme ihre Hand.

Conor Rafferty sagt, dass die Flannery-Mädchen Gottes ganz eigene Kreation seien, dass *Er* sie mit *Seinen* eigenen Händen gemacht habe, und dass sie eine ganz besondere Bestimmung hätten, dass sie geradewegs aus dem Himmel kämen. Durch irgendetwas wurde Gott aber dann abgelenkt, als er sie hinunterschickte, er verlor sie aus *Seinen* Augen und sie landeten in Dundalk. Vielleicht hat Conor recht. Macht auf jeden Fall Sinn – also, falls ich an Gott und all das Zeug glauben sollte. Wie hätten diese beiden auch sonst hier zu uns kommen können? Cora Flannery hatte goldenes Haar, ihre Augen waren grün und ihre Haut blass; und es gibt Momente – wenn ich mit Aisling zusammen bin –, in denen ich nicht auf der Hut bin oder mich in einer anderen Gedankenwelt verliere und ich für einen Moment alles ausblende und denke, sie wäre Cora. Er geht schnell vorbei, dieser Moment, doch wenn er vorbei ist, bleibt ein Stachel zurück – ein Scheißgefühl bleibt zurück.

Wir sind auf dem Weg nach London. Aisling hat zwei Wochen Ferien im College und kann in der Zeit das möblierte Zimmer ihres Cousins in Chiswick bewohnen, der, gerade fertig als Diplom-Biologe, einen Fortbildungskurs in Boston hat.

»Kommst du mit?«, fragte sie mich.

»Ins Herz des Feindes? Na klar!«

Meine einzige Sorge war allerdings mein R4 – ist eine lange Strecke für das alte Schätzchen. Wir beschlossen, es mit dem Auto zu versuchen und uns für die Fahrt Zeit zu nehmen: drei Tage um hinzukommen, eine Woche in London und drei Tage für die Rückfahrt.

»Auf ins große und ruhmvolle Reich Ihrer Majestät«, verabschiede ich mich, »Rule Britannia.« Wir fahren los und winken meiner Familie.

»Wie weit fahren wir heute?«, fragt Aisling.

»Wie weit ist es bis zur Seligkeit?«, frage ich zurück.

Sie schaut runter: »Sehe ich hier nicht auf der Karte.«

»Was ist mit Glück und Zufriedenheit?«

Sie schaut wieder runter. »Nee, sehe ich auch nicht. Das ist das Problem mit diesen Straßenkarten, Johnny – sie zeigen manchmal nicht, was direkt vor dir liegt.«

»Lass es uns auf dem Weg entscheiden«, sage ich, und damit ist sie zufrieden und macht es sich auf ihrem Sitz bequem.

Wir fahren bis Dublin und nehmen die Nachmittags-Fähre nach Wales. Es ist Abend und schon dunkel, als wir in Holyhead ankommen. Wir beschließen, die Nacht dort zu verbringen und gehen in ein kleines Hotel mit Bar in der Nähe des Hafens. Ich hatte Aisling gebeten, die Augen nach einer preiswerten Unterkunft aufzuhalten, und diese scheint genau zu passen.

»Ein Zimmer oder zwei?«, will ich wissen, als wir jeder eine Tasche aus dem Renault hieven.

»Das überlasse ich ganz dir, Johnny-boy.«

Bis ich an Rezeption stehe, weiß ich selbst noch nicht, nach was ich fragen soll. Ich entscheide mich für eins.

»Warum sollten wir zwei nehmen?«, sage ich zu ihr, als ich den Schlüssel entgegennehme. »Wäre doch nur Geldverschwendung.«

»Ja, also Geld sollten wir nicht verschwenden, Johnny«, sagt sie und nimmt meinen Arm auf dem Weg nach oben in unser Zimmer.

Wir machen uns frisch und kehren in die Hotel-Bar zurück, um zu Abend zu essen. Die Bar ist fast leer, nur zwei Männer sitzen an der Theke, und ein Mann mittleren Alters, allein, in einem knittrigen, schmutziggrauen Anzug, liest Zeitung. Wir setzen uns an einen Tisch am brennenden Kamin. Wir bestellen Fisch und Rahmkartoffeln.

»Haben Sie vielleicht Margaux?«, frage ich den Barmann. Ich habe keine Ahnung, warum ich nach Margaux frage – einfach nur so ein Gefühl.

»Nie gehört.«

»Na, Dank sei Gott«, erwidere ich sofort, »wollte eigentlich sowieso keinen.«

Wir bestellen eine Flasche Weißwein, den preiswertesten, den das Hotel im Angebot hat, und der Barmann verlässt unseren Tisch mit einem verständnislosen Stirnrunzeln.

Nach dem Essen und dem Wein gehen wir zurück aufs Zimmer.

»Auf welcher Seite magst du schlafen?«, frage ich sie.

»Weiß nicht.«

»Okay«, sage ich, »dann schläfst du links. Aber komm ja nicht zu mir rübergekrochen, clever wie du bist, um mich zu spüren.«

Sie lacht und geht ins Badezimmer, um sich umzuziehen.

Diese ganze Situation ist wirklich albern. Diese ganze Reise ist – für uns beide – ein merkwürdiges Erlebnis, und wir benehmen uns wie aufgeregte Teenager, die versuchen, sich gegenseitig ›den Hof zu machen‹.

Sie geht quer durch den dunklen Raum zurück und kommt ins Bett. Ich halte nur ihre Hand, doch ich weiß, dass ich sie in der Nacht nah zu mir herangezogen habe.

»Ich glaube, du hast versucht, mich in der Nacht zu verführen«, sage ich zu ihr am anderen Morgen.

»Habe ich nicht.«

»Ich glaube doch. Musst du dich ja auch nicht für schämen. Könnte jeder Frau passieren.«

»Tut mir leid, Johnny. Und du? Du warst so nett und fürsorglich, meinen Hintern die ganze Nacht zu halten.«

Ich lache und steige aus dem Bett.

Wir trinken einen Kaffee in der Hotel-Bar und anschließend laufen wir die Hauptstraße entlang und kaufen Zeitungen. Wir verlassen Holyhead Richtung Bangor und halten an einem Rastplatz an, um zu tanken und richtig gut zu frühstücken. Mit vollem Tank treiben wir den R4 erst nach Süden, dann nach Osten, durch nasse, grüne Täler auf der A5, durch die grauen Dörfer Betws-y-coed, Corwen und Llangollen und dann durch die kleine Stadt Chirk, in der die Farben und die Architektur die Landschaft verändern, bevor wir in der Nähe von Oswestry die Grenze nach England überqueren.

Dort wollen wir übernachten und fahren nach Shrewsbury hinein, wo wir wieder ein Zimmer in einem kleinen preisgünstigen Hotel bekommen. Wir machen uns frisch und lesen Zeitung und schlendern abends durch die mittelalterliche Altstadt und essen in einem kleinen indischen Restaurant am Ende der Hauptstraße. Nach dem Essen kehren wir ins Hotel zurück, wo ich Aisling festhalte, während sie einschläft.

»Gar nicht so schlecht in England, Johnny, stimmt's?«, fragt sie, als wir aufwachen.

»Nee, überhaupt nicht schlecht«, antworte ich und denke an den abendlichen Spaziergang zurück. »Sie haben sich hier große Mühe gegeben, ihre Geschichte zu bewahren, das muss man ihnen lassen.« Shrewsbury ist ein wunderschönes Städtchen, und ich habe in Irland selten ein Stadtbild gesehen, dass so sorgsam gepflegt und so einfühlsam modernisiert worden ist. Wir Iren sind schlechte Planer, und die irischen Städte sind das beste Beispiel für unsere Unzulänglichkeiten.

»Jeder Ort hat seine Geschichte, Johnny«, sagt Aisling. Sie hält mich im Arm. »Jeder Ort und jeder Mensch.«

Aislings Worte hallen in mir wider, und ich ziehe sie nah zu mir heran und küsse ihr Haar. Doch ich spüre, dass wir nicht allein sind: Ich spüre, dass jedes Wort zwischen uns von Coras Geist mitgetragen wird.

Wir verlassen Shrewsbury am späten Vormittag, steuern den Renault Richtung London. Als wir uns Birmingham nähern, wird die Autobahn – trotz der vielen Spuren – voller und voller. Unser kleiner Wagen ist gefangen inmitten der riesigen, dröhnenden Trucks, die anscheinend alle schnell irgendwohin müssen.

»So habe ich es mir eher vorgestellt«, spotte ich. »Ich wusste doch, dass England die Hölle ist.«

Sie lacht und wird dann für einige Minuten ganz still. »Glaubst du, wir haben eine Zukunft, Johnny?«, fragt sie. »Zusammen, meine ich? Sind wir die Zukunft?«

»Ja, Aisling.«

»Und du gehst nicht zurück in den Krieg, Johnny?«

»Nein, Aisling«, antworte ich, obwohl ich im Moment dazu gar keine Meinung habe.

Wir halten mittags an einer Raststätte, um zu essen und um dem alten Renault eine Pause zu gönnen. Wir kaufen uns Sandwiches und Kaffee und stehen dort in der Kälte. Als es anfängt zu regnen, hole ich meinen Dunn & Co und meinen Schal aus dem Auto, hänge Aisling den Mantel über die Schultern und wickle mir selbst den Schal um den Hals. Aisling dreht sich um und küsst mich, und ich kann nicht anders, als an Coras ersten Kuss zu denken, als wir auf ihrer Gartenmauer saßen und sie auch den Dunn & Co umhängen hatte. Wir stehen eng beieinander, und sie lehnt sich an mich, und wir blicken zusammen auf den Verkehr, auf das Kommen und Gehen.

Wir schaffen es gut bis London, und dann, nach einigen kleinen Umwegen, finden wir auch den Weg nach Chiswick. Wir nehmen uns Zeit, um einen kurzen Blick in die Hauptstraße zu werfen. Obwohl wir uns mitten in einer Großstadt befinden, erinnert die Atmosphäre hier an ein kleines Städtchen.

»Ich fühle mich jetzt schon wohl«, sage ich zu Aisling.

»Ja«, stimmt sie zu, »ich auch.«

Unsere Adresse, Arlington Gardens, entpuppt sich als ansehnliche, schöne und breite Straße, gesäumt von stattlichen, viktorianischen Häusern und städtischen Grünflächen. Wir parken in der Einfahrt der Nummer Sieben. Das Haus hat fünf möblierte Zimmer, das von Aislings Cousin liegt im ersten Stock. Wir betreten ein geräumiges Zimmer mit Erkerfenster, das einen Blick die Allee hinunter auf das Grün bietet. An der Seitenwand steht ein Doppelbett, in der Ecke hinten rechts ist eine kleine

Kochnische mit Spüle eingebaut, an der Wand rechts ein Kamin aus grauem Marmor unter einem vergoldeten Spiegel und links ein Schreibtisch und Bücherregale. Am Fenster hinter dem Bett steht ein pinkfarbenes Sofa.

»Weißt du was«, bemerkt Aisling, »es sieht eigentlich so ähnlich aus wie dein Zimmer in Ennis.«

»Ach ja, ich vergesse manchmal, dass du ja mein Zimmer in der Station Road kennst. Danke noch mal, dass ihr meine Sachen geholt habt – das war echt nett von dir und Conor. Schön, dass ihr jetzt auch meine Gesinnungsgenossen kennt.«

»Ja, die scheinen dich alle sehr zu mögen«, sagt sie, weiß aber genau so gut wie ich, dass damit eigentlich nur Bella gemeint ist.

»Ja, stimmt. Ein unkomplizierter Haufen, leicht zufriedenzustellen.«

»Ist das wirklich wahr, Donnelly?«

Ich lasse nicht zu, dass die Fragen noch tiefer gehen. Ich rücke nahe zu ihr und küsse ihren Mund und dann ihr Gesicht und ihren Hals, drücke sie nach hinten aufs Bett, wo ich ihre Stiefel aufschnüre und die Strümpfe herunterziehe, ich küsse die Wölbung ihrer Füße und ihre Knöchel, ich öffne ihre Jeans, während sie versucht, schnell die Decke über sich zu ziehen. Ich mache meine eigenen Schuhe auf und kicke sie quer durch den Raum, und dann krieche ich zu ihr unter die Decke, wo wir uns gegenseitig ausziehen, und ich küsse ihren Körper und ich küsse ihr Gesicht und ihren Mund, als ich in sie eindringe, und sie hält mich ganz fest, während ich in einen wundervollen Wahnsinn hinabgleite. In der Nacht, zwischen Traum und Tag, zieht sie mich zu sich herüber, und ich bleibe in ihr, bewege mich kaum, und ich bin irgendwo in einer Art Traumland.

Wir bleiben eine Woche lang in Chiswick und tun all das, was London-Touristen so tun – außer die königlichen Sehenswürdigkeiten zu besuchen, denn das wäre für einen anständigen irischen Republikaner vielleicht ein Schritt zu weit. Abends machen wir einen Spaziergang am Fluss entlang bis zur Hammersmith Bridge und laufen durch die Hauptstraße wieder zurück. Wir trinken ein Bier in der *Robin Hood und Little John* Bar, wo wir Iren aus allen Himmels- und Glaubensrichtungen treffen. Und genau hier bemerke ich dieses merkwürdige Paradox: Alles das, was uns Iren auf der Insel trennt, ist in der englischen Hauptstadt gar kein Thema. Keine Ahnung, warum das so ist. Vielleicht weil wir für die Engländer sowieso alle gleich sind: alle *Paddies*. Oder vielleicht – und das ist wahrscheinlicher – weil das Zusammenleben an einem anderen Ort es den Iren ermöglicht, unnötigen Ballast abzuwerfen.

Am Ende der Woche fahren wir denselben Weg wieder heim, halten wieder in Shrewsbury und Holyhead, bevor wir auf die Fähre nach Dublin gehen, wo wir dann noch den Tag in Cafés und Buchläden verbringen. In jener Nacht schlafen wir in Aislings Bett.

Ich laufe auf einer furchigen, steinigen Straße. Hohe Hecken wölben sich von den Seiten herein: Schlehen, Haselnuss, Weißdorn und Holunderbüsche ranken in den Weg, und die langen Brombeertriebe scheinen aus dem Graben heraus alles zu umschlingen. Die Büsche machen aus der Straße einen schattigen Tunnel, und ein bitterkaltes Frösteln durchfährt mich. Ich gehe auf ein helles Licht zu – eine Art Lichtung –, ich laufe schneller, doch das Brombeergestrüpp hält mich fest, reißt mich zurück.

Ich streife die Dornen von meinen Armen und Beinen ab, sie krallen sich fest und schneiden in mein Fleisch. Dann schaffe ich es, in die Lichtung hereinzutreten, und ich stehe vor einem verlassenen kleinen Weiler mit verwahrlosten Cottages. Eine unheimliche Stille liegt in der Luft. Ich gehe näher heran, die Türen der ersten beiden Häuschen stehen offen, drinnen ist es kalt und leer und ein übler, fauliger Geruch hängt im Raum. Verbrannte Möbelteile liegen im längst erloschenen Kaminofen. Überall nur öde Trostlosigkeit, und die muffige Patina des klammen Todes erinnert an die Zeiten der Syphilis. Es gibt ein halbes Dutzend Cottages, die in unterschiedlichen Winkeln von einem Platz ausgehen, der einst wohl der Marktplatz des Dörfchens gewesen sein muss. Dieser Platz ist jetzt ein Dickicht aus Disteln, Nesseln, Kräutern und Gestrüpp. Junge Birken und Eschen und Eichen bahnen sich ihren Weg durch das Unkraut. Ich gehe zu jedem einzelnen Cottage. Alle sind gleichermaßen vergessen, kalt und leer. Ich versuche, hinter dem Weiler ins Land zu schauen, aber es gibt nichts außer grauem Nebel. Eine einzige schwere Trauerweide erhebt sich von einer Uferböschung am Ende des Weilers, und der Weg dorthin führt mich durch eine Wildnis aus dicken, nassen Grasbüscheln.

Als ich mich der Weide nähere, entdecke ich neben einem kleinen Erdhügel die Umrisse eines Menschen. Es ist eine Frau: eine verdreckte Gestalt mit zotteligem Haar, nur spärlich mit schmutzigen, zerrissenen Lumpen bedeckt. Ihre Haare sind voller Lehmklumpen, ihr Gesicht voller Furchen und übersät mit kleinen, nässenden Wunden. Ihr schmaler Körper besteht nur aus einzelnen Knochen, die von durchsichtigen, grauen Hautfetzen überzogen sind. Lebt sie noch? Ich nähere mich behutsam und sehe, dass sie eine Blechdose mit einer derben Kordel um ihren Hals gebunden trägt. Ganz langsam dreht sie ihren Kopf zu mir. Sie lebt. Sie schaut mich an. Ihre Augen sind ohne Farbe, blind, und als sie ihren Mund öffnet, sehe ich verfaulte gelbe und schwarze Zähne.

»*Líon mo chopán*«, sagt sie mit heiserer, gepresster Stimme.

»Bitte?«, frage ich. »Tut mir leid, ich kann kein Irisch. *Níl a lán Gaeilge agam.*«

»*Líon mo chopán*«, wiederholt sie, bevor sie ihre Augen schließt und einen langen, keuchenden Atemzug tut. Ihr linker Arm fällt in eine Art Kuhle neben ihr, und dann rutscht ihr ganzer Körper nach. Ich beuge mich schnell zu ihr herunter und kann sie gerade noch packen. Ich halte einen elendigen Haufen Mensch in meinen Händen, graue Hautfetzen über ein Knochengerüst gespannt. Die Erdkuhle ist ungefähr zwei Meter fünfzig lang und nur einen Meter breit, aber dunkel und tief, unendlich tief, und als ich hineinblicke, werde ich hinuntergezogen, und ich falle in diese tiefe Dunkelheit und rase an dunklen Erdschichten vorbei. Lange falle ich so, bis ich einen Halt spüre, werde plötzlich aufgefangen, hänge kurz vor meinem Aufprall über dem Boden. Mein Blick wird klarer, und ich kann durch das Schwarz hindurchsehen und bemerke unter mir Bewegung. Ich blicke erstaunt umher, in eine große schwarze Leere. Hier unten sind die schwarzen Erdwände verschwunden, und die Grube scheint nach allen Seiten hin endlos, und in dieser riesigen Leere sehe ich eine große Masse sich windender, nackter, menschlicher Körper. Alle leben, aber ihre Gesichter sind schmerzverzerrt, erfüllt von Angst und Wahnsinn, und alle schreien. Gewaltige Wogen, heftige Stürme durchziehen dieses Meer von

Elend und Leid, und die Wellen steigen hoch und fallen weit hinab, schleudern die Körper von unten nach oben und ziehen die von oben in fürchterliche Tiefen hinunter. Viele entdecken mich hoch oben und zeigen auf mich und brüllen und fluchen und spucken und strecken sich nach mir, um mich herunterzuziehen.

»Nein«, schreie ich. »Bitte, Gott, nein!«

Und auf einmal werde ich hochgezogen, mit allmächtiger Kraft.

Nun liege ich im Schlamm an der Kante der Grube neben der gebrechlichen, sterbenden Frau, ihre Hand auf meiner Brust.

»Du tust nichts Böses«, fragt sie mich, »Johnny, tust du nicht, stimmt's?«

»Cora!«, rufe ich.

Ich wache auf und sehe, dass Aisling mich im Arm hält.

»Ist nur ein Traum, Johnny. Alles ist gut.«

In dieser Nacht schlafe ich nicht mehr. Kann nicht mehr schlafen. Was war das alles? Wo war ich? Und wer war sie? Es war so real. War das Cora?

»Was heißt denn *Líon mo chopán*?«, frage ich Aisling am anderen Morgen.

»Fülle meinen Becher. Ich glaube, das ist ein alter irischer Ausdruck für ›Komm, fülle meine Träume.‹ Warum?«

Ich sage es ihr nicht. Fülle meinen Becher. Welch ein Wahnsinn. Was könnte dieser Traum bedeuten? War es überhaupt ein Traum? Während ich dies alles in meinem Kopf hin und her bewege, kommt mir der Gedanke, dass das vielleicht gar nicht Cora war, die ich dort gesehen habe, also nicht nur Cora. Ich glaube plötzlich, dass es Irland war. Aber was sollte das bedeuten?

Es ist später Nachmittag am folgenden Tag, als wir zurück in Dundalk sind.

»Wir können jetzt noch Cora besuchen, wenn du magst«, schlägt Aisling vor. Sie spürt diese neue, merkwürdige Stimmung in mir.

Ich denke darüber nach, doch es passt irgendwie nicht. Ich verabschiede mich von Aisling und dem Renault an der Níth River Terrace und gehe allein zum Castletown Mount. Ich bin mir unsicher, was ich Cora sagen soll. Wie soll ich ihr es sagen? Was ich getan habe, was ich tue, mit ihrer Schwester? Habe ich Cora nicht diese gewaltige Predigt gehalten, dass ein Mann nur eine einzige Frau lieben kann und dass Liebe heißt, sich ganz hinzugeben und dass man sich nur einem – einem einzigen – Menschen so ganz hingeben kann? Und als ich nun auf dem Weg zu ihr bin, frage ich mich, ob irgendetwas von dem, was ich gesagt habe, wirklich wahr ist.

Pilgerreise

Ich sehe Bob am Tor stehen, als ich Cuchulainns Burg verlasse. Ich grüße ihn und springe vom Übergang in der Mauer auf die andere Seite. »Da standen auf viele Leiber, die da schliefen, und erschienen vielen.«

Ha ha, antwortet er. *Sehr lustig.*

»Lange nicht gesehen, alter Junge. Hast du dich verlaufen?«

Ich? Nein. Und du?

»Ja, habe ich«, sage ich. »Dachte, du bist für immer verschwunden.«

Ich bin verschwunden. Mich gibt es gar nicht. Weißt du doch!

»Also wirklich jetzt? Kannst du das beweisen?«

Er nickt nur und fragt: *Wie war die Reise? Wie läuft's so mit dem anderen Flannery-Mädchen?*

»Die Reise war großartig, Bob, und mit dem anderen Flannery-Mädchen läuft's sehr gut. Aber Cora hat, als wir mal über unseren ewigen Krieg geredet haben, etwas gesagt, das mir immer wieder durch den Kopf geht. Sie sagte, ›Ich weiß, dass es manchmal richtig ist. Aber zur gleichen Zeit dann auch wieder nicht.‹ Ich weiß jetzt, was sie meinte. Und genau so geht es mir mit Aisling Flannery.«

Halb so schlimm, sagt Bob und schaut mich an, ein Auge ist weit geöffnet und eins halb geschlossen, ich fühle mich wie in einem Verhör mit einem Verrückten. *Immerhin hast du es ja trotzdem durchgezogen.*

Ich lache und Bob lacht auch, und wir gehen zusammen Richtung Castletown Cross, wo die Landstraße auf die Hauptstraße trifft.

Am folgenden Tag treffe ich eine Entscheidung: Ich überschlage meine Finanzen – ich bekomme seit meinem Unfall immer noch das Krankengeld und kann damit gut leben, wenn ich es mit Bedacht ausgebe – und dann besuche ich Aisling. Ich bringe ihr den Renault, und sie sagt, dass ich verrückt bin, und dann mache ich mir einen Plan und kaufe Wanderstiefel und eine Ausrüstung und alles, was dazugehört und ein leichtes Zelt und packe meinen Rucksack und verlasse Dundalk zu Fuß Richtung Norden. Es ist April, der erste April. Bob ist an meiner Seite.

»Alles okay, alter Junge?«

Klar, platze schon. Jetzt sind wir auf dem Weg, mein Sohn. ›Führt diese Straße immerzu bergan? Ja, bis zu ihrem allerletzten End. Und wandern wir den ganzen Tag hinan? Von früh bis in die Nacht, mein Freund.‹

»Ist eine lange Straße«, gebe ich zu bedenken.

Es wird neue Menschen aus uns machen. Erneuerung ist besser als Heilung. ›Find ich da Trost, so müd vom Wandern? Du findest alle Mühsal dort. Ein Bett für mich und für die andern? Ein jeder legt zur Ruh sich an dem Ort.‹

Ich schaue ihn an und lache.

Ich habe keine bestimmte Route, der ich folge – nur den lockeren Plan, dass ich die Insel umrunden möchte. Warum? Ich bin mir nicht sicher. Ich bin mir gar nichts mehr sicher. Suche ich etwas? Ich weiß nicht. Ich glaube nicht. Versuche ich, etwas loszuwerden? Auch das weiß ich nicht.

Nahe der Grenze komme ich an Peadar Nearys Farm vorbei, ein Streifen von fünfunddreißig Acre, nutzloses, schlammiges Land, das sich aber über die Grenze erstreckt und wegen einer glücklichen Konstellation aus geografischen, politischen und steuerrechtlichen Gegebenheiten dem Landbesitzer ein Vermögen eingebracht hat. Aus solch einer ererbten Armut heraus zu Wohlstand zu kommen, erfordert schon besonderes Talent, aber genau dafür sind Menschen wie Peadar Neary gemacht.

Neary befehligt das lokale IRA-Bataillon in diesem Gebiet, in einer Art rechtsfreiem Raum, und seine Tätigkeiten umfassen das Schmuggeln von Vieh, Brennstoffen, Zigaretten, Alkohol und ähnlich beliebten Handelswaren. Zum Teil allerdings floriert Nearys Unternehmen so gut, weil ich ihm sozusagen den Rücken freihalte: Polizei, Armee und Zollbeamte zeigen keine große Präsenz an der Grenze nach Norden, weil sie Angst haben, erschossen zu werden – von mir. Ehrlich gesagt, das tut ganz schön weh. Neary verkörpert all das, was in der IRA falsch läuft: Korruption, Einschüchterung, Selbstbedienungspraxis und Profitgier. Delaney betont immer wieder, dass Verbündete wie Neary notwendig sind. Besser sie sind drin als draußen, sagt er. Und dass Nearys Sachkenntnisse uns bei der Logistik und dem Einsatz von Männern und Munition dienen, und dass Neary sowieso immer das tun würde, was er jetzt auch tut – Schmuggel und Betrügereien finden genauso gut mit wie ohne Krieg statt. Delaney betont auch, dass es dem großen Ganzen dient, wenn er innerhalb unserer Bewegung arbeitet und dass Nearys Einfluss begrenzt ist. Vielleicht stimmt das ja. Doch es tut trotzdem weh.

Neary ist eine merkwürdige Gestalt mit einem sehr ungewöhnlichen Gang. Er hat einen großen, schweren Oberkörper, dazu aber kurze Beine. Folglich macht er kleine, schnelle Schritte und lehnt sich weit nach vorn, wobei seine kurzen Beine kämpfen müssen, Schritt zu halten. Sein markanter Brustkorb wölbt sich unter einem dunklen Kopf hervor und sein Gesicht – neugierig und argwöhnisch – zeigt ständige Alarmbereitschaft. Diese wird durch ein ständiges Nicken verstärkt, was dazu führte, dass er als Junge den Spitznamen ›Taube‹ verpasst bekam. Aber als er fünfzehn war, brachte er einen gegnerischen Fußballer ins Krankenhaus – dieser hatte den Spitznamen wohl zu exzessiv und diffamierend benutzt – und seitdem hat niemand mehr ›Taube‹ zu ihm gesagt. Wenigstens nicht ins Gesicht. Dass er trotz seines körperlichen Handicaps überhaupt Fußballspielen konnte, bewies schon früh seine unbeirrbare Entschlossenheit, eine Qualität, aus der Neary seither großen Gewinn ziehen konnte.

Peadar Neary ist mit Conor Raffertys Tante verheiratet, und die beiden haben zusammen einen Jungen namens Ciarán. Alles, was beim Vater negativ ist, ist beim Sohn positiv. Wie kann das sein? Keine Ahnung. Ist einfach so. Conor beharrt darauf, dass der Junge auf seine Mutter rauskommt und damit das Resultat der guten Rafferty Gene ist. Und wie so oft, hat Conor wahrscheinlich recht.

Ciarán Neary ist vier Jahre jünger als sein Cousin, und ich habe ihn erst während meiner letzten beiden Jahre auf der weiterführenden Schule kennengelernt. Conor hat immer dafür gesorgt, dass dem Kleinen auf dem Schulhof nichts zustößt, und deswegen hat Ciarán viele Schulpausen mit uns zusammen verbracht. Er war ein goldiger Junge, und ich entdeckte dieselbe angeborene Freundlichkeit bei ihm, die auch Conor innewohnte. Obwohl Ciarán ein sehr robuster, sportlicher Junge war – ein talentierter Fußballer –, hatte er auch Conors sanftes Wesen. Wenn man an einer Landesgrenze wie unserer wohnt und einen Vater wie Peadar hat, dann kann Sanftmut und Freundlichkeit allerdings leicht böse enden. Ich machte mir all die Jahre große Sorgen um ihn.

Ich habe Ciarán längere Zeit nicht gesehen, sodass ich unbedingt bei ihm vorbeischauen möchte. Die Farm ist ein stattliches, zweistöckiges Gebäude am südlichen Zipfel von Nearys Ländereien, und die Zufahrt führt durch zwei große Steinsäulen auf einem gepflegten Kiesweg rund um einen Springbrunnen, aus dem Wasserfontänen hoch in die Luft steigen. Zwischen den Steinsäulen gibt es kein Tor. Jeder hier in der Gegend kennt Nearys Rolle in der IRA; seine erfolgreichen Aktivitäten und die Art und Weise, wie er die Leute rundherum einschüchtert, fußen auf diesem Wissen. Dass er keine Tore braucht, ist Ausdruck dessen, dass er vor niemandem Angst haben muss.

»Johnny Donnelly«, ruft Ciarán, als er die Tür öffnet. Er ist dünn und blass, und obwohl er sich offensichtlich sehr freut, mich zu sehen und mich zur Begrüßung herzlich umarmt, vermisse ich doch jenen sportlich-fröhlichen Schwung, den ich von früher kenne. Er tut sein Bestes, um heiter zu wirken, doch ich bemerke die verborgene Last, die Unruhe, die er in sich trägt, und ich sehe, dass irgendetwas nicht in Ordnung ist. Wir machen es uns bei Tee und Toast in der Küche gemütlich und erzählen uns unsere Geschichten, und ich berichte ihm von meiner geplanten Wanderung und gebe ihm Zeit, von sich zu erzählen. Nach zwei Kannen Tee und mehr als eine Stunde später kommen wir endlich zu seiner Geschichte.

»Ich habe sonntags für Dad am Stand auf dem Jonesborough-Markt gearbeitet«, beginnt er, »du weißt schon, wo wir Süßigkeiten, Kekse und Softdrinks verkaufen.«

Ich nicke. Er lässt keine Gelegenheit aus, dieser Peadar Neary, um den größtmöglichen Profit aus der Grenzregion herauszuschlagen: Er kauft – scheinbar – minderwertige Ware im Großhandel im Norden ein und verkauft sie dann den Einzelhändlern aus dem Süden mit lukrativem Gewinn. Mom liebt den Jonesborough-Markt über alles und ist überzeugt davon, dass man dort viele Schnäppchen machen kann. Und genau wie sie denkt halb Dundalk. Doch sie alle übersehen dabei, dass sie damit die Verantwortung für jene Gaunereien tragen, durch die Typen wie Peadar Neary prächtig auf Kosten anderer leben können.

»Dann, vor ungefähr zwei Jahren, wurde ein neuer Stand auf dem Markt eingerichtet«, fährt Ciarán fort, »von einer Mutter mit ihrer Tochter. Sie stammen aus Äthiopien und waren über England hierhergekommen. Der Vater war in Afrika verstorben, und sie waren einem richtig miesen Typen in England in die Hände gefallen; er fügte ihnen eine Menge Schaden zu, und so flohen sie vor ihm hierher. Ein Pfarrer von drüben – ein Freund von unserem Pfarrer, Pater Brian – schickte sie zu uns. Und der Markt gefiel ihnen: Er bot den beiden die Chance, ganz neu anzufangen. Pater Brian organisierte ihnen ein kleines Häuschen im Dorf. Mann, Johnny, stell dir das mal vor: Da entfliehen diese Menschen zuerst der Hungersnot in Afrika, dann einem gewalttätigen Typen in England und dann landen sie hier! Manche Leute habe einfach richtig Pech.«

Beide lachen wir.

»Das Mädchen heißt Demeku. Sie war fünfzehn, als sie hier ankamen. Mein Gott, Johnny, sie war das schönste kleine Ding, das ich je gesehen habe. Pater Brian gab ihnen etwas Geld, damit sie wieder auf die Füße kamen – er hatte viele Jahre Missionsdienst in Afrika geleistet und er sagte, er fühle sich verpflichtet, nach ihnen zu schauen. Ich glaube, er dachte, Gott habe sie gesandt, und ich glaube, er hat sich in beide verliebt. War ja auch nicht schwer. Pater Brian bat mich, unseren Neuankömmlingen bei ihrem Start etwas unter die Arme zu greifen, ihnen beim Einzug in das neue Haus und beim Einrichten des Marktstandes zu helfen. Ich sorgte dafür, dass Waren aus Äthiopien durch England zu uns gelangten: Perlen und gewebte Taschen, Decken, Tücher und Schals. Und ich verbrachte jede freie Minute mit Demeku. Ich liebte sie vom ersten Augenblick an. Und sie liebte mich auch, Johnny. Tatsächlich. Ein Wahnsinn, was?«

»Der totale Wahnsinn«, erwidere ich.

»Alle dachten, wir wären gute Freunde, und ich würde ihnen nur helfen, hier Fuß zu fassen. Aber wir beide, wir machten Pläne, du weißt schon, träumten davon, dass wir zusammen weglaufen, oder ins College gehen, oder gemeinsam einen Laden oder ein Café eröffnen. Sie begann hier zu weben. Sie hat einen guten Blick dafür. Und ich mag diese gewebten Stoffe auch: fühlen sich gut an. Ich liebe diese filigranen Strukturen. Wir wollten zusammen ein kleines Geschäft gründen.«

»Aber was ist passiert?«

»Eines Tages, vor fünf Monaten, hat Dad uns zusammen erwischt.«

»Zusammen?«

»Ja, zusammen. Du weißt schon.«

»Und?«

»Und eine Woche später waren Demeku und ihre Mutter weg.«

»Weg? Wohin?«

»Weiß keiner. Pater Brian und ich sind seitdem auf der Suche nach ihnen. Vor zwei Monaten bekamen wir jeder eine Postkarte. Die Karten kamen aus Äthiopien.«

»Aber das macht doch keinen Sinn.«

»Ich weiß«, sagt er und fängt an zu schluchzen. »Macht überhaupt keinen Sinn.« Aber beide wussten wir, dass es sehr wohl Sinn machte.

Er führt mich durchs ganze Haus. Alle Zimmer sind groß, hell und mit teuren Möbeln ausgestattet.

»Muss einen ganz schönen Gewinn abwerfen heutzutage, so eine kleine Farm«, sage ich zu Ciarán. Sein Gesicht hellt sich etwas auf, und wir lächeln beide wieder.

Im Zentrum des Hauses, hinter einer breiten Holztür mit eingeschnitztem Familienwappen, befindet sich ein großer, gekachelter, offener Raum – eher ein großes Atrium als ein Hausflur. Und in der Mitte dieses Raumes steht eine Glasvitrine von einem Quadratmeter Grundfläche und zwei Metern Höhe. In diesem Glaskasten liegt auf einem einzelnen Glasregal, gerade unterhalb der Augenhöhe, ein Fußball mit Kritzeleien.

»Dads ganzer Stolz. Er ist so fußballverrückt. Das hier ist der Ball vom Endspiel des Europacup-Finales von 1967. Das Jahr, in dem Celtic Glasgow das Endspiel gewonnen hat – ›Lisbon Lions‹ heißen sie hier. Er hat mehr als Hunderttausend dafür bezahlt. Hat mehr gekostet als das Haus. Sind die Unterschriften vom ganzen Team drauf. Und niemand hat einen Schlüssel zu diesem Kasten und niemand macht ihn sauber – nur er. Nicht mal Mom kann dran.«

Ich bleibe noch eine Stunde bei Ciarán und verspreche ihm bei der Suche nach Demeku zu helfen, bevor ich mich wieder auf den Weg Richtung Norden mache.

Wie gemacht für deine Waffe, oder?, sagt Bob, als ich die Farm verlasse. *Ich wette, du kannst es nicht abwarten, Neary eine Kugel zu verpassen. Das würde eine Menge Probleme lösen. Und du kannst den Helden spielen und das Mädchen zurückbringen. Allerdings ist Neary – ob man ihn mag oder nicht – auch einer von euch. Und das wäre dann vielleicht das Anfang vom Ende.*

Ich ignoriere ihn und gehe weiter.

»Stell dir vor, du sitzt zu Hause und liest ein Buch«, sage ich zu Bob, als wir die Grenze nach Nordirland passieren, »und ein Wahnsinniger kommt herein und greift dich an – wäre es dann Unrecht, zu kämpfen?«

Nein, antwortet Bob. *Solche Taten werden durch die Naturgesetze gesteuert. Jeder hat das Recht, sich selbst, seine Familie und sein Heim bei einem Angriff zu verteidigen.*

Und wenn du friedlich in einem Land lebst und dieses Land wird von Eindringlingen angegriffen, wäre es dann Unrecht, gegen sie zu kämpfen?«

Ich denke, das ist die gleiche Sache, also gelten auch die gleichen Gesetze.

»Ist Recht und Unrecht nicht eher Ansichtssache?«, hake ich nach. »Und ist nicht alles eine Sache von Zeit und Ort?«

Wie meinst du das, mein Sohn?

»Also, diejenigen, die Eindringlinge bekämpfen, sind die Helden. Doch sie bleiben nur dann Helden, wenn der Eindringling verschwindet oder den Kampf verliert. Wenn der Eindringling nicht verschwindet oder den Kampf nicht verliert, dann ist der Held von heute der Rebell von morgen. Und der Rebell von morgen ist der Verbrecher von nächster Woche. Und der Verbrecher von nächster Woche ist der Terrorist vom nächsten Monat. Es gibt sehr unterschiedliche Bezeichnungen für dieselbe Tat, und das ist einzig und allein abhängig von Sieg oder Niederlage, von der Zeit und von der Gesinnung des Betrachters.«

Ja, stimmt schon, Johnny, aber solche Unterscheidungen trifft nur der Mensch. Gott wird urteilen, wer Recht und wer Unrecht hatte.

»Gott? Gott behüte uns vor Gott. Und selbst, wenn es einen Gott gäbe, so würde doch niemand lebend dieses Urteil erfahren. So lange wir alle noch am Leben sind – heute also –, wie sollen wir da wissen, wann wir kämpfen dürfen? Woher wissen wir, was Recht und was Unrecht ist?«

Ich weiß es nicht, mein Sohn. Ich glaube, wir werden von den Naturgesetzen regiert. Ich glaube, dass wir mit angeborenen Werten auf die Welt kommen, so wie wir mit Armen und Beinen auf die Welt kommen und dass wir alle von Natur aus wissen, was Recht und was Unrecht ist. Leider nur lehrt uns die Geschichte etwas anderes.

Ich wandere durch mir sehr vertraute Gegenden Richtung Norden nach Newry, und ich schlage mein Zelt am Kanal auf – an demselben Kanal, den wir an jenem Tag entlangfuhren, als wir angehalten wurden, an demselben Kanal, wo der Gewehrlauf in Dads Mund verschwand. In jener Nacht denke ich an Ciarán und Demeku, und ich denke daran, dass Scheißkerle wie Peadar Neary so werden, wie sie sind und tun, was sie tun, nur weil *ich* das tue, was *ich* tue. Ich habe allerdings keine Ahnung, was ich dagegen tun könnte, und so schiebe ich den Gedanken beiseite und verlasse mich darauf, dass mir irgendwann etwas einfällt. Am zweiten Morgen laufe ich weiter Richtung Norden und Osten, überquere die hohen Spitzen der Mourne Mountains und erreiche Castlewellan. Dort, im Stadtpark, haben wir mit Mom und

Dad im Sommer häufig Familien-Picknick gemacht, und ich setze mich an einen See, wo ich unter einer großen, knorrigen Eiche zu Mittag esse. Anschließend gehe ich durch den Park, um eine silbergraue Burg herum, und dann, als die ersten Regentropfen fallen, beschließe ich, dass das genug war für einen Tag, und ich schlage mein Zelt auf. Am nächsten Morgen verlasse ich meine vertrauten Gefilde und ziehe Richtung Norden. Ich komme nach Downpatrick, wo ich nach dem Grab von Saint Patrick suche; auf einem kleinen Friedhof in einem Wäldchen am Berg oberhalb der Stadt finde ich eine Grabplatte mit der Inschrift ›*Patrick*‹ zwischen all den McCartans, Maxwells und Olpherts. Am nächsten Tag wandere ich weiter zum Hafen von Strangford, nehme eine kleine, blaue Fähre über das schmale Gewässer nach Portaferry, und von da aus geht es nördlich die grüne Halbinsel hoch durch Portavogie und Donaghade. Manchmal übernachte ich im Bed & Breakfast, und wenn es trocken und schön ist, schlage ich mein Zelt auf.

Nach einer Woche erreiche ich Belfast, wo in der Innenstadt die Bürgersteige, Mauern und Straßenlaternen je nach Gesinnung bemalt und dekoriert sind.

Zwischen den dicht gedrängten Reihenhäusern schmücken Wandbilder zur Erinnerung an die Gefallenen und Kämpfer jeden Giebel und jede Fassade. Die wohlhabenderen äußeren Stadtbezirke, die ich zuvor durchwandert habe, waren jedoch weitestgehend frei von solchen Bekundungen. Nationalbewusstsein, so scheint es, ist vornehmlich den Armen vorbehalten.

»Schau dir dieses Geschmiere an«, bemerke ich.

Liebe und Stolz, darauf Bob, *das sind zwei blinde Bastarde.*

Ich wende mich zu ihm. »Ich höre solch aggressive Sprache nicht gern, alter Freund.«

Ja, ja. Schon gut, antwortet er. *Wir nehmen es nicht mehr so genau, wenn wir tot sind.*

Ich nehme ein Hostel in der Nähe des Stadtzentrums, und ich gehe früh ins Bett und lese einen Roman, den ich mir aus einem kleinen Bücherstapel heraussuche, der wohl von einem früheren Gast zurückgelassen wurde. Vor Morgenanbruch verlasse ich Belfast. Wieder laufe ich durch Straßen, deren Farben den Konflikt der Stadt widerspiegeln.

Auffallend ist, dass sich die Farben am Rand der ethnisch-religiösen Grenzen und Zäune intensivieren und man genau sieht, wo das ›Revier‹ abgesteckt ist, wie bei wilden Tieren, die ihr Territorium mit Urin markieren. Doch die Farben und Markierungen hier sind eher Ausdruck von Unsicherheit: die verfeindeten Gruppen in Belfast bewegen sich auf schwankendem Grund.

Ein dröhnendes Motorengeräusch nähert sich, das grummelnde Brummen schneidet laut in die morgendliche Stille – Unheil verkündend, drohend. Ich gehe langsam und ruhig weiter, ein gepanzerter Polizeiwagen, ein Land Rover, überholt mich, der dumpfe Hall des Motors hängt noch lange in der Luft. Die Polizisten haben mich gar nicht wahrgenommen. Für sie bin ich einfach nur ein neugieriger Tourist, einer von vielen, die die Stadt magisch anzieht, die hier vor Ort dem Konflikt nachspüren und Fotos von Mauerbildern und Barrikaden und ausgebrannten Autos mit nach Hause nehmen. Die Streife erkennt mich nicht als einen ihrer meistgesuchten Heckenschützen. Tarnung, so habe ich häufig vom Chef gehört, bedeutet nicht unbedingt, dass man sich verstecken muss.

Ich verlasse die Stadt, und mein Weg führt mich in den folgenden Tagen zur nordöstlichen Ecke der Insel, durch Carrickfergus, Larne, Carnlough, Cushendall, Cushendun, Ballycastle und zur Whiskeystadt Bushmills. Ich nehme in der Destillerie an der letzten Whiskeytour des Tages teil und probiere ein paar Sorten, bevor ich die Stadt wieder verlasse.

»Ich verstehe schon, warum Whiskey solch eine große Anziehungskraft besitzt«, sage ich dem Touristenführer, lege einen Arm um ihn und halte das Probierglas hoch in die Luft. »Ich würdige die Finessen seiner Herstellung, ich schätze die Freude an einem Single Malt.« Ich nehme einen Schluck und verziehe das Gesicht. »Ich mag nur einfach keinen Whiskey.«

In jener Nacht schlafe ich im Haus eines pensionierten britischen Hauptmanns, der mir am nächsten Morgen ›Kedgeree‹ zum Frühstück anbietet. Ich habe nie davon gehört, aber ein Frühstück bestehend aus Curry-Reis, geräuchertem Schellfisch und gekochten Eiern hört sich zu gut an, um es abzulehnen. Es schmeckt gleichermaßen köstlich wie seltsam.

»Haben Sie wohl beim Dienst in Britisch-Indien gelernt, was?«, scherze ich. Er lacht und gießt sich Tee in den Becher. Dann setzt er sich zu mir an den Tisch und erzählt mir seinen gesamten militärischen Werdegang. *Wenn der wüsste,* denke ich nur.

Meine Beine schmerzen – die Gelenke und Sehnen sind steif und entzündet, vor allem morgens, und der Schmerz wird von Tag zu Tag größer. Mein Gastgeber bemerkt, dass ich beim Verlassen des Frühstückstisches humple und besteht darauf, dass er mir beide Knie mit breiten Bandagen umwickeln darf.

»Liegt nicht nur an der langen Wanderung, guter Mann«, erklärt er. »Das auch, aber vor allem liegt es an dem ungewohnten Gewicht auf ihrem Rücken, das Ihren Körperschwerpunkt verschoben hat. Der Körper braucht einige Zeit, um sich anzupassen. Behalten Sie die Bandagen ein paar Tage an. Tragen Sie nur das Allernotwendigste, trinken Sie viel und lassen Sie es ruhiger angehen in den kommenden Tagen.«

Als ich für meine Abreise packe, gibt er mir eine Schachtel Lebertran-Tabletten. »Jeden Tag ein paar davon schlucken«, sagt er, »sollten helfen, »habe ich auch beim Dienst in Britisch-Indien gelernt.«

»Danke, Soldat«, erwidere ich, und er winkt mir zum Abschied.

Auf meinem Weg kommen mir viele neue Gedanken. Wie gastfreundlich und liebenswürdig ein feindlicher Soldat ist und wie eigennützig, rassistisch und grausam einer unserer eigenen Leute. Wie Neary dieses Mädchen verbannt hat. Wie er seinem eigenen Sohn die Heirat mit einer Afrikanerin verbot. Wie er seinem Sohn das Herz gebrochen hat und ihm das vollkommen egal war. Wie er dadurch dem Hohn und Spott seiner Landsleute entronnen ist. Und ich denke darüber nach, dass ja *ich* es bin, der es ihm ermöglicht, so ein Scheißkerl zu sein. Aber was kann ich dagegen tun?

Zwei Wochen bin ich nun schon auf meiner Wanderung über die Insel unterwegs, und ich verlasse Bushmills mit einem vollen Bauch und Bandagen an den Beinen, und ich spaziere die zwei Meilen zum Giants Causeway und beobachte die Touristen, die über die sechseckigen Basaltsäulen hüpfen. Es regnet und es ist kalt, und die Gischt schäumt, als ich mich nach Westen wende und am oberen

Rand der Insel entlanglaufe: durch Portrush, Portstuart, Limavady und dann weiter nach Derry, wo ich drei Tage lang in einem Hostel ausruhe. Ich lese Zeitungen und Bücher und trinke viele Becher heißen Kaffee. Die Bandagen und die Ruhe zeigen Wirkung, und meine Beine sind wieder okay, und in der vierten Woche meiner Wanderung komme ich zurück in die Republik Irland, nach Donegal. Ich campe in Newtown Cunningham bevor ich meine Pilgerreise fortsetze, zunächst in die graue Stadt Letterkenny – wo ich gar nicht anhalte – und dann wieder Richtung Norden auf die Fanad Halbinsel, wo ich mein Zelt direkt am Meeresufer, in Ramelton, aufschlage. Ich schlafe am nächsten Morgen weit in den Tag hinein, und am darauffolgenden Nachmittag wandere ich noch weiter nach Norden, die lange Küste von Lough Swilly entlang. Ich erreiche das kleine Städtchen Rathmullan und gehe in ein Bed & Breakfast, während der Himmel sich langsam lichtet. Nach einer Dusche ruhe ich mich aus und esse, und dann spaziere ich an der Küste entlang, während der Abend kühler und dunkler wird und Millionen Sterne durch die Nacht schimmern.

»Ganz schön viel Zeug da oben«, sage ich zu Bob. »Strahlt Ruhe und Beständigkeit aus, was? Als ob alles in der Welt seinen richtigen Platz hätte. Aber es ist nicht beständig. Alles ist in Bewegung, ständig, in einer Geschwindigkeit, die wir Menschen gar nicht begreifen können – unsere Köpfe sind nicht dafür gemacht, dem Ganzen eine Form zu geben. Wahrnehmung ist nur der Anfang der Erkenntnis.«

Ich verlasse den Strand und gehe zum Steinpier. Ich erzähle Bob, dass genau von hier, von diesem Küstenstädtchen aus, die O'Neills während der ›Flucht der Grafen‹,

1607, Irland verlassen und der englischen Herrschaft ausgeliefert haben. Ich erzähle ihm auch, dass an diesem Ort die Engländer einen großen Steinwall zum Schutze Irlands vor den Franzosen gebaut haben – ein Wahnsinn, bar jeder Vernunft, wie ich betone.

Vielleicht wären ja die Franzosen genauso schlimm gewesen wie die Engländer, versucht Bob, *wer weiß?*

Mag sein. Aber ich bezweifle es. Der Steinwall steht immer noch, und während wir um ihn herumgehen, erzähle ich ihm, dass die Engländer hier in diesem Städtchen auch den großen irischen Republikaner Wolfe Tone, einen der Anführer der Irischen Rebellion von 1798, gefangen hielten. Drei Mal also haben die Engländer in diesem kleinen irischen Städtchen ihren Fußabdruck hinterlassen. Heute ist dieser Ort nur noch Leuten ausgeliefert, die in Ruhe fischen wollen oder die keine größeren Ansprüche haben, als sich am Wochenende einfach zurückzuziehen.

Wie war das noch mal mit der Wahrnehmung, die nur der Anfang der Erkenntnis ist?, fragt Bob.

Am nächsten Morgen verlasse ich Rathmullan, laufe nach Westen über grüne Hügel und verbringe im Glenveagh Park einen faulen Nachmittag, mache es mir in der frischen Luft an einem langgestreckten See gemütlich, der, unter vereinzelten wollig-weißen Wolken am blauen Himmel, glitzert und funkelt. Ich schlage mein Zelt unter einer großen Pinie auf; und im Mondlicht, das durch eine von Coras Schäfchenwolken blinzelt, schaue ich auf das sich kräuselnde Wasser, das sich weit durchs Tal zieht, ein Tal, das irgendein Riese aus diesem Berg herausgeschaufelt hat – eigentlich ein unmöglicher Inland-Fjord. In jener Nacht träume ich von Ciarán und Demeku, wie sie Hand in Hand am blauen Ozean entlanglaufen. Und ich sehe, wie Ciarán ihre Hand loslässt, um mir zu winken. Aber als er sich wieder zu ihr umdreht, ist Demeku verschwunden, und er ist allein im weiten Raum.

Ich räume meinen Schlafplatz in Glenveagh und wandere westwärts Richtung Küste und campe in Gweedore, bevor ich nach Süden ziehe, Dungloe und Glenties durchquere, hier und dort zelte, wenn das gute Wetter hält, bis ich dann den Hafen von Killybegs erreiche, wo ich mein Lager direkt am Meer aufschlage. Am nächsten Tag lege ich eine Wanderpause ein und setze mich auf die Kaimauer und schaue dem Treiben im Hafen zu.

Meine Nächte in jener Woche sind von beklemmenden Träumen über Ciarán und Demeku durchzogen. Ich habe Delaney eine Nachricht geschickt, und er kommt zu mir und setzt sich neben mich auf die Kaimauer. Ich erzähle ihm Ciaráns Geschichte.

»Sie wird irgendwo sein«, meint Delaney.

»Sie ist nicht irgendwo«, sage ich. »Und sie ist auch nicht in Afrika. Neary will immer alles unter Kontrolle haben. Sie ist sicher dort, wo er sie überwachen kann – wo er agieren kann, falls nötig.«

»Sie werden vielleicht niemals zusammenkommen«, sagt Delaney, »es geht nicht immer so, wie man es sich wünscht.«

»Wir müssen etwas tun, Chef.«

»Und warum sollten wir etwas tun?«, fragt er.

»Weil ich darum bitte, und noch nie um etwas gebeten habe. Und weil Neary so agieren kann, weil wir es ihm erlauben, weil wir es ihm ermöglichen. Und weil, wenn wir nichts tun, dieser Junge den Rest seines Lebens dieses Mädchen verloren hat. Er ist neunzehn, Chef – genauso alt wie ich war, als ich Cora verlor.«

Ich lasse die Worte etwas wirken, bevor ich noch einen draufsetze.

»Und genauso alt wie deine Mutter war, als sie deinen Vater verlor.«

Delaney steht auf und geht, und ich bleibe noch lange sitzen und sehe die Fischerboote kommen und gehen.

Am Nachmittag ist er wieder da.

»Sie sind in Schottland. Und Peadar hat sie warnen lassen, nicht zurückzukommen oder irgendwie Kontakt aufzunehmen.«

Genau das hatte ich von Neary erwartet. Ich habe einen fertigen Plan in der Tasche und weihe Delaney ein.

»Setz deinen besten Mann auf sie an«, bitte ich ihn.

»Du bist mein bester Mann.«

»Deinen zweitbesten Mann. Und stelle sicher, dass er nichts an Neary weitergibt. Suche jemanden in England. Und gib ihnen genügend Geld für einen Neuanfang.«

Delaney lacht. »Noch irgendwas?«

»Nein, Chef. Das reicht erst mal.«

Delaney steht auf und geht, ohne sich zu verabschieden.

Ich verlasse Donegal, ziehe südwärts. An einigen Tagen gehe ich fünfzehn Meilen; an anderen fünfundzwanzig; dann wieder nur zehn. Ich brauche eine Woche, um Sligo und Mayo zu durchwandern und schlafe direkt am Meer auf Achill Island. Hier an der Atlantikküste Irlands fühle ich mich richtig gut, es ist, als ob dieses Puzzleteil sich perfekt in das Bild einfügt, das ich in mir trage. Hier kann ich durchatmen wie nirgendwo sonst. Hier spüre ich die Anziehungskraft des heimischen Bodens.

Ich bin auf der Straße nach Westport, und am frühen Morgen verlasse ich das verschlafene Städtchen und tauche in eine moosgrüne, violett-braune Landschaft ein.

Nur der Ruf der Vögel liegt in der Luft. Ich komme an der kleinen Schule vorbei, leer und ruhig liegt sie da, doch man kann sich leicht das laute Treiben auf dem Schulhof vorstellen: das Rennen und Fangenspielen, das Rufen, das unbeschwerte Kinderlachen. Ich schaue mir die handgemalten Plakate und Bilder an, die die untere Hälfte der Fenster bedecken. Hinter Schule und Schulhof entdecke ich ein Handballfeld. Ein großer Betonplatz – bestimmt zehn Meter breit und zwanzig Meter lang –, der an einem Ende durch eine hohe Mauer begrenzt und am anderen Ende offen ist, dazu zwei schräge Seitenwände. Ist ein einfaches Spiel, Handball. Während meine Gedanken um das Spiel kreisen, fallen mir auch die Vormittage wieder ein, als Anna und ich über die Mauer des Tennisclubs kletterten, als die Freude am Spiel um so größer war, weil wir wussten, dass wir etwas Verbotenes taten und doch immer davonkamen. Ich gehe in den Schulhof hinein und hinüber zum Handballfeld, sehe einen kleinen schwarzen Ball an der Seitenwand liegen, der wohl am Abend zuvor wegen der Dunkelheit dort vergessen wurde. Die Versuchung ist zu groß. Ich schaue zurück zur Schule und zur Stadt. Das Einzige, was sich dort bewegt, sind die Krähen. Ich lege meinen Rucksack und meinen Mantel ab, mache ein paar Würfe und beschließe, ein Spiel zu wagen, Irland gegen England – immer abwechselnde Würfe, Land gegen Land, und der erste, der sieben Tore hat, ist Sieger. Nach kurzer Zeit bin ich mittendrin, Feuer und Flamme, und verkünde laut den Spielstand. Es ist knapp. Als es fünf zu fünf steht, bin ich wie im Rausch und kommentiere lauthals jeden Wurf.

»Ein packendes Spiel hier in der Westport Arena«, brülle ich, »zwischen dem englischen Champion und dem jungen Herausforderer aus Irland. Die Menge hält es nicht auf ihren Sitzen, sie bejubeln jeden Wurf. Niemand weiß, wie es hier ausgeht.«

Es steht sechs zu sechs. Ich schwitze und atme schwer.

»Halten Sie sich fest, die Spannung steigt bis zur letzten Minute. Wer hat die besseren Nerven? Wer wird den Ruhm erringen? Werden es die zu allem entschlossenen Engländer sein oder die bravourösen jungen Iren?«

Ich mache einen Abschlag und das Spiel läuft.

»Höchste Spannung nun in der Westport Arena, als ein Engländer seinen Gegenspieler durch einen glänzenden Spielzug an die Seitenwand zwingt. Doch der junge Ire kommt zurück ins Spiel. Fantastisch. Der Engländer jagt den Ball erneut Richtung Seitenwand. Sicher kriegt er ihn jetzt nicht mehr, oder? Doch, tatsächlich! Er kriegt ihn! Ich glaube es nicht. Die Menge ist außer Rand und Band. Was für ein Spiel! Jetzt jagt der Engländer den Ball mit voller Kraft durch die Mitte. War's das? Nein, der Ire erholt sich wieder und bleibt im Spiel. Er gibt einfach nicht auf. Wieder versucht es der Engländer mit aller Entschlossenheit, doch dieses Mal wird er im Gegenzug auf die Seite geschleudert. Er schafft es zurück, aber nur gerade so. Das Feld ist offen. Der Ire drischt den Ball nach vorn. Der Engländer schafft es nicht. Oder schafft er es? Nein, er schafft es nicht. Er schafft es nicht. Sieg für den jungen Herausforderer! Sieg für Irland! Die Menge springt auf. Ohrenbetäubender Lärm.«

Ich hole meinen Mantel und meinen Rucksack. Zwei Jungen kommen hinter der Mauer des Spielfeldes hervor.

»Ein großer Sieg für Irland«, sagt der eine Junge zu mir. Er hat die Arme vor der Brust verschränkt.

»Ja«, sagt der zweite und reckt sich, um hinter mir einen Blick aufs Spielfeld zu erhaschen, »und vor allem, ein Sieg gegen die Engländer, diese Draufgänger.«

»Fantastisch«, sagt der erste.

»Brillant«, sagt der zweite.

»Ich glaube nicht, dass wir so etwas jemals zuvor gesehen haben«, sagt der erste Junge und lässt seine Arme an seinem zitternden Körper herunterfallen. »Auf jeden Fall nicht hier. Nicht in der Westport Arena.«

Am späten Abend hole ich das Auto in Westport ab – das Auto, das der Chef bereitgestellt hat – und fahre nach Dundalk. Am Morgen danach erledige ich die Anrufe. Delaneys Mann hat Demeku und ihre Mutter bis zu einer Telefonzelle im Hauptbahnhof von Glasgow begleitet. Er hat ihnen Anweisungen und Bargeld gegeben und sie dann verlassen. Pater Brian hat Ciarán zum Dubliner Hafen gebracht, ihm Delaneys Geld gegeben und ihn gebeten, bei einer bestimmten Telefonzelle zu warten. Jetzt ist Pater Brian auch wieder weg. Es ist besser, dass beide Männer nicht mehr wissen – dann können sie, egal was passiert, auch nichts verraten.

Erst jetzt suche ich einen Treffpunkt für Ciarán und Demeku. Ich suche einen Ort, der ganz weit weg ist von allem.

Mein erstes Telefongespräch geht nach Dublin. Ich sage Ciarán, er solle die frühe Fähre nach England nehmen, dann Richtung Süden nach Bournemouth fahren und um Mitternacht am Rathaus sein. Ich bitte ihn, mir etwas zu sagen, was ich Demeku mit auf den Weg geben kann, etwas, was sie beruhigt und auch davon überzeugt, dass sie losfahren muss.

Stille. Er denkt nach.

Ich warte.

»Ein Wanza-Baum«, sagt er plötzlich. »Wir haben mal darüber gesprochen, dass wir unter einem Wanza-Baum heiraten werden, wie der, den es in ihrem Heimatdorf gibt. Sag ihr, wir werden schon bald unter einem Wanza-Baum tanzen.«

Das nächste Gespräch geht nach Glasgow. Ich sage Demeku, dass sie nach Süden reisen muss, bis Bournemouth und dass sie um Mitternacht vor dem Rathaus stehen soll. Ich sage ihr, dass sie schon bald unter einem Wanza-Baum tanzen wird.

Dann noch ein drittes Telefonat.

Es ist noch sehr früh am Morgen, und das Telefon klingelt einige Zeit, bevor jemand drangeht.

»Was is?«, schnauzt eine unwirsche Stimme in mein Ohr.

»Hallo *Pigeon*.«

»Was verdammt? Wer is da?«

»Heute Mittag um zwölf, Neary, klopfe ich an deine idiotische Haustür. Und dann pinkel ich in deinen Springbrunnen.« Ich lege auf.

Ich fahre in den Wald, und fünf Meilen von der Stelle entfernt, von der ich schießen werde, grabe ich eine tiefe Grube.

Um zehn Uhr bin ich in Position, und das Gewehr ist startklar. Ich bin bereit.

Um viertel vor zwölf macht Neary seine Haustür weit auf und tritt hinaus auf die Veranda, genau so, wie ich es mir gedacht habe. Die Taten von Helden wie Neary können leicht vorausgesagt werden. Ich beobachte ihn durch mein Zielfernrohr, wie er dasteht, die Hände vor der Brust verschränkt, der verachtende und kämpferische Blick stur zwischen den Steinsäulen hindurch auf die Landstraße gerichtet, die zu seiner Farm führt. Ich sehe auch den mit zwei Männern besetzten Toyota Corolla, der am Rand der Hauptstraße parkt, und einen Mitsubishi Pajero, ebenfalls mit zwei Männern, in Nearys Hof hinter der Farm. Ich konzentriere mich auf mein Gewehr. Ich suche die Veranda im Fadenkreuz und richte es langsam auf mein Ziel. Dann kommt die Routine. Entsichern. Tief einatmen. Die halbe Luft rauslassen. Halten. Fadenkreuz. Fadenkreuz. Ich drücke ab.

Ich steige in einer ruhigen Nebenstraße aus dem Auto aus und nehme den Bus nach Dublin. Und von da aus fahre ich mit dem Zug zurück nach Westport, um meine Wanderung fortzusetzen.

Am darauffolgenden Morgen mache ich mein letztes Telefonat.

Es ist wieder früh morgens, aber dieses Mal nimmt jemand am anderen Ende schnell ab.

»Hallo *Pigeon*.«

»Du verdammter Scheißkerl. Du verdammter, verdammter Scheißkerl. Du hast meinen Fußball kaputtgeschossen. Ganz kaputt. Scheiße, verdammte, kaputt für immer.«

»Du wirst dem Jungen nicht folgen«, sage ich ganz ruhig, »und dem Mädchen auch nicht. Und der Mutter auch nicht. Sonst werde ich das nächste Mal …«

»Du verdammter, verdammter, verdammter, ver…«

Ich lege auf.

Du hast gut daran getan, das Gewehr zu begraben, sagt Bob später zu mir. *Ist das jetzt das Ende?*

»Das ist das Ende, Bob.«

Ja, das ist es, Johnny, sagt er. *Das ist es.*

Zu wem wir gehören

Ich bin im trostlosen Connemara. Hier ist die Erde mager und armselig. Dieser triste Ort hat einen riesigen Himmel und keine Farbe. An einer Kreuzung ziehe ich meine Wanderschuhe und Strümpfe aus und setze mich zur Rast auf eine Steinmauer. Eine sanfte Brise umschmeichelt meine Fersen und Zehen. Eine alte Frau nähert sich von Süden auf der holprigen Straße. Sie geht langsam, schiebt ein schwarzes Fahrrad und trägt einen langen, schwarzen Mantel und ein schwarzes Oberteil. Um ihre Schultern ist ein schwarzes Tuch gebunden, und ihr Kopf ist von einem schwarzen Schal bedeckt. Sie hält vor mir an und hebt ihren Kopf. Ich blicke in Augen, die mich trotz ihres fortgeschrittenen Alters an einen im Sonnenlicht grün leuchtenden Hafen erinnern.

»Kenne ich dein Gesicht?«, fragt sie mich.

»Unwahrscheinlich«, antworte ich. »Ich bin ein Fremder in einem fremden Land.«

»Niemand von uns ist ein Fremder«, bemerkt sie, und fragt dann, »*Cé leis thú*?«

Ich verstehe den irischen Satz nur deshalb, weil mir Cora diese Frage immer wieder gestellt hat, in ihren unzähligen Versuchen, mir Irisch beizubringen. Und ich empfinde es als sehr seltsam, dass ich mich überhaupt daran erinnere – eigentlich ist mein Gehirn so konstruiert, dass es das Erlernen der irischen Sprache sofort blockiert. Aber diese Wendung kenne ich. Sie bedeutet: ›Zu wem gehörst du?‹ Wie soll ich das beantworten?

Ich schaue sie an. »Ich weiß nicht, ob ich zu jemandem gehöre. Ich bin eher so eine Art Freigeist.«

Sie lacht. »Wir alle gehören zu irgendjemandem oder zu irgendetwas.«

»Sicher?«

»So sicher wie die Erde sich dreht.«

Zu wem gehöre ich? Oliver, Kathleen, & Co.? Ich komme von ihnen, aber ich gehöre nicht zu ihnen. Oder doch? Und Dundalk? Dasselbe. Und Irland? Und was ist mit Delaney und der IRA und dem Krieg? Ich bin ein Teil davon, aber dann doch wieder auf gar keinen Fall ein Teil davon. Und, bin das wirklich ich? Und Aisling? Gehöre ich zu irgendjemandem oder zu irgendetwas?

Ihre grünen Augen beobachten meine Ratlosigkeit mit aller Geduld der Welt. »Zerbrich dir nicht den Kopf«, sagt sie zu mir. »Die reine Wahrheit kommt aus dem Herzen.«

Mit diesem Satz ist meine Wahrheit frei, ein großer Fels ist aus dem Weg geräumt. »Cora Flannery«, sage ich zu ihr, und sie hebt ihre runzlige Hand und berührt mein Gesicht. Sie lacht noch einmal und schiebt ihr Fahrrad davon.

Sirenen

In der siebten Woche erreiche ich Clare und Mullaghmore. Ich krabble über die zerfurchten Kalksteinplatten und untersuche die karstigen Ritzen und Spalten. Außergewöhnliche Wildblumen wachsen hier. Ich schaue herum.

»Ich dachte, hier kann ich einige Botschaften finden«, sage ich zu Bob.

Und welche Botschaften könnten das sein?

»Eine ist Schönheit: dass man an öden Orten Schönheit findet. Die andere Botschaft ist, dass Handlungen gemessen an der Zeit sinnlos sein können.«

Was soll das heißen, mein Sohn?

»Der Mensch hat schon Tausende von Jahren im Burren gelebt, und als sich in der Steinzeit die ersten Bauern hier angesiedelt haben, fanden sie ein bewaldetes, erdreiches Terrain vor. Diese Siedler fällten die Bäume und ließen ihre Rinder hier grasen. Durch das Abholzen der Wälder und die Viehzucht wurde das Erdreich weggerissen und diese blanken, kargen Felsen hier blieben übrig. Und wenn wir uns diese Felsen ansehen, begreifen wir, dass sie Hunderte Millionen Jahre alt sind; wir begreifen, dass sie unter dem Ozean entstanden sind, jedoch nicht unter diesem hier.«

Und ich zeige auf die Küste.

»Hier können wir sehen, dass die Insel sich einmal auf der südlichen Halbkugel befand, in zwei Teilen, und dass im Laufe der Zeit diese beiden Teile zu einer Insel zusammengedrückt worden sind, die nach Norden gewandert ist, hier hin. Und wir wissen auch, dass unsere Insel ihre Reise noch nicht beendet hat. Stück für Stück bewegt sie sich weiter nach Norden. Wir sind auf dem Weg in den kalten Norden, Bob. Und weißt du, was uns da im Norden erwartet, unter all dem Eis? Nichts: nur kaltes Meer. Wir sind auf dem Weg ins Nirgendwo. Und unsere Zeit hier auf diesem Felsen ist nur kurz, eine sehr kurze Zeit auf einem Felsen, der mal aus zwei Teilen in zwei Kontinenten bestand, die zu einer einzigen Insel unter dem warmen Ozean verschmolzen, zu Vulkanbergen wurden, zu Eis, zu Wald, zu einem öden, unfruchtbaren Gebirge – ein Inselfelsen auf dem Weg ins Nirgendwo. Das heißt, welche Besitzansprüche wir auch immer haben mögen, sie machen letztendlich doch gar keinen Sinn.«

Mein Gott, sagt Bob. *Was für ein Ort, was für eine Geschichte.*

Es gibt ein großes Hallo, als ich in der Station Road eintreffe. Bella ist von meiner Ankunft total überrumpelt und ihre Begrüßung dementsprechend emotional. Mick und Marcella begrüßen mich ebenfalls äußerst herzlich, und als wir alle zusammen am Tisch sitzen, muss ich ausführlich von meinem Unfall, meiner Genesung und meiner Wanderung erzählen. Es ist Mitte der siebten Woche, und ich bin müde. Ich schlafe zwei Tage lang in meinem alten Bett – welche Freude – und am dritten Tag klopft es nachmittags an meiner Tür. Ich öffne und sehe Éamon vor mir stehen, in einer Hand einen Rucksack, in der anderen ein Paar Wanderschuhe.

»Dachte, du brauchst vielleicht Gesellschaft für ein paar Tage«, sagt er, »nur um sicherzugehen, dass du nicht schlappmachst.«

Ich umarme ihn lachend, meinen Freund, und an jenem Abend gehen wir zu fünft ins Brogan Hotel und trinken

Bier. Am nächsten Tag sind wir wieder auf dem Weg, von Ennis aus nach Süden, und ich muss Éamon gut zureden, langsamer zu gehen, so motiviert ist er, die Wanderung in Angriff zu nehmen. An jenem ersten Tag zusammen wandern wir viele, viele Stunden – der Weg ist so leicht mit meinem Freund an der Seite – und wir machen erst Pause, als wir in der Nähe vom Shannon-Mündungsgebiet eine Unterkunft finden. Am nächsten Morgen überqueren wir den Fluss von Killimer mit einer kleinen Fähre – wie die, die ich in Strangford damals genommen habe – und Éamon und ich setzen unsere Wanderung rund um die Küste von Kerry fort: Richtung Süden geht es nach Listowel, Tralee, Dingle, Killorgen, Glenbeigh und Cahirciveen, bevor wir die Woche in Portmagee beenden. Wir übernachten in einem Gästehaus auf einer Farm am Rand des Städtchens und am nächsten Morgen nimmt uns der Hausherr mit aufs Boot zu den Skellig Rocks, den Inselfelsen zehn Meilen draußen im Meer. Die See ist ruhig, als wir den Hafen verlassen, doch in der Nähe der kleinen Inseln wirft der anschwellende Seegang unser Boot hin und her. Beide müssen wir uns am Bootsrand festhalten.

Unser Wirt und Kapitän erzählt uns, dass die Felseninsel eine im sechsten Jahrhundert gegründete Mönchssiedlung ist und dass dieser Ort, obwohl er absolut abgelegen und schwer zu erreichen ist, trotzdem von den Wikingern erobert wurde.

»Egal, wie gut man sich auch versteckt, in diesem Land ist es sehr schwer, unentdeckt zu bleiben«, bemerke ich, »irgendwann taucht immer irgendein Mistkerl auf.«

Der Skipper beachtet meinen Einwurf nicht, aber Éamon wirft lachend seinen Kopf zurück.

»Die Menschen sind schon merkwürdig, Éamon«, sage ich zu ihm, als wir an Land gegangen sind und den Skellig Michael erklimmen, einen dunklen Felsen, der mehr als zweihundert Meter aus dem Meer herausragt. »Also ehrlich, welcher Verrückte würde hier schon freiwillig mitten im Ozean wohnen wollen, mitten zwischen Papageitauchern und Basstölpeln?«

Wir schauen hoch zu den Bienenkorbhütten, die an den Felsvorsprüngen zu kleben scheinen, Bienenstöcke, von Menschenhand gemacht. »Wie verrückt. Was hatte es damit auf sich?«

Wir genießen die Stunde auf der Felseninsel, atmen die feuchte, würzige Luft der Insel und steigen dann wieder ins Boot.

»In Äthiopien«, erzähle ich Éamon bei der Heimfahrt, »gibt es einen hohen Berg, einen Tafelberg, namens Debre Damo. Hoch oben auf diesem Berg siedelte sich eine Glaubensgemeinschaft an, eine uralte Kolonie und errichtete ein Kloster. Das Felsplateau erreicht man ausschließlich mit Hilfe eines Seils aus Ziegenleder, das einem beim Hochklettern hilft. Frauen haben keinen Zutritt zum Kloster – noch nie hat eine Frau diesen Ort betreten. Sogar die Ziegen, die dort oben gehalten werden, sind ausschließlich männlich. Wieder so ein Beispiel: Das Kloster wurde im sechsten Jahrhundert gegründet und existiert seither unverändert. Sag mal ehrlich, ist das nicht wahnsinnig? Zu jener Zeit muss die ganze Welt verrückt gewesen sein. Und wofür das Ganze? Reine Selbsttäuschung?«

»Um Gottes willen, Donnelly, hörst du bitte auf damit? So einfach ist es doch nicht.«

»Doch, so einfach ist es. Das ist ja das Trauerspiel.«

»Du bist zu hart, Johnny-boy. Es werden Opfer gebracht, ja, aber doch für ein höheres Ziel.«

»Aber das ist es ja gerade, Éamon. Es gibt doch gar kein höheres Ziel.«

Am Pier von Portmagee bedanken wir uns bei unserem Wirt und Skipper. Ich schüttle ihm die Hand, und Éamon – glücklich, wieder festen Boden unter den Füßen zu haben – umarmt ihn herzlich.

»Viel Glück, mein Freund«, sagt Éamon, als er am Nachmittag in den Bus nach Hause steigt. »Möge Gott jeden deiner Schritte behüten und dich sicher nach Hause bringen.«

»Ja, das möge *sie*«, entgegne ich, und er winkt mir lachend zu.

In Caherdaniel wandere ich an einer windigen Küste entlang. Das Wetter ist rau und das Meer tost; der ganze Ort wirkt ausgehungert und wild, so als ob die Erde selbst darüber grollt, besiedelt und gezähmt worden zu sein. Ich denke noch einmal über die felsige Insel nach, die ich mit Éamon erklettert habe und über die menschlichen Bienenkorbhütten an den Felsvorsprüngen. Bob geht an meiner Seite, hat seinen Blick zum Schutz vor dem Wind auf den Boden gerichtet, die Hände in den Taschen des grünen Overalls vergraben.

»Denkst du jemals darüber nach, Bob, wer wir sind?«

Wer wer ist, mein Sohn?

»Der Mensch. Die menschliche Rasse. Wir sind doch ein ziemlich beschissenes Tier, oder?«

Es gibt so viele menschliche Facetten, sagt Bob und schaut zu mir hoch. *In meines Vaters Hause sind viele Wohnungen.*

»Genau das hätte Aisling jetzt auch gesagt. Sie holt immer diesen Gotteskram raus.«

Wir sind eine Gemeinschaft, fährt er fort. *Und in jedem von uns steckt eine Vielzahl. Mensch zu sein, bedeutet Gemisch aus vielen zu sein.*

Ich laufe weiter bis West Cork, und in Glandore finde ich eine geschützte Einbuchtung unter einem kleinen Pub. Das Wetter ist wieder besser geworden, sodass ich unter freiem Himmel schlafe, unter einem Mond, dessen Widerschein auf einer türkisfarbenen Flut an die Küste getragen wird. Am anderen Morgen denke ich wieder einmal über mein Gehirn nach, über all die Zellen und Synopsen, über Gedanken und Taten, und darüber, wer wen kontrolliert. Bob sitzt hinter mir auf einer Betonplatte, an die Felswand gelehnt. Er schaut hinaus aufs Wasser, seine Beine baumeln an der Steinplatte herunter.

»Bob«, beginne ich, »benutze ich mein Gehirn, um zu denken oder benutzt mein Gehirn mich, um zu handeln?«

Später an jenem Tag, als ich in einem Hostel in Clonakilty einkehre, denke ich über Bob nach, über den Bob, den ich lebend kannte, den Bob, der mit uns in der Mittagspause auf der Bank im Öllager saß. Und obwohl er seine Zufriedenheit so leicht mit sich trug, wie andere eine Morgenzeitung, sah ich damals doch auch schon mal einen Schatten in seinem Gesicht. Einmal fragte ich ihn, ob er das Leben nicht einsam fände, so allein. Ich fragte ihn, ob er nicht gern eine eigene Familie gehabt hätte.

»Ich hatte meine eigene Familie«, antwortete er. »Aber ich weiß, was du meinst. Wir können zwei Familien haben: eine, aus der wir kommen und eine, die wir selbst machen. Nichts in der Welt hätte ich lieber getan, als eine eigene

Familie zu gründen. Aber jetzt gibt es nur mich …«, er sah mich an, »und dich.«

»Gab es nie die Möglichkeit?«, fragte ich nach.

Er nahm die Teekanne und goss Tee in zwei Becher, etwas Milch hinzu. Er schob mir einen Becher zu. »Ihr Name war Ellen. Ellen Finnegan. Sie war ein lustiges Mädchen, Johnny, ein richtig lustiges Mädchen. Und ständig auf Hochtouren. In ihrem Leben war immer etwas los. Sie lebte in Faughart, und jeden Tag fuhr sie mit einem gelben Fahrrad in die Stadt. Sie arbeitete in der Post als Kassiererin. Dort habe ich sie zum ersten Mal gesehen. Dort habe ich mich auch mit ihr verabredet – in der Post. Eigentlich sind wir nie richtig zusammen ausgegangen, nur ab und zu zusammen mit dem Fahrrad nach Blackrock gefahren. Jeden Tag habe ich sie bis Dowdallshill begleitet. Und wenn sie samstags in die Stadt kam, haben wir uns auch verabredet und sind zusammen voll Speed bis zur großen Brücke gerast. Ich wäre überall hingefahren, nur um diese roten Wangen und dieses strahlende Gesicht zu sehen, den Schal locker umgebunden, das dunkle Haar flatternd im Wind. Aber Dundalk war zu klein für Ellen Finnegan – sie wollte die Welt sehen. Sie wollte, dass ich mit ihr gehe, Johnny, dass wir unsere Jobs aufgeben und das sichere Schiff verlassen. Sie war so mutig. Ich konnte aber nicht weg; war einfach nicht möglich. Sie ging dann nach Birmingham und zwei Jahre lang schrieben wir uns jede Woche einen Brief – dann hörten die Briefe plötzlich auf. Ich hatte Angst davor, den Grund herauszufinden. Dann, eines Tages, kam wieder ein Brief. Ich öffnete ihn erst mehr als drei Monate später. Ich wollte lieber mit der verzweifelten Angst leben, dass meine Hoffnungen vielleicht vergebens waren, als mit dem trostlosen Schmerz, dass der Verlust wahr geworden war. Ich ahnte, was in dem Brief stand, und ich hatte recht. Sie hatte jemanden kennengelernt, einen Amerikaner, und sie waren weg nach Chicago. Ich wusste, dass sie sich genau das immer gewünscht hatte. Ich habe nie mehr von ihr gehört. Ich kann noch immer ihr lachendes Gesicht sehen. Ich habe danach kein Liebesabenteuer mehr gewagt – der Schmerz war zu groß.«

Ich beobachtete meinen alten Freund auf der Werkbank gegenüber. Ich sagte nichts. Ich wusste, dass er in seinen Gedanken das Mädchen auf dem gelben Fahrrad sah. Ich wusste auch, dass er sein Leben mit diesem Mädchen dafür geopfert hatte, um für seine kranke Mutter und seine psychisch labile Schwester da zu sein. Und jetzt waren sie alle weg.

»Ein grausames Geschäft dieses Leben, mein Sohn«, sagte er und umschloss den heißen Tee mit seinen von der Arbeit gezeichneten Händen. »Manchmal kommen unsere besten Chancen, wenn wir noch jung und schlecht dafür gerüstet sind.«

Wir saßen noch lange still zusammen, in der vertrauten Sicherheit des anderen, entspannt einander zugeneigt, wie Rispen in einer leichten Sommerbrise. Nach einiger Zeit stand ich auf und strich ihm über den Kopf, bevor ich das Öllager verließ.

In der neunten und zehnten Woche erwandere ich die Süd- und die Südostküste, die mich durch Cork, Waterford und Wexford führt, und in der elften Woche geht's ins Binnenland, bergauf, und ich verbringe einige Tage in den felsigen Wicklow Mountains. Auf meinem Weg hinunter erstreckt sich Dublin vor mir, bis zum Meer, und ich weiß, dass meine Reise fast zu Ende ist, dass ich fast wieder zu Hause bin. Ich bin aufgeregt, denn ich werde Aisling im Stadtzentrum treffen, und ich habe ihr so viel zu erzählen. Ich warte auf sie in einem Café, das halb mit Frauen gefüllt ist, die sich zu zweit gegenübersitzen, sich die neuesten Enthüllungen auftischen und geschockt, überrascht, betroffen oder zustimmend reagieren. Eine Aufführung im Dubliner Theater ist nichts dagegen. Drei junge Mädchen kommen herein und bezahlen ihre Bestellungen jede für sich allein; sie sind wohl zu jung und zu arm für eine gemeinsame Rechnung. Ich bin früh dran, aber auch Aisling kommt schon. Ich merke an ihrem Gang, dass irgendetwas sich verändert hat. Ich laufe zu ihr und nehme sie in den Arm, ich drücke sie fest an mich.

»Du bist schwanger, stimmt's, Aisling Flannery?«

»Mein Gott, Johnny, wie bist du denn darauf gekommen?«

»Nur so eine Wahnsinnsidee.«

»Und, was denkst du?«

»Ich denke, das ist großartig. Ich denke, das ist das Beste, was passieren konnte.«

Aisling bricht weinend zusammen. »Ist nicht so leicht. Wie sollen wir das schaffen?«

»Das werden wir gut schaffen – besser als gut sogar. Es wird wahnsinnig werden und wundervoll. Mach dir keine Sorgen.«

Aisling weint noch immer, doch sie lacht auch, beides gleichzeitig, in der Art, wie es nur kleine Kinder und junge Frauen können.

»Was werden die Leute sagen?«

»Die Leute werden sagen, wie großartig. Und die, die das nicht sagen, sind uns egal.«

»Bist du sicher?«

»Sicher worüber?«

»Sicher über das Baby?«, fragt sie. »Sicher über mich?«

»Sehr sicher. Bist du glücklich?«

»Ja.«

»Geht's dir gut?«

»Ja.«

»Na dann, Aisling Flannery, ist das heute ein wundervoller Tag. Soll ich dir ein Lied vorsingen?«

»Nein.«

Wir verlassen das Café, um frische Luft zu schnappen und um uns gegenseitig festzuhalten, und dann gehen wir wieder rein und bestellen Kaffee und Kuchen.

»Wir werden sie Cora nennen, wenn es ein Mädchen ist. Ja?«, fragt sie mich im Bus, als wir zu ihrer Wohnung fahren.

»Ja, Aisling«, sage ich und schaue in Augen, deren altgolden gesprenkeltes Braun wie Farn in der Herbstsonne schimmert. »Ja, das tun wir. Und mögen die Götter dort oben uns dazu ihren Segen geben.«

»Und wenn es ein Junge ist?«

»Ja dann«, sage ich und ziehe sie nahe zu mir heran, »dann müssen wir noch mal neu überlegen.«

Ich bleibe fünf Tage in Dublin, ich koche für Aisling, erzähle ihr von meinem großen Streifzug über die Insel, singe Lieder und küsse ihren Bauch. Wir schmieden Pläne, und dann mache ich mich zur letzten Etappe auf, um meine Wanderung in Dundalk abzuschließen.

Es ist gerade Hochsommer, und wenn die Sonne scheint, zeigt sich alles rundherum in satten Grün- und Gelbtönen. Der Weg rund um die Insel hat zwölf Wochen gedauert.

»Was sagst du zu Aislings Neuigkeiten?«, frage ich Bob am Morgen des letzten Tages.

»Das sind wirklich großartige Neuigkeiten«, antwortet er und klopft mir auf die Schulter.

Es ist Mittag, als ich mich Dundalk von Süden her nähere. Genau an der Abzweigung, wo die Straße nach Norden direkt in die Stadt führt und die Straße nach Osten zum Rand der Bucht, liegt ein Pub. Ich lege meinen Rucksack ab und gehe durch die geöffnete Tür hinein. Der Pub ist leer, Stühle und Hocker liegen umgedreht auf den Tischen, die Barhocker sind an der hinteren Wand aufgestapelt. Eine zusammengefaltete Irish Times liegt auf dem Regal neben der Tür. Ich nehme sie und gehe zur Bar.

»Hallo?«, rufe ich. »Hallo?«

Keine Antwort. Ich nehme einen Barhocker vom Stapel an der Wand, setze mich und breite die Zeitung auf der dunklen Theke aus.

Ich lese gerade die Sportseite, als ich ein Geräusch höre und beim Hochschauen ein Mädchen sehe, das durch die Seitentür hereinkommt und einen pinkfarbenen Wischeimer vor sich herschiebt.

»Oh, hallo«, sagt sie, »wir haben eigentlich nicht geöffnet.«

»Ist okay«, sage ich. »Ich habe auch gar keinen Durst. Bin nur reingekommen, um Zeitung zu lesen.«

Sie schaut mich eine Weile an, bevor sie etwas sagt. »Sie können dableiben, wenn Sie möchten. Ich mache einen Tee, wenn ich hier fertig bin.«

Sie putzt den ganzen Pub, wischt um mich herum, stellt auf ihrem Weg die Stühle und Tische wieder richtig hin und zieht dabei den pinkfarbenen Eimer an einem langen Mopp-Stiel hinter sich her. Ich schaue ihr bei der Arbeit zu. Sie bewegt sich leicht und athletisch, unter ihrem schwarzen Top und kurzen schwarzen Rock lässt sich ein sportlich-straffer Körper erahnen. Sie blickt in die andere Richtung, schiebt den langen Wischer über die freien Flächen und unter die Tische. Ihre Bewegungen haben einen ganz bestimmten Rhythmus, ihr Hintern bewegt sich gleichmäßig und sanft hin und her – erst links dann rechts, links und rechts, links und rechts. Wunderschön.

»Beobachtest du mich?«, fragt sie.

»Nein«, antworte ich und wende mich schnell wieder meiner Zeitung zu, »träume nur vor mich hin.«

Ein zweites Mädchen kommt herein. Es hat eine ähnliche Figur wie das erste; nur, wo das erste Mädchen Schwarz trägt, trägt das zweite Weiß; und wo das erste einen braunen Pferdeschwanz hat, hat das zweite einen blonden; und wo das erste Mädchen dunkle Augen hat, hat das zweite hellblaue. Während die Mädchen den Pub für das Tagesgeschäft bereitmachen, erzählen sie mir, dass sie Kusinen sind, und ich erzähle ihnen von meiner langen Wanderung – jeder von uns mag Geschichten – und als sie mit der Arbeit fertig sind, überrede ich sie, zu dem Tee, den wir zusammen trinken, auch noch Toast zu holen.

Als die Teekanne leer und der Toast gegessen ist, verabschiede ich mich und gehe die Straße Richtung Osten, von wo ich mich dem weiten und flachen Meeresarm der Bucht von Dundalk nähere. An der Küste angekommen, stehe ich vor einer riesigen dunklen Ebene. Nur bei Flut führt diese Bucht Wasser; bei Ebbe zieht sich das Meer weit zurück, vom menschlichen Auge nicht mehr zu erfassen, und die Bucht erscheint als weite, grenzenlose Sandfläche. Ein Fluss hat sich in dieses sandige Meeresbett eingegraben und läuft parallel zur Küste, bevor er abdreht und sich östlich im Horizont ergießt. Auf halbem Weg entlang der Küste liegt das Städtchen Blackrock, und dort, wo die Ebene den nördlichen Ausläufer der Berge berührt, kommt man nach Dundalk.

Es ist ein schöner Tag und warme Sonnenbündel brechen durch den Wolkenhimmel. Ich ziehe Stiefel und Strümpfe aus und binde sie an meinen Rucksack. Ich laufe über den Sand und weiter nach Norden. Ich überquere den Fluss und komme in die Bucht, laufe von Süden nach Norden rund eine halbe Meile von der Küste entfernt. Ich finde ein blaues Boot auf dem Sand, es liegt auf der Seite wie ein Hund, der sich an einem heißen Tag in den Schatten wirft. Der Schiffsrumpf zeigt nach Süden, und ich mache Pause auf dem nassen Sand, an die Bootswand gelehnt. Im Süden, Norden und Westen ist Land, und im Osten die unsichtbare See, und dahinter liegt England. Ein Schiffstau hängt an der Seite des Bootes herab, und ich spiele damit herum. Die Sonne trifft mich, und ich schaue hinauf in das heiße Licht, die Augen geschlossen. Hinter meinen Augenlidern mischen sich spielerisch Formen und Farben.

Das Wasser funkelt, als sie auftauchen, da stehen sie Seite an Seite in den noch sanften Wellen. Beide schauen in meine Richtung, streichen sich das Wasser aus dem Gesicht nach hinten in den Pferdeschwanz. Sie strecken sich nach mir, sie winken mich herbei, mit ihren Fingern, Händen, Armen und Augen – diese Gesichter. Langsam kommt die Flut, und das braunhaarige Mädchen dreht sich um. Ich beobachte den Rhythmus ihrer Bewegungen, das sanfte Schaukeln ihres Hinterns – links und rechts, und links und rechts, und links und rechts. Wunderschön. Ich stehe auf. Und da bemerke ich, dass ich mit meinen

Spielereien das Seil um meine Taille geschlungen und Schwierigkeiten habe, den Knoten zu lösen. Das blonde Mädchen kommt ein paar Schritte näher, fast in meine Reichweite. Sie bleibt stehen, die Beine etwas gespreizt, das Wasser steigt und eine Welle trifft sie dort, wo ihre langen Beine in die Taille übergehen. Sie schnappt kurz nach Luft, als die Welle durch sie hindurchschwappt – ihr Juchzer ist Ausdruck von Überraschung, aber auch Vergnügen. Sie schaut zu mir, als die nächste Welle angerollt kommt. Wieder der Juchzer über die Welle, die den unteren Teil ihres kurzen weißen Rocks durchnässt. Die dritte Welle kommt, und dieses Mal folgt dem Juchzen ein leichtes Zittern, und als das vorbei ist, beugt sie sich nach vorn und schaut zu mir, wobei sie den Kopf merkwürdig zur Seite neigt. Das Mädchen in Schwarz bewegt sich weiter rhythmisch im Wasser. Eine vierte Welle rauscht heran. Ich versuche verzweifelt, den Knoten zu lösen, aber das Seil ist festgezurrt; ich ziehe und zerre, aber ich kann mich nicht vom Boot befreien. Die Welle trifft sie mit voller Kraft und das Juchzen wird zum Stöhnen, und bei der nächsten Welle wird das Stöhnen zum Schrei. Das Wasser steigt, sprühend und glitzernd. Ich fühle eine kalte Nässe. Ich öffne meine Augen, und sehe Wasser, überall, rund um mich herum.

Ich stehe schnell auf. Ich ziehe an dem Seil, aber das verdammte Ding ist fest um meine Taille gezurrt. Wie habe ich das hingekriegt? Das Wasser steigt, und ich bekomme langsam Panik, ziehe an allen Seiten des Knotens. Wie ist das passiert? Ich zerre und reiße, aber der Knoten lockert sich nicht. Und das Wasser steigt. Ich höre Bobs Lachen. Ich drehe mich um und sehe ihn im Boot sitzen.

Spring einfach ins Boot, mein Sohn, sagt er.

Ich krabble ins Boot und im selben Moment löst sich der Knoten und das Seil fällt herunter. Ich hebe meinen Rucksack ins Boot und lege mich auf das feuchtklamme Holz, ich schaue in den Himmel, während das Boot leicht auf den steigenden Wellen hüpft. Ich warte auf den Gezeitenwechsel und sehe über das Wasser bis nach Blackrock. Aus dieser Perspektive sieht der Ort ganz anders aus, und als sich die Bucht langsam leert und das Boot strandet, laufe ich über den nassen Sand zur Küste.

Ich gehe Blackrocks Hauptstraße entlang, in meinen nassen Jeans. Ich komme an Ramie Knolls Krimskrams-Laden vorbei und schaue ins Fenster, wo ein Rahmen mit einer Kopie von Robert Emmets' ›Rede von der Anklagebank‹ hängt, deren Text mir so vertraut ist:

… *Helden und Märtyrer, die ihr Blut auf dem Schafott und auf dem Schlachtfeld vergossen haben, als sie ihr Land und ihre Werte verteidigten … die Emanzipation meines Landes von den unmenschlichen Kräften … Ich werde am Ende meines Lebens alle Kraft darauf verwenden, dass dem Ruf, der mich* überlebt, Gerechtigkeit widerfährt … *die Freiheit und Unabhängigkeit meines Landes … Wenn mein Land seinen Platz inmitten der Nationen der Erde eingenommen hat, dann, und erst dann, wird mein Grabstein eine Inschrift erhalten …*

Ich setze meinen Weg fort und denke an seine Worte: Blut auf dem Schafott, Unterdrückung, Freiheit und Unabhängigkeit. Das ist Irlands Vergangenheit. Aber sind wir der Freiheit und Unabhängigkeit überhaupt ein Stückchen nähergekommen? Und was bedeuten diese Begriffe überhaupt? Ich denke über den Krieg nach und ich weiß, dass sich etwas verändert hat. Mein altes Leben – was auch immer das war – ist vorbei. Ich habe es ziehen lassen. Kein Bedauern. Keine Freude. Stückchen um Stückchen ist es von mir abgefallen. Schritt für Schritt auf meinem Weg ist es von mir abgespült; und wie der gestrige Regen ist es abgeflossen und versickert. Und irgendwie spielt das alles gar keine Rolle mehr.

Ich gehe in einen Pub an der Promenade und bestelle bei einem fein gekleideten Barkeeper einen großen Café Crème. Der Kaffee kommt, und ich nehme mir ein dickes Buch aus dem Regal direkt neben der Theke. Ich beginne zu lesen, und nach ein paar Seiten beginne ich noch einmal von vorn, aber ich kann mir keinen Reim darauf machen. Ich überfliege die Seiten, lese hier eine Zeile und da eine Zeile, aber ich komme einfach nicht rein. Ich rutsche auf meinem Hocker hin und her. In meinem Bauch braut sich irgendetwas zusammen. Ich versuche zu entspannen und weiterzulesen. Ich versuche die Winde herauszulassen. Aber ich bin ganz verkrampft, und ich kann mich überhaupt nicht aufs Lesen konzentrieren. Ich stelle das Buch ins Regal zurück, und als ich mich hochstrecke, entweichen die Gase mit einem lauten Geräusch. Der Barmann schaut zu mir herüber, und ich grüße ihn freundlich. Was sonst könnte ich tun?

»Ein schönes Städtchen ist das hier«, sage ich.

»Der junge Donnelly, oder?«, sagt er, »ich kenne Ihren Vater.«

»Schuldig im Sinne der Anklage, Capt'n«, verabschiede ich mich.

Ich gehe nach Dundalk hinein und laufe direkt zur Kirche Saint Joseph's. Ich zünde eine Kerze an. Ich habe in jedem Dorf und in jeder Stadt, die ich durchwandert habe, eine Kerze angezündet.

Wir hinterlassen eine brennende Wachsspur, sagt Bob. *Dein Weg kann vom Himmel aus verfolgt werden.*

»Nun sag schon, wie war es wirklich auf deiner Wanderung?«, fragt mich Anna, als wir allein am Küchentisch sitzen. »Hast du etwas Ordnung in dein wahnsinniges Gedankenchaos gebracht?«

»Ich hab mal wieder über unser Gehirn nachgedacht«, erzähle ich ihr. »Das menschliche Gehirn hat Hunderttausende von Jahren dieselbe Größe gehabt, aber erst vor hunderttausend Jahren haben wir uns wirklich weiterentwickelt. Zu jenem Zeitpunkt muss sich irgendetwas verändert haben. Und nach dieser Veränderung konnten wir auf einmal Dinge interpretieren, Verhaltensweisen analysieren und diese kopieren. Wir müssen eine Methode entwickelt haben, wie wir dazulernen, etwas behalten und weitergeben können. Mensch sein heißt Fragen stellen. Kein anderes existierendes Wesen tut dies. Das unterscheidet uns von anderen Lebewesen. Und um Gelerntes und Erfahrungen zu speichern, muss das Gehirn eine Nachahmungsfähigkeit entwickelt haben, sodass wir unsere kreativen Kräfte abrufen und weiterentwickeln konnten. Auf diese Weise haben wir den Umgang mit dem Feuer und mit Werkzeugen gelernt und uns Refugien bauen können. Und wir haben eine gemeinsame Sprache entwickelt, woraus ein gemeinschaftlicher Lernprozess entstand, und damit war der Fortschritt gewissermaßen nicht mehr aufzuhalten – ist nicht mehr aufzuhalten. Und noch etwas ging mit der Fähigkeit zur Nachahmung und dem gemeinsamen Lernprozess – sozusagen als Nebenprodukt – einher: die Fähigkeit zur Empathie, ein Zugehörigkeitsgefühl. Daraus entwickelten sich dann Kultur und Zivilisation und alles, was dazugehört. Aber dieses Zugehörigkeitsgefühl brachte noch ein weiteres Nebenprodukt hervor, eine ganz neue Denkweise: die Empfindung, dass es ein *Wir* und ein *Sie* gibt.«

»Und du hast nicht zu viel getrunken, oder Johnny?«

»Nein, Anna«, antworte ich. Ich stehe vom Tisch auf, beuge mich zu ihr und küsse ihr Haar. »Ich trinke gar nichts.«

»Und jetzt«, fährt sie fort, »wirst du Mom und Dad von deiner Theorie über die ›Natur des Menschen‹ berichten?«

»Ach ja, Anna, könntest du das für mich tun? Ich hab grade so viel anderes um die Ohren.«

»Johnny«, sagt meine Schwester zu mir, steht auf und streicht mir über den Kopf, »du bist so wahnsinnig wie der Ostwind.«

Ich habe beschlossen, mein College-Jahr in Limerick zu wiederholen. Bis September habe ich dann noch Zeit für mich. Ich fahre mit Clara nach Ennis, und wir machen mit Bella, Marcela und Mick Picknick in Mullaghmore. Éamon und ich besuchen Aisling in Dublin per Zug – Éamon liebt Zugfahren. Ich nehme Aisling, Clara und Che in meinem R4 mit nach Castlewellan. Wir picknicken unter der knorrigen Eiche. Ich mache mit Mom und Dad Ausflüge nach Cooley und Carlingford. Ich gehe mit Che am Soldier's Point, nach Ravensdale und an Cuchulainns Burg spazieren. Ich trinke mit Anna Tee und Kaffee. Ich schreibe einen Brief nach Bremen. Ich denke nicht über den Krieg nach.

Es ist der achte Juli und wir gehen abends in den Cooking Pot. Alle sind sie da. Die Gratulationen und guten Wünsche kommen von Herzen. Anna und Aisling hocken den ganzen Abend zusammen und flüstern. Eddie und Hannah sind mit Mom und Dad gekommen, genauso wie Fionnuala und Gerry Flannery. Big Robbie hat sich mit Frank, Peter und Jack Quigley an der Bar eingenistet. Conor ist aus London gekommen. Éamon hat ein Geschenk für mich: eine Landkarte von Irland, und mein Weg ist mit Goldstift nachgezeichnet. Ich bin sehr überrascht und weiß gar nicht, was ich sagen soll. Es ist Éamon Gaughrans großer Moment. Das ganze Fest ist ihm zu Kopf gestiegen wie ein großes Glas irischer Whiskey, und er ist ziemlich betrunken. Er legt seinen Arm um mich und wirft seinen Kopf zurück.

»So ein Verrückter«, ruft er, »dieser Johnny D ist ein total verrückter Kerl.«

Ein Tag, der so einfach begann

Es ist der Morgen nach unserem gemeinsamen Abend im Cooking Pot. Ich spaziere gemütlich in die Stadt, am Gerichtsgebäude vorbei und über den Marktplatz. Jedes Mal wenn ich hierherlaufe, denke ich an Cora.

Mein Ziel ist das Backsteinhaus in der Nähe des Stadtzentrums und ich nehme in dem kleinen Wohnzimmer Platz.

»Das tut mir leid mit Delores, Chef. Sie ist so eine großartige Frau.«

»Die allerbeste, John«, sagt Ignacio Delaney. »Wir sind im kommenden Monat fünfzig Jahre verheiratet; schwer zu glauben, dass eine so lange Zeit so leicht ein Ende finden kann. Aber sie entfernt sich gerade von ihrer eigenen Persönlichkeit. Zuerst hat ihr Gedächtnis nur etwas nachgelassen – kein großes Problem –, aber jetzt scheint sie jeden Tag etwas mehr zu verschwinden, so als ob jemand den Stecker gezogen hätte, und es gibt kein Halten mehr, und alles fällt in sich zusammen, bis nichts mehr übrig ist. So eine befremdliche Art zu gehen, so unnatürlich. Grausam für alle Beteiligten. Keine Ahnung, wie ich das ohne die Tagespflege-Einrichtung und die Hilfe ihrer Schwester auf die Reihe kriegen würde. Ihre Mutter hat sich genauso verabschiedet. Wir hätten nie gedacht, dass sie als Erste der ganzen Sippschaft gehen muss. Die Hoffnung lässt uns wie Narren mit Scheuklappen durchs Leben laufen.«

»Das Gehirn ist ein seltsames und sensibles Ding«, erzähle ich ihm, aber mehr erzähle ich ihm nicht, erzähle nichts von den Hundertmilliarden Zellen, von der Nachahmungsfähigkeit, nichts davon, wer wen kontrolliert, und auch nicht von dem *Wir* und dem *Sie*. Stattdessen erzähle ich ihm von Aisling. Ich erzähle ihm von dem Baby.

»Was für tolle Neuigkeiten, John. Kein Mann hat jemals eine schönere Krawatte um den Hals getragen als den Arm seines eigenen Kindes.«

Ich nicke, um Oscar Wilde zu würdigen.

»Du bleibst unten im Süden«, fährt Delaney fort. »Bleib weg hier, hörst du? Du bist jetzt raus. Du hast deinen Teil getan, weiß Gott. Es heißt immer noch *Sie* gegen *Uns*, aber es dauert nicht mehr lange – der Wille ist nicht mehr da. Der Waffenstillstand wird kommen.«

Seine Worte scheinen etwas aufspüren zu wollen, klingen aber gleichzeitig zurückhaltend – sie erinnern an das kontrollierte Auswerfen einer Angelschnur. Ich kenne ihn zu gut, als dass ich mich so leicht ködern ließe, und ich weiß, dass er gleichzeitig Informationen zurückhält und nach ihnen fischt.

»Wirst du dich auch aus dem Kampf zurückziehen, Chef?«

»Noch nicht ganz. War immer schon dabei in dem langen Krieg, und eine Armee braucht jeden Fußsoldaten.«

Ich erinnere mich an seine Rede über die Fußsoldaten vor langer Zeit. Ich schaue den alten Mann an.

»Ich frage mich, was wir eigentlich hier tun. Es ändert sich doch gar nichts.«

»Wir halten die Fahne hoch, John. Wir halten die Stellung. Wenn wir untätig geblieben wären, hätten sie das, was noch von Irland übrig geblieben ist, schon längst niedergetrampelt. Sie hätten unser herrliches Land zerstört. Aber die Massen werden uns keinen großen Beifall zollen. Erwarte keine Dankbarkeit; erwarte keinen Applaus. Die

Menschen in der Republik haben den Wert der Freiheit vergessen. Sie machen sich keine Gedanken über die Kosten. Sie wollen nichts davon wissen – sie schämen sich wegen der ganzen Sache. Wir beide, wir haben einen anderen Weg gewählt, du und ich. Wir beide haben unseren Blick auf das gerichtet, was sie uns angetan haben: unsere Sprache und unsere Kultur ausgelöscht, unser Land gestohlen, unsere Söhne und Töchter in alle vier Winde verstreut, den Rest von uns ausgehungert, uns zu Geächteten auf unserem eigenen Grund und Boden gemacht. Sie missachten die Einheimischen, betrachten sie als lästiges Treibgut in ihrer tosenden, unstillbaren Gier. Manchmal muss man um sein Land kämpfen, und das haben wir getan. Wir haben uns für den Kampf entschieden. Gott allein wird uns richten.«

»Ich denke, du hast recht, Chef. Aber das gilt nicht nur für die Engländer – das gilt für die ganze Menschheit. Wir Iren sind sehr wohl in der Lage, uns selbst Probleme aufzuladen.«

»Stimmt schon, aber das wäre dann ein irisches Problem auf irischem Boden.«

»Erinnerst du dich an das ganze Zeug über die Ursünde, Chef? Dass der Mensch als Sünder geboren wurde und dass das Sündigen in der Natur des Menschen liegt? Daran glaube ich nicht. Ich glaube, dass ein Mann mit drei angeborenen Fähigkeiten auf die Welt kommt: der Liebe zu seinem Heimatland, der Liebe zu Frauen und der Neigung, Krieg zu führen. Dies sind unsere grundlegenden Eigenschaften. Wir werden mit der Fähigkeit zu unbegrenzter Freude geboren. Wir werden mit der Fähigkeit zur eigenen Zerstörung geboren. Das liegt in der Natur des Menschen.«

»Wir können uns nicht selbst bestrafen für das, was wir sind«, sagt Delaney.

»Stimmt. Aber wer hat Schuld? Gott? Wir sind das Ergebnis der Evolution. Wir sind, wer wir sind durch natürliche Auslese. Aggressives Verhalten ist essenziell, um zu überleben. Wir tragen es in uns. Wir werden mit der Bereitschaft zum Kampf geboren.«

»Wir wurden für diesen Kampf geboren, du und ich«, sagt Delaney nachdenklich. »Sich umzudrehen und zuzulassen, dass man geschlagen wird, ist keine Antwort. So mancher Feigling hat sich schon hinter dem Argument versteckt, Frieden schaffen zu wollen.«

»Ja, Chef, davon gibt es viele. Aber trotzdem – wohin hat uns das Töten gebracht?«

»John, du suchst nach einem guten Weg durch den Wald, wo es gar keine Wege gibt. Wir müssen unseren Weg selbst freischlagen. Wir beide haben jetzt unseren eigenen Weg gewählt, und sicher werden viele uns dafür verdammen. Aber Untätigkeit ist nicht der Schlüssel zum friedvollen Miteinander. So funktioniert unsere Welt nicht. Die Geschichte ist voll von jenen, die leise auf Zehenspitzen in ihren eigenen Tod geschlichen sind. Hast du das nicht in Hamburg gelernt? Erniedrigung muss man selbstbewusst begegnen – man muss dagegen kämpfen.«

»Stimmt, Chef«, pflichte ich ihm bei, »das ist wahr.«

»Wir haben ein Recht darauf, unsere irische Nation zu verteidigen.«

»Nation? Welche Nation?«

Der Chef richtet sich auf und sein Gesicht bekommt scharfe Züge. Ich strecke mich zu ihm herüber und nehme die Hände des alten Mannes in meine eigenen.

»Vor zwölftausend Jahren«, beginne ich, »gab es uns noch gar nicht. Das Eis war gerade geschmolzen, und alles, was es hier gab, waren Wälder und Flüsse. Elche und Rehe und Hasen und Wölfe hatten das Land für sich. Und dann kamen die ersten Siedler. Und wer waren sie? Wer sind die Iren? Sind wir Galizier? Asturier? Basken? Gascogner? Bretonen? Aus Cornwall? Walliser? Von der Isle of Man? Schotten? Oder sind wir etwa die Hinterlassenschaften deutscher Stämme an der Peripherie des europäischen Festlands? Wer sind wir? Wir sind doch nicht einfach so aus dem Nichts entstanden. Wir müssen doch irgendwo hergekommen sein. Und dann landeten hier die Nordmänner und die Dänen, und anschließend die Normannen und die Engländer. Man fragt sich, warum diese Stämme so viel auf sich genommen haben, nur um solch einen kalten, klammen Ort zu erobern. Man fragt sich, was daran so attraktiv war.«

Delaney lacht und lehnt sich wieder entspannt auf seinem Stuhl zurück.

»Du und deine reiche Gedankenwelt, John. Immer einen Hang dazu, alles philosophisch zu analysieren.«

»Wer sind überhaupt die Normannen«, mache ich weiter, »eigentlich doch nur Nordmänner und Dänen, die französisch sprachen? Und wer sind die Engländer? Auch nur eine Erfindung – eine Erfindung der Kelten, Römer, Friesen, Sachsen, Nordmänner und Franzosen. Zwei Erfindungen also, die sich bekämpften, um ihre Identität herauszufinden. Hinter unserer irischen und englischen Fassade sind wir alle jemand anderes. Und worum kämpfen wir? Wir kämpfen um eine Insel, die aus zwei Kontinenten zusammengeschmolzen ist, eine Insel, die unter dem Ozean begraben war, die gar keinen bestimmten

Platz in der Welt hat, die irgendwann wieder im arktischen Eis untergehen wird, die auf dem Weg ins Nirgendwo ist. Nationen gibt es nicht, Chef. Wir kommen und wir gehen. Die ganze Sache ist ein Wahnsinn.«

»Wir kämpfen für unsere Väter, John. Wir tun das, was sie nicht tun konnten.«

»Grenzen gab es schon immer«, bestärke ich meine Argumentation, »sie werden errichtet, niedergerissen und wieder aufgebaut. Aber Grenzen zu errichten ist eigentlich dem Land und dem Meer vorbehalten.«

Ich mache eine Pause und schaue in eine andere Richtung. Das Ticken der Wanduhr füllt die Stille in dem kleinen Raum. Wir sind sehr unterschiedlich, der Chef und ich. Der Krieg tut so etwas; er bildet seltsame Allianzen. Und, wie die Mädchen, kann auch er dich wahnsinnig machen. Ich wende mich wieder dem alten Mann zu.

»Krieg ist das größte Übel der Menschheit«, sage ich. »Und doch ist Krieg unser Wesenskern, die Folgeerscheinung unseres Menschseins. Und jetzt ist Krieg, Chef, und er ist zu uns gekommen, so viel steht fest. Wir haben uns entschieden zu kämpfen, und wer sollte uns deswegen verurteilen?«

»Du hast recht, John«, sagt Delaney leise, fast flüsternd. »Hör mir mal zu, John«, er lehnt sich über den kleinen Tisch, »du baust dir da unten jetzt ein neues Leben auf. Heirate das Mädchen und gründe eine Familie, und tu all die richtigen Dinge. Aber bleib von hier weg. Sie werden dir diese Schüsse nie vergeben. Wenn sie je herausbekämen, dass du es warst, würden sie dich ein Leben lang verfolgen. Du hast sie in Angst und Schrecken versetzt; mit deinem Gewehr hast du den Krieg verändert. Gott sei

Dank wird deine Identität zusammen mit mir sterben. Aber gehe kein Risiko ein – bleib weit weg, und Gott möge mit dir sein. Ich werde den Funken am Leben halten, andere werden den Kampf weiterführen, und eines Tages werden wir wieder eine Nation sein.«

»Vielleicht hast du recht, Chef. Aber die Menschen im Irland von heute kümmert das nicht. Für sie ist ein vereintes Irland so weit entfernt wie ein anderes Universum. Sie wissen eigentlich, dass es möglich ist. Sie sind sich aber nicht sicher, ob es gut für sie wäre. Und den meisten ist es doch sowieso scheißegal.«

»Entfernung ist sehr subjektiv, John. Hängt ganz von der persönlichen Einschätzung ab.«

Ich nehme ein gerahmtes Foto vom Tisch hoch.

»Ein neues Foto, Chef?«

»Ja, John. Ein Geschenk. Sie hat mir aufgetragen, es nah bei mir zu behalten, damit ihr Gesicht mich anstrahlen kann und ich mich nicht so einsam fühle.«

Erst jetzt bemerke ich den Hauch von Melancholie in der Luft, jenen Duft, den ich immer unbewusst gespürt habe, seitdem ich hierhergekommen bin, diese süße Mischung aus Nelke und Vanille. Ich weiß, was es ist. Es ist *L'Heure Bleue*.

»Ist sie in diesen Tagen hier?«

»Nein, sie ist nach Kalifornien zurückgegangen.« Und er zeigt auf einen Brief auf seinem Schreibtisch.

»Und wie geht's ihr?«

»Na ja, du kennst sie doch, John. Sie ist eine ganz eigene Person, mit sehr individuellen Bedürfnissen. Sie hat ihre Launen – schwer für einen Mann, sie zufriedenzustellen. Ich dachte erst, sie würde sich mit jemandem regelmäßig treffen, solange sie hier war, Leute gingen ein und aus, Techtelmechtel, dachte ich. Ich glaube auch, dass sie jemanden hier ins Haus eingeladen hat. Ich dachte, sie bliebe vielleicht hier, aber dann ist sie plötzlich doch in die Staaten zurückgekehrt.«

Ich bohre nach, doch der Chef hat so viel anderes im Kopf, dass er sich nicht stören lässt.

»Warum habt ihr sie Loreto genannt?«

»Nach einem kleinen Ort oben auf einem Hügel, in der Nähe von Ancona. Wir haben dort eine Kirche besichtigt, als wir unsere Flitterwochen in Italien verbrachten. Wie hieß sie noch mal? Die *Basilica Della Santa Casa*. Als wir dort auf der Piazza Della Madonna standen, auf dem Platz vor dieser wunderschönen Kirche, sagte Delores, wenn wir je eine Tochter hätten, dann würden wir sie Loreto nennen.«

Ich stehe auf.

»Bleib sitzen, Chef. Ich mach uns einen Tee.«

Ich denke über Loreto nach, während der Kessel auf dem Gasofen heiß wird. Ich weiß, dass der Chef nicht lügt; ich weiß, dass er denkt, Loreto sei in Amerika. Aber ich bin mir da nicht so sicher. Ich spüle die weiße Porzellanteekanne mit heißem Wasser aus und leere sie im Spülbecken. Ich löffle losen Tee in die angewärmte Teekanne und gieße das heiße Wasser darüber. Ich rühre den Tee um, setze den Deckel wieder oben drauf und stelle die Kanne zum Ziehen auf den Tisch. Ich nehme ein grünes Wollknäuel hoch, das jemand gedankenlos auf dem Tisch zurückgelassen hat – in dieser so makellosen Küche. Ich frage mich, warum der Chef die Wolle noch behält, wo Delores jetzt doch gar keine Handarbeit mehr machen kann. Aber wir haben ja alle unsere Gefühlsduseleien; wir haben alle unsere Eigenheiten.

Und letztendlich werden wir alle irgendwann gehen. Jeder auf seine eigene Art und Weise. Warum also dann perfekte Vorbereitungen?

Ich frage mich alles Mögliche. Ich frage mich, warum der Chef sich so zurückhaltend und reserviert verhält. Ich frage mich das, obwohl ich es eigentlich weiß. Es kann nur einen einzigen Grund geben. Ich weiß, dass Delaney niemals einem Waffenstillstand zustimmen wird. Ich weiß, dass er glaubt, ein Waffenstillstand wäre das Ende von allem. Und er hat recht. Ein Waffenstillstand ohne Landgewinn ist tödlicher als ein feindlicher Angriff: Er legitimiert nämlich den Status quo. Delaney weiß das, er kennt die Folgen, und ich weiß, dass er dagegen ankämpfen wird. Und er wird dagegen ankämpfen bis zum blutigen, verdammten Ende. Wenn dieser Kampf aber ohne mich stattfinden soll – ich bin doch der einzige Schütze, dem er vertraut – dann kann das nur eines bedeuten: Es muss wieder eine Bombe sein.

Ich hebe den Deckel der Teekanne hoch und rühre den Tee noch einmal um. Plötzlich weiß ich, dass schlimme Dinge passieren werden. Ich weiß, dass er, weil er sich so sehr auf mich konzentriert hat, keine Zeit hatte, die freiwilligen Bombenleger, die bei der Explosion starben, zu ersetzen. Die jüngsten Bombenattentate in England waren die von Delaneys Männern, seinen neuen Männern. Es war ein Desaster – zwei kleine Jungen fanden den Tod. Ich trete hinaus in den Garten und ziehe eine 20er-Packung Carroll's No. 1 aus der Dunn & Co Manteltasche. Ich zünde mir eine Zigarette an. Ich denke an die beiden Jungen. Ich sehe immer noch ihre Gesichter aus dem Fernsehen vor mir. Ich sehe immer noch ihre Familien vor mir. Ein Junge war erst drei Jahre alt; der andere war zwölf – genau mein Alter, als ich zum ersten Mal hier in dieses Haus kam.

Ich nehme einen tiefen Zug von der Zigarette. Ich hole mir noch einmal in Erinnerung, was ich über diese Bomben weiß. Die Bombe von London war groß – man brauchte einen Kipplaster, um sie an Ort und Stelle zu bringen. Die Bomben von Warrington waren klein und in Abfallbehältern im Stadtzentrum versteckt. Die IRA machte den Briten Vorwürfe, dass sie nicht auf die Warnung reagiert hätten. Aber dieses Attentat reicht nicht. Eine Bombe in einem Abfallbehälter im Stadtzentrum zu deponieren, das ist kein Krieg. Viele in der IRA kritisieren die Unterteilung in Irisch, Republikanisch und Armee. Es gibt Leute, die uns nicht guttun, und ich habe Delaney schon früher davor gewarnt. Aber was hat das alles mit mir zu tun? Dies ist nicht mehr mein Krieg. Ich bin mir sicher, Delaney wird seinen Kampf jetzt im Norden fortsetzen, und wenn die Bombe für Irland ist, na gut, wen kümmert's? Was bedeutet eine weitere Bombe in einer Stadt im Norden? Wen kümmern diese Bomben überhaupt? Es gab vorher Bomben; und es wird nachher welche geben. Die Leute kümmert das nicht, nicht wirklich jedenfalls. Ich rauche die Zigarette auf und blase den Rauch hoch in die Luft über der Stadt.

Du würdest da nicht mitmachen, Johnny, stimmt's?, fragte sie mich. *Was ist mit diesen schrecklichen Bomben? Du würdest nichts Böses tun, stimmt's?*

Nein, Cora, sagte ich zu ihr. *Ich würde nichts Böses tun.*

Ich gehe noch einmal ins Haus zurück, und als ich die Hintertür öffne, zieht ein Luftzug hindurch und das Wollknäuel fällt vom Tisch herunter. Ich versuche es aufzufangen, greife aber daneben, und es rollt über die grauen Bodenkacheln, wobei es einen grünen Faden zurücklässt.

»Du bist der Beste, den ich jemals gehabt habe«, sagt Delaney, als ich den Tee hereintrage. »Wie sehr haben Delores und ich uns einen Jungen wie dich gewünscht.«

Ich erzähle ihm vom letzten Teil meiner Wanderung, von dem langen Heimweg von Donegal aus, und er lacht und schüttelt bei jedem der kleinen Zwischenfälle seinen Kopf. Er möchte, dass ich ihm von jeder Stadt und von jedem Dorf erzähle. Aber während ich erzähle, passiert etwas in mir: eine Hälfte meines Gehirns hat sich von der Geschichte entfernt und ist mit etwas anderem beschäftigt. Und dieses andere ist *L'Heure Bleue*. Ich kann den Duft einfach nicht aus meinen Sinnen verbannen. Ich denke an Loreto Delaney, an den Margaux und die teuren Mäntel, an ihre eigenen besonderen Vorlieben, an ihre ungewöhnlichen Wünsche, an ihr launisches Wesen, an ihre geheimen Techtelmechtel, daran, dass sie jemanden mit ins Haus gebracht hat, an den Brief aus Kalifornien, an das eingerahmte Foto. Könnte jemand Loreto Delaney für sich gewonnen haben? Oder gekauft? Oder verführt und ausgenutzt? Aber warum? Wie hätte sie etwas erfahren können und was wusste sie überhaupt? Wie konnte irgendjemand davon erfahren, wann ich wieder zu Delaney kam? Das hätte doch eine lange und sinnlose Warterei werden können. Und warum könnten sie mich der Todesschüsse verdächtigen? Loreto weiß doch gar nicht, was ich tue. Ich werde schon paranoid. Ich bin ganz aus dem Gleichgewicht gekommen, seitdem ich Declan erschossen habe. Ich versuche mich auf das Gespräch mit dem Chef zu konzentrieren. Doch dann kommt das Grübeln wieder. Was, wenn es hier gar nicht um mich geht? Was, wenn ich irgendwo reingeplatzt bin? Was, wenn …? All die Trainingsstunden und die lange Wartezeit in South Armagh haben meine Instinkte geschärft, Überlebensinstinkte. Irgendetwas ist merkwürdig hier. Ich weiß, irgendetwas stimmt nicht. Aber was?

Plötzlich ist der Nebel der Ungewissheit verschwunden. Ein scharfer kalter Wind fährt durch meinen Gedanken, und ich bin mit allen Sinnen bei dem, was ich eigentlich aus dem Augenwinkel schon längst wahrgenommen hatte: Ich schaue an die Wand, dorthin wo die Kopie der Unabhängigkeitserklärung der Republik Irland hängt, zu dem alten Druck in dem einfachen Holzrahmen, zu dem Druck, der leicht verrutscht ist, der etwas schief im Rahmen steckt – das einzige Teil in diesem Haus und bei Delaney selbst, das nicht akkurat und perfekt ausgerichtet ist.

Doch jetzt ist es akkurat: das Dokument hängt perfekt gerade in seinem einfachen Holzrahmen. Auf einmal ist mir alles klar. Ich weiß, dass ich in eine Falle getappt bin, in eine Falle, die noch nicht einmal für mich vorgesehen war. Ich weiß, es geht um die Bombe. Ich weiß, dass die Scheißkerle von der Bombe wissen. Dass sie die eingerahmte Unabhängigkeitserklärung für ihre Zwecke benutzt haben, ist ihr kleines Späßchen. Aber auch ihr Fehler.

Delaney spricht immer noch von Tipperary, und erst jetzt bemerkt er, dass ich ihm gar nicht mehr zuhöre, aber ich signalisiere ihm, weiterzureden.

»Wie wär's mit etwas Musik, Chef? Was wollen wir uns anhören?«

Ich drehe die Lautstärke von Delaneys Rekorder voll auf und drücke ›play‹. Die langsamen, schleppenden ersten Takte von Mahlers Symphonie Nr. 1 erfüllen den Raum. Ich lasse die Musik einfach laufen, gehe bis zur Wand und drossle auf dem Rückweg etwas die Lautstärke.

»Entschuldige Chef. Etwas zu laut, selbst für einen alten Kauz wie dich.«

Der Chef ist erst fahl, dann blassrot, aber ich bestärke ihn darin, weiterzureden. Wir schauen zusammen von hinten in den Rahmen hinein, von dem ich die feste Hartfaserplatte abgenommen habe und beide sehen wir das Abhörgerät.

»Dieses Mal habe ich Tipperary nicht geschafft, Chef. Ich bin an der Küste geblieben. Vielleicht können wir zusammen mal da runterfahren. Was sollen wir uns anschauen?«

Delaney ist geschockt und verunsichert, kommt aber wieder zu sich, als ich ihn dazu dränge, über eine Fahrt nach Toomevara zu reden.

Während er spricht, denke ich darüber nach, dass, wer auch immer jetzt zuhört, nicht sehr weit weg ist, und dass diese Personen, egal welche Informationen sie sich auch holen wollten, jetzt wissen, dass ich der Schütze bin, und ich bin mir sicher, dass sie mich nicht gehen lassen werden. Wer auch immer jetzt zuhört, wird schon Verstärkung angefordert haben; ich muss sofort handeln. Meine einzige Chance ist, diese Spione schnell zu finden und sie zu überraschen. Ich strecke mich nach der Zeitung, die neben Delaneys Stuhl auf dem Boden liegt.

»Hier Chef, wie wär's mit einem Kreuzworträtsel?«

Ich nehme einen Bleistift von seinem Schreibtisch und schreibe: *Neue Nachbarn?*

»Knifflig«, sage ich laut und gebe ihm die Zeitung.

Er schreibt etwas auf und gibt mir die Zeitung zurück. *Ja, Nr. 5, zwei Männer. Weißer Nissan Sunny.*

»Ja, echt knifflig«, sagt er und steht auf. »Probier du's doch mal. Ich muss zur Toilette – weißt schon, bin doch ein alter Knabe.«

In den drei Minuten, in denen er weg ist, entwerfe ich meinen Plan auf der Zeitung. Delaney kommt zurück, zwei Glocks in der Hand. Der Chef glaubt felsenfest an die Glock.

»Und, wie war ich?«, frage ich ihn.

Er liest meine Notizen durch. »Nicht schlecht«, sagt er. »Das reicht.«

Ich gehe raus und verabschiede den Chef am Tor. Er umarmt mich noch beim Abschied. Ich beobachte, wie er ins Haus zurückgeht. Ich gehe hinüber zur Nr. 7 und lade Delaneys Nachbarn zu einer Überraschungs-Geburtstagsparty ein, die ich – wie ich ihnen erzähle – für Herrn und Frau Delaney organisiere. Die alte Frau McKenna kann mich zuerst gar nicht verstehen, aber als ich ihr alles noch einmal lauter erkläre, sagt sie, das wäre eine schöne Idee, und verspricht, mit ihrem Mann zu kommen. Dieselbe Antwort erhalte ich auch bei Nr. 6. Dann nähere mich – entschieden und auf alles gefasst – Nr. 5, dem ersten Haus im Block. Ein weißer Nissan Sunny parkt am Bürgersteig. Von jetzt an werde ich spontan reagieren müssen. Wenn sie klug sind, werden sie nicht aufmachen. Auf der anderen Seite wissen sie ja nicht, dass wir wissen, wer sie sind, und deswegen werden sie vielleicht denken, dass das Nichtöffnen sie verdächtig macht. Schlimmstenfalls wird mein Erscheinen an der Tür sie verunsichern und verwirren, und sie werden Zweifel hegen. Und im Krieg bedeutet Zweifel – genauso wie Unentschlossenheit – den Tod.

Ich drücke auf die Klingel. Nichts. Keine Antwort. Ich drücke noch einmal auf die Klingel und klopfe an die Glasscheibe in der Tür. Ein Schuss. Ein Mann rennt durch den Flur zur Haustür. Er hebt seine Waffe hoch, aber er ist verletzt und langsam, und ich habe meine Glock bereit.

Ich schieße durch das Glas und er stürzt zu Boden. Ich breche durch die Tür ins Haus und schieße noch einmal. Ich höre noch einen Schuss und ein zweiter Mann fällt aus dem Wohnzimmer in den Flur. Auch er ist schon verletzt und kauert auf den Knien. Delaney hat auf beide durch das Hinterfenster geschossen. Meine Glock ist immer noch bereit, und ich schieße zwei Mal. Ich steige über die beiden Männer hinüber und hole ein Handtuch aus der Küche. Ich treffe Delaney an der Hintertür, und er sagt mir, ich solle gehen, er werde sich um alles kümmern.

»Die waren nicht wegen mir hier, Chef. Konnten doch nichts von mir wissen.«

Er nickt, aber antwortet nicht.

»Es geht um dich, Chef. Sie sind dir auf der Spur.« Ich rede zwar, aber ich erwarte keine Antwort – Delaney hat mich aus allem andern rausgehalten.

»Sie müssen irgendwie Wind bekommen haben von dem *Was*, John. Sie sind gekommen, um das *Wo* und das *Wann* herauszufinden. Reine Zeitverschwendung. Die Sache läuft schon. Und ich hätte sowieso mit niemandem darüber gesprochen; ist niemand involviert außer den beiden Idioten.«

»Ein Opfer zum Wohle der Allgemeinheit«, sage ich in Erinnerung an seinen Vortrag über die Fußsoldaten, aber er ist schon mit anderen Gedanken beschäftigt. Es sieht dem Chef gar nicht ähnlich, über eine Aktion zu reden, aber er ist beunruhigt und scheint etwas aus der Bahn geworfen zu sein. Und ich weiß, dass nicht der Tod der beiden Spitzel ihn so beunruhigt – es ist die undichte Stelle.

Beide Nachbarn, Nr. 4 und Nr. 6, kommen durch die Gärten hinter dem Haus zu uns herüber, doch schnell verschwinden sie wieder in ihren Häusern, als Delaney ihnen ein Zeichen gibt. Die Leute in Dundalk ahnen, wer der Chef ist, und niemand will etwas gesehen oder gehört haben. Im Haus Nr. 7 gibt es keinerlei Regung. Wahrscheinlich hat Mrs McKenna noch nicht einmal die Schüsse gehört.

Delaney wendet sich zu mir: »Wir können doch nicht den Krieg aufgeben und sie hier lassen. Und zurück bleibt eine Normalität, die von allen akzeptiert wird, und unser langer Kampf war verschwendete Zeit. Wir müssen weiterkämpfen mit allem, was uns bleibt.«

»Es gibt kein Entrinnen, Chef, oder? Es ist, als ob man Jauche in einen Brunnen geschüttet hat.«

Er antwortet nicht, und ich gehe. Ich klettere über die Gartenmauer und gehe erst nach Norden durch die Stadt, bevor ich Richtung Osten am Fluss entlanglaufe.

Ich komme zur Kirche Saint Joseph's, gehe hinein und setze mich in die Bank nahe des *Herz Jesu-Schreins*. Ich lasse noch einmal die Geschehnisse des Tages Revue passieren und merke, wie aus einem Tag, der so einfach begann, ein Tag des Tötens wurde, wie schnell die ganze Sache kippte, ohne große Ankündigung. Ich versuche mich darauf zu konzentrieren, was ich jetzt tun sollte. Mein Plan war es, einen Schlussstrich zu ziehen: mit der Waffe und mit Irland. Doch stattdessen habe ich zwei Menschen erschossen. Zwei Menschen mehr. Aber hatte ich eine Wahl? Töten oder getötet werden, oder? So sagen sie doch, *töten oder getötet werden*. Als ob sie irgendetwas darüber wüssten. Genau das ist das Problem: Es ist leicht, in den Krieg hineinzukommen, aber wieder heraus ...? Ich wäge die Möglichkeiten ab, die mir bleiben, und in meinen

Gedanken über diesen Tag, der so einfach begann, sehe ich plötzlich wieder ihre Gesichter vor mir, die Gesichter jener kleinen Jungen in Warrington, die Gesichter aus dem Fernsehen.

Du würdest da nicht mitmachen, Johnny, stimmt's? Was ist mit diesen schrecklichen Bomben? Du würdest nichts Böses tun, stimmt's?

Ich schaue hoch und sehe Siobhán McCourt.

»Nein, antworte ich. Ich würde nichts Böses tun.«

Doch Siobhán ist schon wieder weg, nur ein kleines Mädchen steht am Schrein. Ich habe sie schon mal gesehen, denke ich. Das Mädchen sieht zu mir hoch. Ich wende meinen Blick ab, und als ich erneut zum Schrein schaue, ist das kleine Mädchen weg, und ein älteres steht an ihrer Stelle, ein hübsches Mädchen, und auch dieses kenne ich, ich habe sie beim Fensterputzen am Imbissstand gesehen.

Diese Bomben, sagt sie, *diese Bomben töten Menschen, ganz gewöhnliche Menschen, Männer wie Gerry und Éamon, Mädchen wie Aisling und Cora, Kinder wie Cormac und Clara – töten sie, während einer Parade oder beim Einkaufen. Kinder, Mütter, Väter. Du würdest das nicht zulassen, Johnny. Stimmt's?*

»Nein«, antworte ich. »Ich würde das nicht zulassen.«

Plötzlich ist auch dieses Mädchen verschwunden und ein anderes steht an ihrer Stelle: Auch sie sieht sehr gut aus. Ihr blondes Haar ist zu einem griechischen Zopf geflochten, ihr hübsches Gesicht mit der hellen Haut schaut aus dem hochgeschlagenen Kragen einer amerikanischen College-Jacke heraus, und die dunkelblauen Augen blicken mich an und halten mich fest. Auch an sie erinnere ich mich, dachte, sie wollte mir freundlich Hallo sagen, doch sie wollte nur Sex verkaufen.

»Du erscheinst an merkwürdigen Orten«, sage ich.

Ja, meine Wege sind unergründlich, weißt du das nicht?, fragt sie, und ich hebe meinen Kopf und mein Lachen steigt hoch hinauf unter die Kirchenkuppel.

Ich senke meinen Kopf wieder und schaue sie an. »Bist du echt?«, frage ich sie. »Oder bist du wie Bob?«

Aber dann ist auch dieses Mädchen verschwunden, und wieder ist ein anderes da, ein Mädchen mit langem, rotblondem Haar und hellblauen Augen in einem blassen Gesicht.

»Hallo, Aoife Jensen«, begrüße ich sie. »Herzlich Willkommen.«

Wer ist Bob«, fragt sie.

»Sehr lustig«, antworte ich, »wer bist du denn nun wirklich?«

Ich bin die Mutter alles Lebenden; nur aus mir entsteht neues Leben.

Ich denke eine Weile über ihre Worte nach.

Möchtest du mir deine Geschichte erzählen?

»Nein, danke. Kennst du sie denn noch nicht? Ich glaube aber, es ist nicht wirklich gut für mich, wenn du mir dein Gesicht zeigst. Ich sag dir was. Ich war im Himmel, in den Tagen, die ich mit Cora verbracht habe. Und ich war in der Hölle, in den Tagen ohne sie.«

Sie schaut mich an, aber sie antwortet nicht.

»Ich habe meine Geschichte einmal einem Engel erzählt«, sage ich. »Aber der war dann plötzlich Aisling Flannery. Mädchen – sie machen so was mit dir.«

Und warum denkst du, dass du dich geirrt hast?

Wieder lache ich. Und dann, auf der Kirchenbank sitzend, sehe ich wieder diese beiden englischen Jungen, und ich erinnere mich, was Delaney heute gesagt hat über diese Idioten und die Fußsoldaten und das Allgemeinwohl, und ich erinnere mich daran, über wen er dies damals gesagt hat. Ich versuche, meine Gedanken zu ordnen. Ich habe Aisling versprochen, dass wir ein gemeinsames Leben aufbauen werden – ein neues Leben für uns drei, ein Leben ohne Krieg. Ich habe ihr versprochen, dass wir zusammen sein werden. Und ich habe Cora versprochen, dass ich keine Bombe zulassen würde. Was habe ich noch über eine Bombe auf dem Marktplatz gesagt? Jetzt weiß ich von einer Bombe, und ich kann nicht so tun, als wüsste ich nichts davon. Was soll ich jetzt tun? Wenn ich mich um die Bombe kümmere, bin ich tot. Die Bombe könnte explodieren, wenn ich in ihrer Nähe bin. Oder die Briten werden mich in die Finger kriegen, jetzt wo sie wissen, dass ich der Todesschütze war. Und wenn ich all dem entwische, wenn ich die Bombe finde, wenn ich den Briten entkomme, dann wird die IRA wegen Sabotage hinter mir her sein. So sind die Spielregeln. Was für ein Scheiß-Spiel.

Sieh dich vor, junger Freund, welches Seil du in deinem Leben ergreifst, erinnere ich mich an Bobs Worte im Öllager. *Wenn man nicht vorsichtig ist, wird aus dem Seil eine Peitsche.*

Jetzt weiß ich, was ich tue, und ich will es dem Mädchen erzählen. Doch als ich hochschaue, ist niemand mehr da – nur die Statue mit dem sanften Gesicht lächelt freundlich.

Es ist nicht schwierig, Sloane zu finden. Er ist allein zu Hause. Ich trete seine Haustür ein und schieße ihm mit der Glock ins Bein. Wenn man erst einmal damit angefangen hat, fällt einem das Schießen leicht.

Sloane brüllt. Ich gebe ihm das Handtuch, das ich immer noch mit mir herumtrage und sage ihm, dass ich ihn töten werden, wenn er meine Fragen nicht beantwortet. Sein Protest ist nur schwach, und er schreit, als ich ihm die Waffe ans Bein halte.

»Ich werde dir jetzt ein paar Fragen stellen«, sage ich, »und du wirst sie beantworten. Dann kannst du einen Krankenwagen rufen. Wenn nicht, kannst du verbluten. Verstehen wir uns?«

Er nickt kurz.

»Erzähl mir von der Bombe.«

Zunächst sagt er nichts, und ich halte die Glock an seine Wunde.

»Wir schicken diesen Scheißkerlen eine Nachricht«, bringt er schweratmend hervor. »Wir schicken diesen Scheißkerlen eine scheißwichtige Nachricht.«

»Wann?«

»Morgen, du Arschloch. Weißt du was, Donnelly? Du warst immer schon ein Dreckschwein.«

»Wo?« Ich halte die Glock hoch vor sein Gesicht und dann drücke ich sie wieder in seine Wunde am Bein.

Er antwortet nicht, und ich drücke fester zu.

»Banbridge, Arschloch.«

»Wer überbringt die Nachricht?«, frage ich, obwohl ich das eigentlich schon weiß.

»Boyd. *Pitiful* Bobby Boyd wird ein Star, ein großer, verdammter Star.«

Es überrascht mich nicht, dass Boyd dazu benutzt wird. Wenn es nicht klappt, weiß Boyd sowieso von nichts. Die ganze Geschichte ist mit einem Selbstschutz versehen. Sie trägt Delaneys Stempel. Die Schwäche dieses Plans war, Sloane mit einzubeziehen.

Ich schaue zu Sloane herunter. Sein Widerstand ist gebrochen; er ist geschwächt, und eine Blutspur kriecht den Boden entlang. »Um wie viel Uhr?«

»*Twelve o'clock rock*, Johnny Donnelly Arschloch.«

»Schmarotzer.«

»Du bist sowieso verdammt zu spät dran. Er ist schon unterwegs. Du kannst ihn nicht mehr aufhalten.«

»Wo in Banbridge?«

»Direkt im Scheißzentrum«, antwortet er noch, bevor er ohnmächtig wird.

»Was für ein Auto?«, frage ich. Aber Slime Sloane ist schon nicht mehr ansprechbar. Ich rufe einen Krankenwagen und verschwinde.

Ich gehe nach Hause, dusche, trinke einen Kaffee und entwerfe einen Plan. Ich fahre mit dem R4 nach Norden und komme frühmorgens in Banbridge an. Ich laufe durch die Stadt, während sich die Straßen mit Leuten füllen, die samstags ihre Einkäufe erledigen. Die Hauptstraße ist mit den Flaggen der Unionisten für den Umzug am Zwölften geschmückt. Die feindlichen Flaggen hängen an jedem Mast. Ich überlege, wie der Plan aussehen könnte. Ich denke, Boyd wird die Bombe so spät wie möglich abliefern, um den Verdacht möglichst klein zu halten. Ich denke, Delaney wird der Polizei keine Chance geben, die Bombe rechtzeitig zu entschärfen – er wird dafür sorgen, dass die telefonische Warnung erst in der letzten Stunde geschickt wird. Aber ich kenne Boyd. Wenn irgendetwas schiefgehen kann, dann wird es mit Bobby Boyd schiefgehen. Wenn Boyd es allerdings schafft, diese Bombe in die Stadt zu bringen, dann ist die Hölle los.

Um zehn Uhr gehe ich die lange Hauptstraße rauf und runter, die über die Kuppe eines steilen Hügels führt.

Wegen des Anstiegs wurde dort parallel zur Straße eine Unterführung gebaut. Die Unterführung ist von Wänden aus Granit begrenzt und nach oben offen – nur der zentrale Tunnelabschnitt besteht aus einer Brücke, die beide Seiten verbindet. Beiderseits der Unterführung führt die ursprüngliche Straße den Hügel hoch, und die Käufer parken ihre Autos dort entlang des Bürgersteigs. Wenn Boyd also den Auftrag hat, die Bombe im Stadtzentrum zu deponieren, dann wird er versuchen, das Auto genau hier zu parken.

Ich suche also nach einem rotblonden Schopf. Um elf Uhr stelle ich mich auf die Brücke über der Unterführung. Ich beobachte aufmerksam jedes Auto, das auf der einen oder anderen Seite vorbeifährt. Was, wenn er seinen Auftrag erfüllt hat und schon wieder weg ist? Ich habe keine Ahnung, nach welchem Autotyp oder welcher Farbe ich Ausschau halte. Jedes der geparkten Autos sieht so aus, als könnte eine Bombe darin versteckt sein. Ich weiß eigentlich gar nicht, warum ich überhaupt hier bin. Welcher Irrsinn hat mich hierhergetrieben? Autos kommen an und parken. Autos fahren wieder weg. Ich laufe von einer Straßenseite zur anderen. Kein Boyd in Sicht. Ich laufe von einem Ende der Straße zum anderen. Kein Boyd in Sicht. Ich schaue auf die Uhr. Wie lange soll ich warten? Ich sehe zwei Polizisten auf der Ostseite der Straße. Sie scheinen entspannt und reden ungezwungen miteinander. Ich denke, Delaney hat seinen Anruf noch nicht getätigt. Ich bin zu spät dran. Ich muss ihnen sagen, sie sollen die Stadt räumen.

Ich gehe über die Brücke auf die Polizisten zu. Einer der beiden, ein Mann mittleren Alters mit rundem Gesicht, sieht mich näherkommen. Plötzlich greift er nach seinem

Funkgerät. Genau in dem Augenblick bemerke ich einen blauen Ford Sierra auf der Westseite vorbeifahren. Ich erkenne einen rotblonden Kopf. Ich drehe um und renne hinter dem Auto her. Boyd fährt langsam, weil er einen Parkplatz sucht, doch die freien Plätze sind alle sehr eng, und ich schätze, Boyd ist nicht selbstbewusst genug, das Auto mit der Bombe in zweiter Reihe zu parken, und deswegen fährt er weiter, und das blaue Auto mit dem rotblonden Kopf fährt Richtung Norden bis zum Ende der Straße, biegt nach Westen ab und fährt die Downshire Road hinunter. Mist, verdammter. Ich renne hinterher. Ich weiß, dass Boyd in Panik geraten wird. Ich weiß, dass Boyd das Auto an der erstbesten Stelle, die er findet, zurücklassen wird. Ich renne bis zur Ecke, aber das Auto ist verschwunden. Verdammt, Boyd hat es überall hinstellen können. Ich bin kurz davor, die Nerven zu verlieren. Ich renne noch zweihundert Yards die Downshire Road entlang und sehe den blauen Sierra verlassen vor einem kleinen Steinhaus unter einem riesigen Ahornbaum. Das Gebäude ist wohl eine Art Samstagsschule; Kinder und Eltern gehen ein und aus. Die Schule hat ihren Eingang zur Straße hin, und dieser Scheißkerl Boyd hat direkt vor dem Schulhof geparkt. Ich sehe, wie ein rotblonder Schopf Richtung Westen abhaut. Ich laufe los, um ihn noch abzufangen. Boyd ist langsam. Nach zweihundert Yards, draußen vor der Railway Inn Bar, habe ich ihn. Er sieht mich nicht kommen. Ich versetze ihm einen harten Schlag von hinten, und er fällt zu Boden. Ich stürze mich auf ihn und drücke mein Knie dabei von hinten in seinen linken Lungenflügel. Boyd ist verletzt und hat Atemschwierigkeiten.

»Schlüssel.«

Er antwortet nicht.

Ich stehe auf und trete mit meinem Fuß auf Boyds Bein, sodass sein Knie mit meinem vollen Gewicht auf den Bürgersteig gedrückt wird. Boyd schreit laut auf. Ich durchsuche ihn und finde den Schlüssel in seiner Hosentasche. Sofort laufe ich damit zum Auto. Ich schaue zurück. Boyd bewegt sich nicht. Vor mir rennen Leute. Die Leute rennen auf mich zu. Ich sehe, dass die Leute, die gerade eingekauft haben, aus der Hauptstraße hinausrennen. Scheiße, Scheiße. Ich laufe los, am Auto vorbei, gegen den Menschenstrom und in die Hauptstraße hinein. Ich sehe die Polizisten auf beiden Seiten der Straße, sie rufen den Leuten etwas zu und winken sie aus den Geschäften und Straßen heraus. Eine rennende Menschenmasse läuft an mir vorbei. Sie rennen Richtung Bombe. Ich drehe wieder um und laufe zurück zum Railway Inn, wo Boyd noch immer am Boden liegt. Zwei Männer sind aus der Bar herausgekommen und helfen ihm hoch. Ich stürze mich zwischen sie und versetze Boyd noch einen Schlag auf den Rücken. Ich greife seinen linken Arm.

»Wie lange?«

Er antwortet nicht. Einer der Männer, ein großer, schwerer Mann, versucht mich wegzustoßen. Der andere Mann läuft in den Pub zurück und ruft nach Hilfe. Ich breche Boyd zwei Finger. Er schreit. Der schwere Mann versucht mich jetzt zu packen, und auch ihm versetze ich einen harten Schlag und schüttle ihn ab.

»Wie lange noch?«, schreie ich Boyd an und stoße mein Knie in ihn hinein.

»Fünfzehn Minuten, Arschloch.« Und weil mein Kopf total durcheinander und erregt ist, denke ich, das ist nicht fair – zum zweiten Mal nennt mich jemand *Arschloch*, und ich, ich versuche doch nur etwas Gutes zu tun. Eigentlich nicht die richtige Zeit, sich über so etwas Gedanken zu machen, aber – wie gesagt – in meinem Kopf herrscht totales Chaos.

Der schwere Mann greift mich an, und ich schlage zurück und kann ihn wieder abschütteln, als er zupacken will, und ich renne zum Auto. Ich bin erschöpft und atemlos. Als ich mich umdrehe, sehe ich eine Gruppe Männer vom Pub, die hinter mir herrennen. Scheiße, Scheiße, Scheiße. Die ganze Sache hier geht total den Bach runter. Bobby Boyd hat mich ausgespielt. Welche Möglichkeiten bleiben mir? Wenn ich eine Warnung rufe, wie groß ist dann die Chance, dass die Leute mir glauben? Aber ich habe sowieso nicht die Luft, eine angemessene Warnung loszulassen. Die Männer aus dem Pub sind fast bei mir – wahrscheinlich bin ich weggeschleppt, noch bevor ich meine Geschichte loswerden kann. Ich muss handeln. Ich habe eine wahnsinnige Idee. Ich will die Bombe wegfahren. Ich klettere in den blauen Ford Sierra und starte den Motor, und mir wird bewusst, dass dies der Moment ist, in dem das Auto normalerweise explodiert – wenigstens in all den Filmen ist das so. Aber das Auto explodiert nicht.

Ich fahre los und versuche, nach Westen wegzukommen, aber die Straße ist voll mit Leuten, die sich mit ihren Einkäufen hierher geflüchtet haben, und dann sind auch noch eine ganze Menge Autos stehengeblieben, die jetzt die Straße blockieren. Die Männer aus dem Pub versuchen, mein Auto anzuhalten. Mein einziger Ausweg ist jetzt nach hinten. Ich drehe und fahre Richtung Hauptstraße. Ich versuche, die Zeit einzuschätzen. Wie lange ist es her, dass Boyd das Auto geparkt hat? Zwei Minuten, glaube ich. Fünf Minuten? Zehn Minuten? Vierzehn Minuten?

Ich habe keine Ahnung. An der Abzweigung schaue ich nach Norden über den Fluss und sehe, dass sich auch auf der anderen Seite der Brücke die Leute versammelt haben und der Verkehr zum Erliegen gekommen ist. Ich habe keine andere Chance, als nach Süden in die Hauptstraße einzubiegen. Jetzt weiß ich, was zu tun ist. Die Straße ist menschenleer bis auf einen der beiden Polizisten, der auf halber Höhe des Hügels steht. Ich fahre zu ihm hin. Es ist der Polizist mit dem runden Gesicht, und er rennt winkend auf mich zu. Ich halte an und öffne das Fenster. Ich weiß, dass er mich wiedererkennt.

Misstrauen und Bedenken und Angst stehen ihm ins Gesicht geschrieben.

»Ganz ruhig und kein Wort«, sage ich. »Die Bombe ist hier in diesem Auto. Es wurde da hinten abgestellt. Keine Zeit zu verlieren. Ich fahre es in die Unterführung. Sagen Sie im Funk durch, dass alle dort wegbleiben.«

Ich fahre weiter und bemerke einen schwarzen Schatten dicht über mir. Ich fahre weiter bergan. Ich stelle das Auto gerade zwischen den zwei Granitmauern in der Unterführung ab. Ich schaue in den Rückspiegel und sehe, dass der Polizist mir noch nachschaut, bevor er das Funkgerät an den Mund hält und losrennt. *Oh, sweet hallelujah,* das hier läuft nicht gut, ganz und gar nicht gut. Plötzlich bemerke ich jemanden neben mir auf dem Beifahrersitz. Es ist Bob. Aber Bob hat nicht seinen grünen Overall an. Er trägt ein weißes Leichentuch und hält – an der Seite, wo sonst der rote Lappen hängt – eine Art Lanze mit blauer Flamme.

»Wie schön, dich so schick angezogen zu sehen, alter Knabe.«

Ja, ab und zu sollte man sich schon die Mühe machen.

»Hast du aber noch nie gemacht. Und was bedeutet dieser Zauberspeer?«

Bob antwortet nicht.

»Ich hab's vermasselt, Bob«, sage ich, »ich kann das Seil nicht mehr fassen.«

Níl saoi gan locht, antwortet er.

»Kein Weiser, der nicht einen Fehler macht«, bestätige ich, und Bob legt seine freie Hand auf meinen Arm.

Ich lenke den blauen Sierra in die Mitte des Tunnels. Ich halte unter der Brücke an und ziehe die Handbremse. Ich öffne die Tür und renne weg vom Auto, ich klettere den steinigen Abhang hoch und habe es fast über die verdammte Mauer geschafft, als eine weiße Feuersbrunst aus der Erde hervorbricht.

Cuchulainns Tod

Ich weiß nicht, wie lange es dauert, bis ich weiß, dass ich nicht tot bin. Ich liege auf der Straße, die von der Stadtmitte aus nach Westen führt. Um mich herum ist eine ungewöhnliche Stille, eine merkwürdige Atmosphäre. Ich versuche aufzustehen und bin überrascht, dass es geht. Ich checke meine Arme und Beine – alles noch da. Die Glock steckt noch in meinem Gürtel. Mit meinem Gesicht stimmt irgendetwas nicht und auch mit der ganzen linken Seite nicht und mit meinem Gehör auch nicht, aber ich bin mir nicht sicher, was es ist. Mein linkes Bein ist aufgerissen und ich kann Fleisch und Blut sehen.

Ich bewege mich weg von der Innenstadt. Mein linkes Bein gehorcht mir nicht und ich ziehe es hinter mir her, aber ich kann gehen, und ich biege in die erste Seitenstraße ab und dann in noch eine und noch eine. Ein Auto kommt mir entgegen und hält an, ein silberhaariger Herr am Steuer. Zunächst sieht er mich gar nicht; er schaut auf das Armaturenbrett. Ich gehe zur Beifahrertür, öffne sie und setze mich hinein.

»Fahr los«, sage ich, aber er zuckt nur zusammen, sperrt Augen und Mund weit auf. Ich weiß nicht genau, was ich tun soll, also tue ich nichts und schaue ihn nur an. Er kommt wieder zu sich und schüttelt sich kurz, und nimmt das Steuerrad in beide Hände.

»Fahr los«, wiederhole ich.

Er sagt etwas, aber ich kann ihn nicht gut hören. Er sagt es noch einmal, und ich beobachte seine Lippen. Ich glaube, er sagt etwas wie *Krankenhaus*.

»Fahr los.« Ich zeige auf die Glock und mache eine Handbewegung stadtauswärts.

Jetzt ist er ruhig – ruhiger, als man es in solch einer Situation von einem Menschen erwarten könnte, und er fährt los, noch einmal den Kopf schüttelnd.

»Danke«, sage ich, und er schüttelt noch einmal den Kopf.

Ich weiß, ich muss schnell raus aus der Stadt, bevor die Sicherheitskräfte alle Straßen absperren, und deswegen dirigiere ich ihn auf der Ballygowan Road zum Stadtausgang und auf die A1 Richtung Süden. Wir haben es geschafft, und nach einer Weile macht er das Radio an und folgt konzentriert den Nachrichten, die er wohl auch zu dem Zeitpunkt eingestellt hatte, als ich in sein Auto einstieg. Er spricht mit mir. Ich beobachte wieder seinen Mund und lese die Worte von seinen Lippen.

»Warst du das?«, fragt er, »hast du die Bombe gelegt?«

»Nein«, beginne ich, aber ich habe nicht die Luft, mehr zu sagen. Ich bin mir nicht sicher, ob die Worte wirklich aus meinen Mund herauskommen oder ob sie nur in meinem Kopf geformt werden und er nur verbrauchten Atem spürt. »Großer Berg«, mehr kann ich nicht sagen.

Irgendetwas in der Art wie ich ihn anschaue oder wie ich spreche – oder besser, versuche zu sprechen – scheint ihn zu überzeugen, und er fragt ganz ruhig: »Aber warum brauchst du dann die Waffe? Und warum musst du abhauen?«

Ich versuche zu antworten, aber es geht nicht. »Großer Berg, kein Seil«, bringe ich nur heraus.

Mein Kopf tut weh und mir wird übel. Ich öffne mein Fenster und übergebe mich nach draußen auf die Straße. Er sagt wieder etwas zu mir, und ich drehe mich zu ihm, um die Worte von seinen Lippen zu lesen.

»Du brauchst ein Krankenhaus, mein Sohn«, sagt er zu mir. »sonst gehst du drauf.«

Mein Sohn. Muss ein richtig netter Mann sein, der in solch einer gruseligen Situation diese Anrede verwendet. Ich werfe einen Blick in meinen Mantel hinein. Eine große Schweinerei. Ich weiß, dass etwas aus dem blauen Sierra in mir ist. Ich fühle auch, dass etwas nass ist, in meinem Gesicht. Warum ist das alles so schiefgegangen? Ich bin vollkommen von der Rolle. Ich weiß gar nicht mehr, wie das alles passiert ist. Ich weiß gar nicht mehr, was ich tun soll. Es fällt mir schwer, zu atmen. Ich versuche, zu entspannen, aber auch das hilft nicht. Ich bekomme einfach nicht genug Luft.

Ich schaue auf seine Tankanzeige und dirigiere ihn weiter nach Süden. Wir nähern uns der Grenze auf Nebenstraßen, die ich gut kenne, und ich leite ihn von Nordwesten aus durch die Randbezirke nach Dundalk hinein. Es ist Samstag. Ich hoffe, sie ist zu Hause. Wir halten an der Níth River Terrace Nr. 16. Ich versuche auszusteigen, aber es geht nicht. Ich versuche es noch einmal. Jetzt schaffe ich es, aber ich kann mich nicht aufrichten, und ich habe große Mühe, durchs Tor zu kommen. Ich schleppe meinen schweren Körper bis zu der kleinen Mauer, die die beiden Gärten vor und hinter dem Haus trennt, doch weiter kann ich nicht mehr. Ich sinke zu Boden und versuche, meinen Rücken an die Mauer zu lehnen. Mein Kopf schmerzt so sehr, so sehr, so sehr. Ich sehe das Auto des netten Mannes, aber er ist nicht mehr da, und dann bemerke ich, wie ein schwarzer Schatten auf die Säule des Eingangstores fällt. Ich bin mir sicher, es ist ein Rabe. Irgendwie in diesem ganzen Chaos wird mir klar, dass die Sache hier nicht gut läuft. Ich bin mir sicher, dieses Ding auf der Steinsäule beobachtet mich. Mein Kopf schmerzt so sehr, und in meiner Brust brennt es lichterloh, und nichts funktioniert mehr richtig, und ich kann so schlecht Luft kriegen, und ich weiß, dass meine Lungen versagen. Ich bemerke, dass sich neben mir etwas bewegt, und ich versuche mich dorthin zu drehen, aber mein Kopf ist zu schwer, und mein Hals gehorcht mir nicht. Mein Kopf ist vornüber auf die Brust gefallen und ich kann ihn nicht mehr anheben. Am äußeren Gesichtsfeld sehe ich den silberhaarigen Fahrer aus dem Haus auf mich zukommen, und dann steht plötzlich Aisling neben mir. *Sweet hallelujah!* Wenn ich eine Sache jetzt tun könnte, eine einzige auf der ganzen Welt, dann wäre das, diesem wunderschönen Mädchen ein Lied zu singen. Aber ich kann nicht. Ich sehe, wie sie auf mein Gesicht schaut und dann auf meine linke Körperseite, und wie sie in Panik laut ruft, aber ich kann es nicht hören, und ich kann auch kaum ein Wort herausbringen.

»Aisling.«

Sie spricht mit mir und heult dabei, und ruft etwas Richtung Haus. Aber ich kann nichts davon hören. Sie hält meinen Kopf fest, sie fleht mich an. Ich weiß, dass sie um Hilfe ruft. Aber ich habe viele Menschen sterben gesehen. Ich weiß, dass ich nicht weiterleben werde. Ich weiß, dass ich keine Zeit mehr habe.

»Ist das Leben nicht beschissen gemein, Aisling? Gerade als ich dachte, ich wäre draußen, wurde ich wieder hineingezogen.«

Ich spreche diesen Satz in einem heiseren Al Pacino New-York-Italienisch. Ich schaue sie an, aber sie hat mich gar nicht gehört, und ich weiß, dass die Worte gar nicht aus mir herausgedrungen sind. Sie hätte meinen Michael-Corleone-Witz sowieso nicht verstanden – ist wahrscheinlich auch nicht die richtige Zeit, um Witze zu machen. Ich bekomme keine Luft mehr. Ich versuche sie anzulächeln, aber ich glaube nicht, dass mein Gesicht tut, was ich will.

»Ich habe alles vermasselt, Aisling. Es ist alles vermasselt.«

Sie redet mit mir, aber ich höre ihre Stimme nicht.

»Aisling.«

Ich versuche meine Hand hochzuheben, um ihr Gesicht zu berühren. Es geht nicht. Ich versuche meine Hand auf ihren Bauch zu legen, auf unser Baby. Es geht nicht.

»Du bist so verrückt«, sage ich ihr, aber da sind gar keine Wörter mehr in meinem Körper. Ich lächle sie an, aber da ist gar keine Bewegung mehr in meinem Körper. Nichts ist mehr in meinem Körper. Ich funktioniere nicht mehr. Nichts funktioniert mehr. Und Luft ist auch keine mehr da. Ich höre Musik. Ein Cello. Es ist ›El Cant dels Ocells‹.

»Ich höre es, Aisling. Ich höre es. Wahnsinn.«

Tír na nÓg

Ich steige auf ausgetretener Erde im Uhrzeigersinn einen Hügel hoch. Der Weg ist dunkel und führt unter Birken entlang, Ulmen, Eschen, Haselsträucher und Weißdorn bewuchern die Gräben am Rand. Hier und dort ziehen sich Steinwälle um den Berg. Durch die Bäume schaue ich auf satte grüne Wiesen. Große Lichtungen sind von Eichen- und Kastanienwäldern begrenzt, und Pinien, Birken, Vogelbeere und Wacholder wachsen verstreut auf den violetten, blauen und braunen Hügeln. Auf einer Lichtung befindet sich ein Holzpferch mit zwei oder drei Dutzend Ziegen, und auf einer anderen ein goldener Getreidehügel. Hinter einer Gruppe Erlen erspähe ich einen metallisch-glänzenden Wasserlauf und durch die Bäume hindurch sehe ich einen blonden Jungen aus dem Wasser steigen. Ganz in der Nähe sitzt eine Familie auf der Wiese. Ich sehe, wie der Vater Äpfel aus einem Korb nimmt und jeden einzelnen mit einem Lappen abreibt, bevor er sich mit einem Lächeln zu mir wendet. Es gibt noch eine große Lichtung dort, nicht weit entfernt. Ein Mann arbeitet in einer Obstplantage, und eine Frau melkt eine Kuh in einer abgetrennten Koppel beim Farmhaus, wo Gänse an einer großen Esche nach Futter suchen. Der Mann sieht mich, winkt mit ausholender Geste und ruft etwas. Und obwohl er weit weg ist, höre ich deutlich und klar, was er sagt, so als ob er aus dem Graben neben mir spricht. Der Mann sagt: »*So werden die Letzten die Ersten sein und die Ersten die Letzten: Denn viele sind berufen, aber wenige erwählt.*« Ich winke zurück und gehe weiter – ohne jemals zu verstehen, was er damit gemeint hat.

Plötzlich herrscht Bewegung in der Luft, und irgendetwas bricht durch die Hecke und fällt mir vor die Füße. Ich hebe es vom Boden auf. Es ist ein ›sliothar‹: der kleine, harte Ball, der beim irischen Nationalsport ›hurling‹ benutzt wird. Ein Junge folgt dem Ball durch den Graben und auf meinen Weg. Er trägt eine Tunika aus weißem Leinen, an den Seiten mit rotem und goldenem Garn verziert, und um die Schultern hat er einen fest gewebten lila Mantel gehängt. Der Mantel ist mit einer goldenen Brosche vor seiner Brust festgemacht, und ein gedrehter goldener Reif schmückt seinen Hals. In der Hand trägt er einen Hurlingschläger aus Holz.

»Gut gefangen«, sagt er mit einem Blick, der Erwartung, Herausforderung und Humor in sich vereint.

»Mach das noch mal«, sage ich, »und ich gebe dir einen Arschtritt.«

»Yeah«, antwortet der Junge und hält meinem Blick immer noch stand. »Du, mit welcher Armee?«

Ich werfe ihm den ›sliothar‹ hin, und er schlägt ihn hoch in die Luft und jagt hinterher.

Er dreht seinen Kopf zu mir, während er wegrennt: »Fang mich danach, und dann machen wir ein Spiel«, ruft er nach hinten, bevor er sich wieder umdreht und dem Ball hinterherjagt.

»Nach was?«, rufe ich ihm zu, aber er ist schon weg, ohne zu antworten.

Ich gehe meinen Weg weiter und sehe ein Mädchen auf einer kleinen Mauer sitzen, ihr Gesicht tief in einem Buch vergraben. Irgendetwas an dem Mädchen ist mir sehr vertraut. Sie hat langes, schwarzes Haar und ihre Hautfarbe lässt vermuten, dass sie aus einem anderen Land kommt. Sie schaut vom Lesen auf, als ich näherkomme.

»Hallo«, sagt sie. »Worüber reden wir heute?«

Ich weiß nicht, was ich antworten soll, also sage ich nichts.

Das Mädchen lacht. »Komm danach zu mir runter und wir erzählen uns ein paar Geschichten.«

»Nach was?«, frage ich.

Aber das Mädchen lacht nur und vertieft sich wieder in ihr Buch.

Als ich den Anstieg erklommen habe, erreiche ich eine Lichtung und befinde mich auf einer grasbewachsenen Hochebene. In ihrer Mitte steht ein einzelnes Häuschen. Es hat ein Reetdach, und durch das Reet an der Nordseite treten weiße Dampfwölkchen hervor. Die Wände über einem Steinmäuerchen bestehen aus Eichenholz, Flechtwerk und Erde, und durch eine Öffnung Richtung Osten erhasche ich den Geruch eines kochenden Eintopfes. Ich gehe um das Gebäude herum und schaue nach Norden und nach Westen und nach Süden. Gehöfte liegen versprenkelt auf grün-goldenem Land. Ich wende mich nach Osten und schaue hinaus auf eine weite Bucht. Das Wasser in der Bucht ist blau, und unter mir sehe ich die silbrigen Kurven eines Flusses, der zum Meer führt. Im Norden umfängt ein langgestreckter Bergrücken die Bucht, die kleineren Berge liegen dunkel unter dichten Wäldern, und weiter hinten lugen hohe Felsgipfel hervor.

Sie sitzt unter einer einsamen Eiche am nördlichen Rand der Hochebene. Sie trägt einen grünen Seidenmantel und um ihren Hals ein flaches, halbmondförmiges, goldenes Ornament, eine Lunula. Sie hat Haar wie Gold, und einige lange goldene Strähnen fallen in sanften Wellen über ihr Gesicht, zart ihre blasse Haut umschmeichelnd. Sie trägt rote Stiefel, und diese Stiefel sind in extravaganten

Schleifen mit grünen Bändern gebunden. Sie schaut mich an. Ihre Augen sind so leuchtend grün wie eine Sommerwiese im August.

»Ist das nicht großartig, Johnny?«

»Ja, Cora.«

Ich setze mich neben sie. Ich hebe meine Hand, um ihre Wange zu berühren, und küsse sie.

»Du bist unglaublich wundervoll«, sage ich zu ihr.

»Sie sind auch nicht gerade schlecht, Mister Donnelly«, sagt sie und lächelt.

Sie lehnt sich an mich, und ich halte sie leicht in meinen Armen. Es ist reine Freude, sie im Arm zu halten. Sie drückt sich fester an mich, und ich kann ihren Atem an meinem Hals spüren. Es ist das pure Glück.

»Singen wir ein Lied zusammen?«, frage ich sie.

»Okay. Was singen wir?«

»Egal. Das, was du gerne singen möchtest, du – meine wahnsinnige und wundervolle Welt.«

Sie lächelt und hält meinen Arm.

»Wir singen Liam Clancy.«

»Genau den, Cora. Welches Lied von ihm singen wir?«

»Alle.«

»Alle?«

»Ja, Johnny, alle. Haben wir nicht alle Zeit der Welt?«

Anmerkungen

S. 24
Moving statue: Marienstatue von Ballinspittle, Cork. 1985 soll ein irisches Mädchen im Dorf Ballinspittle gesehen haben, wie sich in einem Schrein die Marienstatue vor und zurück bewegt hat. Seitdem versammelten sich in Ballinspittle Tausende von Menschen, um das Phänomen selbst zu erleben.

S. 44
Steinschleuder: Die Kelten kannten die Schleuder als Jagd- und Kriegswaffe. In irischen Legenden, vor allem im Ulster-Zyklus, ist die Schleuder eine übliche Waffe. Cú Chulainn tötete den Hund des Schmiedes Culann mit einer Steinschleuder.

S. 48
Curragh: seit dem 19. Jahrhundert wichtiger Militärstützpunkt; ab 1920 Internierungslager für irische Nationalisten.

S. 50
Die fünf Forderungen der Hungerstreikenden: (1) No prison uniform, (2) no prison work, (3) free association, visits, letters, parcels, and (4) recreational facilities, (5) full remission.

S. 50
H-Block: Wegen seines Grundrisses war »Her Majesty's Prison Maze« – von 1971 bis 2000 das Hochsicherheitsgefängnis in Nordirland (Lisburn) unter dem Namen

H-Block bekannt. Weitere Bezeichnungen: Long Kesh und Maze Prison.

S. 63
Cuchulainns Burg (Cú Chulainn's Castle): Ein Hügel mit Steinturm, an deren Fuße das heutige Dundalk (Dún Dealgan) liegt. Cú Chulainn: Eine der bedeutendsten Heldenfiguren der irisch-keltischen Mythologie. Sein Geburtsname »Sétanta« wurde durch »Cú Chulainn« ersetzt, nachdem der starke und unerschrockene Junge den gewaltigen Wachhund des Schmiedes Culann mit Hilfe einer Schleuder und seinen bloßen Händen getötet und anschließend dem Schmied sich selbst als Wachhund angeboten hatte. So ging er als ›Hund des Culann‹ in die Legendenbücher ein.

S. 65
Tír na nÓg: das ›Land der ewigen Jugend‹ ist einer der bekanntesten mystischen Orte der Anderswelt in der irisch-keltischen Mythologie.

S. 79
A thing of beauty is a joy forever: In dem US-amerikanischen Musicalfilm »Mary Poppins« von 1964 zitiert die Protagonistin die berühmte Zeile aus John Keats' (1795–1821) *Endymion*.

S. 104
El Cant dels Ocells: Der Gesang der Vögel, ist ein traditionelles Volks- und Weihnachtslied aus Katalonien und durch den katalanischen Cellisten Pau Casals (1876–1973) weltweit bekannt geworden. Es wurde schließlich zu einer

heimlichen Hymne für die ›heimwehkranken spanischen Flüchtlinge‹. »Kunst und Menschlichkeit sind untrennbar«, so Pau Casals, und: »Möge es ein Lied des Friedens und der Hoffnung werden.«

S. 126
Táimse ... dúisigh mé: Das gälische Lied aus dem 18. Jahrhundert ist eine poetische Allegorie, in der Irland durch eine wunderschöne Frau personifiziert wird. Sie erscheint dem Dichter in einer Vision und bittet ihn, die Waffen gegen einen Eindringling zu erheben. Das Lied gehört zur irischen Tradition der ›Aisling‹- oder ›Vision‹-Poetry. Links zu diesem und zu anderen Musikstücken und Liedern, die im Buch erwähnt werden, finden sich auf der Website des Autors (markmulholland.org).
Aisling bedeutet ›Traum‹. Die Frau, die dem Dichter erscheint, kann sowohl jung und schön als auch alt und ausgezehrt sein.

S. 138
Der Rinderraub von Cooley: Eine der bekanntesten irischen Legenden erzählt von dem großen Rinderraub von Cooley und vom Krieg zwischen den Ländern Connacht und Ulster. Die Einwohner von Connacht planten, den ›Braunen Bullen von Cooley‹, der dem Ereignis seinen Namen gab, zu stehlen, wurden jedoch von dem jungen Helden Cú Chulainn daran gehindert

S. 144
Ireland unfree shall never be at peace: Mit diesen Worten begann Patrick Pearse (1879 – 1916, Lehrer und Schriftsteller) seine Grabrede für den prominenten Fenier-Anführer

Jeremiah O'Donovan Rossaim im Jahre 1915. Dieser Ausspruch gehört zu den geflügelten Worten der Iren. Pearse war einer der Anführer des Osteraufstandes 1916 und wurde nach dessen Fehlschlag zusammen mit vierzehn anderen Aufständischen hingerichtet.

S. 146
Éamon de Valera (1882–1975): Irischer Politiker. Als Ministerpräsident, Außenminister, Oppositionsführer, Vorsitzender von Fianna Fáil und dritter Präsident von Irland stand er mehr als fünfzig Jahre im politischen Rampenlicht.
Michael Collins (1890–1922): Anführer des politischen Unabhängigkeitskampfes (1919 bis 1922), einer der Verhandlungsführer beim Anglo-Irischen Vertrag und bis zu seiner Ermordung Vorsitzender der Provisorischen Regierung und Oberbefehlshaber der irischen Streitkräfte. Gemeinsam mit Éamon de Valera schloss er einen umstrittenen Kompromiss, wodurch den Gegnern des Vertrags die Teilnahme an den ersten Wahlen und einige Ministerposten in der anschließenden Koalitionsregierung zugesichert wurden.

S. 153
And missing thee, ... fleecy cloud. Gedicht von John Milton (1608–1674), »Il Penseroso« (it. »Der Gedankenvolle« oder »Der Nachdenkliche«). Die personifizierte Melancholie erhebt das zurückgezogene und der sinnenden Betrachtung gewidmete Leben zum Ideal. Mit der Beschreibung des melancholischen Einklangs von Seele und Welt ist *Il Penseroso* das Gegenstück zu Miltons Gedicht *L'Allegro*, das die Heiterkeit in Leben und Literatur behandelt. Die

zitierte Stelle in einer frühen deutschen Übertragung: »... vermisse ich dich, so walle ich ungesehn auf grünen kurz geschornen Wiesen, zu betrachten den wandernden Mond, der neben seinem höchsten Bogen fährt, und ähnlich einem, der sich verirrt hat auf dem weiten ungebahnten Himmelsweg, oft, sich gleichsam untertauchend hinter einer flockigten Wolke kömmt.« (Aus: Miltons Allegro und Penseroso. Für seine Freunde übersetzt von Otto Heinrich von Gemmingen. Mannheim: Schwan, 1782. Neudr. Weimar: Gesellschaft der Bibliophilen, 1921. S. 19–31)

S. 154
Samhain: Das größte keltische Fest in Irland wird am Vorabend des 1. November gefeiert und markiert den Beginn des keltischen Jahres. Sommerende und Winteranfang werden getrennt durch diese Nacht, in der die Bewohner der Anderswelt, die »Síde«, ihre Feenhügel, verlassen. Im Zentrum des Festes steht die Thematik des Todes, der ›Schleier‹ zwischen unserer und der Anderswelt, des Übernatürlichen, ist in dieser Nacht besonders dünn und vor diesem Hintergrund wird die Samhain-Nacht zu einer ›Begegnung zwischen Lebenden und Toten‹.

S. 164
Triaden Irlands: Zit. nach: The Triads of Ireland. Ed. Kuno Meyer. Todd Lecture Series XIII. Dublin, 1906.

S. 182
Crossmaglen: 1921 erschoss die IRA in Crossmaglen das erste Mitglied der USC (Ulster Special Constabulary). Die britische Armee war gegen den Willen der Bevölkerung

in Crossmaglen massiv vertreten, und die republikanische Hochburg bekam in den Medien den Spitznamen »Bandit Country«.

S. 188
Aoife: Sagengestalt der keltischen Mythologie Irlands. Nach einer Legende soll Aoife die Ehefrau Lirs gewesen sein, einer anderen Legende zufolge war sie eine Kriegergöttin, die sich mit Cú Chulainn im Zweikampf messen musste.

S. 216
Kavanagh: Patrick Kavanagh (1904–1967) war ein irischer Dichter und Romanautor, besonders bekannt durch den Roman »Tarry Flynn«, sowie die Gedichte »On Raglan Road« und »The Great Hunger«. Die zitierten Zeilen stammen aus »On Raglan Road«.

S. 251
Ériu, Danu: Ériu gilt als die Personifikation Irlands und gab der Insel auch ihren Namen: Eire. Danu (Dana) ist die »Große Mutter« oder »Urmutter«, von der alle Lebewesen abstammen. Sie stellt die weibliche Seite der keltischen Mythologie dar und bildet zusammen mit Brigid, der Jungfrau und Anu, der Greisin, eine Trias.

S. 294
Führt diese Straße immerzu bergan? Aus: »Uphill«, Gedicht von Christina Georgina Rossetti (1830–1894), einer britischen Dichterin im viktorianischen Zeitalter. Zitiert werden die 1. und die 4. Strophe. »Does the road wind uphill all the way? / Yes, to the very end. / Will the day's journey

take the whole long day? / From morn to night my friend. / … / Shall I find comfort, travel-sore and weak? / Of labour you shall find the sum. / Will there be beds for me and all who seek? / Yes, beds for all who come.«

S. 332
Rede von der Anklagebank: Robert Emmets (1778–1803) hielt seine ›Speech from the Dock‹ einen Tag vor seiner Hinrichtung. Emmets war ein bekannter irischer Rebellenführer und Nationalist. Er wurde 1803 nach einem erfolglosen Aufstand gegen die britische Herrschaft gefangen genommen und wegen Landesverrat hingerichtet.

S. 357
Am Zwölften: In Nordirland wird am 12. Juli der »Orangemen's Day« gefeiert, der auch unter den Namen »Orange Day, Glorious Twelfth« und »Battle of the Boyne Day« bekannt ist. An diesem Tag zelebrieren die Oranier-Orden den Sieg des protestantischen, niederländischen Königs Wilhelm von Oranien über den katholischen, absolutistischen Jakob II., der 1688/89 vom britischen Thron vertrieben und auch im Juli 1690 in Irland geschlagen wurde.